浜辺の文学史

Kenichi Suzuki
鈴木健一 編

三弥井書店

目次

第二巻　浜辺

浜辺の文学史

鈴木健一

一　神秘性

浜辺は海ほど神秘的ではない。とはいえ、そういった要素を見出すことも可能ではある。

ここでは、そのいくつかを列挙してみよう。

古代神話で浜辺というと、大穴牟遅神《おおなむちのかみ》が因幡《いなば》の白兎（菟神）を救う場所が「気多《けた》の前《さき》」（現在、鳥取県鳥取市気高町）、大穴牟遅神が大国主神《おおくにぬしのみこと》となって少名毘古那《すくなびこな》に出会い、国作りを手伝ってもらう場所が「出雲の御大《みほ》の御前《みさき》」（現在、島根県八束郡美保関町）であるのが思い起こされる。大国主神の国作りに最も深く関わる二神は、海から渡ってきたのである。[*1] それだけ海が持つ神秘性は大きく、浜辺もその勢力圏にある。

因幡の白兎に関連して、ここで三浦佑之氏の魅力的な説を紹介しておこう。日本列島における海の神は、大きく北のサケと西のワニ（フカ・サメの類）に分かれ、その境界は若狭・丹後あたりであるという。言うまでもなく、因幡の白兎が活躍する際に登場するワニはその西側に属する。アイヌはシャチを海の神として崇めていた。つまり、日本列島の沿岸部には、シャチ、サケ、フカ・サメとして寄り来る海の神がいたことになる。そして、そこには共通の特質が見出せて、それぞれの地域の相互交流が活発だったという論拠となりうるのだという。[*2]

『源氏物語』における光源氏の須磨退去はどうだろう。そこで出逢った明石の君との間に生まれた子が中宮となり、やがて光源氏に栄光をもたらすという意味では、この浜にも神秘性が付随していると考えられる。もっとも、以下のような、光源氏が須磨に訪れたばかりの情景を見てみると、むしろ和歌的美意識を基調としていると言えるだろう。

須磨には、いとど心づくしの秋風に、海はすこし遠けれど、行平《ゆきひら》の中納言の、関吹き越ゆると言ひけん浦波、夜々《よるよる》はげにいと近く聞こえて、またなくあはれなるものは、かかる所の秋なりけり。

御前にいと人少なにて、うち休みわたれるに、独《ひと》り目をさまして、枕をそばだてて四方《よも》の嵐を聞きたまふに、波ただここもとに立ちくる心地して、涙落つともおぼえぬに枕浮くばかりになりにけり。琴《きん》をすこし掻《か》き鳴らしたまへるが、我ながらいとすごう聞こゆれば、弾きさしたまひて、

恋ひわびてなく音《ね》にまがふ浦波は思ふかたより風や吹くらん

とうたひたまへるに人々おどろきて、めでたうおぼゆるに忍ばれで、あいなう起きゐつつ、鼻を忍びやかにかみわたす。

「心づくしの秋風」は『古今集』に載る「木の間よりもりくる月の影見れば心づくしの秋は来にけり」（秋上・読人不知）により、「関吹き越ゆると言ひけん浦波」も「旅人は袂涼しくなりにけり関吹き越ゆる須磨の浦風」（続古今集・羇旅・在原行平）によっている。そして、物思いを誘う秋風、すぐそこにまで打ち寄せるかのような浦波、四方から吹き寄せる嵐、琴の音というような聴覚的な刺激によって、情感豊かに場面が展開する。とりわけ、琴と潮騒が互いに引き立て合う音響空間の中で、光源氏と明石の君の恋は展開していく。[*3]

今度は、『太平記』に描かれる稲村《いなむら》ケ崎（現在、神奈川県鎌倉市）。巻十「関東氏族并びに家僕等討死の事」において、

新田義貞《にったよしさだ》が竜神に祈誓して金作《こがね》りの太刀を海中に投げ入れたところ、稲村ケ崎の二十余丁が干上がって、鎌倉に攻め入ることができた。神秘性が発揮された場面と言えるだろう。

> 真に、龍神、納受《なふじゅ》やし給ひけん、その夜の月の入り染に、塩《しほ》さらに干《ひ》る事もなかりける稲村が崎、にはかに二十余町干上《ひあが》つて、平沙《へいさ》まさに渺々《べうべう》たり。横矢を射んと構へたる数千の兵船も、落ち行く塩に誘はれて、遥かの澳《おき》に漂へり。不思議と謂《い》ふも類なし。

後に川柳で「義貞の勢はあさりをふみつぶし」（誹風柳多留・初篇、明和二年〈一七六五〉刊）という句が詠まれるように、よく知られた逸話である。

義経伝説で有名な摂津国の大物《だいもつ》の浦（現在、兵庫県尼崎市大物町）はどうだろうか。ここは、兄頼朝に追われた源義経ら一行が文治元年（一一八五）に西国へ逃走しようとしたものの、大風のため阻まれたという浦である。平知盛《とももり》は、『平家物語』巻十一「内侍所都入」では「見るべき程の事は見つ、いまは自害せん」と言って、壇の浦に入水してしまうのだが、能「舟弁慶《ふなべんけい》」では、怨霊となって大物が浦から船出しようとする義経らを海に沈めようとするものの、弁慶の調伏《ちょうぶく》の祈りによって退散する。つまり怨霊が出現する場所として大物の浦は描かれているわけである。ちなみに浄瑠璃『義経千本桜《よしつねせんぼんざくら》』（延享四年〈一七四七〉初演）では、壇の浦で死んだと見せかけて、知盛は渡海屋銀平《とかいやぎんぺい》と名を変えて、ひそかに義経に復讐する機会をうかがっていた。しかし、結局正体を見破られてしまい、碇綱を体に巻き付けて、碇を海に投げ込み、海底に沈んでいく。「大物の沖にて判官に怨《あだ》をなせしは知盛が怨霊なり」と言い残して、最後は次のように表現される。

> 三途《さんず》の海の瀬ぶみせんと、碇を取《とつ》て頭《かうべ》にかづき、「さらば〳〵」も声ばかり、渦巻《うずまく》波に飛入《とびいつ》て、あへなく消《きえ》たる忠臣義臣、その亡骸《なきがら》は大物の、千尋《ちひろ》の底に朽果《くちはて》て、名は引汐《ひくしほ》にゆられ流れ〳〵て跡白波《あとしらなみ》とぞ成にける。

二　美意識

和歌を中心とした伝統的美意識の中にある浜辺の姿はどうだろう。まずは、『万葉集』巻二より、柿本人麻呂の「石見相聞歌《いはみ》」を引こう。

柿本朝臣人麿の石見国より妻に別れて上り来し時の歌　二首并せて短歌

石見の海　角《つの》の浦廻《うらみ》を　浦なしと　人こそ見らめ　潟《かた》なしと〔一に云ふ、磯なしと〕人こそ見らめ　よしゑやし　浦は無くとも　よしゑやし　潟は〔一に云ふ、磯は〕無くとも　鯨魚《いさな》取り　海辺を指して　にきたづの　荒磯《ありそ》の上に　か青く生ふる　玉藻沖つ藻　朝はふる　風こそ寄せめ　夕はふる　浪こそ来《き》寄せ　浪のむた　か寄りかく寄る　玉藻なす　寄り寝し妹を〔一に云ふ、はしきよし　妹がたもとを〕露霜の　置きてし来《く》れば　この道の　八十隈《やそくま》毎に　万《よろづ》たび　かへりみすれど　いや遠《とほ》に　里は離《さか》りぬ　いや高に　山も越え来ぬ　夏草の　思ひ萎《しな》えて　偲《しの》ふらむ　妹が門《かど》見む　靡《なび》けこの山

反歌二首

石見のや高角山《たかつのやま》の木《こ》の間よりわが振る袖を妹見つらむか

笹の葉はみ山もさやにさやげどもわれは妹思ふ別れ来《き》ぬれば

長歌は冒頭で角の浦（現在、島根県江津市）がつまらないということを歌う。ただ、人はそう見るかもしれないけれども自分は違うとして、青々とした美しい藻へと焦点を絞っていく。浦や潟がよくないと言われたとしても、そこにはこんなにも美しい藻があるではないかという作者の口吻なのである。そして、この藻は、自分が残してきた美しい

妻の比喩となっている。海岸の景物を引き合いに出して、そこに自分の愛する人を重ね合わせ、その人への思いを謳い上げるという手法なのである。

そこには、必ずしも現実そのままではない虚構化された愛の形が描かれていると考えられる。任期を終えた官人たちが朝廷に戻ってきて、サロンのような場で恋の物語を語って、聴衆を楽しませようとして生まれた表現の数々なのであろう。[*4]

『古今集』にも、浜辺の景物によって恋の感情を形象することは多い。[*5] たとえば、次の一首。

伊勢の海人《あま》の朝な夕なに潜《かづ》くてふみるめに人を飽くよしもがな　（巻十四、読人不知）

伊勢の漁師が朝も晩も海に潜って取るという海松布、そのように恋するあの人に何度も逢って満足できる手だてがあるといいのに。「みるめ」が、「海松布」と「見る目（恋人に逢う機会）」の掛詞となっている。

『枕草子』にも、「浜は」という次のような一段がある。

浜は　そと浜。吹上《ふきあげ》の浜。長浜。うちでの浜。もみよせの浜。千里《ちさと》の浜、ひろう思ひやらるれ。

恋との関わりを表現する平安後期以降の歌を二首挙げよう。

風をいたみ岩うつ波のおのれのみくだけてものを思ふころかな　（詞花集・恋上・源重之《しげゆき》）

来《こ》ぬ人をまつほの浦の夕なぎに焼くや藻塩《もしほ》の身もこがれつつ　（新勅撰集・恋三・藤原定家）

「風をいたみ」の歌は、風が激しく吹くので、岩を打つ波が、岩はそのままなのに自分だけ砕け散るように、私も自分だけが心も砕けて思い悩むこのごろであるよ、の意。波と岩が、それぞれ求愛する自分とつれない相手の比喩となっている。

「来ぬ人を」の歌は、いくら待っても来ない人を待って、松帆の浦の夕凪の浜辺で焼く藻塩が焦げるように、私の身も恋しい思いによって焦がれ続けているのです、の意。「名寸隅《なきすみ》の　舟瀬ゆ見ゆる　淡路島　松帆の浦に　朝なぎに　玉藻刈りつつ　夕なぎに　藻塩焼きつつ　海人娘子《をとめ》　ありとは聞けど　見に行かむ　よしのなければ　ますらをの　心はなしに　たわやめの　思ひたわみて　たもとほり　我はそ恋ふる　舟梶《ふねかぢ》をなみ」（万葉集・巻六・笠金村）を本歌とし、こちらが男の立場から詠んだのに対して、定家は女の立場から詠んだ点が独自である。

時代は下って、芭蕉『おくのほそ道』にはますほの小貝が描かれる。

十六日、空晴れたれば、ますほの小貝拾はんと種《いろ》の浜に舟を走す。海上七里あり。天屋何某といふ者、破籠《わりご》・小竹筒《ささえ》などこまやかにしたためさせ、僕《しもべ》あまた舟にとりのせて、追風時のまに吹き着きぬ。浜はわづかなる海士《あま》の小家にて、侘しき法華寺あり。ここに茶を飲み酒をあたためて、夕ぐれのさびしさ感に堪《た》へたり。

寂しさや須磨に勝ちたる浜の秋

波の間や小貝にまじる萩の塵

その日のあらまし等栽《とうさい》に筆をとらせて寺に残す。

「ますほの小貝」とは、西行が詠んだ「汐染むるますほの小貝拾ふとて色の浜とはいふにやあるらん」と詠んだチドリマスホ貝のこと。それを拾いに、「種の浜」（現在、福井県敦賀湾の西海岸）に行こうとして船を出してもらった。その浜のさびしさといったら、あの『源氏物語』の須磨よりはなはだしいものだった、と句に詠じる。追い風が吹いてあっという間に着いたというのも、『源氏』須磨にある表現である。

三　その他

神秘性に対抗するものとして日常性があろうが、その代表例は潮干狩・海水浴であろうか。前者は春の季語で江戸時代からあり、後者は夏の季語で近代的である。

潮干狩りで特に有名なのは住吉。江戸では品川や芝浦沖。嵐雪《らんせつ》に「汐干暮れて蟹が裾引くなごりかな」（虚栗《みなしぐり》、天和三年〈一六八三〉刊）の句がある。

注

（1）中嶋真也「『古事記』因幡の白兎」（『鳥獣虫魚の文学史』第一巻、三弥井書店、二〇一一年）

（2）三浦佑之「西のワニと北のサケと」（『人と動物の日本史4　信仰のなかの動物たち』吉川弘文館、二〇〇九年→『古代研究』青土社、二〇一二年）

（3）鈴木宏子「琴と潮騒　光源氏と明石の君の贈答歌」（『源氏物語の展望』第七輯、三弥井書店、二〇一〇年→『王朝和歌の想像力　古今集と源氏物語』笠間書院、二〇一二年）

（4）中西進『中西進著作集23　万葉の長歌』（四季社、二〇〇八年）

（5）鈴木宏子『古今和歌集表現論』（笠間書院、二〇〇〇年）

『万葉集』石見相聞歌

根来　麻子

はじめに

『万葉集』には、柿本人麻呂によって詠まれた「石見相聞歌《いわみそうもんか》」と称される長大な歌群がある（巻二・一三一〜一三九）。歌に付された題詞によれば、人麻呂が石見国（現在の島根県西部）から妻と別れて帰京する際に作られたものであり、石見の雄大な海山の景とともに、妻との別離の場面が細やかに歌い上げられている。

人麻呂がいつ石見国に赴任したのか（あるいは実際に赴任したのか否か）については、残された文献資料からはうかがい知ることはできず、不明と言わざるを得ない。また、その「妻」についても、巻二・一四〇の歌の題詞に「柿本朝臣人麻呂が妻依羅娘子《よさみのをとめ》、人麻呂と相別《あひわか》るる歌一首」とあるところから、依羅娘子と同一人物とする説が有力であるが、確証はない。

ただ、謎に包まれた人物であったからこそであろうか、石見地方には、人麻呂にまつわる伝承が数多く残されており、古くから人麻呂が、地域に根付き敬愛された存在であったことをうかがわせる。「柿本朝臣人麻呂、石見国に在《あ》りて死に臨む時に、自ら傷《いた》みて作る歌一首」という題詞を持つ「鴨山《かもやま》の　岩根《いはね》しまける　我をかも　知らにと妹が待ちつつあるらむ」（巻二・二二三）と併せて、人麻呂が石見で生まれ石見で死んだとする伝承が生まれ、[*1]やがて人麻呂自身が信仰の対象として崇められるようになった。島根県益田市にある高津柿本神社は、人麻呂を祭神とし、延宝九年（一六八一）に津和野藩主・亀井茲親《かめいこれちか》によって現在地に移転された。天皇家からの信仰も厚く、享保八年（一七二三）には、霊元《れいげん》上皇らによって和歌の上達を願う御法楽和歌短冊が奉納されている。また同年、祭神・人麻呂は「柿本大明神」の神号と正一位の神階を授けられている。[*2]

「石見相聞歌」は、石見におけるそうした数々の人麻呂伝承を生み出す元となった歌群である。第一歌群、第二歌群、或本歌群、の三群から成る。第一・第二歌群には「一云」として異伝が示されており、それらと或本歌群との関係をふくむ複雑な議論があるが、[*3]異伝については、推敲の過程ととらえるむきが定着しており、人麻呂が様々な角度から、石見妻との別れを切り取り表現しようとした工夫の跡をたどることができる。

本稿では、推敲の最終形態と認められる第一歌群長歌本文に的を絞り、特に言葉を費やされる「海」の描写の特質について、個々の表現をたどりつつ検討してみたい。

一　第一歌群長歌の特徴

まず、第一歌群本文歌（巻二・一三一〜一三三）を挙げる。

石見《いはみ》の海　角《つの》の浦廻《うらみ》を　浦なしと　人こそ見らめ　潟《かた》なしと　人こそ見らめ　よしゑやし　浦はなくとも　よしゑやし　潟はなくとも　いさなとり　海辺をさして　にきたづの　荒磯《ありそ》の上に　か青く生《お》ふる　玉藻《たまも》沖つ藻

石見の海　角の浦廻

朝羽《あさは》ふる　風こそ寄せめ　夕羽《ゆふは》ふる　波こそ来寄せ　波のむた　か寄りかく寄る　玉藻なす　寄り寝し妹《いも》を　露霜《つゆしも》の　置きてし来れば　この道の　八十隅《やそくま》ごとに　万《よろづ》たび　かへり見すれど　いや遠《とほ》に　里は離《さか》りぬ　いや高《たか》に　山も越え来ぬ　夏草の　思ひしなえて　偲《しの》ふらむ　妹が門《かど》見む　なびけこの山　（一三一）

石見のや　高角山《たかつのやま》の　木《こ》の間《ま》より　我が振る袖を　妹見つらむか　（一三二）

笹の葉は　み山もさやに　さやげども　我は妹思ふ　別れ来ぬれば　（一三三）

本長歌（一三一）の一番の特徴は、「妻との別れ」を主題とするにもかかわらず、冒頭から二十三句目までを石見の海の描写に充てていることである。全歌句の実に半分以上が、叙景に費やされているのである。そして、さらに注目すべきは、その叙景が、

江津市島の星山（高角山）

「寄り寝し妹」を引き起こす長大な序詞として働いていることである。つまり、冒頭に置かれる海の描写は、そのまま「妹」の姿へとイメージを重ねていくのである。よって、この部分には、ただ妻の住まう石見の景を描写しただけに留まらない表現効果を見出さねばならない。

二　浦や潟のない海

「角の浦廻」の「角」は、現在の江津市《ごうつし》都野《つの》津《づ》町辺りで、『倭名類聚抄《わみょうるいじゅしょう》』にも「都農」とみえる比較的古い地名である。「浦」は、たとえば「八千桙《やちほこ》の　神の御代《みよ》より　百舟《ももふね》の　泊《は》つる泊まりと　八島国　百舟人《ももふなびと》の　定めてし　敏馬《みぬめ》の浦は」（巻六・一〇六五）と歌われるように、船の停泊地となり得るような入江のある海岸を指す。[*4] 旅となれば、複数日かけて船で移動することの多かった古代官人らにとって、停泊でき

るような「浦」の存在は、極めて重要であったはずである。また「浦」は、「白たへの　藤江《ふぢえ》の浦に　いざりする海人《あま》とか見らむ　旅行く我を」（巻三・二五二或本）、「浦を良み　うべも釣はす」（巻六・九三八）のように、漁場としても適していた。同時に、「ま梶貫《かじぬ》き　舟し行かずは　見れど飽かぬ　麻里布《まりふ》の浦に　宿りせましを」（巻十五・三六三〇）のように、景観の良さもしばしば讃えられる。

一方「潟」は、「明石潟　潮干の道を　明日よりは　下笑《したゑ》ましけむ　家近付けば」（巻六・九四一）のように、遠浅で潮の満干差の激しい場所を指す。干潟では海藻が採れ（「難波《なには》潟　潮干に出でて　玉藻刈る」（巻九・一七二六））、水鳥も貝などの獲物を探して降り立った（「湊の渚鳥《すどり》　朝なぎに　潟にあさりし」（巻十七・三九九三））。豊かな海産物が手に入る場所である。

このように、浦も潟も、人の生活に必要な条件を備えた海岸の特徴であるが、今、石見の海にはそのどちらもない、と歌い出される。舞台となる土地に対して否定的な評価を詠み込むことは、他に類をみない。もちろんその背景には、実際に当時の石見国が、都から遠く離れ（『延喜式《えんぎしき》』巻二十四には都からの所要時間が「行程上卅九日、下十五日」とある）、しかも頻繁に飢饉や疫病に見舞われていた（『続日本紀』巻十七「石見国疫。賑給之」（天平勝宝元年二月）等）こととかかわって、それほどに恵まれない土地だと認識されていたという事情がまずあろう。しかし、冒頭に置かれるこの否定的な評価は、ただ実景を描写したというだけは決してなく、後に登場する「妹」を効果的にクローズアップするための布石としての役割が果たされているとみるべきであろう。石見の海には浦も潟もなく、特筆すべき良いところは何もないが、しかしそこには他ならぬ「妹」がいる――、あえて否定的な事柄から歌い起こすことで、反って、歌の主役である「妹」の存在の貴重さを強調しようとしたとみるのが妥当であろう。[*5]

石見の海に浦や潟がないというのは、あくまで「人」の認識である（「人こそ見らめ」）。「人こそ〜」という表現は、

人の認識を対比的に持ち出すことで、それとは別の認識を強調する際に用いられる。

人こそば　おほにも言はめ　我がここだ　しのふ川原を　標結《しめゆ》ふなゆめ　（巻七・一二五二）

あまがけり　あり通ひつつ　見らめども　人こそ知らね　松は知るらむ　（巻二・一四五）

一例目は、人にとっては取るに足らない場所だろうけれども、私が大変慕わしく思っている川原に、入れないような標を張らないでください、という。「川原」はここでは女性の比喩であり、その「川原」（女性）に対する、「人」と「我」との認識差が対比的に表されている。二例目は、有馬皇子の自傷歌「磐代《いはしろ》の　浜松が枝《え》を　引き結び　ま幸《さき》くあらば　またかへりみむ」（巻二・一四一）への追和歌である。皇子の魂が鳥のように飛来して松を見ていることを、人間は知らないが、この松は知っているだろう、というのである。ここでも、「人」の認識（「知らね」）と対照的なものとして、「松」の認識（「知る」）が強調されている。

石見相聞歌においても、「人こそ見らめ」の表現によって、浦や潟のない石見の海への一般的な評価を認めつつ、それでもなお、「よしゑやし　浦はなくとも　よしゑやし　潟はなくとも」（ええい、浦や潟がなくても構わない）と、「人」とは異なる詠み手自身の認識に価値を置くのである。

三　「玉藻沖つ藻」と「妹」

次に登場するのが、「玉藻沖つ藻」である。詠み手の視点は海岸沿いから沖へと移り、荒磯の上に青々と生える藻の姿に焦点が当てられる。それらは、「浦」や「潟」の不在を認めてなお、石見の海の中で価値を見出すべき景物として描かれる。

まず注目されるのは、「玉藻沖つ藻」が「荒磯の上」に生えるとされる点である。このことについて坂本信幸氏は、「磯の上」が、そこに生える玉藻の特別性を示すための表現であると指摘する。[*6] たとえば「磯の上の　つままを見れば　根を延《は》へて　年深からし　神さびにけり」（巻十九・四一五九）の例について、年数を経たことに加え、巌に「根を延へて」生育しているところにも、「神さぶ」（神々しい様子になる）原因あったとし、こういった「磯の上」「巌の上」の類例から「磯の上に生育する植物には、普通の土地に生育する植物と違った特別な意義が意識されていたと思われる」と述べている。

次に、「玉藻沖つ藻」が「か青く生ふる」[*7] と表現されていることも看過できない。藻に対してその色合いに言及する例は、集中には他にみえない。海中に生える藻は確かに青（緑）色をしているが、そのことをわざわざ「か青く」とするのは、藻の生命力―同時に「妹」の若さやみずみずしさ―を表すためではないだろうか。「青」は、「たたなはる　青垣《あをかき》山」（巻一・三八）や「青く生ふる　山菅《やますが》の根」（巻十三・三二九一）のように、山や植物の青々と繁茂する様子を表し、しばしば土地讃めの意が込められる（伊藤博『萬葉集釋注一』）。「大和は　国のまほろば　たたなづく　青垣　山籠《やまごも》れる　大和しうるはし」（『古事記』中巻・景行天皇）、「大和は　国のまほらま　たたなづく　青垣　山籠れる　大和しうるはし」（『日本書紀』巻第七・景行天皇）では、大和国の美しさが「たたなづく　青垣」と表現され、同様に『播磨国風土記《はりまのくにふどき》』の歌謡にも、「大和は　青垣　青垣の　大和に坐《ま》しし　市辺《いちのべ》の天皇《すめらみこと》」（美囊郡《みなぎ》）とある。「青垣」は「大和」に対する土地讃めの言葉である。また、『古事記』には、須佐之男《すさのを》命の泣くさまを「青山は枯山の如く泣き枯らし」（上巻）とする表現があり、『日本書紀』には、大陸に渡って呪術を身につけた男の行動として「枯山をして変へて青山にす」（巻二十四）とある。「青山」は「枯山」の対極にあるものであり、みずみずしい生命力をたたえた山を指すと思しい。「青」は、みずみずしさや生命力の強さを以て、対象を讃美する表現なのである。

そして、「玉藻」それ自体にも、一種の神性・讃美性の見出されることが、村瀬憲夫氏によって指摘されている。[8]山部赤人の玉津島讃歌・第一反歌「沖つ島　荒磯《ありそ》の玉藻　潮干満ち　い隠《かく》り行かば　思ほえむかも」（巻六・九一八）において、玉藻が満ち潮によって水面下に隠れることが、なぜ「思ほえむ」（慕わしい）という感情を導くのかという点について、「この『玉藻』の『玉』もある種の神性・霊性を有しているのではないか。それ故にこそ、隠れていく玉藻への思慕の念が切実にわきおこるのであろう」とされる。また、「玉藻よし　讃岐の国」（巻二・二二〇）という枕詞から、「土地讃めの要素ともなっていた」と指摘されることも重要であると思われる。石見相聞歌の、「荒磯の上」に「か青く」生える「玉藻」も、ある種の特別性を伴う存在として描き出されているといえよう。

こういった「玉藻」の様子は、当該歌では実景であると同時に、共寝する妻の姿態の比喩としても働いている（「玉藻なす　寄り寝し妹」）。「藻」は万葉集において、男性から見た女性の姿態の比喩となることが多いが、特に人麻呂以前にはそうした表現が見られず、人麻呂によって拓かれた表現であることが知られる。[9]たとえば人麻呂の「明日香皇女挽歌」では、亡くなった皇女の生前の様子が「立たせば　玉藻のもころ　臥《こ》やせば　川藻のごとく」（巻二・一九六）と藻になぞらえて表現されており、人麻呂歌集歌にも「しきたへの　衣手《ころもで》離《か》れて　玉藻なす　なびきか寝《ぬ》らむ　我《わ》を待ちかてに」（巻十一・二四八三）と、女性の横たわる様子を玉藻に喩えた例がある。あるいは、姿態ではないが、「水底《みなそこ》に　生《お》ふる玉藻の　うちなびく　心は寄りて　恋ふるこのころ」（巻十一・二四八二、人麻呂歌集）、「明日香川瀬々の玉藻の　うちなびく　心は妹に　寄りにけるかも」（巻十三・三二六七）など、恋愛において、心が相手に「寄る」ことの比喩となる例もある。

「玉藻」と重ねて[10]持ち出されるのが「沖つ藻」である。「沖つ藻」は「辺《へ》つ藻」（巻七・一二〇六）の対語で沖の海中に生えるものを指し、「玉藻」と同様、女性が男性に寄り添う様子を表す場合がある。「沖つ藻の　なびきし妹は

黄葉《もみちば》の　過ぎて去《い》にきと　玉梓《たまづさ》の　使ひの言へば」（巻二・二〇七）は、人麻呂が妻を亡くした際に詠まれた歌の一部であるが、亡くなった「妹」の生前の様子が「沖つ藻の　なびきし」と形容されている。石見相聞歌においても、「沖つ藻」は「玉藻」と同様、「妹」のイメージを喚起する道具立てとして働いている。ただ、「玉藻」に「沖つ藻」を重ねたことの意味は、もう少し注意されるべきであろう。というのも、人麻呂歌集歌に次の例があるからである。

沖つ藻を　隠さふ波の　五百重《いほへ》波　千重《ちへ》にしくしく　恋ひ渡るかも　（巻十一・二四三七）

「沖つ藻」が五百重波によって隠されている様子を歌い、それを序詞として、頻繁に恋しく想う気持ちを述べる。波に隠されて見えない「沖つ藻」は、同時に、なかなか会うことの出来ない恋の相手の比喩でもあろう。[*11] 波に幾重にも隠された「沖つ藻」であるからこそ、作者は「しくしく　恋ひ渡る」のであり、簡単に逢瀬を遂げることができない男女の状況を暗示したものと解釈できる。

さらに、万葉集中には、「沖つ藻」が「名張《なばり》の山」の枕詞として用いられる例がある（巻一・四三、巻四・五一一）。「地名名張が、隠れる意の四段動詞ナバルの連用形と同音なのでかけた」（『新編全集』）というように、海中に「なばる（隠れる）」意から「名張」にかかるとされる。ならば、「沖つ藻」は「玉藻」に比べて手に入りにくく、また目に触れる機会も少ないものと理解してよい。[*12]「玉藻」はしばしば、浜に近い干潟において乙女らが刈る対象として詠まれる。それに対して「沖つ藻」は、「梶の音そ　ほのかにすなる　海人娘子《あまをとめ》　沖つ藻刈りに　舟出《ふなで》すらしも」（巻七・一一五二）のように、わざわざ船を出して刈り取りに出かけるものである。石見相聞歌では、「玉藻沖つ藻」と重ねて称されることで、妹が「沖つ藻」のように、逢うことが容易ではない存在であることを匂わせているのではなかろうか。第二歌群長歌（一三五）に「さ寝し夜は　いくだもあらず」とあるように、「妹」との逢瀬がそう頻繁ではなかったらしいこととも符合しよう。

つまり、「荒磯の上に　か青く生ふる　玉藻沖つ藻」は、沖の荒磯の上という特別な場所に、青々と生えるみずみずしい藻の姿を描写すると同時に、生命力にあふれた特別な存在としての「妹」、なかなか簡単に逢瀬を重ねることができない「妹」の姿を暗示した表現とみることができるのである。

四　「朝羽ふる風」「夕羽ふる波」の神秘性

そういった「玉藻沖つ藻」を、海辺に向かってなびかせる役割を負うのが、「朝羽ふる風」「夕羽ふる波」である。この部分は、風や波が「玉藻沖つ藻」を「海辺」に寄せる（他動詞）のか、風や波が「玉藻沖つ藻」に向かって寄る（自動詞）のか、解釈が分かれているが、伊藤博氏、身﨑壽氏が指摘したように、「風」が「寄る」「寄す」という自動詞の用法は万葉集中には見られないことから、[*13]「寄す」（他動詞）と訓み、「風や波が玉藻沖つ藻を海辺に向かって運び寄せる」意と解釈して論を進めたい。

「朝羽ふる」「夕羽ふる」は、風や波が振動する様子を表す。井手至氏によれば、「はふる」は鳥の羽ばたきのように振動することで、袖や領巾《ひれ》を振る古代人の習俗とかかわる。「海原《うなはら》の　沖行く舟を　帰れとか　領巾振らしけむ　松浦佐用《まつらさよ》姫」（巻五・八七四）のように、領巾を振ることによって、行く船を呼び戻すなど本来起こり得ないことを起こす「呪的勢能」が発揮されたと考えられるという。風や浪などの自然についても「風や浪は、やはり、羽や領巾などを振り動かすやうに揺動し振動するものとして捉へられてゐたからこそ、別に意識されずともおのづから擬態的に、風浪を起こす手段として、羽や領巾などが打振られたのではなからうか」とし、その波風を振動させる主格は、神などの絶対者（海神）だと考えられていたことを指摘している。[*14]

波や風、潮の満ち引きといった海にかかわる現象が、神の力によって起こされているという観念は、残された文献の中からだけでも、種々に見出すことができる。

海神《わたつみ》は　くすしきものか　淡路島　中に立て置きて　白波を　伊予《いよ》に廻《もと》ほし　居待月《ゐまちづき》　明石の門《と》ゆは　夕されば
潮《しほ》を満たしめ　明けされば　潮を干《か》れしむ…　（巻三・三八八）

…いさなとり　海道《うみぢ》に出《い》でて　恐《かしこ》きや　神の渡りは　吹く風も　和《のど》には吹かず　立つ波も　凡《おほ》には立たず…　（巻十三・三三三五）

一例目には、「海神」が白波の動きや、潮の満ち引きを司っていると歌われる。また二例目では、「神の渡り」（神がいる海峡）は風や波が荒いと歌われる。海風や波は、そこを支配する神の所行であると考えられていたことがうかがえる例である。『播磨国風土記』にも、そういった伝承は散見される。

昔、大汝《おほなむち》の命《みこと》の子、火明《ほあかり》の命《みこと》、心も行《わざ》も甚強《いとこは》し。是を以て、父神《かそのかみ》患《うれ》ひたまひて、遁《に》げ棄《す》てむと欲《おもほ》しき。乃ち、因達《いだて》の神山に到り、其の子を遣《や》りて水を汲ましめ、還《かへ》らざる以前《さき》に、すなはち発船《ふなたち》して遁げ去りき。ここに、火明の命、水を汲み還り来て、船の発《た》ち去《ゆ》くを見るすなはち、大《いた》く瞋《いか》り怨《うら》む。仍《よ》りて風波を起《おこ》し、其の船に追ひ迫《せ》む。ここに、父神の船、進み行くこと能はずして、遂に打ち破らえき。　（飾磨郡）

火明命は、父・大汝命から疎まれ、置き去りにされた。そのことを知った火明命は、波風を起こして父の乗る舟を転覆させたという。また、同風土記には次のような逸話もある。

神嶋と称《い》ふ所以《ゆゑ》は、此の嶋の西の辺に石神在《いま》す。形、仏のみ像《かた》に似たり。故《か》れ、因《よ》りて名と為《な》す。此の神の顔に五色《いつくさ》の玉あり。又、胸に流るる涙あり。是も亦五色なり。泣く所以《ゆゑ》は、品太《ほむだ》の天皇《すめらみこと》のみ世、新羅《しらぎ》の客《まらひと》来朝《まゐ》けり。仍ち、此の神の奇偉《たたは》しきを見て、非常之珍《おもひのほかなるうづ》の玉と為《おも》ひ、其の面《おもて》の色を屠《くじ》りて其の一瞳《まなこ》を掘りぬ。神、由りて泣く。

ここに、大《いた》く怒るすなはち暴風《あらきかぜ》を起し、客の船を打ち破りき。（揖保郡）

神嶋に鎮座する石神の顔には、五色の玉が埋め込まれていた。新羅人が来朝した際、その玉の一つを抉り採ったところ、神が怒って暴風を起こし、新羅人の船を難破させたという。

このように、風や波の動きは神によって支配されるものであり、人智を遥かに超えるものであると理解されていた。特に、人にとって恐れの対象となる荒々しい波風を神が起こすものであると考えることは、自然と共存する古代人にとっては、ごく当然の観念であったといえよう。

一方、穏やかな風と、それによって起こされるさざ波は、土地讃めの景物としてしばしば登場する。

いさなとり　浜辺を清み　うちなびき　生ふる玉藻に　朝なぎに　千重波《ちへなみ》寄せ　夕なぎに　五百重《いほへ》波寄す　辺《へ》つ波の　いやしくしくに　月《つき》に異《け》に　日に日に見とも　今のみに　飽き足らめやも　白波の　い咲き廻《めぐ》れる　住吉《すみのえ》の浜　（巻六・九三一）

車持千年の難波行幸従駕歌では、寄せては返す波の反復性を表す「しくしくに」が、何度も見ること（「月に異に　日に日に見とも」）を導き、そこから、何度見ても飽き足らない浜の景観の美しさを述べて歌い収める。そして、その浜の景観を代表する景物として再び「白波」が登場する。また、笠金村には「行き廻り　見とも飽かめや　名寸隅《なきすみ》の舟瀬《ふなせ》の浜に　しきる白波」（巻六・九三七、播磨国印南野《いなみの》行幸従駕歌第二反歌）があり、やはり「しきる白波」が「見とも飽か」ない景観の根拠となっている。村瀬憲夫氏が、行幸従駕歌における波の詠まれ方について、「その絶え間なさに讃歌性があるのであろう」[*15]とするように、海辺の土地への行幸では、寄せては返す波は讃美にかかわる重要な景物としてある。

やすみしし　わご大君の　常宮《とこみや》と　仕へ奉《まつ》れる　雑賀野《さいかの》ゆ　そがひに見ゆる　沖つ島　清き渚に　風吹けば　白

波騒ぎ　潮干《ふ》れば　玉藻刈りつつ　神代より　然《しか》ぞ貴き　玉津島山《たまつしまやま》
(巻六・九一七)

これは、山部赤人が天皇の紀伊国行幸に従駕した際の歌である。離宮からの景観を描写し、「神代より　然ぞ貴き玉津島山」と讃美し結ぶ。天皇の離宮があるにふさわしい「貴さ」を、神代より続く玉津島山の景観の中に求めるのだが、そのひとつとして「風」と「波」とが登場することは看過できない。波が「騒ぐ」という表現自体には讃美性が薄いという指摘[*16]がありはするものの、風によって立つ白波それ自体は、当該歌では貴さの象徴として描かれている。

次の例も同様である。

八千桙《やちほこ》の　神の御代《みよ》より　百舟《ももふね》の　泊《は》つる泊まりと　八島国《やしまくに》　百舟人《ももふなひと》の　定めてし　敏馬《みぬめ》の浦は　朝風に　浦波騒き　夕波に　玉藻は　来寄る　白砂《しらまなご》　清き浜辺は　行き帰り　見れども飽かず　うべしこそ　見る人ごとに語り継ぎ　偲《しの》ひけらしき　百代《ももよ》経て　偲はえ行かむ　清き白浜
(巻六・一〇六五)

敏馬の浦の景観を讃える、田辺福麻呂の長歌である。ここでも、「八千桙の　神の御代」から続く浦の景観のひとつとして、朝風に騒ぐ浦波と、夕波に乗って浜辺に運ばれる玉藻とが描写される。その景は「見れども飽」きないと称賛され、「百代経て　偲はえ行かむ」と今後も語り継がれてゆくことが望まれる。

注意されるのは、赤人・福麻呂の二首において、叙景に基づく土地讃めが「神代」との関わりにおいて行われる点である。赤人歌では「神代より　然ぞ貴き」、福麻呂歌では「八千桙の　神の御代より」とある。神代よりそうある、という連続性を示すのは土地讃めの定型であるが、その中で、讃えられる景物として「風」と「波」とが取り上げられることの背後にも、波や風が神によって起こされるものであるという認識を汲み取ることができるのではないだろうか。人智を越えた神の所行に対し、あるときは恐れかしこみ、あるときは貴ぶべき景観として讃美するのである。

石見相聞歌に立ち戻れば、推敲の前段階とされる或本長歌(一三八)では「明け来れば　波こそ来寄せ　夕されば風こそ来寄せ」となっており、表現としては、自然現象としての波・風の描写という域を出ない。それを、「朝羽ふる」「夕羽ふる」という表現へと推敲することによって、風や波を起こす神の存在を透かし見せ、その風や波によって海辺へとなびき寄せられる玉藻沖つ藻に対し、よりいっそうの特別感を与えているといえよう。

以上見てきたように、当該歌では、風や波、それらによって海辺になびき寄せられる玉藻沖つ藻が、ある種の神秘性を持った存在として描かれる。[*17] 歌の舞台となる石見の海は、他者にとっては浦にも潟にも恵まれない、取り柄のない場所であるが、詠み手にとっては、神が起こす風・波によって、貴重で特別な玉藻（＝「妹」）を手にすることができる場所――いわば、神による恩恵の得られる、かけがえのない場所なのである。

おわりに

石見相聞歌第一歌群の長歌前半部は、浦や潟のない海、その海に神が吹かせる風、それによって立つ波になびくみずみずしい玉藻沖つ藻の姿を、具体的かつ微視的に描く。そしてその描写は、長大な序詞として、「寄り寝し妹」の姿を顕ち上がらせる役割を担う。

しかし、ようやく登場する「妹」の姿は、「寄り寝し」と、過去のものとして提示される。二人で過ごした睦まじい時間はすでに過ぎ去ったものであり、詠われる「今」は、その妹を「露霜の　置きてし来」た段階としてある。長歌後半部に至って、海の景から急速に、詠み手のいる山道の景へと視点が移るが、それこそが詠み手の現在なのである。すでに「いや遠に　里は離りぬ　いや高に　山も越え来」たのであり、もう妹の住まいすら見える場所にいない。詠み手の姿はあくまで、「妹」と別れて上京する最中の山中にある。浦や潟のない海も、みずみずしい玉藻も、それをなびかせる神の所行たる風も波も、玉藻のように寄り添った妹の姿も、すでにそこにはないのである。現在の「妹」の姿はといえば、「夏草の　思ひしなえて　偲ふらむ」（夏草が萎れるように、別れにうち沈んで私を偲んでいるだろう）と想像されるのみである。現在の「妹」に重ねられるのは萎れた夏草のイメージであり、「か青く生ふる　玉藻沖つ藻」と生命力にあふれるものとして比喩された「妹」の姿とは対照的である。

しかし、引き返すことや直接の逢会はもはや望まれていない。長歌の末尾で詠み手は、視界を遮る山に対し「なびけこの山」と命令するが、その目的はただ「妹が門」を「見る」ことにある（「妹が門見む　なびけこの山」）。別れを受け入れ、せめてもの名残として、「門」を見ることを望むのである。平舘英子氏は、長い序詞を冠した「妹」の描写が、妹に異界の人であるかのような印象を与え、そのことによって、神話における別れ（再会を望めない別れ）の記憶を重ねていると述べる。[*18]「妹」との別れが決定的な必然としてあるからこそ、前半部の詳細な海の描写と、そこから想起される神秘的でみずみずしい「妹」のイメージは、反って、歌群の主題である「別離」の叙情を増幅させる効果をもたらしているといえるだろう。

注

（1）益田市の戸田柿本神社の由緒記によれば、人麻呂は、当神社の宮司・綾部家の庭前の柿の木もとに、七才の童児となって天降ったと古記にある、とされている。また、神社近くには、人麻呂の遺髪が祀られるとされる遺髪塚がある。

（2）高津柿本神社縁起および境内案内図による。高津柿本神社をめぐる歴史や人麻呂伝承の生成については、雪野真優子氏「石見高津柿本神社をめぐる人麿伝承」（『山口国文』三十九号、二〇一六年）を参照。

（3）伊藤博氏「石見相聞歌の構造と形成」（『萬葉集の歌人と作品　上』塙書房、一九七五年）、橋本達雄氏「石見相聞歌の構造」（『万葉集の作品と歌風』笠間書院、一九九一年）、神野志隆光氏「石見相聞歌論」（『柿本人麻呂研究』塙書房、一九九二年）など。

（4）梶川信行氏「石見の海と難波の海」（『語文』一三七号、日

本大学國文学会、二〇一〇年）

（5）川島二郎氏「石見相聞歌の前奏部について」（『山辺道』四〇号、天理大学国語国文学会、一九九六年）、坂本信幸氏「柿本人麻呂の表現をめぐって」（『萬葉』一九五号、二〇〇六年）。また、廣川晶輝氏「柿本人麻呂『石見相聞歌』第一群長歌序奏部の表現について」（『萬葉語文研究』第十一集、和泉書院、二〇一五年）は長歌前半部の表現について、「異郷で妻を持ち『家』を持った『我』の立場から歌い、『異郷にして異郷ではないところからの妻との別れ』という複雑な要素、しかし、律令官人にとっての新たな主題を作品化するために、必要であったと言えよう」と考察している。

（6）注（5）坂本氏論文。

（7）原文「香青生」を「かあをなる」と訓む説があるが、毛利正守氏「萬葉集の字余り―句中単独母音二つを含む場合―」（『國語と國文学』五十八巻三号、一九八一年）により、「かあをくおふる」と訓む説を採る。

（8）村瀬憲夫氏「神代よりしかぞ貴き玉津島山―山部赤人の玉津島讃歌―」（『紀伊万葉の研究』和泉書院、一九九五年）

（9）清水克彦氏「殯宮挽歌」（『柿本人麻呂―作品研究―』風間書房、一九六五年）

（10）平舘英子氏「石見相聞歌―放りゆく人・その心―」（『萬葉悲別歌の意匠』塙書房、二〇一五年）では、「玉藻」と「沖つ藻」とを同格と見ず、切り離して考えている。

（11）伊藤博氏『萬葉集釋注六』（集英社、一九九七年）

（12）注（5）川島氏論文。

（13）注（3）伊藤氏論文に、風が「寄る」という言い方が見えないと指摘がある。身﨑壽氏「『朝羽振る風』と『夕羽振る浪』石見相聞歌（万葉集）のよみをめぐって」（『国語教室』六十一号、一九九七年）は、万葉集中の用例調査から、風が「寄る」「寄す（自）」といった例がないことを指摘し「風こそ寄せめ」「浪こそ来寄せ」と訓み、風や浪が沖から玉藻を海辺に運び寄せる、という解釈の妥当性を提示している。

（14）井手至氏「『朝羽振る風・夕羽振る浪』という表現」（『遊文録　説話民俗篇』和泉書院、二〇〇四年）

（15）村瀬憲夫氏「和歌の浦・玉津島の歌覚え書き」（『紀伊万葉の研究』和泉書院、一九九五年）

（16）注（15）村瀬氏論文。

（17）注（10）平舘氏論文では、「角の里にある『妹』に異界の女の印象を重ねている可能性を推測させる」「『妹』があたかも石見の海の沖から来たような印象を与えることにあったのではないか」と述べられている。

（18）注（10）平舘氏論文。

『古事記』国譲り神話における美保の埼

岩田　芳子

一　『古事記』国譲り神話

『古事記』上巻に見える国譲り神話は、大国主神が作った葦原中国《あしはらのなかつくに》を天つ神が領有する地とし、天孫が降る準備を整える経緯を伝えている。国譲りが行われる場面の一節を見てみよう。

是を以て、此の二はしらの神（建御雷神《たけみかづちのかみ》と天鳥船神《あめのとりふねのかみ》）、出雲国の伊耶佐《いざさ》の小浜《をはま》に降り到りまして、十掬剣《とつかのつるぎ》を抜き、逆《さかしま》に浪の穂に刺し立て、その剣の前に趺坐《あぐみ》て、その大国主神に問ひて言ひしく、「天照大御神・高木神の命以て問ひに使はせり。汝《な》がうしはける葦原中国は、我が御子の知らさむ国と言依《ことよ》し賜ひき。故《かれ》、汝が心奈何に」。爾《しか》くして、答へて白《まを》ししく、「僕《やつがれ》は、白すこと得ず。我が子八重言代主神《やへことしろぬしのかみ》、是白すべし。然るに、鳥遊取魚《とりのあそびすなどり》の為に、御大之前《みほのさき》に往きて、未だ還り来ず」とまをしき。故爾くして、天鳥船神を遣はして、八重事代主神を徴《め》来して問ひ賜ひし時に、其の父の大神に語りて言はく、「恐し。此の国は天つ神の御子に立て奉らむ」といひて、即ち其の船を蹈み傾けて、天《あめ》の逆手《さかて》を青柴垣《あをふしかき》に打ち成して隠りましき〈柴を訓《よ》みて布斯《ふし》といふ〉。（神代記）

高天原から伊耶佐の小浜に降った建御雷神と天鳥船神とは、大国主神に対して、葦原中国を天つ神に譲るよう迫る。

大国主神は、自らは答えられない、子の八重事代主神（言代主神とも）が答えると言う。事代主神はこの時、美保《みほ》の埼（「御大之前」）に出かけ、「鳥遊取魚《とりのあそびすなどり》」を行っていた。そこに天鳥船神が遣わされ、伊耶佐の小浜へ連れ帰り、改めて国譲りの意志を訊ねる。事代主神は、大国主神に対して、国を天つ神の御子に奉ると述べた後、自らが乗る船を傾け、青柴垣の中に隠退するという内容である。

この後、建御雷神は大国主神のもう一柱の子建御名方神《たけみなかたのかみ》と力競べをして勝利する。大国主神は、隠退の住居について条件を出し、国譲りを受諾、多芸志《たぎし》の小浜に天の御舎《みあらか》を造営、それを以て、建御雷神は葦原中国の平定を終えたことを高天原に復命するのであった。

さて、右の場面に出てくる事代主神は、その名から「コト」（事・言）を司る（「代《シロ》」は「領《シル》」こと）神と解される。事代主神の発する「言《コト》」は、「事《コト》」を確定させる力を持つ。右の傍線部は、その事代主神が美保の埼から伊耶佐の小浜に呼び戻される箇所である。事代主神の行動に関わるこの展開が『古事記』の国譲り神話のなかでどのような意味をもつか、ということはこれまであまり問題とされてこなかったようである。しかし場面は、国譲りがどのように果たされるか、という重大なテーマを抱えており、事代主神の返事をどのように得るかを記すにおいては、相応の注意が払われたものと推測される。『古事記』と同じく、国を譲る場面を記載する『日本書紀』には、次のように見える。

A　（建甕槌神《たけみかづちのかみ》と経津主神《ふつぬしのかみ》とが出雲国の五十田狭《いたさ》の小汀《をはま》に降り、大己貴神《おほあなむちのかみ》に「意《こころ》」を問い、大己貴神は子が答えると言う）是の時に、其の子事代主神、遊行《いでま》し出雲国の三穂〈三穂、此をば美保と云ふ〉の碕に在り。釣魚《つり》するを以て楽《たのしび》とす。或いは曰はく、遊鳥《とりのあそび》するを楽とすといふ。故、熊野の諸手船《もろたぶね》〈亦の名は天鴿船《あまのはとふね》〉を以て、使者稲背脛《つかひいなせはぎ》を載せて遣りつ。而して高皇産霊《たかみむすひ》の勅を事代主神に致し、且報《かへりごとまを》さむ辞《ことば》を問ふ。時に事代主神、使者に謂《かた》りて曰はく、「今天神《あまつかみ》、此の借問《と》ひたまふ勅有り。我が父、避り奉るべし。吾亦、違ひまつらじ」といふ。因りて海中《わたなか》に、八重蒼《やへのあを》柴《ふし》〈柴、此をば府璽《ふし》と云ふ〉籬《かき》を造りて、船枻〈船枻、此をば浮那能倍《ふなのへ》と云ふ〉を蹈みて避りぬ。使者、既に還り報命《かへりことまを》す。（神代紀第九段正文）

B　時に二神（建甕槌神と経津主神）、出雲に降到り、便ち大己貴神に問ひて曰はく、「汝、此の国を将《も》ちて、天神に奉らむや以不《いな》や」とのたまふ。対へて曰さく、「吾が児事代主、射鳥遨遊《とりのあそび》して、三津の碕に在り。今当に問ひて報《かへりごとまを》さむ」とまうす。乃ち使者を遣して訪《と》はしむ。対へて曰さく、「天神の求めたまふ所、何ぞ奉らざらむや」とまうす。故、大己貴神、其の子の辞を以て、二神に報す。（神代紀第九段一書第二）

『日本書紀』神代巻では、第九段正文（以下「A」とする）と第九段一書第一（以下「B」とする）に、事代主神のことばを求める展開が見られる。これらを比べると、事代主神に対して派遣される使者が、高天原から国譲りの命を受けて降った天つ神の一柱とされることは、『古事記』に独自に見られる設定であることが認められる。『日本書紀』では、高天原より降る神が建甕槌神と経津主神とされ、天鳥船神は出てこない。事代主神に派遣される使者は、第九段正文（A）熊野の諸手船（天鴿船）に乗船した稲背脛、第九段一書第一（B）では、たんに使者とされる。また併せて、事代主神が伊耶佐の小浜に連れ戻されていること、美保の埼を「御大之前」と表記することも、『古事記』のみに見られる方法である。

『古事記』において美保の埼で「鳥遊取魚」をする事代主神のもとに派遣される使者は、何故、天鳥船神であるのか。「天鳥船神を遣はして、八重事代主神を徴来して」という文脈の中には、直接には明記されないが、天鳥船神と事代主神とが美保の埼で対面したという理解が、当然含まれている。それが果たされた美保の埼は『古事記』においてどのような場として意味を持ち、その「出会い」はどのようなものとして把握されているのだろうか。

島根半島地図

二　美保の埼

国譲り神話において、天つ神が大国主神との交渉のために降り立ったという伊耶佐の小浜（紀では五十田狭の小汀）は、出雲大社から西に一キロメートルほど行った稲佐浜に比定される。島根半島の西端に位置する日御碕の南である。一方、事代主神が出かけたという美保の埼は、日本海と美保湾の境に突出する島根半島の東端の地蔵崎に比定される。現在でも豊かな漁場として知られる場所である。伊耶佐の小浜とは、半島の東西の反対側という位置関係にある。八世紀頃の美保の地については、『出雲国風土記』に次のように記される。

美保浜　広さ一百六十歩なり〈西に神社《かみのやしろ》有り。北に百姓《おほみたから》の家有り。志《し》毘《び》魚を捕る〉（島根郡）

美保埼〈周《めぐ》りは壁たちて、峙《さ》崋《が》しき定岳《やま》なり〉（同）

美保の埼は、嶮しく切り立った壁面を擁し、その周辺の海では、志毘魚（鮪）を捕って多くの民衆が生活していた。「神社」は地蔵崎より半島の南側を西に行った美保の関近くに鎮座する美保神社のこと。室町時代より続くという事代主神に由来する祭祀が現代でも行われている。『出雲国風土記』意宇郡条には、美保の地の成り立ちが記されている。それによれば、現在の島根半島は、八束水臣津野《やつかみづおみつのの》命《みこと》が新羅・隠岐の二地域・越という四つの地から土地に縄をかけて引いて来て、縫い合わせて出来た土地であるという（国引き神話）。そのうち、越国から引いて来た土地が美保の埼であった。また、美保の地名は、高志国に坐す神の子孫奴奈宜波比売命《ぬながはひめのみこと》が天下《あめのした》造らしし大神命と結婚して生まれた御穂須々美命《みほすすみのみこと》の名に拠るとされる（島根郡美保郷）。なお、『日本書紀』第九段一書第一（B）では、美保ではなく「美津碕」とする。『出雲国風土記』には、「御津浜」という地名が島根郡と楯縫郡とに見られ、ともに日本海側にあるという。ただし碕とされる場所は見られず、未詳である。[*1]

国譲りの交渉が出雲国の海辺で行われることについて、次田真幸氏は、「…出雲神話ではしばしば海浜が舞台となっており、また神霊が海原から海浜に寄り来ることが語られている。…（中略）…これらは、海浜が神霊の寄り来る霊地とされたことを表わしており、大国主神を祭る杵築大社が、『多芸志の小浜』に営まれたというのも、海浜に神霊を迎えて祭ることと無関係ではあるまい」[*2]とされる。また、田中卓氏は、大国主神と事代主神とが島根半島の東西に配され、建御名方神が天つ神に最後まで抵抗を示していることから、大国主神と事代主神とは出雲国の防禦態勢の両翼をなし、建御名方神は意宇郡を拠点として東方の防禦を担っていたと指摘されている。[*3] 島根半島は、国引き神話からも窺えるように、海上の交通によって各地と交流を持ったと推測される。伊耶佐の小浜と美保の埼とは、実質的且つ心理的に、それを支える要所であったのではないだろうか。

『古事記』は、美保の埼の表記を「御大之前」とする。音から分析される「ミホ」の地名は、美称としての「ミ」（「美」「御」）と突出する様子を表わす「ホ」（「秀」）からなり、海に突き出た地形による名称と考えられる。「御大」は、「オホ」の「オ」を省いて「ホ」を残し、美称としての「御」を冠しているとされ、[*4] 尊く偉大な場所としてこの地を讃えるため、『古事記』において表記が選択されていると見られる。「御大之前」は、大国主神による国作りの場面の舞台ともされる。

故、大国主神、出雲の御大之御前《みほのみさき》に坐す時に、波の穂より、天《あめ》の羅摩《かがみ》の船に乗りて、鵝《かり》の皮を内剥《うつは》ぎに剥ぎて、衣服《ころも》と為て、帰《よ》り来る神有り。…即ち久延毘古《くえびこ》を召して問ひし時に、答へて白ししく、「此は、神産巣日神《かむむすひのかみ》の御子、少名毘古那神《すくなひこなのかみ》ぞ」とまをしき。（神代記）

大国主神が国を作るとき、それを共に行った少名毘古那神《すくなひこなのかみ》が寄り着いたのが、この「御大之前」であった。少名毘古那神は、大国主神が「御大之御前」にいるとき、鵝（雁）の皮を丸剥ぎにした服を着て、天の羅摩の船（ガガイモの実で作った船）に乗って、波の穂（秀）から現れたという。大国主神とともに国作りを行なったのちは、常世に渡って行ったという。この神が国作りに携わるのは、天の羅摩の船に乗り、鵝の皮を衣として鳥の形をとることが太陽神の姿に通じ、太陽神は、穀霊と見なされることから、常世国から訪れ豊饒を齎す神であるためとされる。[*5]「御大之御前」は、少名毘古那神が寄り憑いて、国作りがはじめられた拠点であった。この神の漂着地を、『日本書紀』は、五十狭狭の小汀（第八段一書第六）とすることからも、『古事記』が意図的に美保の埼を異界から現れて豊饒を齎す穀霊を迎え、国を支える聖なる場所として位置づけていると理解される。では、美保の埼は国譲り神話においてどのような場所としてあるのだろうか。

三　事代主神の行動

事代主神は、国譲りの交渉に天つ神が降った時、美保の埼に居て、「鳥遊取魚」を行っていたとされる。『日本書紀』

でも美保の埼に「遊行」して「釣魚」の楽或は「遊鳥」の楽を行っていた（A）、もしくは美津の碕で「射鳥遨遊」していた（B）とされている。「遊《あそび》」は、ある決められた場や状況において熱中・陶酔する要素を有する行為として広く捉えられ得て、その行為には飲宴歌舞や逍遥、狩猟などが含まれる。事代主神の美保の埼での行為が遊猟と理解されたことは、「射鳥遨遊」（B）において明確に示されているが「鳥遊」（古事記）や「遊鳥」（A）もまた、「取魚」（古事記）・「釣魚」（A）と対応することから、遊猟であると考えられる。すなわち、「鳥遊取魚」は、空を飛ぶ鳥や水中を泳ぐ魚を取って遊びとする、狩猟・漁猟をいうと解されよう。では、神の遊猟が語られることには、どのような意味が見出されるだろうか。『常陸国風土記』には、倭武天皇と橘皇后が鹿と鮑とを求めて狩猟と漁猟とを競う話が記載される。狩りのあと、天皇は次のように述べる。

猟《かり》と漁《すなどり》と已に畢りて、御膳《みけつもの》を羞《すす》め奉る時に、陪従《おもとひと》に勅《みことのり》して曰りたまはしく、「今日の遊《あそび》は、朕《あれ》と家后《きさき》と、各《おのもおのも》、野と海とに就きて、同《とも》に祥福《さち》〈俗《くにひと》の語《ことば》に、「さち」と曰ふ〉を争へり。野の物は得ずあれども、海の味《あぢはひ》は尽《ことごと》に飽き喫《くら》ひつ」とのりたまひき。後の代《よ》に跡を追ひて、飽田村《あきたのむら》と名づく。（多珂郡）

天皇と皇后は、互いに「祥福《さち》」を求めて競い合い、皇后は、たくさんの海の「祥福」を得た。その海のものを「飽き喫ひつ」と言った倭武天皇の発言が村名の起源となったという。巡行する神や天皇の事蹟を地名の起源とする神話や伝説の基層には、神や天皇が当地を訪れたことを祝福として捉え、地名に記憶するという発想がある。巡行は、占有行為に繋がるものであった。そして狩りは、地名起源の根拠となる事蹟の主要な題材のひとつである。

狩りは本来、人々の経済と直接に関わるものである。神や天皇による豊かな狩りの成果とその表明は、土地に豊かな獲物があることを保証する予祝となる。また、獲物を食することは、その土地の魂を身体に取り込むことであり、占有行為であったと考えられる。地名はその祝福を記憶する。飽田村の伝説もそうした狩りによる祝福のひとつであろう。ただしこの場合、狩りは「遊」と表わされ、天皇と皇后による競技とされている。遊興の行為としての狩りは、本来の生産の目的から離れ、儀礼的な意味を帯びる。

獲物は、それ自体が「祥福」であるとともに、土地が豊かであることを象徴するものでもある。

…忽に白鳥《しろとり》あり。北より飛び来りて、此の村に翔《かけ》り集ふ。菟名手、即ち僕者《やつこ》に勒《おほ》せて、遣して其の鳥を看しむるに、鳥、餅《もちひ》と化為《な》る。片時《しまし》の間《ほと》に、更に芋草《うも》 数千許《ちぢあまり》株に化り、花と葉と冬にも栄ゆ…

（『豊後国風土記』総記）

豊後国（豊国）の地名起源譚の一節である。景行天皇の頃、菟名手《うなて》という人物（豊国直の祖）が治める土地に白い鳥の群れが現れ、その鳥が餅や芋草（里芋）と化し、植物が栄えた。これを瑞祥として天皇に奏上し、地名が付けられたという。この鳥は、まさしく豊饒を齎すものである。鳥が生産物に変化すること、それが確心される場は、瑞祥の鳥を迎え得る条件を備えた特別な場であったに相違ない。

また、『肥前国風土記』には、魚釣りと土地の豊饒とが結びつくことによる地名起源譚が見られる。それは、神功皇后がこの地で食事をとった際、食べていた米粒と持参した針、裳の糸を使い、新羅遠征の成果を占うために年魚《あゆ》を釣ったという話である。この話は、地名起源であるとともに、次のような行事の起源ともなった。

所以《このゆゑ》に、此の国の婦女《をみな》、孟夏四月《なつのさかりうづき》に、常に針を以て年魚を釣る。男夫《をとこ》は釣ると雖も、獲ること能はず。

（『肥前国風土記』松浦郡）

起源譚において、年魚は米粒を餌として釣られたとされる。それを再現する行為は、農耕における収穫物により大きな獲物を期待する、ひとつの予祝となり得たと考えられる。*6 年魚は、それ自体が土地に寄り来った獲物であると同時に、その年の豊饒を保証するものでもあった。土地に寄り来るもの、特に季節に応じて訪れる渡り鳥や回遊魚には、異界からの到来物としての在り方を、おのずからに把握されたことが想像される。儀礼的な意味を持つ狩りは、土地の豊饒と密接に関わるのである。
以上のことから事代主神は、土地に寄り来る豊饒の象徴としての鳥や魚を捕えるために美保の埼に赴いていたと考えられる。神の遊猟は、美保の地の豊饒を予祝し、土地を占有することに繋がる。では何故、記紀の国譲りの場面において、事代主神の行動がこのように語られるのであろうか。そこには、事代主神を祀る祭祀に関わる歴史的な事情のあることが推測される。

事代主神は、『古事記』では、大国主神の系譜と国譲りの場面とに見えるのみであるが、『日本書紀』では次のような記載がある。神代紀には、事代主神が八尋熊鰐《やひろくまわに》に化して三島溝樴姫《みしまみぞくひめ》（玉櫛姫《たまくしひめ》）に通ったという婚姻譚が記され、子の姫蹈鞴《ひめたたら》五十《い》鈴姫命《すずひめのみこと》は神武妃とされる。その系譜は、綏靖・安寧・懿徳に及び、この神の子孫が三代に亙って天皇の后とされている。また、事代主神は皇軍の守護神として、神功皇后の新羅遠征の際と、大海人皇子の壬申の乱の際（天武紀元年七月壬申）に託宣に現われた神と伝えられている。さらに、記紀以外では、祈年祭祝詞に、皇居内に祭られる八祭神の一柱として「辞代主」の名があり、「出雲国造神賀詞」に「事代主命の御霊を宇奈提《うなて》に坐《ま》せ…」（宇奈提は奈良県高市郡の雲梯神社）とある。

『日本書紀』の記述や祝詞に見られる祭祀状況は、事代主神が天皇家及び畿内で重んじられていることを示す一方、『出雲国風土記』にはその名が見えず、同時期に出雲国でこの神が祀られた形跡も窺えない。西田長男氏は、八祭神の起源が天武朝であることから、この神が神話に登場するようになったのが天武朝であるとされた。[*7] 吉井巖氏は、西田説を踏まえ、事代主神が「氏族の祖先伝承と縁のない孤独な神」であることから、その名も記紀神話に登場するに及んではじめて確立したのではないかと推測された。[*8]

西田・吉井両氏の論じられたように、事代主神がもとは出雲国の土着の神ではなく、朝廷内において意図的に考案された神であるのならば、国譲り神話に見られる遊猟の伝承も比較的新しい成立であったと考えられる。地名が『古事記』・神代紀第九段本文（A）と第九段一書第一（B）とで揺れが見られるのは、出雲国において事代主神の位置づけが未だ定まっていなかったことを示すのではないだろうか。事代主神を出雲国の神として定着させるためには、大国主神の系譜に位置づけ、出雲国の防禦の拠点のひとつである美保の埼で狩猟・漁猟をしたとする神話が是非とも必要とされた。記紀が神話において語り出す事代主神は、出雲国の美保の埼（美津の碕）を訪れて狩猟・漁猟の遊を行ない、そこに事跡を残したはずの、神の姿であったと考えられる。

鳥や魚を対象とした遊猟を行う事代主神は、記紀に共通して把握される。ただし、『古事記』では「鳥遊取魚」を行う美保の埼を「御大之前」と表わす。その場所は、少名毘古那神が来訪し、国作りが開始された聖なる地であった。松前健氏は、美保の地が少名毘古那神のような豊饒霊を送迎する祭りの場であったと推測されるが[*9]、そのような場として美保の埼を積極的に位置づけようとしたのが『古事記』の立場ではなかったか。「御大之前」は、事代主神が「鳥遊取魚」を行ない土地に祝福を齎す聖なる場所としてある。そこは、国つ神の拠点のひとつであっただろう。そして、そこに派遣されたのが、天鳥船神であった。

四　天鳥船神との対面

天鳥船神は、『古事記』に特有の神で、伊耶那岐・伊耶那美の子とされ、系譜には「鳥之磐楠船神、又の名を天鳥船神」と見える。[*10]西宮一民氏は、「建御雷神の副使が船の神であるというのは、雷は船に乗って天翔《あまがけ》り降臨すると信じられていたからである。『日本霊異記《にほんりょういき》』の道場法師出征譚《たん》にも雷神の乗物を楠船としている」[*11]とされる。[*12]

天鳥船神（古事記）や天鴿船（日本書紀第九段正文（A））のように、古代、船には鳥に因む名が付けられることがあった。『萬葉集』に「奥《おき》つ鳥　鴨と云ふ船の」（巻16・三八六六、三八六七）と詠まれる例もそのひとつである。船に鳥の名が付けられる意味については諸説がある。[*13] ただし、国譲りの場面においては、使者という役割を担うことから、次のような伝説が参考となろう。『播磨国風土記』逸文に、大楠を伐って作られた舟の伝説が見える。舟は、「其の迅《はや》きこと飛ぶが如し。一楫《ひとかぢ》に七浪《なみ》を去越《こ》ゆ。仍《よ》りて速鳥《はやとり》と号《なづ》く」（明石郡、明石駅家）とされ、この舟が速く走ることから、速鳥の名を付けられたという。事代主神に対する使者に求められたのも、足の速い船であったと考えられる。熊野の諸手船（神代紀第九段正文（A））は、「諸手」、即ち何本もの櫂をつけた機動性・操作性の高い船のことである。またの名に天鴿船とあるのも、ハトのすぐれた飛翔性に因るのであろう。

天鳥船神の性質は、その名から、雷を運ぶ足の速い船と理解される。この神が事代主神に派遣されたのも、その足の速さによると考えられる。ただし、使者とされる理由はそれだけではあるまい。注意されるのは、使者としての船が鳥の名をもつことが、鳥と使者との関係を想起させることである。鳥は、空を渡り、高く鳴くことから、離れた相手や異界からのことばを伝える使いとされた。たとえば、神代記紀に登場する雉の鳴女《なきめ》は、異界からことばを運ぶ使いの鳥である。建御雷神が葦原中国に遣わされる以前、同じように地上に降された天若日子《あめわかひこ》という神がいた。天若日子は、大国主神の娘婿となってしまい、高天原に報告を齎さなかった。そこで、高天原が天若日子の真意を問うために遣わした使者が鳴女という名の雉であった。鳴女は高天原と地上とにことばを運ぶ鳥である。このように離れた相手にことばを伝える鳥の例は、

天飛ぶ　鳥も使そ　鶴が音の　聞こえむ時は　我が名問はさね　（允恭記　歌謡85）

と軽太子が軽大郎女との仲が露見して伊余湯に配流されるとき、郎女に対して歌う中にも見られる。また、仁徳記

で、嫉妬して怒る石之日売に天皇が派遣した使いの名が鳥山《とりやま》とされることなどにも、ことばを伝える鳥に対する把握が重ね合わされよう。

鳥に見られた使いとしての性質は、「鳥」の名を持ち、使者として派遣された天鳥船神にも見出されるのではないか。天鳥船神は、建御雷神の乗物であり、鳥のように足の速い船であり、且つ鳥の性質を負う使者として、事代主神のもとに派遣されたと解される。

ところが、事代主神が美保の埼に出かけていた目的は、先に見たように美保の埼に寄り来る鳥や魚を獲るためであったと考えられる。鳥の名を持つ使者が、鳥を遊猟の対象とする神のもとに赴くのである。天鳥船神は、船の神格神であり、鳥そのものではない。しかし、事代主神の行動と天鳥船神の帯びる性質との対応には、鳥を狩る者と鳥の性質を負う者とが対峙する関係が暗示されているのではないか。事代主神は、結果として「徴来」に応じていることから、美保の埼で天鳥船神を迎えていたことになるが、使者の派遣には、本来、これを拒否する可能性も潜在する。拒否する場合、それは使者の死という形で示されることが予期されるだろう。

高天原から天若日子に対して遣わされた雉の鳴女は、天若日子によって射殺されている。

故爾くして、鳴女、天より降り到りて、天若日子が門の湯津楓の上に居て、言《こと》の委曲《つばひら》けきこと、天つ神の詔命《みことのり》の如し。爾くして、天佐具売《あめのさぐめ》、此の鳥の言を聞きて、天若日子に語りて言はく、「此の鳥は、其の鳴く音甚悪し。かれ、射殺すべし」と云ひ進むるに、即ち天若日子、天つ神の賜へる天のはじ弓・天のかく矢を持ちて、其の雉を射殺しき。(神代記)

鳥のことばは理解されず、使者の死によって天つ神は天若日子の答えを知る。「天鳥船神を遣はして、八重事代主神を徴来して」という文脈は、事代主神が天鳥船神に抵抗せずに「徴来」に応じたことを示すが、その中には、両者の対面とその場における緊張関係が読み取られてよいだろう。

　事代主神が伊耶佐の小浜に呼び戻されたのは、父大国主神の天つ神へ示すべき「心」を明らかにするためであり、事代主神は父にそれを伝えている。ただし、天鳥船神に事代主神への伝達を命じたのは、建御雷神でなくてはならない。天鳥船神は、建御雷神の副使であって、これに大国主神が指示を下すとは考えられないからである。天鳥船神は、建御雷神によって派遣されたと見るべきであり、したがって、事代主神を「徴《め》し来《こ》」させたのも、建御雷神であると考えられる。「徴」は、召しだす意、[14]「徴来」は、公的な命を受けて召しだされる場合に用いられる表現であり、[15]天つ神と国つ神の上下関係を明確に示していると言える。事代主神は「御大之前」で土地を予祝する行為としての狩りを行なっていた。「未だ還り来ず」という状態は、それが未だ継続して行なわれていることを示す。その行為を中断させて天つ神が事代主神を「徴来」することには、天つ神の強制力が窺われる。『日本書紀』においては、第九段正文（A）の使者稲背脛も第九段一書第一（B）の使者も、問う者と答える者とのことばを仲介するのみで、使者が事代主神と対峙するような関係は見出されない。

　事代主神は、天鳥船神に随って自らの船で伊那佐の小浜に戻り、大国主神の「心」を述べた後、その船を傾けて、自ら作り成した青柴垣の内に隠れる。「即ち其の船を踏み傾けて、天《あめ》の逆手《さかて》を青柴垣《あをふしかき》に打ち成して隠りましき」という一文は、「天の逆手」という呪術的な所作（普通とは異なる拍手の方法か）を行い、「船」を「青柴垣」に変えたと解する説がある。[16]島根半島の海域を行き来したであろう船は、事代主神とともにその動きを止める。出雲の拠点のひとつである美保の地は、天鳥船神という天つ神を迎えた場所としての聖なる意味を付与される。そして国つ神が担っていた美保の地における予祝と占有とは、事代主神が隠れることで、その機能を天つ神に譲渡される準備が整えられたことになろう。

建御雷神は、事代主神の返事を得た後、大国主神のもう一柱の子である建御名方と力比べを行う。天鳥船神が派遣され事代主神を徴来させる場面には、その力比べと対応する、天つ神と国つ神との静かな攻防の存することが抽出され得よう。『古事記』は、事代主神を美保の埼から伊耶佐の小浜へ召し出す展開をもつことによって、国つ神が天つ神に服属する意志を持つことを徹底して語る意図を持つと考えられる。その中で、「御大之前」は、豊饒を齎す神や霊魂を迎えて国作りと国の統治に関わる聖なる場所として有り、天つ神を迎える場所として意味を持つと考えられる。

注

(1) 日本古典文学大系『日本書紀』上（岩波書店、一九六七年）頭注に「ミツは舟着場としてありふれた地名。各地にある」。

(2) 「大穴牟遅神の信仰と海人族」（『日本神話の構成』一九七三年）。但し、多芸志の小浜に営まれた天の御舎は、杵築大社とする説と天つ神を迎える神殿とする説とがある。

(3) 「八岐大蛇退治伝説の史的背景」（『神話と史実』田中卓著作集1、国書刊行会、一九八七年）

(4) 「意富《オホ》の意《オ》を省きて用ゐるなり」（「古事記伝十二之巻」『本居宣長全集』10、筑摩書房、一九六八年）

(5) 勝俣隆「少名毘古那神についての一考察―手俣より久岐斯子の視点から―」（『古事記の神々』上、古事記研究大系5―Ⅰ、高科書店、一九九八年）

(6) 岩田芳子『古代における表現の方法』第二章第二節（二〇一七年）

(7) 西田長男「記紀神話の成立と壬申の乱」（『古代文学の周辺』第三章第二節、桜楓社、一九六四年）

(8) 吉井巌「『ヌシ』を名にもつ神々」（『天皇の系譜と神話』一、塙書房、一九六七年）

(9) 松前健「国譲り神話の形成」（『日本神話の形成』塙書房、一九七〇年）

(10) 『日本書紀』には、蛭児を流すとき、天磐櫲樟船（第五段正文）、鳥磐櫲樟船（第五段一書第二）に乗せたとし、また、国譲り神話の別伝、第九段一書第二では隠遁する大己貴神のために「海に遊ぶ具」として用意されたもののひとつに天鳥船が見える。ただし、これが神格をもってあらわれるのは、『古事記』だけである。

(11) 「神名の釈義」新潮日本古典文学集成『古事記』（一九七九年）

(12) 『日本霊異記』上「雷の憙《むがしび》を得て子を生まし強き力在る縁《こともの》第三」で、雷が「我が為に楠の船を作りて水を入れ、竹の葉を泛《うか》べて賜へ」と言い、その通り与えたところ、天に登って行ったという。楠は、堅く軽いため、船材として多用されていたことが考古学の分野でも証明されている。

(13) 福島秋穂氏は諸説を整理して、(1)鳥が速く飛ぶことから、船も早く行くという聯想によるという説、(2)水鳥に譬えたという説、(3)霊魂観の結合による鳥と太陽との関連を説く説に分類された。さらに氏は、これらとは別に、(4)航海で太陽や星の位置を利用する以前、帰巣本能を持つ鳥を利用するために船に乗せていたことによる、との説を提示されている。(「鳥船考」『記紀神話伝説の研究』第四章、六興出版、一九八八年、初出は「日本の神話と中国の文化―鳥船再考―」『和漢比較文学叢書』一、汲古書院、一九八六年)

(14)『説文解字』に「召也、从レ壬从二微省一、壬微為レ徴、行二於微一而聞達者即徴也」と見える。「聞達」は、広く知られること。

(15)『漢書』に「陛下在レ国之時、好二詩書一、上二倹節一、徴来所レ過道上称二誦徳美一」(王嘉伝)などと見られる。

(16) 新編日本古典文学全集『古事記』の頭注に「『天の逆手』を打って、船を『青柴垣』に変えること」。

※本文の引用は、『古事記』『日本書紀』は新編日本古典文学全集、風土記は山川出版社刊の各書を使用した。ただし、必要に応じて改めた箇所がある。

平安和歌と浜辺の景物

松本　真奈美

はじめに

和歌山県白浜町の白良浜《しららはま》を訪れたことがある。それまで見知っていた「白砂青松」とは桁違いの白く輝く浜辺に目を奪われた。何しろ砂の一粒一粒が氷砂糖のかけらのような石英なのだ。天候にも恵まれたその日、南国の絵はがきの中の風景が目の前にあった。

そもそも稿者は次のような歌で、紀伊国《きのくに》の歌枕「しららの浜」に馴染んでいた。

しららの浜、松原に人々逍遙《せうえう》したり
なみたてる松はみどりの色なるをいかでしららの浜といふらん
（能宣《よしのぶ》集・四六四）

君が代のかずともとらん紀の国のしららの浜につめるいさごを
しららの浜
（兼盛集・五七）

永延二年（九八八）、藤原兼家の六十賀が行われた折の屏風歌である。『能宣集』詞書によればこの屏風には「松原」が描かれていたようだ。屏風歌は画中の人物の立場から歌われるため、能宣詠では「しららの浜」の景物として屏風絵に描かれた「松」が配されている。当時の「しららの浜」の砂が現在の白良浜のそれと同様の状態であったかどうかはともかくとして、能宣詠は、浜を覆う砂の視覚的な特性とはさほど関わりなく、松の緑と「白」を連想させる浜の名称との対照の妙を歌う。無数の砂を「君」の重ねゆく年の数にたとえる兼盛詠も、賀歌の伝統をふまえた端正な詠みぶりであるが、浜の砂の色彩など、視覚的な美に言及することはない。白良浜の景観に接した経験は、平安和歌の伝統的な詠法をあらためて認識する機会ともなった。

「浜辺」とは海や湖の水際にそった、なだらかな陸地だ。岩の多い波打ち際を「磯」というのに対し、砂地にいうことが多い。海上の文学史を主題とする本書の趣旨に即し、本稿では平安和歌における海の「浜辺」の景物を中心に論じていこう。「浜辺」「浜」の語を指標としつつ、「浦」「磯」など、水際を表すその他のことばにも目配りをする。また「景物」ということばも広義にとらえたい。すなわち、和歌の伝統的な歌材のうち、特定の季節と結びついたものはもちろんのこと、そうではない歌材も視野に入れて考えていく。

一　浜辺の景物、概観

まずは文字通り「浜辺」や「浜」の景物を概観したい。浜辺を形作る砂を、和歌は「真砂《まさご》」「いさご」などと歌う。その数は一つ一つ数えようとしても数えきれるものではない。ゆえに恋歌では尽きることのない恋の思いに、賀歌では祝意の対象となる人の長寿にたとえられた。一首ずつ例を掲げよう。

わが恋はよむとも尽きじ有磯海《ありそうみ》の浜の真砂はよみつくすとも　（古今集・仮名序）

渡つ海の浜の真砂をかぞへつつ君がちとせのありかずにせむ　（古今集・賀・三四四・読人不知）

恋歌での「浜の真砂」は、右の「わが恋は」詠をふまえて〈恋の思いを忘れることの数〉〈独り寝の夜の数〉にたとえられることもある。いっぽう平安末期には、月光に照らされた「浜の真砂」を〈敷きつめられた玉〉に見立て、その視覚的な美を歌う例も見られる。

八百日《やほか》ゆく浜の真砂をしきかへて玉になしつる秋の夜の月

（千載集・秋上・二九二・藤原長方）

浜辺の植物として『万葉集』以来歌われたものに「浜松」がある。

おきつ浪たかしの浜の浜松の名にこそ君を待ちわたりつれ

（古今集・雑上・九一五・紀貫之）

貫之が和泉《いずみ》国にいた折に、友人から送られた歌への返歌である。和泉国の歌枕である「高師《たかし》の浜」の「浜松」にこと寄せ、その名の通りあなたをお待ちし続けていました、というのが一首の意。このように「浜松」は「松」一般と同様、共通音声を媒介として「待つ」を連想させる景物である。

「浜木綿」もまた『万葉集』以来の浜辺の景物で、特に熊野のものが歌われた。葉が幾重にも重なり合って茎を包み、夏にはその頂に花をつける。白く細い花弁を散らした花はまさに木綿《ゆう》（楮《こうぞ》の繊維を裂いて糸状にしたもの。神事に用いる）を思わせて可憐だが、八代集では視覚的な美しさが表現される例はない。葉が重なり合っていることから「百重」「幾重」「重ぬ」を連想させる景物として、もっぱら恋歌などの人事詠で歌われる。

み熊野の浦の浜木綿《はまゆふ》ももへなる心は思へどただにあはぬかも

（拾遺集・恋一・六六八・柿本人麿／万葉集・巻四・四九六・柿本人麻呂）

さしながら人の心をみ熊野の浦の浜木綿いくへなるらん

（拾遺集・恋四・八九〇・平兼盛）

前者は幾重にもつのる自身の恋心、後者は幾重にも隔たった相手の心を連想させている。

「浜荻」は伊勢のものとして歌われ、万葉歌の異伝を諸歌集が収める。

神風や伊勢の浜荻をれふして旅寝やすらむ荒き浜辺に
（古今和歌六帖・旅・二四〇七／新古今集・羇旅・九一一・読人不知／万葉集・巻四・五〇〇・碁檀越妻《ごのだんをちのつま》）

浜辺に生える荻をいうが、平安末期以降は「葦」のことと考えられていたようだ。実態はともかく、右の歌をふまえ、伊勢の浜辺に「浜荻」を折り敷いて横たわる旅寝のわびしさがさまざまに詠まれた。

あたら夜を伊勢の浜荻折りしきて妹《いも》恋しらに見つる月かな
（千載集・羇旅・五〇〇・藤原基俊）

忘れてはいけない浜辺の景物に「浜千鳥」がある。『万葉集』では「浜つ千鳥」の形で歌われたこのことばは、「浜千鳥」が砂浜に残す「跡」（足跡）が筆跡の意の「跡」に通じることから、平安和歌では恋文などの〈筆跡〉を連想させることが多い。

白浪の打ちいづる浜の浜千鳥跡やたづぬるしるべなるらん
（後撰集・恋四・八二八・藤原朝忠）

私の恋心を打ち明けた文の筆跡は、今後あなたのもとにお訪ねするしるべとなることでしょう――。手紙で思いを伝えた以上はお目にかかりたいという熱い思いを、浜辺に縁のあることばを連ねて歌った一首である。また、飛び立つとどこへ行くかわからないことから「ゆくへも知らぬ」恋の情趣を連想させたり、鳥の性《さが》として「鳴く」ことから人が「泣く」ことを連想させる例もある。

かげろふに見しばかりにや浜千鳥ゆくへも知らぬ恋にまどはん
（後撰集・恋二・六五四・源 等《みなもとのひとし》）

かくてのみありその浦の浜千鳥よそになきつつ恋ひやわたらむ
（拾遺集・恋一・六三一・読人不知）

前者はわずかに姿を目にしただけでどうなるともわからない恋に惑乱する思いを、そして後者は、思う人と疎遠なままに泣きながら恋い続ける苦しさを歌ったものである。

院政期頃からは「浜千鳥」の鳴き声そのものの興趣を歌う例も見える。

浦風にふきあげの浜の浜千鳥波立ちくらし夜半に鳴くなり　（新古今集・冬・六四六・祐子内親王家紀伊）

浦風に砂が吹き上げられる、という名をもつ浜の浜千鳥が夜半に鳴くのは、風の強さに波が激しく立っているからに違いない——。もとは『堀河百首』のこの歌は、波風が吹きすさぶ夜の浜千鳥の声を切なく響かせる。荒涼たる浜辺の情景である。

他の多くの景物と同様、浜辺の景物についても、平安前期においてはそれ自体のありようが視覚的、聴覚的に歌われることは少ない。しかし時代が下るにつれ、それ自体の美がある程度まで具体的に表現されるようになる景物も見受けられる。

二　三代集の場合

ここからは「浜」「浜辺」といったことばを含まずとも、浜辺の景物を歌っていると判断される歌を、三代集の恋歌および四季歌を中心に見ていこう。「浦」「磯」などのことばを含む歌が対象となる。ただし「海」「わたつ海」などのことばを含むなどして、海そのものを歌った歌はここでは除外する。

〈浜辺の景物〉を歌う恋歌は、枚挙に暇がない。今は二首のみ掲げよう。

駿河なる田子の浦浪立たぬ日はあれども君を恋ひぬ日はなし　（古今集・恋一・四八九・読人不知）

みるめ刈る渚やいづこあふごなみ立ち寄るかたも知らぬわが身は　（後撰集・恋二・六五〇・在原元方）

田子の浦の「浪」の立たない日はあってもあなたを恋しく思わない日はない。あるいは、「朸《あふご》」（天秤棒）を持たぬ身は「海松布《みるめ》」を刈る渚のありかもわからない、そのように「逢ふ期《あご》」（逢う機会）のない私はあなたに逢うこともできません――。『古今集』仮名序が和歌の本質を「心に思ふことを見るもの聞くものにつけていひいだせる」と述べる通り、古代の和歌は人の心のありようをさまざまな物象を引き合いに出して歌うのが常であるが、〈浜辺の景物〉もまた、さまざまな恋の思いを豊かに形象化している。

いっぽう〈浜辺の景物〉を歌う四季の歌は数少なく、それゆえどのように歌われているかが注目される。『古今集』の四季部において〈浜辺の景物〉を歌った歌といえるものは私見ではわずか二首、いずれも菊合や歌合の歌である。

秋風の吹きあげにたてる白菊は花かあらぬか浪のよするか　（古今集・秋下・二七二・菅原道真）

浦ちかくふりくる雪は白浪の末の松山こすかとぞ見る　（古今集・冬・三二六・藤原興風）

前者は紀伊国の「吹上《ふきあげ》の浜」の「菊」を、視覚的な類似から「花」か「浪」かと歌う。もとは『寛平御時菊合』における歌である。この菊合では、さまざまな名所の風景を模した洲浜に一本ずつ植えた菊に、それぞれの名所の菊を詠んだ歌を記した短冊を結びつけて供覧するという趣向があった。よってこの歌の「菊」は、行事の興趣を高めるための人工物の態様に即して歌われたもので、「吹上の浜」の実景を反映したものではない。浦近く降る「雪」を「白浪」に見立てた後者は『寛平御時后宮歌合』の歌である。この歌合は行事として実際に開催されたわけではなく、古歌や新詠を撰んで歌合の形式に記載した撰歌合と見られる。よって洲浜に添えられた歌とは考えにくく、嘱目の詠といえる根拠もない。

『後撰集』四季部では、次の三首が見られる。

春深き色にもあるかな住の江のそこも緑に見ゆる浜松　（後撰集・春下・一一一・読人不知）

浦ちかく立つ秋霧は藻塩やく煙とのみぞ見えわたりける　（後撰集・秋中・二七三・読人不知）

木の葉ちる浦に浪たつ秋なればもみぢに花も咲きまがひけり　（後撰集・秋下・四一八・藤原興風）

最初の歌は詞書に「和泉の国にまかりけるに、海のつらにて」とある通り、嘱目の詠である。「住の江」の名物である「松」を歌うが、海辺の水底の影までもあざやかな緑色を、春の深さにふさわしい深い色と評する。次の歌は前掲の古今歌同様『寛平御時后宮歌合』の歌で、浦近く立つ「霧」を藻塩を焼く煙に見立てる。最後の歌の詠歌事情は不明であるが、「木の葉」が散り敷いた浦の海面に「浪」の立つさまを「紅葉」に「花」がまじり合って咲くさまに見立てている。

『拾遺集』四季部においては、次の二首が見出せる。

住吉の岸の藤波わがやどの松のこずゑに色はまさらじ
（拾遺集・夏・八四・平兼盛）

たこの浦のそこさへにほふ藤浪をかざしてゆかん見ぬ人のため
（拾遺集・夏・八八・柿本人麿）

前者は「住吉の岸」の「藤」の花も、私の家の松の梢の藤の花に色が勝ることはないと歌う。現実の「わがやど」の藤の美しさを歌っているようにも見えるが、詞書によればもとは屏風歌である。すなわち画中人物の立場から、屏風絵に描かれた景を歌ったものである。後者は詞書に「たこの浦の藤の花を見侍りて」とある。浦の水底の影まで輝くような藤の花を、まだ見ぬ人のために髪に挿して帰ろうと歌うこの歌は、もとは『万葉集』（巻十九・四二〇〇）の内蔵忌寸縄麻呂《くらのいみきなわまろ》の歌で、越中の多祜《たこ》の浦に赴いた折の嘱目の詠である。

以上、三代集の四季歌における〈浜辺の景物〉は、見立ての趣向を支えている例が多いことに気づかれる。自然の事物そのものの美を歌うよりも、自然現象を他の何かにたとえて表現することを中心とする三代集の四季歌のありようがあらためて確認されるのである。また嘱目の詠と確認される二首は、都にほど近い「住の江」における歌、あるいは万葉歌の異伝である。平安歌人の多くは海のない山城国を中心に活動していた。三代集の四季部に〈浜辺〉の景物や風景がほとんど歌われることがないのはむしろ当然のことだろう。

三　難波の春

ところがこうしたことの多くが、『後拾遺集』では少し異なる様相を呈する。「難波」の海辺の風景を歌った春歌三首をとりあげてみたい。

難波は摂津国、淀川河口付近の地である。難波津と呼ばれた良港を有し、交通の要衝として古来栄えた。孝徳天皇の治世には都があり、平安時代には住吉社や熊野への参詣のため、多くの貴顕がこの地を訪れた。歌ことばとしての「難波」は「葦」「玉藻」「澪標」とともに詠まれることが多いが、三代集では「難波」を詠んだ歌が四季歌に収められることはない。「葦」「葦の芽」とともに詠まれる場合でも「津の国の難波の葦のめもはるに繁きわが恋ひと知るらめや」（古今集・恋二・六〇四・紀貫之）の如く、序詞における物象叙述の構成要素として歌われ、一首の歌において「難波」の「葦」の美そのものが表現されることはなかった。三代集で唯一「難波」の地を叙景的に歌うのは「難波潟潮みちくらしあま衣たみの島にたづ鳴き渡る」（古今集・雑上・九一三・読人不知）と言えようが、これは万葉歌に類歌（万葉集・巻六・九一九など）が多く指摘される歌である。また『後撰集』には次の歌がある。

身のうれへ侍りける時、津の国にまかりて住みはじめ侍りけるに　　業平朝臣

難波津をけふこそみつの浦ごとにこれやこの世をうみわたる舟　（後撰集・雑三・一二四四／伊勢物語・六六段）

一首は難波の「御津《みつ》の浦」ごとに「海」を渡る舟を「世を倦《う》み渡る」舟と歌う。同じ歌を伝える『伊勢物語』（六六段）の物語本文「むかし、男、津の国にしる所ありけるに、あにおとと友だちひきゐて、難波の方にいきけり。（後略）」は、「男」が「難波」を訪れた契機を所領があったためとし、内的な動機は省筆している体である。しかし同じ

歌が前掲の詞書とともに『後撰集』に収められる時、「難波」の地は、不遇感を抱いた屈託のある者が赴く地としてのイメージを付与されるであろう。そして『拾遺集』は次の贈答歌を収める。『大和物語』（一四八段）の蘆刈説話も伝えるやり取りである。

難波に祓へしにある女まかりたりけるに、もと親しく侍りける男の葦を刈りてあやしきさまになりて道にあひて侍りけるに、さりげなくて年ごろはえあはざりつる事などいひつかはしたりければ、男のよみ侍りける

君なくてあしかりけりと思ふにもいとど難波の浦ぞすみうき

返し

あしからじ良からむとてぞ別れけんなにか難波の浦はすみうき

（拾遺集・雑下・五四〇―五四一／大和物語・一四八段）

この贈答歌が「難波の浦」にもたらすイメージは、葦を刈って生活の糧にするような貧しい人が暮らす地、住みにくいところ、といったものであろう。すなわち三代集における「難波」やその「葦」は、四季歌において叙景的に表現されることはなく、不遇のイメージを想起させる場合さえあったのである。

さて『後拾遺集』「春上」の三首を見てみよう。

春難波といふところに網ひくをみてよみ侍りける　藤原節信

はるばると八重の潮路におく網をたなびく物はかすみなりけり

正月ばかりに津の国に侍りけるころ人のもとにいひつかはしける　能因法師

心あらむ人に見せばや津の国の難波わたりの春のけしきを

題不知　　　　　　　　　　　　　　　　　　　　　　　　読人不知

難波潟うら吹く風に波たてばつのぐむ葦の見えみ見えずみ　（後拾遺集・春上・四一・四三・四四）

一首目は、春、難波の地で漁師たちが網を引く光景を見て歌った嘱目の詠である。幾重にも潮の流れる海原に張りめぐらせた網を人びとが引いているが、海上にたなびくものは春の霞であったよ――。「（網を）引く」と「（霞が）たなびく」を掛ける技巧を用いつつ、広がりのある空間の中、春霞の美が視覚的に歌われている。

二首目は、難波のあたりの春景を情趣を解する人に見せたい、と歌う。[*1] この著名歌の絶賛する難波の春の美景がどのようなものであるかは、三首目の歌が示唆している。難波潟の海辺に吹く風に波が立つと、波のまにまに、芽吹いた葦が見えたり見えなかったりする――。「つのぐむ」とは新芽が角のように出はじめる意である。冬を耐えぬいた枯れ草色の葦の根元から、早春、緑の新芽が一斉に伸び始める水辺の景は、まさしく息をのむ美しさである。葦の新芽の美を描いた先例には「三島江につのぐみわたる葦の根のひとよのほどに春めきにけり」（後拾遺集・春上・四二・曾禰好忠）があるとは言え、寄せる白波と新芽の緑のあざやかな対照の美を、あまつさえ動的に描いてみせた「難波潟」詠の作者はかなりの手練れと思しいが、実は勅撰集歌人慶範の妻、そして女性歌人伊勢大輔の家の女房で、自らは侍従尼と呼ばれた人であったらしい。[*2]

『後拾遺集』によってすくい上げられた「難波」の春の美景は、時を越えて「心あらむ人」たちを魅了し、「心なきわが身なれども津の国の難波の春にたへずもあるかな」（千載集・春下・一〇六・藤原季通）、「津の国の難波の春は夢なれや葦の枯葉に風わたるなり」（新古今集・冬・六二五・西行）などの影響歌を生むことになる。

四　岩打つ波

〈浜辺の景物〉を歌った恋歌のうち、三代集時代の歌でありながら『詞花集』に入集した作品を最後にとりあげたい。『百人一首』にも選ばれた著名歌である。

冷泉院春宮と申しける時、百首歌たてまつりけるによめる　　源重之

風をいたみ岩打つ波のおのれのみくだけてものを思ふころかな　（詞花集・恋上・二一一）

詞書にもある通り、もとは「重之百首」と呼ばれる百首歌の中の一首である。初句を「風吹けば」とするほぼ同じ歌を『伊勢集』（三八三）が収めるが、『伊勢集』巻末近くのその前後の六十余首は、万葉歌の異伝や伊勢以外の歌人の作の集成の混入部分と目されるため、当該歌の作者はやはり重之と見ておきたい。強風のため激しく岩に打ちつけて砕け散る波に、自分ばかりが心も砕けるほど思い悩む恋の苦しみをたとえて表現した歌である。

ところで同時代までの和歌における〈岩に打ちつける波〉は、管見の限りでは山から流れ落ちる川波であることが多い。高低差ゆえに急流となる山川の波である。

高山ゆ出で来る水の岩に触れ砕けてそ思ふ妹に逢はぬ夜は　（万葉集・巻十一・二七一六）

足曳の山したたぎつ岩浪の心くだけて人ぞ恋しき　（貫之集・屏風歌・二〇三／新古今集・恋一・一〇六七）

これらの歌は、岩に打ちつけて砕ける水に恋の苦しみを形象化した先行例とも言える。すると重之詠の「岩打つ波」を川波と解釈する可能性を検討する必要があるが、結論から言えば稿者はやはり、海の岩に打ちつける波と解したい。「岩打つ波」の発生の要因を明示している重之詠の初句「風をいたみ」は、次の例にも見られるように、多くは海風

の激しさをいう歌句だからである。

須磨のあまのしほ焼く煙風をいたみおもはぬ方にたなびきにけり

（古今集・恋四・七〇八・読人不知）

風をいたみおもはぬ方にとまりするあまの小舟もかくやわぶらん

（拾遺集・恋五・九六三・源景明《かげあきら》）

海の波は、常に一定の強さで岩を打ち続けるのではなく、脈打つように行きつ戻りつ、ひとたび返した波がうち寄せるその瞬間に、ひときわ激しく岩を打ちつける。強風があおればなおのこと、しぶきをあげて砕け散る。それが繰り返されることにおいては果てしがない。激しくかき立てられては沈み込み、こらえにこらえた激情が時にほとばしる、たとえばそんな恋の情念を表すには、海の波こそふさわしい。川波にたとえるよりもさらに狂おしく、恋に乱れる思いを形象化したのが重之詠の達成と言えよう。

「重之百首」は春宮時代の冷泉院の下命によって詠まれた。天徳末年（九六一）頃に曾禰好忠が詠じた「好忠百首」を嚆矢とする百首歌の流行に関心を抱いた春宮が、重之に制作を命じたものであるらしい。冷泉院の春宮時代は天暦四年（九五〇）から康保四年（九六七）であるが、徳原茂美は「重之百首」の成立を、春宮が物心ついた十五歳の頃、康保元年（九六四）頃と仮定する。[*3]「春」「夏」「秋」「冬」各二十首、「恋」「恨み」各十首から成るこの百首歌には歌枕を詠んだ歌が多く、[*4]私見では三十二首にのぼる。国別の内訳は、陸奥（七首）、山城（五首）、摂津（四首）、大和（四首）、近江（三首）、信濃（三首）、駿河、甲斐、越前、常陸、播磨、出羽が各一首であり、陸奥の歌枕を詠んだ歌の多さが目を引く。しかもそのうち六首が「恋」「恨み」に集中する。「恋」の三首をあげよう。

松島の雄島の磯にあさりせしあまの袖こそかくは濡れしか

名取川わたりてつくるをしま田をもるにつけつつ夜がれのみする

荒波の籬《まがき》の島に立ちよればあまこそつねに誰ととがむれ

（重之集・百首・恋・三〇五・三〇九・三一〇）

特定の観念を連想させるという歌枕の表現機能の本質からすれば、歌枕を詠んだ歌が人事詠に多いことは当然である。また現実のその地についての知識の多寡に関わらず、歌人は歌枕を歌に詠むことができる。いっぽう、歌人が特定の地域についてよく知る境遇にあった場合、その地域の歌枕を好んで歌うことは大いにあり得るであろう。重之は後年、藤原実方に従って陸奥に赴くが、若年期に陸奥を訪れていた可能性も推測されている。[*5] また実父の源兼信は陸奥国名取郡黒塚（現在の福島県二本松市）を拠点としていた形跡がある（拾遺集・雑下・五五九詞書）。少なくとも父を通して、百首歌制作以前の時期の重之が、陸奥の地についての知識を他の歌人たちよりも豊かに得ていた可能性は高いと言えよう。

若き春宮に百首歌を献じるにあたり、重之がさまざまな歌枕を詠み込み、当時にあっては訪れる人の少なかった東国の、父ゆかりの地の歌枕をもっとも多くとりあげて春宮や周囲の人びとの知的好奇心に応えようとした、という事情が推測されるのである。さらに憶測をたくましくすれば、重之が前掲の「風をいたみ」詠——百首歌「恋」の三〇三番歌に配列されている——を詠じた際、その脳裏には陸奥の磯浜の風景がなかっただろうか。たとえば同じ百首歌の「恋」で詠じた「松島」などの海岸と、その岩を打つ波が。

平安和歌における浜辺の景物を眺めてきた。以上の考察は、稿者の興味ある作品に偏ったきらいのある小さな旅に過ぎない。平成二十三年（二〇一一）三月のあの日から、「海」「浜」「波」といった文字を見るだけでしばらくは身がすくんだ。論じることなどあるまいと思った。しかし三十一文字に歌われた浜辺の、多様な美しさは永遠のものだ。それを知り得た稿者は、現実の海に打ちのめされながらも海とともに生きることを選んだ人びとの心に、少しでも寄り添うことができるのだろうか。終わりのない問いである。

注

（1）『後拾遺集』の「葦」の歌については、後藤祥子「平安和歌の屈折点」（和歌文学会編『和歌文学の世界』第二集、笠間書院、一九七四年一〇月）に言及があり、示唆を受けた。

（2）太山寺本『後拾遺和歌集』勘物（四四番歌作者名注記）に「実慶範妻」とあり、彰考館本『後拾遺和歌集』勘物に「実伊勢大輔家女房、侍従尼」とあることによる。

（3）久保田淳監修『三十六歌仙集（二）』（明治書院、二〇一二年）所収「重之集」解説。

（4）「重之百首」における地名を詠み込んだ歌については、小町谷照彦「源重之の詠歌の特質」（初出、『東京学芸大学紀要』第Ⅱ部門第二五集、一九七四年一月、のち『古今和歌集と歌ことば表現』所収、岩波書店、一九九四年）に言及がある。

（5）目崎徳衛「源重之について」（初出、『歴史地理』八九巻三号、一九六〇年一月、のち『平安文化史論』所収、桜楓社、一九六八年）。

※和歌の引用は『新編国歌大観』（角川書店）、『万葉集』の引用は佐竹昭広ほか著『萬葉集　訳文篇』（塙書房）、散文作品の引用は『新編日本古典文学全集』（小学館）による。ただし清濁や表記を改めた場合がある。

『伊勢物語』の浜辺

林　悠子

はじめに

『伊勢物語』は、実在の人物である在原業平（天長二年〈八二五〉～天慶四年〈八八〇〉）の歌と人生を核として、業平を色濃く投影した「男」の一代記の形でまとめられた物語である。そして、この『伊勢物語』の主人公は、平安京遷都後間もない京の都に生きる平安貴族でありながら、しばしば京の都の外に旅する人物である。京の都には海がなく、従って浜辺もないのだが、主人公の旅先の風景としての浜辺が『伊勢物語』には描かれるのである。

『伊勢物語』の主人公の旅と言えば、清和天皇に入内《じゅだい》した藤原高子《たかいこ》を思わせる、高貴な女性との許されない恋故に、都に居られなくなり東国をさすらう東下り章段や、朝廷の「狩《かり》の使《つかい》」として伊勢に赴いた主人公が斎宮《さいぐう》と禁忌の恋に落ちる、いわゆる斎宮章段が有名である。一方で、主人公が、京都から比較的近い景勝地に仲間と出かけて、景色を楽しみ、歌を詠み、時に不遇を嘆き合ったり、地元の女と和歌の贈答をしたりする章段も複数存在している。

平安時代、政治と文化の中心であった京の都に対して、田舎は圧倒的な劣位にあると考えられていた。『伊勢物語』を読むと、都の郊外である東山（五十九段）や、旧都長岡（五十八段、現在の京都府長岡京市）、現在の兵庫県と大阪府にまたがり、京都に近い五つの国である「畿内」の国の一つである摂津国《せっつ》（現在の兵庫県と大阪府）の灘波《なにわ》（六十六段、現在の大阪側の海岸）、蘆屋《あしや》（三十三段・八十七段、現在の兵庫県芦屋市）などが、「田舎」として都とは厳しく峻別されていることが窺える。ましてや、「男」がさすらった武蔵国（現在の埼玉県、東京都、神奈川県の一部）や陸奥《みち》国（現在の福島県、宮城県、岩手県、青森県にほぼ相当）は、「人の国」、つまり「よその国」として意識されていた。

　興味深いのは、『伊勢物語』の主人公が「みやび」――語源通り「都振り」で、都人らしい洗練されたふるまいや感受性――の体現者として、「ひなび」た田舎を徹底して否定する存在でありながら、[*1]都に自分の居場所がないと感じているという、複雑な人物として造型されていることである。実在の業平の官位は、他の貴族と比べて不遇とまでは言えず、臣下で初めて摂政となった藤原良房《よしふさ》との関係も必ずしも悪くはなかったと推測されてもいる。[*2]しかし、『伊勢物語』の主人公は、親王と内親王を父母に持つ血筋の高貴さとは裏腹に、政治的な不遇をかこち、藤原摂関家への反発と都の貴族社会からの疎外感を感じながら、それ故に、摂関家の后《きさき》がねの娘や斎宮との危険な恋に向かわざる得ない人物として造型されている。『伊勢物語』に旅が多く描かれることは、主人公が抱えた内面の複雑さと深く関わっており、旅先の浜辺を舞台とした場面においても、深刻さの度合いは様々であれ、このような主人公の葛藤を背景として読み込むことが出来るように思われる。

『伊勢物語』に書かれる浜辺を挙げれば、伊勢・尾張《おわり》の国境の浜辺（七段）、蘆屋（三十三段・八十七段）、難波（六十六段）、住吉（六十八段・百七段）、大淀《おおよど》（七十段・七十二段・七十五段）、塩竈《しおがま》[*3]（八十一段）となる。これらは、『伊勢物語』に描かれた浜辺のうち、具体的な地名が提示され、かつ海だけでなく浜辺が描かれていると読める例に限って挙げたものであるが、第七段と第八十一段は、主人公の東下りと、第七十段、第七十二段、第七十五段は斎宮章段と関わりが深い浜辺である。第八十七段では、主人公の「男」が所領のある蘆屋に赴くのであるが、浜辺の詳しい描写もあり、

『伊勢物語』中もっとも生き生きと浜辺の様子が描かれた章段であろう。第三十三段にも主人公が蘆屋に行ったことが描かれ、第八十七段と関わりがあると考えられている。

本稿では、『伊勢物語』作中に浜辺が出てくる章段を、上記の大まかな分類に従って、「東下り章段の中の浜辺」、「斎宮章段と関わる浜辺」、「蘆屋の浜辺」の順に見ていくことにしたい。

一　東下り章段の中の浜辺

主人公である「男」が東国に下る一連の章段の中で、第七段から第九段までを特に、「東下り章段」と呼ぶことが多い。「京にありわびてあづまにいきけるに」（七段）、「京や住み憂かりけむ、あづまの方にゆきて」（八段）、「その男、身を要《えう》なきものに思ひなして、京にはあらじ、あづまの方に住むべき国もとめにとてゆきけり」（九段）と、各章段の冒頭に説明されるように、京都に身の置き所がなくなるような事情を抱えた主人公が、東国に下っていく物語である。東下り章段の直前、第三段から第六段には、藤原高子らしき女性である入内前の二条后《にじょうのきさき》との恋を描いた章段が置かれており、「男」の東下りの直接的な原因がこの許されない恋であったことが示唆されている。

有名な第四段には高子らしき女性が入内した後の出来事として、恋を失った「男」の悲嘆が情感深く描かれる。第五段・第六段には「男」と二条后の恋を引き裂いたのが、高子の兄弟たち、基経《もとつね》と国経《くにつね》であることが記され、この記述が元からのものか後人の注なのかはともかくとして、現行の『伊勢物語』の二条后関連の物語は、「男」がもともと反発を感じている家の娘を、娘の家族である時の権力者たちを敵に回してまで愛してしまったあやにくさを描いたものとして読めるのである。主人公の東下りはその恋の帰結であった。

さて、意外なことに東下り章段には、現在の関東地方や東北地方の海が描かれることがない。東下り章段の最初に置かれる第七段には、浜辺を行く「男」の姿が書かれるが、そこに描かれるのは「伊勢、尾張」の浜辺なのであった。

むかし、男ありけり。京にありわびてあづまにいきけるに、伊勢、尾張のあはひの海づらをゆくに、浪のいと白くたつを見て、

いとどしく過ぎゆく方の恋しきにうらやましくもかへる浪かな

となむよめりける。（第七段）

現在の三重県と愛知県の県境、伊勢湾を南に臨む伊勢・尾張の国境は、京都から東に下る道中で旅人が最初に海に接する場所である。歌の下の句「うらやましくもかへる浪かな」からは、「男」が都を出発したそばから都に帰りたくなっていることが窺え、第九段で強く印象づけられる主人公の都を恋うる気持ちが、実は旅の当初から一貫していたことが理解される。

ところで、第七段の「いとどしく……」の歌は、『後撰和歌集』に、業平詠として収められている（羇旅歌《きりょ》・一三五二）。その詞書には、「東へまかりけるに、過ぎぬる方恋しくおぼえけるほどに、河を渡りけるに、浪の立ちけるを見て」とあり、この歌が「伊勢、尾張のあはひの海づら」で詠まれたとする第七段と、詠まれた場所が異なっている。一般には、第七段は、『後撰集』を題材に作られたと考えられており、「河」から「伊勢、尾張のあはひの海づら」への改変は、『伊勢物語』側の事情によるものと思われる。第七段では、河にも海にも共通する「かへる浪」の語が詠み込まれた和歌を生かしながら、伊勢・尾張の国境の浜辺という、具体的な地名が設定されている。伊勢・尾張の国境の浜辺は、東下りの道のりの遠さを思えば、比較的京の都に近い場所であることから、京の都に戻れない事情を抱えた「男」が、旅の始めに既に都に帰りたくなっている、悲痛な心境を描き出すことに成功しているのである。

嵯峨本・伊勢物語
（国立国会図書館デジタルコレクション）

加えて、この章段の舞台として、伊勢国と尾張国の境界である国境が選ばれ、京の都にはない海が描かれていることに注目された長谷川政春氏の指摘は重要であろう。氏の述べられる通り、東下り章段で歌が詠まれるのは国境を初めとする境界においてであり[*4]、国境を越え、京の都にはない風景を目の当たりにする度に、「男」は都と、現在自分が居る旅先の土地の距離を意識せざるを得ない。伊勢と尾張の国境の浜辺は、後の章段で陸奥国まで至る東下りの行程の長さからすれば、まだ旅の初めと言って良い距離的には都とそう離れていない場所である、とした先述と矛盾するようではあるが、京の都にはない海を眺めながら、国境の浜辺を歩くことが、「男」に都との距離を感じさせ、「男」が和歌を詠まずにはいられない最初の契機であったのだ、とも言い得よう。

二　斎宮章段と関わる浜辺

主人公の「男」が狩の使として伊勢に赴き、禁忌の女性である伊勢斎宮と一夜を共にする第六十九段は、『伊勢物語』の書名と関わり合いがあるとも言われる、作中最も有名な章段の一つである。伊勢が海に面した土地であるにもかかわらず、第六十九段には海も浜辺も登場しないのだが、その前後の章段に集中的に浜辺が書かれることは注目に値するだろう。

先ず、第六十九段の前に置かれた、第六十六段、第六十八段の浜辺について考えたい。

むかし、男、津《つ》の国にしる所ありけるに、あにおとと友だちひきゐて、難波の方にいきけり。渚を見れば、船どものあるを見て、

難波津《なにはづ》を今朝こそみつの浦ごとにこれやこの世をうみ渡る船

これをあはれがりて、人々かへりにけり。（第六十六段）

きのふけふ雲の立ち舞ひかくろふは花の林を憂しとなりけり（第六十七段・和歌のみ引用）

むかし、男、和泉の国へいきけり。住吉の郡《こほり》、住吉の里、住吉の浜をゆくに、いとおもしろければ、おりゐつつゆく。ある人「住吉の浜とよめ」といふ。

雁《かり》鳴きて菊の花さく秋はあれど春のうみべにすみよしの浜

とよめりければ、みな人々よまずなりにけり。（第六十八段）

浜辺が出てこないため、第六十七段は歌を除いて割愛したが、第六十六段から第六十八段にかけて、主人公が、摂津国の難波（六十六段）、和泉国（六十七段）和泉国の住吉（六十八段）と、畿内の国々を旅する話が続く。この三つの章段が、伊勢国に赴いた「男」の身に起きた重大な出来事を語る第六十九段を導く形になっていると言われている。[*5]

留意したいのは、第六十三段から第六十八段までの和歌にいずれも「倦《う》み」「憂《う》し」「憂《う》み」の語が詠み込まれていることである。[*6] 第六十六段の歌は、「難波の港を今朝初めて見た。この素晴らしい御津《みつ》の浦ごとに見える船が、この世をすっかり倦んで過ごしている私のように、海を渡る船なのだなあ」の意で、「見つ」と「御津の浦（素晴らしい浦

の意)」、「海渡る」と「倦み渡る」がかけられている。第六十七段の歌は、雲と雪のために生駒の山が見えないことを「昨日今日と雲が立ち舞って生駒山が隠れるのは、雪で花のようになった林を見られるのが嫌だったからだ」と詠んだもの。第六十八段の歌は、「雁が鳴いて菊の花が咲く秋は他の場所にもあるが、私の憂いを慰めてくれる春の海辺は、この住みよい「住吉」の浜辺だけであるよ」の意で、「海」と「憂み」がかけられている。世の中に憂いが多いという認識は、第六十三段と共通するものの、住吉が「住み良い」土地であるという、歌枕「住吉」にかけた詠み方がされることで、深刻な印象は免れている。

旅の描写と、「倦み」「憂し」「憂み」のことばの連関でゆるやかに繋がるこの三章段の中で、第六十六段と第六十八段は、掛詞と関わって「海」が効果を発揮している。とは言え、ことばの技巧上の効果だけではなく、海と浜辺が舞台となることで、難波の岸から船を見たり、住吉では馬から下りて浜辺を歩いたりと、旅先ならではの情景も描かれ、身の憂さを歌った歌の内容はそれとして、読者が主人公と共に旅を楽しめる章段となっている。

次に、第六十九段の後、大淀の浜が登場する第七十段・第七十二段・第七十五段を見ていきたい。

むかし、男、狩《かり》の使《つかひ》よりかへり来けるに、大淀のわたりに宿りて、斎《いつき》の宮《みや》のわらはべにいひかけける。

みるめ刈るかたやいづこぞ棹《さを》さしてわれに教へよあまのつり船

(第七十段)

むかし、男、伊勢の国なりける女、またえあはで、となりの国へ行くとて、いみじう恨みければ、女、

大淀の松はつらくもあらなくにうらみてのみもかへる浪かな

(第七十二段)

むかし、男、「伊勢の国に率《ゐ》ていきてあらむ」といひければ、女、

大淀の浜に生《お》ふてふみるからに心はなぎぬかたらはねども

といひて、ましてつれなかりければ、男、

袖ぬれてあまの刈りほすわたつうみのみるをあふにてやまむとやする

（後略）

（第七十五段・前半部のみ引用）

伊勢斎宮は、天皇の代ごとに伊勢神宮に奉仕するために遣わされる未婚の皇女、もしくは女王《じょおう》を言う。斎宮の御所は、伊勢神宮の外宮から約十キロ、内宮から約十三キロほど離れた三重県多気《たけ》郡にあった「斎宮《さいくう》」で、現在の多気郡明和町から伊勢市にまたがる「斎宮」にもほど近い大淀の浜は、斎宮が毎年九月の神嘗《かんなめ》祭の前に禊をしたとされる「尾野湊《おののみなと》」である可能性が高いとされている。[*7] 尾野湊の場所の比定は措くとしても、大淀の浜で斎宮が禊をしたことは、斎宮女御徽子《きし》の家集『斎宮女御集《さいぐうのにょうごしゅう》』（西本願寺本）に「大澱《おほよど》禊にとかや」の詞書で「大淀の浦立つ浪のかへらずは変らぬ松の色を見ましや」（二六四）の歌があることからも確認が出来る。大淀の浜が斎宮と関わりの深い浜であることを押さえておきたい。

第七十段は、第六十九段の後日譚と考えて良い章段で、大淀の浜に宿った「男」が、斎宮の女童《めのわらわ》に、「海松藻を刈っている潟――あの方を見ること、お会いすることが出来る方向はどこなのか、棹を差して教えておくれ、海人の釣舟よ」と歌で訴えた、という内容である。「海松藻」と「見る目」がかけられ、「海松藻」「潟」「棹さす」「海人の釣舟」と、海と関わる歌ことばが詠み込まれている。斎宮の女童は、第六十九段に「小さき童」として見え、前段を意識して第七十段に登場させられたと考えられている。

第七十二段は、伊勢に住む女と一度は逢瀬を持った「男」が、女に再び会えないまま隣国に去らなければならないことを恨むと、女が「大淀の松の様に待つ私は、つれないわけではないのに、あなたは浦だけを見て返る浪のように、私を恨むだけで帰ってしまうのですね」という歌を贈った話で、歌には「大淀の松」と「待つ」、「浦見」と「恨み」、「浪が返る」と「男が帰る」がかけられている。松と海が詠まれる際の典型的な掛詞が用いられた歌であるが、後に「大淀」が歌枕となっていく先蹤になった歌で、先掲の斎宮女御歌もこの歌をもととしている。「伊勢の国なりける女、またえあはで、となりの国へ行くとて」が、第六十九段の「明けば尾張の国へたちなむとすれば、男も人しれず血の涙を流せど、えあはず」を思わせるものの、第七十二段では、女が斎宮その人ともそうでないとも読めることに注意しておきたい。

第七十五段では、舞台が都に移っている。「伊勢国に行って一緒に暮らそう」と誘った「男」に対して、女が「大淀の浜に生えているという海松のように、あなたのお顔を見ただけで、すっかり心は凪いで安らかになります。共寝をしてじっくりと語り合わなくとも」と「大淀の浜」を詠み込んだ歌を返す。引用は割愛したが、「男」はその後も歌を贈るものの、結局女に逢えなかった、という結末になっている。この段に至ると、女の最初の歌に大淀の浜が詠まれるだけで、斎宮との関わりはほとんど認められない。女の歌の「大淀の浜に生ふてふ」という物言いが直接には大淀の浜を知らない都の女の言いぐさで、女が伊勢まで行く気はないことを含意しているという指摘[*8]も重要だろう。第七十段では実際の場所であった大淀の浜は、この段では歌の表現上存在するに過ぎなくなっている。

河添房江氏は、第七十段以降について、「つづく斎宮章段群の連鎖が、六九段の神韻縹渺とした非日常性をしだいに薄めつつ、日常的な時間になめらかに回帰している点は、特筆されて然るべきであろう」と述べられた[*9]。第七十段・第七十二段・第七十五段は、斎宮と関わりの深い土地である大淀の浜が書かれることで、いずれも第六十九段に連なるが、禁忌の女性への犯しを書く第六十九段の緊張感の高さが徐々に薄められて、明らかに第六十九段の後日譚と読める第七十段から、斎宮のおもかげを感じさせる女の歌を書く第七十二段を経て、第七十五段では普通の女との類型的な歌の贈答の話になっている。大淀の浜が描かれたこの三段からも、第七十段以降の物語が、斎宮章段の余韻を残しつつ、ゆるやかに斎宮章段から離れていく様相が見て取れ、章段の配置の巧みさが確認されよう。

三　蘆屋の浜辺

最後に、「男」が蘆屋の浜辺に遊ぶ第八十七段を読んでいきたい。長い段なので、前後半に分ける。

むかし、男、津《つ》の国、菟原《うばら》の郡、蘆屋の里にしるよしして、いきてすみけり。昔の歌に、

　蘆《あし》の屋《や》の灘《なだ》のしほ焼きいとまなみつげの小櫛《をぐし》もささず来《き》にけり

とよみけるぞ、この里をよみける。ここをなむ蘆屋の灘とはいひける。この男、なま宮《みや》づかへしければ、それをたよりにて、衛府《ゑふ》の佐《すけ》ども集り来にけり。この男のこのかみも衛府の督《かみ》なりけり。その家の前の海のほとりに、遊び歩《あり》きて、「いざ、この山のかみにありといふ布引《ぬのびき》の滝見にのぼらむ」といひて、のぼりて見るに、その滝、ものよりことなり。長さ二十丈《ぢやう》、広さ五丈ばかりなる石のおもて、白絹《しらぎぬ》に岩をつつめらむやうになむありける。さる滝のかみに、わらうだの大きさして、さしいでたる石あり。その石の上に走りかかる水は、小柑子《せうかうじ》、栗の大きさにてこぼれ落つ。そこなる人にみな滝の歌よます。かの衛府の督まづよむ。

　わが世をば今日か明日かと待つかひの涙の滝といづれ高けむ

あるじ、次によむ。

　ぬき乱る人こそあるらし白玉のまなくも散るか袖のせばきに

とよめりければ、かたへの人、笑ふことにやありけむ、この歌にめでてやみにけり。

主人公の「男」は、第三十三段でも菟原郡を訪れており、第八十七段の冒頭に「蘆屋の里にしるよしして」とあるのは、史実の業平の父、阿保親王の所領が蘆屋にあったことと合致する。塩焼きの海人の歌った「古歌」、「蘆屋の灘

の海人は塩を焼くのに忙しいので、黄楊《つげ》の小櫛も刺さずに来てしまいましたよ」で蘆屋という土地を紹介した体裁だが、実はこの歌は、「志賀の海人はめ刈り塩焼き暇《いとま》なみくしげの小櫛取りも見なくに」（万葉集・二七八）の改作と考えられている。主人公の「男」が「なま宮仕へ」をし、宮仕とも言えない程度の、たいしたことのない地位に就いていたので、それを頼りに衛府の次官や、「男」の兄である衛府の長官がやって来て、連れ立って景勝地である蘆屋の一日を楽しんだという設定である。現在でも「灘」と呼ばれる、芦屋から西のかなり広い海域「蘆屋の灘」[*10]の浜辺を逍遙した後、一行は、現在の神戸市中央区にある布引の滝を見るため、山登りをすることになる。布引の滝の「長さ二十丈、広さ五丈」というのは、高さ約六十メートル、幅約十五メートルに相当する。滝の上方に差し出た石に勢いよくぶつかった水流が、小さなみかんや栗のような、大粒の水しぶきをあげるという描写からは、滝を目の当たりにした作中の「男」たち一行の感動が伝わってくるようである。

いかにも心楽しい、景勝地でのひとときが描かれている訳であるが、主人公の「男」の兄の衛府督で、左兵衛督、左衛門督を歴任した実在の在原行平《ゆきひら》（業平の兄）を明らかに思わせる人物が布引の滝を前に詠んだ歌が、不遇に対する嘆きを詠んでいることには注意しておきたい。対する主人公（「あるじ」）の詠は、豪快な滝しぶきを間断なく散る白玉にみたてて、「滝の上で白玉の緒を引き抜いた人がいるらしいが、私の袖は狭く白玉を受け止められない」という、機智に富む歌で、この歌だけ素直に読めば、滝の勢いに感嘆した歌なのだが、前の衛府督歌と並べられたために、白玉に涙、袖の狭さに身分が低いことを読み込むことが可能になっていると田中まき氏が指摘されている。[*11]『伊勢物語』の主人公は、先に第二節に挙げた第六十六段においても、兄弟や友人と連れだって出かけた旅先で、難波津を船が行き来する光景に触発されて、世を倦む歌を詠んでいる。主人公が旅先で常に身の憂さを歌っている訳では決してないのだが、気の置けない仲間たちと赴いた旅先で、土地の景物に心を動かされて身の嘆きを歌うという趣向が両段には共通していよう。
現実には第八十七段や第六十六段に印象づけられるほど、業平・行平は官位に恵まれなかった訳ではなく、[12]また、宮廷警護の重責を担う衛府の長官や次官たちが大挙して蘆屋に赴き、のんきに物見遊山に興じるようなことは、実際にはありえなかったことを、同時代の読者は承知していたと言われている。[13]
続いて、旅の一行が、蘆屋の浜辺に戻って来る第八十七段後半を読んでいこう。
かへり来る道とほくて、うせにし宮内卿《くないきやう》もちよしが家の前来るに、日暮れぬ。やどりの方を見やれば、あまのいさり火《び》多く見ゆるに、かのあるじの男よむ。
晴るる夜《よ》の星か河《かは》べの蛍かもわがすむかたのあまのたく火か
とよみて、家にかへり来《き》ぬ。その夜、南の風吹きて、浪いと高し。つとめて、その家の女《め》の子どもいでて、浮き海松《みる》の浪に寄せられたるひろひて、家の内にもて来ぬ。女方《をんながた》より、その海松を高坏《たかつき》にもりて、かしはをおほひていだしたる、かしはにかけり。
わたつみのかざしにさすといはふ藻《も》も君がためにはをしまざりけり
ゐなか人の歌にては、あまれりや、たらずや。
布引の滝からの帰り道が遠くて、亡き宮内卿「もちよし」の家の前に到着した時には日が暮れてしまった。「もちよし」は藤原元善《もとよし》のこととする説もあるが、不詳である。一行が泊まる家の方を見ると、海で漁師たちが漁火を焚いている。続く歌は、海の漁火を空の星か、河の蛍かといぶかった歌で、星や蛍とは違って、旅先でしか見られない風景である海人の漁火を目の前にした感動を歌う。海が、空と河に見立てられ、海と空と河が想像の中で重ね合わされることで、詠者の眼前の実際の景色以上に、幻想的な空間の広がりを感じさせる歌である。作中の一行と共に、一日

嵯峨本・伊勢物語
（国立国会図書館デジタルコレクション）

の旅の行程を楽しんだ読者が、夜の海の景色を思い浮かべられるのもこの歌の魅力であろう。

南風で波が高かったその夜の翌朝、蘆屋の里の家の女たちが昨晩の風で吹き寄せられた海藻の海松を拾って、「男」に供する。「見る」とかけられて和歌に頻出する「海松」が、歌のことばとしてだけでなく、取れたてのごちそうとして高坏に盛られている光景も、海辺ならではのものである。海松を覆う柏の葉に書かれた、蘆屋の里の家の女主人の歌は、「海神が髪に挿す聖なるかざしとして大切にして来た海松ですが、あなたのためには惜しまず差し上げます」の意。この女は、主人公の妻の一人で、第三十三段に登場する「津の国」の女と同一人物だと目されている。

むかし、男、津の国、菟原《うばら》の郡に通ひける女、このたびいきては、または来じと思へるけしきなれば、男、

あしべより満ち来るしほのいやましに君に心を思ひますかな

返し

こもり江に思ふ心をいかでかは舟さす棹のさしてしるべき

ゐなか人の言《こと》にては、よしやあしや。

（第三十三段）

第三十三段には、摂津国の菟原の郡と書かれるだけで、「蘆屋」の地名は出ないが、「男」の歌の「あしべより満ち来るしほ」から、蘆屋が舞台だと理解されている。第八十七段と第三十三段が共に、「田舎人の歌としてはどうだろうか」、という女の歌への評言で終わっていることもこれまで注目されてきた。この評言は、「男」の立場に立った語り

手の、妻に対する謙辞で、謙遜しながらその実、この歌はまずまずの出来だと言っていると解釈されている。浜辺の家にふさわしい趣向と歌で、「男」に海松を勧めた「田舎人」の女主人の気の利いた歓待が描かれることで、「男」も読者も最後まで蘆屋の浜辺の滞在を満喫することが出来る形となっている。

第八十七段では、布引の滝や海人の漁火、高坏に盛られた海松など、蘆屋の浜辺でしか接することの出来ない景物や食べ物が描かれる。滝も漁火も海松も和歌に普通に詠まれる題材ではあるが、これらの題材が実際のものとして、具体的に生き生きと描かれることに、この段独自の魅力が認められると言えよう。

結語

京の都にもある山や川と異なって、海と浜辺は平安京の貴族たちにとって旅に出た時のみ目にする特別な情景だったに違いない。旅する「男」を主人公とした『伊勢物語』は、章段ごとの主題と、章段に登場する浜辺が持つ固有の特性とを絶妙に関わらせて、浜辺を旅する「男」を印象的に描きあげた。本稿ではその一端を眺めることが出来たと思う。

『伊勢物語』の引用は、福井貞助校注『新編日本古典文学全集』(小学館、一九九四)に、和歌の引用は、『新編国歌大観』に拠り、必要に応じ改め、ルビを振った。

注

(1) 渡辺実『新潮日本古典集成　伊勢物語』（新潮社、一九七六年）

(2) 目崎徳衛「在原業平の官歴について」、「在原業平の歌人的形成」（『平安文化史論』桜楓社、一九六八年）

(3) 第八十一段では、男が、源融の邸宅・河原院を塩竈になぞらえる文脈の中で、男がかつて塩竈に赴いたことを記すが、実際の旅の様子が描かれる訳ではない。

(4) 長谷川政春「求心性・変性・歌物語」（『物語史の風景』若草書房、一九九七年）

(5) 『新編日本古典文学全集』第六十三段頭注

(6) 片桐洋一『伊勢物語全読解』（和泉書院、二〇一三年）

(7) 伊勢斎宮については、榎村寛之『伊勢斎宮と斎王』（塙書房、二〇〇四年）を参照。

(8) 注(1)前掲書の頭注

(9) 河添房江「斎宮を恋う」（『竹取物語・伊勢物語必携』学燈社、一九八九年四月）

(10) 注(6)前掲書

(11) 田中まき「在原行平の史実と伊勢物語」（山本登朗編『伊勢物語　虚構の成立』竹林舎、二〇〇八年）

(12) 注(2)に同じ

(13) 片桐洋一「伊勢物語の方法」（『一冊の講座　伊勢物語』有精堂、一九八二年）

『源氏物語』住吉の浜

湯淺　幸代

一　京外の風景

『源氏物語』は、一世源氏である帝の御子・光源氏を主人公とする。その身分の高さに鑑みれば、源氏の生活範囲は、宮中、自邸・二条院、正妻・葵の上の住まう左大臣邸、乳母の見舞いで訪れる五条、恋人・御息所の住む六条辺りなど、およそ京内を出るものではない。しかし例外的に、瘧病《わらはやみ》の治療のため、祈祷に優れた聖《ひじり》を尋ねて北山を訪れた事があった。そこで源氏は、満開の山桜に霞がたなびく様子など、京内で目にすることのない風景に心を奪われる。また日常を離れたがゆえの開放感は、想い人である藤壺によく似た少女・若紫との運命的な邂逅を導く。奇しくもその北山で、後に源氏が出会う明石入道とその娘・明石の君の噂が源氏一行の話題に上る。京外の珍しい風景――北山から見下ろすまるで絵に描かれたような美景の延長に、従者たちの知る諸国の名所が挙げられ、最後に「播磨の明石の浦」について詳細に語られる。

「近き所には、播磨の明石の浦こそなほことにはべれ。何のいたり深き隈はなけれど、ただ海のおもてを見わたしたるほどなん、あやしく他所に似ずゆほびかなる所にはべる。かの国の前の守、新発意《しぼち》のむすめかしづきたる家いといたしかし。大臣の後にて、出で立ちもすべかりける人の、世のひがものにて、まじらひもせず、近衛中将を棄てて申し賜れりける司なれど、かの国の人にもすこし侮られて、『何の面目にてか、また都にもかへらん』と言ひて頭髪もおろしはべりにけるを、すこし奥まりたる山住みもせで、さる海づらに出でゐたる、ひがひがしきやうなれど、げに、かの国の内に、さも人の籠りゐぬべき所どころはありながら、深き里は人離れ心すごく、若き妻子の思ひわびぬべきにより、かつは心をやれる住まひになんはべる。先つころ、まかりて下りてはべりしついでに、ありさま見たまへに寄りてはべりしかば、京にてこそところえぬやうなりけれ、そこら遙かにいかめしう占めて造れるさま、さはいへど、国の司にてしおきけることなれば、残りの齢ゆたかに経べき心がまへも二なくしたりけり。後の世の勤めもいとよくして、なかなか法師まさりしたる人になんはべりける」

（新編日本古典文学全集『源氏物語』「若紫」二〇二・二〇三頁、以下、『源氏』本文の引用は同書）

この話をした従者は、後に播磨守の子・良清であることが知られるが、「播磨の明石の浦」の海が、なぜか他所とは違って広々と感じられ、格別な場所であること、そこに大臣の家柄でありながら近衛中将の地位を棄て国司となり、任が果てた後もその地に住み着き、娘を養育する変わり者の入道がいること、また出家した後も妻子を慮って山に籠もることなく海辺で暮らしており、豊かで威勢の良い生活をしていることなどが語られる。この後、源氏は、大事に育てられている娘の方に興味を持つため、良清は、この娘が入道の思うような高貴な人と結婚できなければ命を絶つよう遺言されている事まで話して聞かせている。ここで詳しく明石入道とその家族について語られることは、この巻で登場する紫の上同様、この一族が源氏の運命に大きな影響を及ぼす存在となることを暗示していよう。つまり、後の展開として、光源氏の須磨・明石流離が既に想定されていたと考えられる。また特定の地を指しての「海」の語の初出がこの場面であるところを見ても、『源氏物語』にとって「海」にまつわる一連の風景、いわゆるこの論文のテーマである「浜」の描写がこの「播磨の明石の浦」に至ってなされることも故なしとしない。

このように、今後も源氏との関わりを予感させる明石入道が、「住吉の神」を信仰していることは、須磨巻で明らかにされる。この入道の住吉信仰は、後に「住吉参詣」の場面を描かせるに至り、実際に「住吉の浜」へと通じるよすがともなるが、まずは、都に住まう光源氏が須磨・明石へと導かれる経緯、及び源氏と明石入道とをつなぐ「住吉の神」により、「明石の浜」に「住吉の浜」のイメージが揺曳するありようを確認したい。

二　須磨から明石へ――「明石の浜」と「住吉の浜」

光源氏は、最大の庇護者であった桐壺院の死後、敵対していた弘徽殿大后とその父・太政大臣の勢力により追い詰められ、都を離れた。源氏が退去先に選ぶ須磨の地では[*1]、上巳の祓後、すさまじい暴風雨が吹き荒れ、それらをおさめるべく源氏は住吉神に願を立てる。その晩、源氏の夢に亡き父・桐壺院が現れた。桐壺院は「などかくあやしき所にはものするぞ」と言い、さらに源氏の手を取って「住吉の神の導きたまふままに、はや舟出してこの浦を去りね」と続けた。光源氏が向かうべき具体的な場所は示されないものの、住吉神の導きに従い、この地を離れるよう諭すのである。

光源氏の須磨での暮らしは、「海づらはやや入りて、あはれにすごげなる山中なり」「須磨には、いとど心づくしの秋風に、海はすこし遠けれど」と語られるように、海からはやや離れた場所に営まれた。物語は、勅勘による須磨謫居を詠んだ在原行平歌「わくらばに問ふ人あらば須磨の浦に藻塩たれつつわぶと答へよ」（古今集・雑下・九六二）[*2]を踏まえ、光源氏の住まいもその近くと語るが、実際行平の住居跡は不明であり、その住まいも流人のそれとは異なっていた。天皇の御子をかの地に迎え入れるにあたっては、良清が家司として荘園の役人に働きかけ、その地の国司の支援も得ており、造作される遣水や植木の様は、「いと見どころありてしなさせたまふ」と、風流な侘び住まいが実現する。[*3]また浦風による波音や藻塩を焼く煙など、源氏がこれまでに経験したことのない情趣と接した際には、和歌や漢詩の世界が思い合わされる。行平をはじめ、白詩や道真詩などが引かれることにより、都への郷愁、閑居の悲哀が繰り返し物語に示される。また京で関係のあった女人たちとの手紙のやりとりや、宰相中将の須磨訪問は、都への思いに絡め取られる源氏の姿を浮き彫りにする。源氏はたびたび都へと続く空を眺め、若木の桜を植えては、桐壺帝治世時、南殿で催された花の宴を思い返す。

そのような中での上巳の祓は、「なまさかしき人」の勧めにより、源氏にとっては「海づらもゆかしうて」（海辺が見たくて）というほどの気持ちで始められた。海からやや離れた風流住まいをしていた光源氏にとって、浦、渚、海は、和歌や漢詩文によって謳われた観念的な世界による把握にすぎなかったのかもしれない。しかしこの後、荒れる海の激しさを目の当たりにした源氏は「海づら」近くに住む自分の境遇を自覚する。「この住まひたへがたく思しなりぬ」と須磨巻末に記される所以である。

須磨巻では、源氏が近くに来ていることを噂で聞いた明石入道が、娘と結婚させることを思案しており、そこで入道の住吉神への信仰が明かされはするものの、「浜」の様子は一度も描写されることはない。物語で初めて「浜」の語が用いられるのは、住吉神の告げによりやってきた明石入道の領じる地に、源氏が迎えられてからである。

浜のさま、げにいと心ことなり。人しげう見ゆるのみなむ、御願ひに背きける。入道の領じめたる所どころ、海のつらにも山隠れにも、時々につけて、興をさかすべき渚の苫屋、行ひをして後の世のことを思ひすましつべき山水のつらに、いかめしき堂を建てて三昧を行ひ、この世の設けに、秋の田の実を刈り収め残りの齢積むべき稲の倉町どもなど、をりをり所につけたる見どころありてし集めたり。高潮に怖ぢて、このごろ、むすめなどは、岡部の宿に移して住ませければ、この浜の館に心やすくおはします。

（「明石」二三三・二三四頁）

『源氏物語』における初めての「浜」の描写は、このように明石の浦にいたってようやく実現する。そこでは、多くの人の往来と、海にも山にも入道がしつらえた苫屋や立派な三昧堂があり、さらに稲を納めた倉町の存在など、これまでの侘び住まいとはうって変わって、渚の明るさと賑やかさ、生きる人々の力強さを感じさせる。いわば、和歌や漢詩文に歌われた都への郷愁と沈淪の想いに浸ってきた源氏が、目的実現のために邁進する経営者[*4]・明石入道との出会いにより、ようやく現実を直視する機会を得たと言える。また須磨から明石への移動は、畿内から畿外への越境を意味し、この境界越えにより、新たに外来王として源氏の再生が図られるとの指摘もある。[*5]

このように、明るい浜の描写に導かれる源氏の新たな生活は、『伊勢物語』六十八段、住吉の地の興趣によって作られた次の歌をも想起させる。

雁鳴きて菊の花咲く秋はあれど春の海辺にすみよしの浜[*6]

「すみよし」の語には、地名としての「住吉」と「住み良い」意がかけられている。『源氏物語』に描かれる明石の

「浜」は、「住吉の浜」ではないが、季節は同じ春の浜であり、先の引用に次のような本文が続くことに鑑みれば、住吉神の信仰圏である明石の地に、[*7]「住吉の浜」のイメージが揺曳していても不思議はない。

舟より御車に奉り移るほど、日やうやうさし上がりて、ほのかに見たてまつるより、老忘れ齢のぶる心地して、笑みさかえて、まづ住吉の神をかつがつ拝みたてまつる。月日の光を手に得たてまつりたる心地して、営み仕うまつることことわりなり。所のさまをばさらにもいはず、作りなしたる心ばへ、木立、立石、前栽などのありさま、えもいはぬ入江の水など、絵に描かば、心のいたり少なからん絵師は描き及ぶまじと見ゆ。月ごろの御住まひよりは、こよなく明らかになつかし。御しつらひなどえならずして、住まひけるさまなど、げに都のやむごとなき所どころに異ならず、艶にまばゆきさまはまさりざまにぞ見ゆる。

（「明石」二三四・二三五頁）

光源氏が須磨の地で嵐を鎮めるべく願った「住吉の神」は、桐壺院が夢でその導きに従うよう指示した神であり、明石入道が信仰する神でもあった。またかの神は、海路の安全を守る航海神であるとともに、神功皇后の新羅征伐に力を貸したことから、軍神、あるいは皇室の守護神とも言える存在である。[*8]光源氏の導き手となりうるのも、このような住吉神の性格に由来していよう。またここでは波線部のように、これまでの住まいよりも「こよなく明らかになつかし」（格段に晴れやかで親しみやすい）と、住み心地の良さが語られているが、「住吉の神」の導きにより、より住み良い地への移住がはかられたとも読めるだろう。「住吉の浜」そのものではないにせよ、明らかにかの地のイメージを看取することができるのである。

さらに『万葉集』に謡われる「住吉の浜」には、「住吉《すみのえ》の沖つ白波風吹けば来寄《きよ》する浜を見れば清《きよ》しも」（巻第七・雑歌・一一五八）と、白波の寄せる浜そのものの清らかさを感じさせる歌がある一方、女性の存在を詠み込む次のような歌がある。

標結《しめゆ》ひて我《わ》が定めてし住吉《すみのえ》の浜の小松は後も我《あ》が松

（巻第三・譬喩歌・三九四・余明軍）

住吉《すみのえ》の出見《いでみ》の浜の柴な刈りそね娘子《をとめ》らが赤裳の裾の濡れて行かむ見む

（巻第七・旋頭歌・一二七四・柿本人麻呂）

一首目は、標を結った「浜の小松」が、我が物とする愛しい女性に譬えられており、二首目では、浜辺で裳を濡らしている艶っぽい乙女たちを柴の茂みから覗き見しようとする様が歌われている。このように「住吉の浜」で見いだされる女性の姿は、「岡辺の宿」に移り住んでいるとされる入道の娘・明石の君との今後の展開を予感させるものでもある。また『古今和歌集』では、「住吉の岸のひめ松人ならばいく世か経《へ》しとはましものを」（雑上・九〇六・よみ人しらず）と、「小松」ならぬ「姫松」が詠まれ、さらに「すみよしと尼は告ぐとも長居すな人忘草生《お》ふといふなり」（雑上・九一七・壬生忠岑）とあって、「忘草」が生える地として詠まれている。これらは、明石の君との関係、またその間に生まれる姫君、また住み心地が良かったとしても長居してはいけないとする点（源氏の滞在は一時的なもの）など、物語の構想への影響が考えられる。

一方、明確に「住吉の浜」を描写している物語として『住吉物語』がある。住吉へ流離する主人公の姫君は、住吉の神を目の当たりにしつつ、仏道に邁進する様が描かれており、後に長谷観音の霊験によって姫君を捜し求めていた男君との再会を果たす。先に引用した古今集歌「住吉の岸のひめ松人ならばいく世か経しととはましものを」（もし人であったなら尋ねたいものだ。住吉の岸の姫松よ、お前は何年そこで過ごしているのか）を、住吉の地で姫君を尋ねる男君が口ずさむように、主人公の流離地において、男女の邂逅がテーマとされている点、注意したい。『源氏物語』の場合、流離したのは一見、男君側であるが、元々大臣の家柄であった明石入道側の「家」の名誉をかけた流離の物語と捉えれば、その娘・明石の君と結ばれるべく、源氏はかの地に呼び込まれたのであり、『住吉物語』との共通点も窺える。[*9]

このように、明石の浦に描かれる「浜」は、和歌や物語における「住吉の浜」のイメージを揺曳させていると考えてよいのではないだろうか。

三　二つの住吉参詣

明石入道は、須磨にいた光源氏を迎えに来た際、自らの夢に「さまことなる物の告げ知らすること」があったと語っている。この入道の夢に現れる異形の者は、「そのさまとも見えぬ人」として、同じ頃、源氏の夢にも現れていた。二つの夢の符合は、入道の迎えを「神の助け」と源氏に信じさせる契機となり、桐壺院の諭しと合わせ、明石へ移動する十分な理由となりえた。住吉神が人の形で現れることは、『伊勢物語』一一七段に例があり、また源氏一行について「例の風出で来て、飛ぶやうに明石に着きたまひぬ」、またその風についても「なほあやしきまで見ゆる風の心なり」と語られるにいたっては、この順風こそ海路の安全を見守る住吉神の力によるものであったことを示している。[*10]

しかし、この明石入道と光源氏との結びつきは、単に互いが住吉神に願をかけた、ということだけではなかった。

入道は、須磨巻で、光源氏の母・桐壺更衣が、自身の叔父・按察使大納言の娘であることに言及し、娘を源氏と娶せることを妻の尼君に相談している。桐壺更衣が帝の寵愛を受け、人に妬まれた末に亡くなっても、光源氏が遺されたことについて「いとめでたしかし」と捉え、「女は心高くつかふべきものなり」と入道が考える所以は、按察使大納言が娘の更衣にかけた望み――おそらく光源氏の立坊を以て家の名誉を回復させることにかけた願いと軌を一にする。[*11]

実際、次の入道の言葉は、光源氏が「宿命」として己の流離の意味を理解し、明石の君との結婚を考える契機となった。

「いととり申しがたきことなれど、わが君、かうおぼえなき世界に、仮にても移ろひおはしましたるは、もし、年ごろ老法師の祈り申しはべる神仏の憐びおはしまして、しばしのほど御心をも悩ましたてまつるにやとなん思うたまふる。そのゆゑは、住吉の神を頼みはじめたてまつりて、この十八年になりはべりぬ。女の童のいときなうはべりしより思ふ心はべりて、年ごとの春秋ごとにかならずかの御社に参ることなむはべる。昼夜の六時の勤めに、みづからの蓮の上の願ひをばさるものにて、ただこの人を高き本意かなへたまへとなん念じはべる。前の世の契りつたなくてこそかく口惜しき山がつとなりはべりけめ、親、大臣の位をたもちたまへりき。みづからかく田舎の民となりにてはべり。次々さのみ劣りまからば、何の身にかなりはべらんと悲しく思ひはべるを、これは生まれし時より頼むところなんはべる。いかにして都の貴き人に奉らんと思ふ心深きにより、ほどほどにつけて、あまたの人のそねみを負ひ、身のためからき目をみるをりをりも多くはべれど、さらに苦しみと思ひはべらず。命の限りはせばき衣にもはぐくみはべりなむ、かくながら見棄てはべりなば、浪の中にもまじり失せね、となん掟てはべる」など、すべてまねぶべくもあらぬことどもを、うち泣きうち泣き聞こゆ。君もものをさまざま思しつづくるをりからは、うち涙ぐみつつ聞こしめす。

（「明石」二四四～二四六頁）

光源氏は、この場で初めて明石入道が住吉神を十八年も信仰し続けていたこと、それが娘の高き宿運を成就させる目的であったことを知る。入道が自らの出自を源氏に告げていたかは明らかでないが、この告白の直前、入道は醍醐天皇から代々伝授されている箏の奏法を会得していると語っており、自然、自分の母方との関係にも思い及んだことだろう。[*12] そこで、入道の住吉神への祈願が明らかにされ、その効験により、源氏が明石の地へ来ることになったのではないか、との入道の言葉は、桐壺院が「住吉の神の導き」に従うよう諭したことと併せて了解されたことだろう。

この後、源氏は自らの流離について「何の罪にか」と思い当たることのない素振りを見せつつ、明石入道との出会いについては「げに浅からぬ前の世の契り」と、この明石の地への移動を運命として受け入れる。実際は、桐壺帝の御陵の前で、源氏は明確に藤壺との関係を罪として意識し、上巳の祓の際に起きた暴風雨も「八百《やほ》よろづ神もあはれと思ふらむ犯せる罪のそれとなければ」と源氏が無実を訴えたことに呼応しており、このような源氏のありようが、須磨への流離を引き起こしたことは間違いない。それでも、夢に現れた桐壺帝の言葉によれば、それは「ただいささかなる物の報い」であって、贖罪が終われば、新たな再生の糸口が開かれることになる。その契機こそ、母方の親族である明石入道一族との出会いであった。

しかし、入道が源氏と結ばれることを願う娘・明石の君は、源氏にとって身分違いの相手であることに変わりはない。そのため源氏は、世間の目や、従者である良清が求婚していたことに気兼ねして、なかなか結婚に踏み切れずにいた。また娘や親の側も、結婚した後に捨てられるようなことになってはと不安を募らせている。それでも、入道は、月のはなやかな晩、源氏を誘いかけ、娘の元に通わせることに成功する。その後、娘の懐妊が明らかとなるも、源氏は召還の宣旨により都へと帰還する。明石一族の悲しみは尽きず、再会を約束する源氏の言葉を信じるほかない。

そして皮肉な二人の再会は、住吉の地で実現する。光源氏は、明石より姫君誕生の知らせを受け、宿曜の予言「御子三人、帝、后かならず並びて生まれたまふべし。中の劣りは太政大臣にて位を極むべし」の成就を確信する。明石入道の宿願の意図もここで理解されるが、まずは姫君を未来の「后がね」とすべく、ふさわしい乳母や五十日の祝いの使者が源氏の指示で派遣された。「住吉の神」の導きを改めて実感した光源氏は、その秋、「願ほどき」としての住吉参詣を果たす。源氏は内大臣に昇進しており、また時の帝の後見とあって、その行列は、上達部や殿上人の多くが参加し、世の中を大いに騒がせる事態となった。[*13]「住吉の浜」は、きらびやかな源氏一行の行列で埋め尽くされる。

そのような折、明石の君が舟による住吉参詣を果たそうとしていた。

国宝「源氏物語　関屋澪標図屏風　澪標図」俵屋宗達
（静嘉堂文庫美術館イメージアーカイブ／DNPartcom）

をりしもかの明石の人、年ごとの例の事にて詣づるを、去年今年はさはることありて怠りけるかしこまりとり重ねて思ひ立ちけり。舟にて詣でたり。岸にさし着くるほど見れば、ののしりて詣でたまふ人けはひ渚に満ちて、いつくしき神宝を持てつづけたり。楽人十列など装束をととのへ容貌を選びたり。「誰が詣でたまへるぞ」と問ふめれば、「内大臣殿の御願はたしに詣でたまふを知らぬ人もありけり」とて、はかなきほどの下衆だに心地よげにうち笑ふ。げに、あさましう、月日もこそあれ、なかなか、この御ありさまをはるかに見るも、身のほど口惜しうおぼゆ、さすがにかけ離れたてまつらぬ宿世ながら、かく口惜しき際の者だに、もの思ひなげにて仕うまつるを色節に思ひたるに、何の罪深き身にて、心にかけておぼつかなう思ひきこえつつ、かかりける御響きをも知らで立ち出でつらむ、など思ひつづくるに、いと悲しうて、人知れずしほたれけり。

（「澪標」三〇二・三〇三頁）

都人なら下賤の者でさえ知りうる光源氏の住吉参詣を明石の君は知らなかった。この時、彼女は、源氏の子を産みながらも、田舎人に過ぎない己の「身のほど」を思い知ったに違いない。明石の君は、一旦住吉参詣を見送らざるをえず、後にこの事を知った源氏から、偶然の邂逅に縁の深さを詠み上げる歌が届くも、「数ならで」と人数にも入らない自分の身の上を嘆く歌を返さざるをえなかった。この後、物語に繰り返し記される明石の君の「身のほど」意識は、己に徹底した謙抑と忍従の態度を課すことになる。[*14] 源氏と紫の上に姫君の養育をゆだね、自らは六条院入りした後もその姿勢は続くが、彼女の心には、自分と源氏とのあまりにかけ離れた距離を示すこの「住吉の浜」の風景が刻みつけられていたのだろう。

しかし、このような苦い邂逅は、後の若菜下巻に描かれる二度目の住吉参詣において、明石一族の「幸い」を強調する手立てとなる。なぜなら、かつて見た「住吉の浜」での賑わいの中に、今度は、明石一族がいるからである。

女御殿、対の上は、一つに奉りたり。次の御車には、明石の御方、尼君忍びて乗りたまへり。女御の御乳母、心知りにて乗りたり。方々の副車、上の御方の五つ、女御殿の五つ、明石の御あかれの三つ、目もあやに飾りた

住吉大社

る装束ありさま言へばさらなり。さるは、「尼君をば、同じくは、老の波の皺のぶばかりに人めかしくて詣でさせむ」と、院はのたまひけれど、「このたびは、かくおほかたの響きに、立ちまじらむもかたはらいたし。もし思ふやうならむ世の中を待ち出でたらば」と、御方はしづめたまひけるを、残りの命うしろめたくて、かつがつ物ゆかしがりて、慕ひ参りたまふなりけり。さるべきにて、もとよりかくにほひたまふ御身どもよりも、いみじかりける契りあらはに思ひ知らるる人の御ありさまなり。

（「若菜下」一七〇頁）

光源氏と明石の君の娘である姫君は、後に入内し女御となって第一皇子を産むが、その皇子が東宮に立った。この事を受け、およそ「住吉の神」への祈願が果たされたとして、源氏は入道が遺した願文入りの箱を開き、その指示に従って住吉参詣を決意する。ただし表向きは、光源氏の私的な参詣であり、明石の女御が第一皇子立坊の折、「六条の女御」と呼ばれたように、明石一族の宿願は、その素性も含め、源氏の権勢に覆い隠されることで果たされるというあやにくな道理がある。そのため、明石の君が、尼君の同行を勧める源氏に対し辞退を試みたのも、そのような道理に則ってのことだろう。しかしこの尼君の参詣こそ、後に明石の君の代わりに源氏と贈答を交わし、「住吉の神」によって結ばれた光源氏と明石一族との強い絆を確認するに至る。

（源氏）たれかまた心を知りて住吉の神世を経たる松にこと問ふ

御畳紙に書きたまへり。尼君うちしほたる。かかる世を見るにつけても、かの浦にて、今はと別れたまひしほど、女御の君のおはせしありさまなど思ひ出づるも、いとかたじけなかりける身の宿世のほどを思ふ。世を背きたまひし人も恋しく、さまざまにもの悲しきを、かつはゆゆしと言忌《こといみ》して、

（尼君）住の江をいけるかひある渚とは年経るあまも今日や知るらん

おそくは便なからむと、ただうち思ひけるままなりけり。

（尼君）昔こそまづ忘られね住吉の神のしるしを見るにつけても

と独りごちけり。

（「若菜下」一七二・一七三頁）

前回、人知れず「しほたれ」ていた明石の君の涙と、今回、「うちしほたる」尼君の感涙とでは、同じ涙でもその意味に大きな違いがある。源氏との和歌のやりとりは、住吉の景物である「松」にちなんでその歳月が顧みられ、さらに尼君が「老い人」であることにより、「生けるかひある渚」と、明石一族のこれまでの苦労が全て報われるような住吉の風景が歌われる。この歌により、明石の君の心を縛り続けていたかつての「住吉の浜」の風景は、あらかた払拭されたかもしれない。それでも「昔こそまづ忘られね」と独詠が続くのは、この喜びの場が、明石入道や明石の君の忘れがたい不断の努力と忍耐によってもたらされたことを確認する意味があろう。よって、この場に明石の君の姿がないことを批判的に取る向きもあるが[*15]、その場の主役は養母・紫の上にこそ譲られるものであり、そのような一貫した明石の君の姿勢こそ、この一族に現在の栄華をもたらしたと言える。かつては疎外された住吉参詣の場に、今回は確かにいることこそ、明石一族の「幸い」を表していると考えるべきだろう。[*16]

まさに、若菜上巻以降、物語の方法として、過去が問われるとの指摘があるが[*17]、尼君の歌は、前回の住吉詣における「住吉の浜」のイメージを一変させるものであった。このように、『源氏物語』における実景としての「住吉の浜」は、「住吉の神」に導かれた人々の運命の流転を鮮やかに浮かび上がらせるのである。

四　結語

『源氏物語』に描かれる「住吉の浜」は、まずはそのイメージを住吉神の信仰圏である「明石の浜」に揺曳させ、光源氏を都へ帰還させる方途を示す。また源氏が都に戻った後は、「住吉の神」の導きを実感した源氏により、住吉参詣の場として「住吉の浜」が描かれる。澪標巻の参詣では、ものものしい光源氏の権勢に明石の君が圧倒され、その時の二人の懸隔が、明石の君に「身のほど」意識による強固な謙抑・忍従の姿勢を決定づける。さらに若菜下巻の二度目の住吉参詣では、前回と対照的に、源氏の住吉参詣に明石一族が同行する。明石の君の姿は描かれないが、尼君をその代替に据えることより、これまでの一族の姿勢・あり方を崩さず、見事に明石一族の栄えが書き表されたと言えるだろう。

このように、物語の「住吉の浜」は、様々な先行作品のイメージを元に、光源氏と明石一族——住吉の神威に触れたこの二組の流離者を栄華の世界へと導く舞台として機能する。そこには、華やかな神事の陰で揺れ動く人々の心の機微までが詳細に描き込まれているのである。

注

（1）石原昭平「貴種流離譚の展開―「源氏物語」須磨・明石の巻の蛭子・住吉・難波をめぐって」（『文学・語学』第一〇五号、一九八五年五月）

（2）和歌の引用については『万葉集』（新編日本古典文学全集）以外、『新編国歌大観』を用いる（表記は一部改めた）。以下も同じ。

（3）金秀美「海づらと山里―須磨の空間表現とその機能―」（『源氏物語の空間表現論』武蔵野書院、二〇〇八年）

（4）阿部秋生『源氏物語研究序説』（東京大学出版会、一九五九年）七四九〜七五二頁。

（5）藤井貞和「うたの挫折―明石の君試論―」（『源氏物語及び以後の物語・研究と資料』武蔵野書院、一九七九年）

（6）新編日本古典文学全集『伊勢物語』一七二頁、表記は一部改めた。

（7）豊島秀範「須磨・明石の巻における信仰と文学の基層―『住吉大社神代記』をめぐって―」（『源氏物語の探究』十二、風間書房、一九八七年）

（8）丸山キヨ子「明石入道の造型について―仏教観の吟味として」（『源氏物語の仏教』創文社、一九八五年）

（9）藤村潔「住吉物語と源氏物語」（『古代物語研究序説』笠間書院、一九七七年）

（10）『古事記』仲哀記には神功皇后の新羅征伐の折、住吉三神の加護を得た船が「爾に順風《おひかぜ》大《いた》く起りて御船浪の従《まにま》にゆき。」と記され、『日本書紀』にも「則ち大きなる風順《おひかぜ》に吹きて、帆《ほ》舶波《つむなみ》に随ふ。」とある。

(11) 日向一雅「光源氏の王権と「家」」(『源氏物語の準拠と話型』至文堂、一九九九年)

(12) 袴田光康「明石の君の楽―箏と琵琶をめぐって―」(『人物で読む源氏物語』十二、勉誠出版、二〇〇六年)

(13) 三谷邦明「澪標における栄華と罪の意識―八十島祭と住吉物語の影響―」(『物語文学の方法Ⅱ』有精堂、一九八九年)は、住吉詣の禊祓に八十島祭の投影を認め、光源氏が国土の統治者としての宗教的資格を得ることで、その栄華が保証されるとする。

(14) 鈴木日出男「明石の君と光源氏」(『源氏物語虚構論』東京大学出版会、二〇〇三年)

(15) 木村正中「住吉詣―明石一族の宿運(2)」(『講座源氏物語の世界』六、有斐閣、一九八一年)

(16) 住吉詣の後、明石の尼君が世の人から「幸い人」と認識されていることが知られる。

(17) 清水好子「若菜上・下巻の主題と方法」(『源氏物語の文体と方法』東京大学出版会、一九八〇年)

枕草子「浜は」「浦は」

西山　秀人

はじめに

『枕草子』には「山は　小倉山…」「川は　飛鳥川…」など、地理地文に関する地名を列挙した章段が二〇余段存在する。それらは地名類聚章段などと称され、和歌文学で詠み継がれてきた歌枕を新たな視点から捉え直そうとしたものと思しいが、その中に次のような二段が納められている。

浜は　有度《うど》浜。長浜。吹上《ふきあげ》の浜。打出《うちいで》の浜。もろよせの浜。千里の浜、ひろう思ひやらる。[*1]（一九二段）

浦は　おほの浦。塩竈《しほがま》の浦。こりずまの浦。名高の浦（一九三段）

掲出本文は三巻本を底本としているが、能因本では「有度浜」を「そと浜」、「もろよせの浜」を「もみよせの浜」、「おほの浦」を「をふの浦」とし、三巻本にはない「志賀の浦」や「和歌の浦」の名も見える。地名の排列も一部異なり、話果たして原態がどのような本文であったのかは判然としない。これに前田家本・堺本の本文事情をも勘案すると、話はさらにややこしくなる。当然のことだが、作者清少納言がどのような意図をもって各々の地名を掲出したのか、明確な答えを出すことは難しい。

ひとまず、「浜は」「浦は」両段冒頭に掲げられた地名については、当代和歌に散見し、東遊歌にも詠まれている「有度浜」、『古今集』巻二十の「伊勢歌」に見える「お（を）ふの浦」が原態であったとみておくのが穏当かと思われるが、興味深いのは両者とも平安中期の私家集に頻出するようなポピュラーな歌枕ではなかったという点である。「浜は」「浦は」段に限らず、地名類聚章段が歌枕の伝統性や認知度をもとに各地名を選択したものでないことは、すでに諸先学によって再三指摘されているところである。が、さらに一歩踏み込んでみると、その背景には『枕草子』誕生の契機となった中宮定子サロンの好尚、ひいては一条朝の流行や美意識が揺曳しているのではないだろうか。

本稿では『枕草子』「浜は」「浦は」両段をめぐって、各地名の掲出意図を探ることで、地名類聚章段がどのようにして同時代性を取り込んでいるのか、その一端を垣間見ることにしたい。

一　「浜」「浦」の詠まれ方と『枕草子』

まずは平安時代の和歌において、「浜」「浦」がどのように詠まれていたのかを確認しておきたい。「浜」「浦」の語義について、『和名抄』は「唐韻云、濱水際也」、「四聲字苑云、浦、大川旁曲渚、船隱風所也」と注している。湖海に接する海岸平地が「浜」、湖海が湾曲し、風待ちや風避けのために船を停泊させておく場所が「浦」という定義だが、実際のところその区別はさほど厳密なものではなかったようだ。

例えば、貴族女性が日常目にしていたであろう屏風絵には、

　　浜づらに松おほくたてり

浦近くなみ立つ松は色かへでよにすみの江におふるなりけり[*2]（中務Ⅱ三〇、天慶四年〈九四一〉頃前斎宮五十賀屏風歌[*3]）

浜の貝ひろふ

あさりする**浦**ものどかになみ立てて今日はかひある心地こそすれ　（同　三一）

浜づらに千鳥なくをきゝて、馬にのりて行く人とどまれり

a　千鳥なく**浦**ぞすぎうく思ほゆるまだ行く末は遙かなれども　（元輔Ⅲ一七・安和二年〔九六九〕師尹五十賀屏風歌）

浜辺に漁火ともし、釣舟などあるところあり。

漁火もあまの小舟ものどけかれ生けるかひある**浦**に来にけり[*4]　（蜻蛉日記・同屏風歌）

など、浜辺の風景がしばしば描かれていたが、その絵に付されるべき屏風歌では「浜」ではなく「浦」の語が詠み込まれている例が散見される。実際、屏風絵には「浦」「浜」両方の景が描かれていたのかもしれないが、この場合「浦」は海辺の意に用いられていたと考えたほうが理解しやすい。上掲aを例にとると、屏風絵には浜辺に群がる千鳥と、騎乗のまま沖を眺めやる旅人の姿が描かれていたと思しいが、和歌では「千鳥なく浦」とある。おそらく旅人の視点に立った詠であることから「浦」を用いたのであろう。このように海側に焦点が置かれている場合は、「浦」を詠むという傾向が認められはするが、次の名所絵歌のように判断が難しい例もある。

b　伊勢のあまととひはきかねど大淀の**浜**のみるめはしるくぞありける　（順Ⅱ二六六）

c　大淀の**浜**のまにまにうちむれて霞もわたる春の駒かな　（元輔Ⅲ一〇八）

d　大淀のみそぎいくらに《よ》なりぬらん海はひぬらん《神さびわ（にイ）たる》**浦**の姫松[*5]　（兼澄Ⅰ七八）

永観元年（九八三）八月、一条大納言藤原為光家に詠進された障子歌で、伊勢国の名所「大淀」を詠んだ三首である。同一の画題でありながら、順詠b・元輔詠cは「大淀の浜」と詠んでいるのに対し、兼澄詠dは「浦」である。家永三郎は「大淀」の画面構成について「松並み生える浜の景色が画かれたのであらう[*6]」とするが、その和歌表現から推

察するに、歌人たちの絵に対する見立て方はさまざまであったようだ。bは海藻をとる「海人」に、cは浜辺に群れる「駒」に焦点があてられているが、dは「大淀」の「禊」を詠んでおり、他の歌とはその趣向を異にしている。おそらく画中の「松」に注目し、そこから当地が斎宮の禊所であることに思いを馳せたのであろう。「浦」の語を用いたのは、『斎宮女御集』所載の、

伊勢に、大淀の浦といふ所に、松いと多かりけるを、御禊にまかりて

大淀の浦立つなみのかへらずはかはらぬ**松**の色をみましや[*7]（I一三八）

を念頭に置いてのことであったかもしれない。ともあれ、「大淀」の例については、海浜の風景を「浜」と見るか「浦」と見るかは詠者の裁量に委ねられており、その判断は主観的なものであったとみておいてよいだろう。この点は、

e　ほのぼのと**明石の浦**の朝霧に島がくれ行く舟をしぞ思ふ（古今・羇旅・四〇九・左注人麿）

f　思ひ暮れなげき**あかしの浜**によるみるめすくなくなりぬべらなり（六帖・三・浜・一九一八）

など、歌枕として名高い「明石」のケースと同様だといってよい。

だが、為光家障子絵にも選ばれた駿河の歌枕「田子の浦」は、地形語「浦」を伴った名称で固定化しており、「田子の浜」のような例は探せない。後述するように、『枕草子』「浦は」段の「おふの浦」「こりずまの浦」「名高の浦」もそれと同様の例といってよいだろう。「塩釜の浦」は「塩釜」単独で詠まれることもあり、後世には「浜千鳥」と取り合わせた例も現れるが、地形語としては「浦」を伴うのが一般的である。こうした傾向は「浜」においても同様であり、「浜は」段の「有度浜」「長浜」はその典型といってよい。「有度浜」の「有度」は駿河国の郡名だが、それに下接する地形語は「浜」で固定している。「長浜」については「浜」を含めた地名として扱われており、「長浜の浦」（後撰・九四五）のような例も見出される。「浜」が下接した和歌用例を探せない「もろよせの浜」を除けば、「吹上の浜」

「打出の浜」「千里の浜」もおおむね「浜」を伴った地名として定着していたとみてよさそうである。

このように見ていくと、「浜は」「浦は」両段が「浜」「浦」の互換可能な地名をあえて掲出していないことは、当然といえば当然なのかもしれない。上掲e・fに挙げた「明石」をはじめ、いかにも名称への興味を喚起させそうな「有磯《ありそ》（海）」「御津《みつ》」も、

いはで思ふ心**ありその浜**風に立つ白浪のよるぞわびしき　（後撰・恋二・六八九・不知）

かくてのみ**ありその浦**の浜千鳥よそになきつつ恋ひやわたらむ　（拾遺・恋一・六三一・不知）

難波津にわれ待つ舟は漕ぎくらし**みつの浜**辺に千鳥なくなり　（古今六帖・三・千鳥・一九二八）

難波津を今日こそ**みつの浦**ごとにこれやこの世をうみわたる舟　（後撰・雑三・一二四四・業平）

のように、「浜」「浦」両例が詠まれていることから、選択の対象にはなり得ない。「浜は」「浦は」を自立した文章として成立させるには、どちらにも入りそうな地名は除外し、「浜」「浦」の地名として固定化したものを挙げていく必要がある。その方針にもとづいて挙げられたのが両段の地名ということになろうが、そうすると、催馬楽にもその名が見える「白良《しらら》の浜」や、後撰時代に流行し、今様[*8]にもうたわれる「名草の浜」、万葉以来詠み継がれてきた「み熊野の浦」が挙げられていないのはなぜか、という疑問も生じてくる。「須磨の浦」ではなく、あえて「こりずまの浦」が選ばれている点も気になるところである。各地名の選択に際しては清少納言ならではの慮りがあったのだろうが、果たしてその思量の跡はどこまで辿り得るのだろうか。次章では「浜は」段を取り上げ、各地名の掲出意図について考えてみたい。[*9]

二　「浜は」段の方法

ここで改めて「浜は」段の本文を引こう。掲出は三巻本、能因本とし、前田家本、堺本の本文については、必要に応じて取り上げることにする。

浜は　有度浜。長浜。吹上の浜。打出の浜。もろよせの浜。千里の浜、ひろう思ひやらる。（三巻本・一九二段）

浜は　そと浜。吹上の浜。長浜。うちでの浜。もみよせの浜。千里の浜、ひろう思ひやらるれ。（能因本・一八九段）

上述したように能因本の「そと浜」[*10]「もみよせの浜」を「うと浜」「もろよせの浜」の転化本文と見れば、能因本は三巻本第二項目の「長浜」と第三項目の「吹上の浜」の順序が入れ替わっているだけで、その排列はおおむね合致しているといってよい。

さて、筆頭に挙げられた「有度浜」だが、これについては諸先学が指摘しているように、東遊歌「駿河舞」の第一曲目、

や　有度浜に　駿河なる有度浜に　打ち寄する浪は　七草の妹　ことこそ良し　ことこそ良し　七草の妹は　ことこそ良し　逢へる時　いざさは寝なむ　や　七草の妹　ことこそ良し　（東遊歌・三）[*11]

を念頭に置いていることは明らかであろう。「駿河舞」は清少納言お気に入りの歌舞だったようで、「舞は」（二〇三段）の筆頭には「駿河舞」を挙げ、石清水・賀茂臨時祭の見聞記録ともいえる「なほめでたきこと」（一三六段）では、

g　承香殿の前のほどに、笛吹きたて、拍子打ちて遊ぶを、「とく出で来なむ」と待つに、**うど浜**うたひて、竹の

籬《ませ》のもとに歩み出でて、御琴打ちたるほど、ただいかにせむとぞおぼゆるや。

と、「駿河舞」を実見した折の興奮を縷々述べている。その歌詞に登場する「有度浜」は、清少納言にとってまさに臨時祭の東遊を表象する地名であったといえよう。もしも「有度浜」に寸評が付されていたとすれば、「山は」（一一段）の「おほひれ山もをかし、臨時の祭の舞人などの思ひ出でらるるなるべし」のように、臨時祭に関する記述が必ず含まれていたことであろう。ちなみに、「おほひれ山」も東遊歌「片降」に「大ひれや　小《を》ひれの山は　や　寄りてこそ　寄りてこそ　山は良らなれや　遠目はあれど」（八）とうたわれた地名である。『枕草子』では他にも臨時祭に関する記述が散見され、[12]東遊への関心をうかがい見ることができる。ちなみに、『源氏物語』においても東遊関連の記述は散見され、「若菜下」巻では源氏の住吉参詣の折、社頭で催された東遊の奏楽を「なまめかしくすごうおもしろく」、東遊の歌曲「求子」の終盤に年若い上達部たちが袍の肩を脱いで庭に降りる様子を「いとおもしろく飽かずぞありける」と称揚する。「匂兵部卿」巻では六条院で催された賭弓の還饗で「求子舞ひてかよる」舞人の「袖どものうち返す羽風」に着目した描写がある。注目すべきは、「若菜下」巻の「ことごとしき高麗、唐土の楽よりも、東遊の耳馴れたるは、なつかしくおもしろく…」という記述で、東遊に対するこのような印象が、当時の貴族女性一般の好尚を反映したものであるとするならば、本段の「有度浜」は、一条朝の美的流行を意識した上で選択されたものとも考えられそうである。

なお、『奥義抄』以下の歌学書には、昔「有度浜」に天女が下って舞った舞を土地の老翁がまねび伝え、それが東遊の起源となったとの伝説が記されている。「有度浜」が羽衣伝説を背景とした歌枕であるという認識が一条朝の頃にも流布していたとすれば、それに対する関心も働いたことであろう。

次の「長浜」は、万葉歌にも普通名詞として詠まれているが、『古今集』巻二十所載の、

h　君が代は限りもあらじ長浜の真砂の数はよみつくすとも

これは、仁和の御べの伊勢の国の歌

（神遊びの歌・一〇八五）

以降、伊勢の歌枕と見なされ、『能因歌枕』以下の歌学書ではその所在を伊勢とする。左注にもあるとおり、hは元慶八年（八八四）十一月に催された光孝天皇の大嘗会における悠紀方の歌で、後続詠はこれに倣って、

長浜の真砂の数も何ならずつきせず見ゆる君が御代かな

（金葉・賀・三五一）

のように、地名に「長し」の意を掛けたり、「君が代」を寿ぐ賀歌として詠まれることが多かった。とともに、

i　君か代は限りもあらじ浜椿ふたたびかげはあらたまるとも

（定頼Ⅱ四四一、寛弘六年〈一〇〇九〉一二月二日詠[*13]）

j　君が代は限りもあらじ三笠山峰に朝日のささむかぎりは

（金葉・賀・三二五・匡房／梁塵秘抄・巻二・神社歌・五二八）

など、「長浜」を詠まずにhの上二句のみを借用した歌も現れるようになるが、jの匡房詠が歌謡として流布していたことを鑑みると、hの表現が賀歌の一典型として定着をみたということなのだろう。ちなみに、「君が代は限りもあらじ」という続け方はhが初出とみられるが、『御堂関白集』所載の道長詠、

k　あなたふとのりの広まる君が代は限りなきまで思ほゆるかな

（三七、寛弘二年〈一〇〇五〉八月二五日〜二七日詠[*14]）

では、「君が代は限りなき」という類句が用いられている。kのほか上掲・iも一条朝後期の詠と目されることは、hが当時人口に膾炙していたことを示唆していよう。おそらく晴の席で朗吟されることもあったのではなかろうか。三巻本の排列を基準に考えた場合、「有度浜」に続いて「長浜」を挙げたのは、「有度浜」同様、宮中での実体験にもと

づくものであると同時に、一条朝においてhが賀歌の規範として注目を集めつつあったという事情を踏まえてのことではなかったか。

次の「吹上の浜」は、『宇津保物語』「吹上上」巻の舞台としても有名な紀伊の歌枕である。『公任集』の、

円融□《イン歟》の御時にや、うつほの涼、仲忠といづれまされりと論じけるに、しのはし《（親王ばらカ）》はすし《（涼カ）》が方にやありけん、女一宮は仲忠方におはしけるにや、いづれを入るるなどあるに、物ないひそと仰せられければ、ともかくもいはでおはしけるを、いひにおこせ給ふければ

l　奥津波吹上の浜に家ゐしてひとり涼しと思ふべしやは　（五三〇）

によれば、十世紀後半頃から『宇津保』は当時流行の物語となっていたようで、後宮では主人公の仲忠と嵯峨院の落胤である涼《すずし》をめぐっての優劣論がしきりに行われていたらしい。定子サロンにおいても、

m　御前に人々いとおほく、上人など候ひて、物語のよきあしき、にくき所なんどをぞ定め言ひそしる。涼、仲忠などが事、御前にもおとりまさりたるほどなど仰せられける。「まづこれはいかに。とくことわれ。仲忠が童生ひのあやしさをせちに仰せらるるぞ」など言へば、「何か、琴なども天人のおるばかり弾き出で、いとわろき人なり。帝の御むすめやは得たる」と言へば、仲忠が方人ども所を得て、「さればよ」など言ふに……

（七九段・返る年の二月二十余日）

のように白熱した議論が戦わされており、その余波は「いみじく思へるなる仲忠が面伏せなる事は、いかで啓したるぞ」（八二段）、「仲忠が童生ひ言ひおとす人と、「郭公、鶯におとる」と言ふ人こそ、いとつらうにくけれ」（二一〇段）からもうかがい見ることができる。清少納言は相当の仲忠びいきであったようだが、『枕草子』に限らず上掲lの例でも、女一宮から仲忠・涼のどちらを支持するかという打診に対して、公任は歌をもって仲忠支持を表明している。

歌中に「吹上の浜」が詠まれているのは、涼が祖父の神南備種松によって当地で育てられたことによるもので、涼はそこで琴の伝授を受けた。「吹上下」巻では神泉苑での紅葉賀の折、仲忠・涼が帝の御前で琴の競弾を始めたところ、天象自然の奇瑞が次々に起こり、

n　仲忠、七人の人の調べたる大曲、残さず弾く。涼、弥行が大曲の音出づる限り仕うまつる。時に天人、下りて舞ふ。（宇津保物語・吹上下）

という有様であった。上掲mの傍線部はこのくだりを踏まえた上で涼を皮肉ったものと思しいが、このように見ていくと、清少納言にとって「吹上の浜」は、まさに『宇津保』で繰り広げられる音楽美の世界を表象した地名だったのではないだろうか。「この浜は、天人つねにくだりて遊ぶといひ伝へたる所なり」（増基法師・五詞書）という当地にまつわる伝承を清少納言が存知していたかは定かではないが、『枕草子』では「いづこなりし天くだり人ならむとこそ見ゆれ」（八四段）、「なほ変化のもの、天人などのおり来たるにやとおぼえしを」（一七七段）など、天人降下を比喩的に用いている例がまま見受けられる。「吹上」という名称自体から、上掲『宇津保』のnの場面が想起された可能性は十分あり得よう。「浜は」段の「有度浜」「長浜」「吹上の浜」については、地名の選択に際して歌舞音曲や朗詠を媒介とした連想が働いていたのではなかろうか。

次の「打出の浜」は、近江の琵琶湖畔に位置する交通の要衝で、石山参詣の道中にもあたっていることから、貴族にとっては馴染み深い地名であった。『蜻蛉日記』『大和物語』をはじめとする日記・物語文学にもその名が頻出し、名所絵屏風の画題にも選ばれている。ここで注目したいのは「打ち出づ」の語が、

o　下にありながら、「うへに」など言はするに、これを**うち出づれ**ば、「まことはあり」など言ふ。（枕草子・一五五段「故殿の御服のころ）

物の調べどもおもしろく、「この殿」（＝催馬楽）**うち出で**たる拍子いとはなやかなり。（源氏物語・初音）

少将拍子**うち出で**て、忍びやかにうたふ声、鈴虫にまがひたり。（同・篝火）

など、詩句を吟じたり催馬楽をうたったり、あるいは尺拍子をとったりする意にも用いられていることである。oの傍線部「これ」とは源英明の漢詩「二毛を見る」（本朝文粋・巻一所収）の一節「いまだ三十の期に及ばず」を指し、朗詠しているのは源中将宣方である。また、『枕草子』には「うち出だす」の語が四例[*15]探せるが、いずれも伊周もしくは斉信の詩歌誦詠の場面に限って用いられている。このように見ていくと、「打ち出づ」の語を連想させる「打出の浜」は、清少納言にとって「うたう」という行為を連想させる地名だったのではなかろうか。

次の「もろよせの浜」については、『古今六帖』所載の、

但馬なる雪の白浜**もろよせ**にと思ひしものを人のとや見む（三・浜・一九二〇／二・国・一二七四にも重出）

がその典拠として指摘されるが、本段のように「浜」が下接した確実な用例は他に探せない。ただ、第二句の「雪の白浜」については『能因歌枕』以下の歌学書で所在を但馬とし、『大日本地名辞書』には「諸寄より因州堺までを土俗雪白浜といふ」とある。兵庫県美方郡には諸寄の地名が残ることからすると、「雪の白浜」は「もろよせの浜」の別称として知られていたのであろう。『蜻蛉日記』下巻の道綱詠では、

たぢまのやくぐひの跡を今日見れば**雪の白浜**白くては見し（天禄三年［九七二］）

のように、「雪の白浜」を但馬の地名と捉えており、『赤染衛門集』『相模集』にもその名を見出すが、「もろよせ」は歌枕として定着をみるには至らなかったようである。ちなみに、「もろ（諸）」は、名詞の上について「両方の、すべての」の意を表す語素であり、これを冠した語として頻用されているのは「もろとも」であろう。『枕草子』には「頭弁もろともに、同じ事（＝「栽《う》ゑて此君と称す」の詩句）をかへすがへす誦したまひて」（一三一段）、「「露は別れの涙なる

べし」といふ事を、頭中将のうち出だしたまへれば、頭中将ももろともにいとをかしく誦んじたるに」（一五五段）とあり、「もろ」からは人々が声を合わせて朗吟するイメージが喚起されたという可能性も否定できまい。他の作品もそうだが、「もろ声」の語が、詩歌誦詠の場面にも用いられている点には注意したい。憶測をたくましくすれば、「打出の浜」「もろよせの浜」という排列は、貴公子たちの誦詠（打ち出づ）に、あらゆる人々が引き寄せられる（諸寄）という連想が働いていたのではないかとさえ思われる。

そのように見ていくと、『伊勢物語』『大鏡』にその名を留めながらも和歌世界では影が薄かった「千里の浜」をあえて掲出したのも、

p　熊野へ参るには　何か苦しき修行者よ　安松姫松五葉松　**千里の浜**（梁塵秘抄・第二・四句神歌・神分・二五七）

などの今様を念頭に置いてのことではなかったか。「千里の浜」は熊野古道沿いの景勝地として知られていたようで、『大鏡』では花山院が熊野参詣の折、当地で石を枕に休息したと伝える。ちなみに、「千里の浜」と同所かと目される「ちひろの浜」は『後撰集』『古今六帖』などの諸歌集に見出され、堺本の「ちひろの浜」はそうした事情を反映しての本文なのであろう。本段があえて「ちひろ」ではなく「千里の浜」の名を掲げたのは、都人には周知の地名だったという事情もさることながら、上掲pのような謡い物が当時流行していた可能性を示唆するものではなかろうか。「ひろう思ひやらる」という寸評は、言うまでもなく「千里」という名から喚起されるイメージを述べたものだが、その背景には例えば、「雪なにの山に満てり」（一七四段）、「凜々として氷鋪けり」（二八三段）など、朗詠句の典拠となる、

暁梁王の苑に入れば　雪群山に満てり　夜庾公の楼に登れば　月**千里**に明らかなり（和漢朗詠集・冬・雪・三七四）
秦甸《しんでん》の**一千余里**　凜凜として氷鋪けり　漢家の三十六宮　澄澄として粉餝れり（同・秋・十五夜付月・二四〇）

といった漢詩が念頭にあったのではないだろうか。

以上、三巻本をもとに「浜は」段における地名選択の意図について考察してきたが、「有度浜」以外の各地名についても、単なる言語遊戯のレベルを超えて、定子サロンひいては宮廷世界の一コマを想起させるような機能を担っていたことは確かだといえよう。[*16]それが「目に見え、心に思ふこと」（跋文）や打聞にとどまらず、音曲や詩歌誦詠など「聴く」ものへの興味を内包している可能性があることは一概に否定できないであろう。先述の「しららの浜」や「名草の浜」が挙げられていないのは、たとえ謡い物に詠まれてはいても、感興が沸かない、あるいは当時の流行にはそぐわないと判断されたためか。ちなみに、「河は」（六〇段）では、

細谷川。いつぬき川、沢田川などは催馬楽などの思はするなるべし。

のように、催馬楽などの謡い物に見える三地名が列挙されているが、[*17]作者はそれらの出拠と思しき催馬楽「真金吹」「席田《むしろだ》」「沢田川」を宮中で見聞したことと思われる。「真金吹」は、

q　まがねふく吉備の中山帯にせる細谷川の音のさやけさ　（『古今集』巻二十・神遊びの歌・一〇八二、仁明天皇大嘗会歌）

の謡い物バージョンといえようが、qのような古歌が折にふれて誦詠された可能性は「浦は」段からも看取しうる。次章ではその地名選択のあり様について、紙幅の許す限り検討してみたい。

四　「浦は」段の方法

浦は　おほの浦。塩竈の浦。こりずまの浦。名高の浦。　（三巻本・一九三段）

浦は　をふの浦。しほがまの浦。志賀の浦。名高の浦。こりずまの浦。和歌の浦。　（能因本・一八九段）

以下、煩雑さを避けるために、原則として三巻本掲出の地名のみを考察の対象とする。筆頭に挙げられた「おほの

浦」は、『万葉集』に遠江の地名としてその名が見え、また能因本に見る「をふの浦」も『万葉集』では越中国の地名として詠まれている。結論から言えば、三巻本の「おほ」は能因本の「をふ」または「おふ」の訛伝とみて、

r　**をふの浦**にかたえさしおほひなる梨のなりもならずも寝てかたらはむ　（古今・巻二十・東歌・伊勢歌・一〇九九）

に詠まれている伊勢の「お（を）ふの浦」を指したものとみておきたい。『袖中抄』は「をふの浦は伊勢国にあり。斎宮御庄献レ梨所也」との説を提示するが、その根拠は不明である。『古今六帖』には当地の名を詠んだ歌が四首[*18]収められているが、うち一首はrと同一歌であり、他の二首は万葉歌の、今一首は『古今集』所載歌の異伝と思しきものである。「鳴呼見《あみ》の浦」「志賀津の浦」や「難波潟」が「お（を）ふの浦」にすり替った理由は定かではないが、『六帖』が当地の名称に関心を寄せていることのあらわれであろうか。だが、それにも増して興味深いのは、清少納言と交渉のあった実方が、

　宣燿殿の宰相《右近》の君、梨をさし出でたれば

s　かくれなき身とは知る知る山なしの**おふの浦**まで思ひやるかな　（実方Ⅱ一七五）

の一首を詠んでいる点である。「おふの浦」に「生ふ」を、「梨」に「無し」の意を響かせるという技巧はrのそれをほぼ踏襲したものであるが、「浦」に心の中の意の「裏」を掛けて「身」と対応させた点には、実方ならではの機知が感じられる。[*19]当時、梨の贈答をめぐってはsのような歌がしばしば詠まれたのであろうが、その背景にはrが梨にちなんだ古歌として愛誦されていたという事情もあったかもしれない。ちなみに、rは風俗歌の一首で、伊勢国の歌謡として伝わっていたものと思しいが、例えば催馬楽の最盛期を一条朝とする見解を踏まえれば、[*20]風俗歌についてもほぼこの頃に流行のピークを迎えた[*21]とみてよさそうである。「歌は」（二六二段）で「風俗」が筆頭に挙げられているのも、そうした動向を踏まえてのことであったろう。rが折にふれて誦詠されていた可能性は少なくはないと考えた

い。

とすると、次の「塩竈の浦」についても、『古今集』巻二十・東歌、

t　みちのくはいづくはあれど塩竈の浦こぐ舟のつなでかなしも

（陸奥歌・一〇八八）

との関連が予想されてこようが、『和漢朗詠集』に採られているのは、源融が詠んだ、

u　君まさで煙たえにし塩竈のうらさびしくも見え渡るかな

（古今・哀傷・八五二・貫之／朗詠・下・故宮付破宅・五三八）

の方である。当地は源融が自邸河原院に塩竈の景を模した庭園を作ったというエピソードで有名だが、「おふの浦」からの連想を考えた場合は、t・uのような塩竈詠が歌謡として享受されていることに留意しておく必要があろう。

ちなみに、中宮定子は、

屏風の絵に、塩竈の浦かきて侍りけるを　　一条院皇后宮

いにしへのあまや煙となりぬらむ人目も見えぬ塩竈の浦

（新古今・雑下・一七一七）

の歌を残している。定子の居宅に当地を描いた名所絵屏風があったかどうかは不明であるが、もしも居所の屏風であれば、その絵を見ながらt・uの歌を女房たちが口ずさんだり、男性貴族が朗吟したりするような機会もあったかもしれない。ともあれ、本段において「塩竈の浦」が歌謡への興味から掲出されたとみることはあながち的外れではないだろう。

次の「こりずまの浦」は、「懲りずま」（性懲りもなくの意）に「須磨の浦」を言いかけた造語で、『後撰集』が初出。『古今六帖』（一八七〇）や『源氏物語』「須磨」巻では「こりずまの浦のみるめ」と詠まれ、海藻の「海松布」に逢う機会の意の「見る目」を掛けている。『枕草子』には「渡りは」（一八段）に「こりずまの渡り」なる地名が登場するこ[*22]

とから、「懲りずま」という名称への興味と考えておくほかなかろうが、「須磨の浦」の名を挙げなかったのは、須磨には流謫の地としてのイメージがあり、中関白家凋落の要因となった伊周・隆家配流事件を想起させかねないことへの配慮もあったのではないか。

三巻本では末尾に位置する「名高の浦」は紀伊国の地名で、『万葉集』には四例[*23]が見出される。うち二首は『古今六帖』に採られ、出典未詳の、

わが恋は**名高の浦**の浜千鳥尾羽にもふれぬ君が身ゆゑに　（六帖・三・千鳥・一九三二）

と合わせて第三帖・水部に収められるが、平安時代の和歌用例に乏しく、歌枕として定着をみるには至らなかったようだ。地名から「名高し」（有名だ、評判が高い）の意を想起させるという掛詞的興味から選択されたものと思しいが、あるいは「懲りずま」（懲りることなく）→「名高し」（浮き名を立てる）という連想によるものか。いずれにせよ、歌壇からはほぼ等閑視されていた「名高の浦」をあえて選択した点は注目されてよい。

以上、三巻本をもとに「浦は」段における地名選択の意図について考察してきたが、「おふの浦」「塩竈の浦」については「浜は」段と同様、歌謡を媒介とした連想が想定されるものの、「浜は」段のように読者の想像をかき立てるような展開には至っていない。ちなみに、八代集における「浜」「浦」の和歌用例を調べてみると、「浜」の地名数は二十例を超えないのに対して、「浦」数は四十二例で、後者のほうがバリエーションに富んでいる。にもかかわらず、『枕草子』では選択されている地名数がさして多くない[*24]のは、「浦」には作者の感性を触発するような地名が乏しかったということなのであろう。

おわりに

『枕草子』「浜は」「浦は」段をめぐって、地名選択・排列における清少納言の思量の跡を探ってきた。もちろん、すべての地名が連想の糸によって紡ぎ出されたとは考えられないが、例えば「里は」(六三段)や「関は」(一〇七段)にみる人事的連想の手法が、[*25] 他の地名類聚章段においても部分的に見出されることを鑑みれば、「浜は」「浦は」段においてもある種の連想性が働いていたと想察したいところである。その視点に立って考えを巡らせてみると、「浜は」段に関しては前節で述べたとおり、地名から宮廷世界の一場面を想起させるような意図がおぼろげながら看取され、その断片的なイメージを紐付けているのは、作者が宮中において見聞した謡い物や詩歌の誦詠等ではなかったかと推測されるのである。地名に対する掛詞的興味も相俟って、その排列は読者にさまざまな連想を喚起させるような仕掛けがなされ、言語遊戯という表層的なレベルでは説明しきれない文脈を形成しているようでもある。また、歌謡への関心は一条朝の文学的好尚を反映したものとみられ、定子サロンはその流行の最前線にあったのではなかろうか。

「浜は」の段に比して「浦は」段の叙述は閉塞的だといえる。「をふの浦」からは歌謡への関心が濃厚にうかがわれるが、「こりずまの浦」「名高の浦」は名称への興味にとどまり、竜頭蛇尾に終わってしまった印象は否めない。もちろん、現存資料では推測不可能な意図が隠されているのかもしれないが、さらに章段を展開させていこうとする意図は感じられないようである。

元来は地形上の相違を意味する語であった「浜」と「浦」だが、和歌や屏風絵に描出されるのどやかな風景とは一線を画し、表象化された映像の断片をつなぎ合わせて、全く別のモンタージュに仕立てようとするのが地名類聚章段の行き方なのであろう。

注

（1）以下、『枕草子』の本文・章段数は断りのない限り、三巻本は松尾聰・永井和子『新編日本古典文学全集　枕草子』（小学館、一九九七年）、能因本は松尾聰・永井和子『枕草子　能因本』（笠間書院、二〇〇八年、『完訳日本の古典　枕草子』一・二　小学館、一九八四年を改訂）に拠り、一部表記を改めた。前田家本の本文は田中重太郎『前田家本枕冊子新註』（古典文庫、一九五一年）、堺本の本文は速水博司『堺本枕草子評釈』（有朋堂、一九九〇年）を参酌した。

（2）以下、歌集本文の引用は、勅撰集・私撰集・歌合は『新編国歌大観』、私家集は『新編私家集大成』に拠る。ただし、読解の便を考慮して、私に清濁を施し、表記・本文を改めた箇所がある。また、見せ消ちにしたがい本文を改めた箇所がある。

（3）以下、屏風歌の詠作事情および年時については田島智子『屏風歌の研究　資料編』（和泉書院、二〇〇七年）に従う。

（4）以下、散文本文の引用は『新編日本古典文学全集』に拠る。

（5）島原松平文庫蔵一三五・一一本を底本とする「兼澄Ⅱ」では、詞書を「一条殿に、みさうじの歌つかうまつりしに、おほよどのさい宮のみそぎしたるところかきたるに」（五七）とする。他の歌人詠の内容からすると、果たして「斎宮の禊したる所」が描かれていたかは疑問。

（6）『上代倭絵全史』（高桐書院、一九四六年、改訂重版　名著刊行会、一九九八年）。

（7）この歌は『新古今集』（巻十七・雑中・一六〇六）に入るが、その詞書は「むすめの斎王に具して下り侍りて、大淀の浦に禊し侍るとて」とある。

（8）『梁塵秘抄』第二・四句神歌・二五九「熊野の権現は　名草の浜にこそ降りたまへ…」。以下、『梁塵秘抄』の本文・歌番号は『新編日本古典文学全集』に拠る。

（9）以下、「浜は」段の考察については、拙稿「枕草子「浜は」の段についての考察」（『語文』七六輯　一九九〇年三月）に拠るところが大きい。

（10）注（1）掲出『枕草子　能因本』の底本である学習院大学蔵三条西家旧蔵本には、「そと浜」の右に「う歟又そとの歟」の傍書がある。

（11）東遊歌の本文は『日本古典文学大系　古代歌謡集』（岩波書店、一九五七年）に拠る。

（12）「花の木ならぬは」（三八段）の「榊、臨時の祭の、御神楽のをりなど、いとをかし」、「うちの局」（七三段）の「まいて、臨時の祭の調楽などは、いみじうをかし」、「見物は」（二〇六段）の「賀茂の臨時の祭」、「身をかへて天人などはかやうやあらむと見ゆるものは」（二二九段）の「去年の霜月の臨時の祭」。

(13) 家集の詞書は「大皇太后宮の七日夜」。『後拾遺集』賀・四三五の左注には「或人云、此歌七夜に中納言定頼がよめる」とあり、一首前の四三四の詞書には「後朱雀院生まれさせたまひて七日の夜よみ侍ける」とある。森本元子『定頼集全釈』（風間書房、一九八九年）参照。

(14) 杉谷寿郎「御堂関白集の性格」（『言語と文芸』二九号、一九六三年九月、『平安私家集研究』新典社、一九九八年所収）、平野由紀子『御堂関白集全釈』（風間書房、二〇一二年）参照。

(15) 三巻本に拠る。「清涼殿の丑寅の隅の」（二一段、伊周）、「故殿の御ために…」（一二九段、斉信）、「故殿の御服のころ」（一五五段、斉信）、「大納言殿まゐりたまひて」（二九三段、伊周）。

(16) 鄭順粉「枕草子「〜は」型章段における歌謡引用について」（『中古文学論攷』一八号、一九九七年一二月）は、「「―は」型章段における歌謡引用は」「歌謡の発現を取り巻く場面そのものを想起させる機能を果たしている」と指摘する。

(17) 中田幸司『平安宮廷文学と歌謡』（笠間書院、二〇一二年）は、「催馬楽など」が、「『催馬楽』に限らぬ他の歌謡」をも含んだ叙述であることに注意している。

(18) 三・浦・一八八〇（＝古今九一六、初句「難波潟」）、同一八九三（＝万葉巻一・四〇、初句「あみの浦に」）、四・雑思・二一六九（＝万葉巻七・一三九八、初二句「ささなみの志賀津の浦の」）、六・梨・四二六五（＝古今一〇九九）。

(19) 竹鼻績『実方集注釈』（貴重本刊行会、一九九三年）参照。

(20) 注（17）に同じ。小野恭靖「平安文学と風俗圏歌謡―『枕草子』と『紫式部日記』に見る催馬楽・風俗歌―」（『王朝文学と音楽　平安文学と隣接諸学　八』竹林舎、二〇〇九年所収）も、「清少納言が風俗圏歌謡を「をかし」と捉えること」は「同時代人に共通する感性であったこと」を指摘する。

(21) 日本文学ｗｅｂ図書館『和歌文学大辞典』（古典ライブラリー）、「風俗歌」の項（中田幸司執筆）参照。

(22) 原由来恵「『枕草子』「地名類聚」章段について―名の選択と配列に見る作品世界と課題―」（『二松学舎創立百三十周年記念論文集Ｉ』二松学舎、二〇〇八年三月）に指摘があるとおり、『枕草子』地名類聚章段ではこのように「全く違う土地を扱いながら、同じ「名」を持つものが」散見される。この現象について、原は「章段形成上に必要な名称を持った「名」が選択されたことの証し」と捉える。なお、「こりずまの渡り」については、『和泉式部集』の「濡れ衣をのみ着ること今ははらへ捨ててむ、と人にいひてのち、いかなることかありけむ、なほこりずまのわたりなりけり、といひたるに」（Ｉ八三〇詞書）との関連が気になるところでもある。

(23) 巻七・一三九二、同一三九六（＝六帖・三・一八四六）、巻十一・二七三〇、同二七八〇（＝六帖・三・一八四八）。

(24) 前田家本は上掲能因本の六地（「なかたの浦」は「名高の浦」誤とみる）に「篠田の浦」を加えた計七地名を挙げる。

堺本は「塩竃の浦」「名高の浦」「こりずまの浦」「篠田の浦」の四地名。

(25)「里は」(六三段)では「逢坂の里」以下「あさがほの里」まで、恋的連想に根ざした地名が列挙され、「関」は(一〇三段)では「よもよも(能因本「よしよし」)の関こそ、いかに思ひ返したるならむと、いと知らまほしけれ。それをなこその関といふにやあらむ。逢坂などを、さて思ひ返したらむは、わびしかりなむかし」と、地名から喚起される連想の内実が明かされている。

『平家物語』の汀渚

——敦盛最期の舞台——

北村　昌幸

はじめに

寿永三年（元暦元年、一一八四）二月七日、世にいう「一の谷合戦」が行われ、平氏は甚大な被害を蒙った。一門の人々が幾人も戦死を遂げたことは、『平家物語』がつぶさに描き出すところである。なかでも若き平《たいらの》敦盛《あつもり》の討死は、古来哀話として定評があったようだ。能や幸若舞《こうわかまい》に取り入れられただけでなく、室町時代物語「小敦盛《こあつもり》」などが作られたのは、この逸話が人気を博していたからにほかなるまい。その後、『須磨都源平躑躅《すまのみやこげんぺいつつじ》』『一谷嫩軍記《いちのたにふたばぐんき》』といった浄瑠璃作品のなかでアレンジされており、現代に至っても、古典教材の定番として親しまれている。『平家物語』といえば、「祇園精舎《ぎおんしょうじゃ》」「扇の的」に加えて、この「敦盛最期《さいご》」を思い浮かべる人が少なくない。

ところで、古典教科書に掲載される『平家物語』は、たいていは一方《いちかた》系の本文である。琵琶法師の覚一《かくいち》検校《けんぎょう》が正本として定めた形が現在最も尊重されているわけである。では、別系統の本文によって「敦盛最期」を読んだとき、どのような違いが見えてくるのか。そして、絵巻物や浮世絵に描かれた図像と比べたとき、どのような問題点が浮かび上がってくるのか。そのような観点から覚一本「敦盛最期」の特質をあぶり出してみたい。最終的には、この逸話の舞台となっている須磨海岸という場に着目し、舞台装置としての可能性を模索する。従来は作中人物の言動に関心が寄せられてきたが、[*1] 事件が起きた空間そのものの質を問うこの試みは、作品の読解に新たな視界を開くことになるだろう。

一　熊谷視点の叙述

須磨寺の像

覚一本『平家物語』の当該記事は、敵役である熊谷直実《くまがいなおざね》の登場をもって始まる。

> いくさやぶれにければ、熊谷次郎直実、「平家の君達《きんだち》たすけ舟に乗らんと、汀の方へぞおち給ふらむ。あッぱれ、よからう大将軍にくまばや」とて、磯の方へあゆまするところに、練貫《ねりぬき》に鶴ぬうたる直垂《ひたたれ》に、萌黄匂《もえぎにほひ》の鎧《よろひ》着て（中略）黄覆輪《きぶくりん》の鞍《くら》おいて乗ッたる武者一騎、沖なる舟に目をかけて、海へざッとうちいれ、

戦線を離脱して海上に逃れようとする「平家の君達」を狙い撃ちしようと考え、熊谷は海辺を目指していた。そうして見出したのが、沖の船に向かって馬を泳がせていた「武者一騎」である。関東武士である熊谷は、もちろんその素性を知らない。ただ、いかにも大将軍級の出で立ちであったため、手柄をあげる好機を逸してなるものかと相手を呼び止める。

敵に後ろをみせるのは卑怯だといって辱《はずかし》め、首尾よく引き返させて一騎打ちに持ちこむのである。ところが、いざ組み伏せてみると、相手は十六、七歳の少年。ちょうど熊谷の嫡子直家《なおいえ》と同じ年頃であった。子を失う親の悲しみを我が身に引きつけて想像してしまった熊谷は、すっかり戦意を喪失し、なんとかこれを助けたいと考えるに至る。しかし、ほかの源氏勢が近づきつつある状況ではいかんともしがたく、どうせなら自らの手にかけて菩提を弔おうと決心し、泣く泣く少年を討ち取った。やがて相手が笛を携えていたことに気づいた彼は、風流を愛するその心根に胸打たれ、いよいよ武士という立場の罪深さを思い知らされることとなる。ここまでの経緯が語られて、ようやく少年の身元が判明する。

　後にきけば、修理大夫経盛の子息に大夫敦盛とて、生年十七にぞなられける。

すなわち、本文中では「敦盛」の名はずっと伏せられているのである。正体不明の敵と遭遇した熊谷側の立場を再現するかのような叙述方法といってよい。実際のところ、「いづくに刀を立つべしともおぼえず」、「たすけ奉らばやと思ひて」、「目もくれ心もきえはてて、前後不覚におぼえけれども」など、熊谷の心理が克明に描かれているのに対し、敦盛の思惟や感情は発話部分から推察されるだけで、直截には表現されていない。要するに、「敦盛最期」は熊谷を軸として語られているわけである。

　この手法は覚一本に限定されるものではない。百二十句本や中院《なかのいん》本などの一方系以外の語り本はもちろんのこと、読み本系の延慶《えんぎょう》本や長門《ながと》本においても、やはり語り手の視線は熊谷に寄り添っている。おそらく『平家物語』成立当初から継承されているものなのだろう。かつて延慶本の研究が進められるなかで示唆されたように、熊谷自身の体験談が取り込まれている可能性が考えられる。[*2] ただし、延慶本と長門本には敦盛の思惟に立ち入っている記述もわずかに交じっており、必ずしも熊谷の主観のみで記事が構成されているわけではない。両者の心中思惟がそれぞれ必要な分だけ——熊谷の発心理由を解き明かす趣旨のもとでは当然ながら熊谷偏重の形で——盛り込まれているという見方も十分に成り立つ。熊谷自身の語りが基盤になっているのか、熊谷寄りの叙述が多くてそう見えるだけなのか、現存本文からでは決定的な徴証を得がたいというのが実情である。[*3]

では、延慶本の冒頭部分を読んでみよう。覚一本では熊谷の登場から始まったのに対し、延慶本では身元不明の武者を活写するところから話が展開していく。

> 赤地ノ錦ノ鎧直垂ニ、赤威《おどし》ノ鎧ニ、白星ノ甲《かぶと》着テ（中略）厚房ノ鞦《しりがい》懸テ乗タリケル武者一人、中納言ニツヾイテ打入テヲヨガセタリ。（中略）熊谷二郎直実、渚ニ打立テ此ヲミテ、（長門本もほぼ同文）

だが、熊谷が「御名ヲ備《つぶさ》ニ承テ、必ズ御孝養《けうやう》申ベシ。（中略）彼《かの》所領（＝このたびの恩賞）即《すなはち》君ヨリ給《たまはり》タリト存ジ候ベシ」と約束するや、相手は一転して「カヤウニ云《いふ》モ疎《おろか》ナラズ」と受けとめ、自らの名を「修理ノ大夫経盛ノ末子《ばっし》、大夫敦盛」と明かすのである。この点は覚一本と大きく異なっている。覚一本の敦盛は、「名のらずとも頸をとッて人に問へ。見知らうずるぞ」、「たゞとく〳〵頸をとれ」といって、最後まで名乗ろうとはしなかった。「後の御孝養をこそ仕り候はめ」という熊谷の申し出も、敦盛の心を開かせることはできなかったとされている。

延慶本型から覚一本型へと本文が改変されたのだとして、心の通い合いがないまま終わる後者の形の方が熊谷を孤立させていることは、衆目の一致するところだろう。風流を愛する平家公達《きんだち》からは受け容れられず、関東武士の価値観にも疑いを抱いてしまった彼は、一の谷の渚で独り泣き崩れるしかない。延慶本には見られない、敦盛殺害後の「良久《やや》しうあッて」という時間経過への言及は、熊谷が受けた衝撃の大きさを示すものである。そして、続いて記される「さてもあるべきならねば」は、悲しみの淵から立ち上がろうとする瞬間をしっかりと捉えている。その意味で、覚一本は延慶本や長門本以上に熊谷の心理の襞《ひだ》に深く分け入っているといえよう。

思うに、語り本においては、出来事を熊谷目線で描こうとする意識が強まっているのではないか。延慶本や長門本にある敦盛の心理描写が削られているのはもちろんのこと、先に掲出したように、熊谷の視線の向こうに「武者一騎」の姿が見出される形で幕が上がるのは、けっして偶然ではあるまい。見方によっては客観的視点で語り始められているようにも読めてしまう古態本の冒頭部分を、徹底した熊谷視点の描写に再構成したのだろう。

逆に、客観的視点の方へと傾斜している諸本も存在する。例えば、敦盛の名を最初から明記してしまう四部合戦《しぶかっせん》状《じょう》本や『源平盛衰記《げんぺいじょうすいき》』がそれである。前者の冒頭部分を見てみよう。原文は漢文体であるが、訓読したものを引用する。

修理大夫経盛の最愛の末子、無官大夫敦盛は、練貫に萱惹草摺《す》らせたる直垂に、櫨《はじ》の匂の鎧に葦毛の馬に乗りたりけるが、（中略）馬弱くて游《およ》がざりければ、力及ばずして引き返したまふ処《ところ》に、熊谷次郎直実、「大将軍よ」と見ければ、

四部合戦状本の場合、敦盛は熊谷に呼び返されたのではなく、馬が弱っていて船まで辿《たど》り着けず、やむなく戻ってきたことになっている。そこに熊谷が現れて組み討ちとなるわけであり、あとの展開は延慶本と同様である。「汝は心有れば名乗るぞよ」という言葉とともに、敦盛は自らの名を明かして「必ず後世を訪へ」と遺言する。なお、四部合戦状本には「女房よりの御文」の話題が独自に付け足されているが、ここでは割愛する。

熊谷視点の描写が最も崩れているのが『源平盛衰記』である。冒頭から敦盛の名を明記していることは前述した通りであるが、その後も地の文において、「敦盛」「大夫」という呼称を使用し続けている。また、「大夫思はれけるは」、「さあらば名乗らんと思ひつつ」のごとく、敦盛の心中にも立ち入ってしまっている。熊谷が敦盛の首を掻き落としたときの、「無慚《むざん》といふも疎かなり」という感想は、出来事を外側から眺めているような印象を生み出すものであり、

直後の「敦盛死を恐れず、心を降さず、幼齢の人たりといへども、凡庸の類ひにあらざりけり」という評言も、客観的視点から導き出されたものといってよい。

そのほか、派生作品にも目を向けると、世阿弥《ぜあみ》の能「敦盛」はワキ熊谷の視点からストーリーが始まって、最後はシテ敦盛の側から討死場面が回想される形となっている。悲劇の少年が主役に据えられたからこそ、作品のタイトルにその名が冠されたのである。出家して高野山に登った熊谷の往生で幕を閉じる幸若舞「敦盛」の場合も、前半は中立視点となっており、語り手は敦盛と熊谷の双方に代わる代わる寄り添っている。室町時代物語「小敦盛」冒頭の一の谷合戦場面は、明らかに敦盛寄りであることが窺える。敦盛と遺児の物語において、熊谷はむしろ脇役に転じることとなったようだ。

翻ってみるに、『平家物語』自体、そもそも一の谷合戦後半の記事をめぐっては、討ち手となった源氏方ではなく、襲われた平氏方の武将を主軸に据えるケースが少なくない。平重衡《しげひら》、平知盛《とももり》、平師盛《もろもり》、平通盛《みちもり》、いずれも逸話の冒頭で名前が明かされている。これらに取り巻かれている「敦盛最期」が、『源平盛衰記』や「小敦盛」にみられるごとく、敦盛をクローズアップする方向へと変容していったのは自然のなりゆきだと思われる。

ところで、平忠度《ただのり》と平業盛《なりもり》の討死記事は、延慶本と長門本の場合、敦盛のそれと同じく初めは討ち手側からみた形で構成されている。忠度は「武者一騎落行ケリ。齢四十計《ばかり》ナル人ノヒゲ黒也」と紹介されており、業盛は「萌黄匂ノ鎧キテ、鹿毛ナル馬ニ乗テ落ケルヲ」という具合に登場する。それが覚一本に至ると、「薩摩守忠度は、一の谷の西の手の大将軍にておはしけるが（中略）ひかへ〳〵落ち給ふを」、あるいは「門脇中納言教盛卿の末子蔵人大夫業盛は、常陸国住人土屋五郎重行にくんでうたれ給ひぬ」と記されている。最初から名前を明記される敗者の一群に加えられてしまったわけである。そうしたなか、語り本においてただ一人、敦盛だけが「武者一騎」として作中に登場し、死を迎えるまで身元不明であり続けている。先にも指摘した熊谷視点をめぐる語り本系のこだわりは、右にみた平家一門の討死記事全般と比べることで、いよいよ確かなものとなってくる。

二　絵画資料にみる構図

ここで『平家物語』本文から離れて、絵画化された「敦盛最期」に目を転じてみよう。『一谷嫩軍記』の役者絵も含めれば、対象となる絵は相当な数にのぼるが、管見に入ったものを中心に取り上げることにしたい。

まずは、語り本の叙述に通じるような、熊谷の近傍から敦盛を望見する図柄を紹介する。歌川貞秀《うたがわさだひで》の「源平一之谷大戦高名之図」の一枚（図1）。これは安政四年（一八五七）の作品である。黒栗毛の馬に跨がり右手で扇をかざす熊谷の姿が大きく描かれ、その視線の先には、沖の船を目指す敦盛が小さく書き込まれている。熊谷の背で丸く膨らんだ母衣《ほろ》が疾走感を醸《かも》し出しており、獲物を逃すまいと追いすがる彼の逸《はや》る思いを伝えてくるようだ。一方の敦盛については、色鮮やかな鎧を身にまとっていることくらいしか判らない。まさしく、組み討ちに及ぶまで人相が確認できなかったという、物語の筋立ての通りである。

同様の図像に、月岡芳年《つきおかよしとし》の「一ノ谷合戦」がある。明治前期の作品で、こちらは熊谷の後ろ姿を捉えたものである。顔はほとんど隠れており、片方の目と鼻筋が確認できる程度。敦盛の姿もごく小さく描かれていて、表情などは窺えない。それに対し、芳年と同じく国芳《くによし》門下であった歌川芳藤《よしふじ》の「摂州一の谷合戦の図」は、熊谷を横から大きく写しとっているため、鋭い眼光や剛胆さを思わせる顎髭が書き込まれている。対する敦盛の顔つきは辛うじて確認できるものの、そこから何かの感情を汲み取ることは難しい。馬がひたすら前を向いて游いでいる点から推すに、敦盛が手綱を引く直前の、熊谷に呼び止められて何気なく振り返った瞬間を再現したものなのだろう。

これらはいずれも陸から沖を眺める構図であるが、逆構図の絵も存在する。幕末から明治期にかけて活動した楊《よう》洲《しゅう》周延《ちかのぶ》の「一ノ谷落城熊谷討敦盛」がそれである（図2）。こちらは海上の敦盛と馬を正面に大きく据え、右手奥に騎馬の熊谷を小さく描いている。『平家物語』諸本には見られなかった敦盛視点の構図といってよい。熊谷の姿を遠望するこの様式は比較的珍しいもののようだ。むしろ多いのは、二人を同じようなサイズで描いた作例である。敦盛が渚に辿り着いていよいよ組み討ちに挑む場面や、熊谷に組み伏せられた場面を描く場合、そうなるのは必然だっただろう。例えば、歌川国貞《くにさだ》の「新板一谷合戦図」や歌川芳《よし》員《かず》の「一谷大合戦之図」などが好例である（図3）。

図１　歌川貞秀「源平一之谷大戦高名之図」
（Photo：Kobe City Museum/DNPartcom）

　では、熊谷が敦盛を呼び止める場面について、両者を均等サイズに描いているものを取り上げたい。概して屏風絵や絵巻物、『平家物語』絵入板本などは、そうした描き方を採用する傾向にあったようだ。江戸時代の土佐派の作品

図２　楊洲周延「一ノ谷落城熊谷討敦盛」（パブリックドメイン美術館ホームページより）

図３　歌川芳員「一谷大合戦之図」（Photo：Kobe City Museum/DNPartcom）

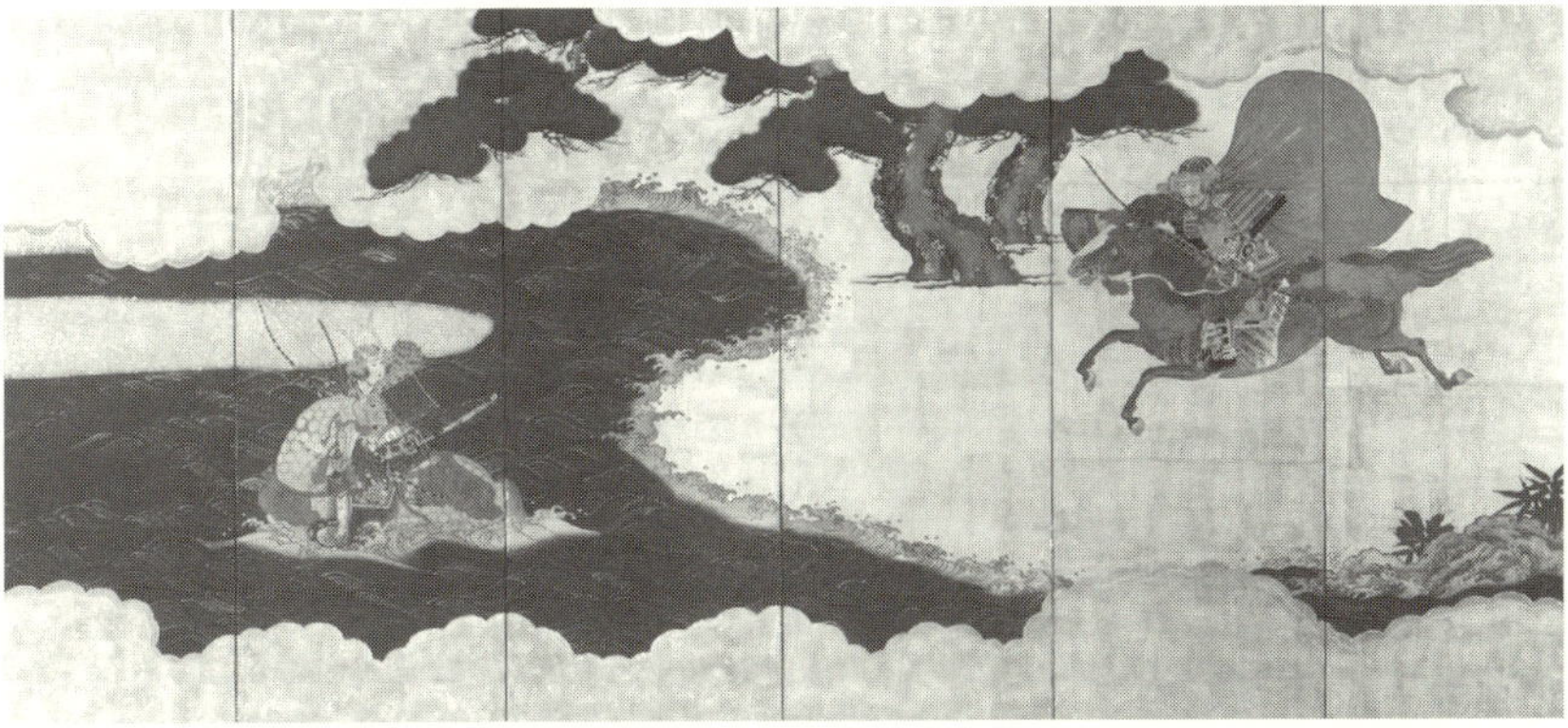

図４　「一の谷合戦図屏風」（©東京富士美術館イメージアーカイブ／DNPartcom）

とされる東京富士美術館所蔵「一の谷合戦図屏風」を見てみよう（図4）。この屏風は金地の部分で陸地を表現し、紺色に彩色した部分で海を表現している。くっきりと分けられた二つの領域には、それぞれ熊谷と敦盛が配されており、しかも鹿毛《かげ》馬と金地、連銭葦毛《れんぜんあしげ》馬と紺地のコントラストがじつに鮮やかである。また、熊谷と敦盛それぞれの鎧の威毛《おどしげ》についても、対照的な配色が施されている。同様の作例は、根津美術館所蔵「平家物語画帖」や、林原美術館所蔵「平家物語絵巻」、永青文庫蔵奈良絵本平家物語など枚挙に遑《いとま》がない。一の谷合戦の全体像を描き、「敦盛最後」をその一《ひと》齣《こま》とする屏風も、たいていはこの構図を採用している。

なかでも年代的に早い例とみられるのは、室町時代後期に作成された「小敦盛絵巻」である（図5）。早稲田大学図書館、サントリー美術館、国文学研究資料館ほかに所蔵されており、当該場面の図柄は互いに似通っている。画面右側には、扇をもった右手を前方に突き出しながら馬を駆《か》る熊谷が、そして左側には、連銭葦毛の馬を振り向かせつつ右手で白刃を振り上げる敦盛がそれぞれ配置され、両者の間に水陸の境界線が引かれている。

ここで図5を絵巻本文と照らし合わせてみよう。熊谷が萌黄匂の鎧を着ているのは、本文と画とで一致する。敦盛が連銭葦毛馬に乗っていたことも同様である。ただし、熊谷が扇を手にしていたことは本文中では言及さ

図５　敦盛絵巻（小敦盛絵巻・早稲田大学図書館所蔵）

れていない。これはいったい何によるのだろうか。『平家物語』に遡《さかのぼ》ってみると、延慶本や長門本には扇のくだりが欠けており、敦盛の馬は「サビツキゲ」「月げ」とされている。結局のところ、「扇」や「連銭葦毛」などの条件を満たすのは語り本系ということになる。[*4]

連銭葦毛なる馬に黄覆輪の鞍おいて乗ッたる武者一騎、（中略）五六段ばかりおよがせたるを、熊谷、「あはれ大将軍とこそ見参らせ候へ。まさなうも敵にうしろを見せさせ給ふものかな。かへさせ給へ」と扇をあげてまねきければ、

すでに論じた通り、覚一本を始めとする語り本系は、熊谷視点の叙述を強化したものであった。しかしながら、この語り本系が参照されているとおぼしき「小敦盛」の絵は、偏った視点に引きずられているようには見えない。それは屏風絵も同じだろう。振り向いた敦盛の顔を描くという手法を熊谷視点の反映とみなす意見もあるが、[*5] 六曲一隻全体が写し取っているのは、二人の武士から等しく距離を取った俯瞰的な視点による光景である。

この構図が盛んに模倣されて定番となったのは、二項対立の単純明快さが好まれたためだと思われる。合戦図屏風において熊谷と敦盛をめぐって鮮やかな対比が生まれていることは先に述べた。それを支えているのが陸と海との境界線であることは明白だろう。汀線《ていせん》こそが、源氏と平氏、すなわち勝者（生者）と敗者（死者）の領域を截然と色分けして示すからである。近世後期の武者絵のなかには、この境界線に頼ることなく、遠近法によって別種の対比を生み出している作例もあったわけだが、屏風絵や奈良絵本の多くが汀線によって二人を分断しているという事実には、やはり注目しておくべきだろう。

三　汀と渚

境界としての汀《みぎわ》という観点は、絵画だけに当てはまる話ではない。『平家物語』本文を通じてこの問題に迫ってみよう。

汀とは「水際」の意であり、池や川の縁《ふち》に対しても使われる語である。海の場合は当然、波の縁《へり》を指すと考えられる。寄せては返すそのラインは常に変動するのであるが、砂浜で最も陸地側にせり出してきたときの位置は、砂が湿って色濃くなっており一目でわかる。いわゆる波打ち際がこれに当たる。渚という語は本来この波打ち際のあたりを漠然と指していたようだ。後述するように、海側を言い表すことすらあったらしい。

平安時代の辞書『和名類聚抄《わみょうるいじゅうしょう》』では、「汀」は「美岐波」と訓じられ、「渚」は「奈岐佐」と訓じられていた。また『類聚名義抄《るいじゅうみょうぎしょう》』では、前者の訓として「ミキハ／ト、コホル」が、後者の訓として「ナキサ／スハマ／シマクニ」が掲出されている。その後、鎌倉時代の寛元本『字鏡集《じきょうしゅう》』に至って、「汀」の読みに「ミキハ／ト、コホル」のみな

須磨海岸と鉢伏山

らず「ナキサ」と「ミキハノイサコ」が加わってくる。また、室町時代の文明本『節用集《せつようしゅう》』をみると、「汀《ナギサ》」「渚《ミギワ》」と逆転した訓が記載されている。中世以降の文献において漢字のみで表記されている「汀」「渚」は、どう読むべきか判断が難しいのである。書写者によっては、「白河」「白川」のごとく、使い分けを意識していなかった可能性すら考えられる。

　だが、少なくともいま問題にしている覚一本――厳密には、そのうちの龍谷《りゅうこく》大学本と高野《たかの》本――に限っていえば、ひとつのこだわりを見出すことができそうに思われる。意外なことに、覚一本の一の谷合戦記事（巻九「一二之懸《いちにのかけ》」から「落足《おちあし》」まで）には「渚」ないし「なぎさ」と表記される語が一度も使われていない。延慶本では、知盛の馬が沖から陸に戻る場面に「馬ナギサニヲヨギ上テ」とあり、師盛討死の記事にも「備中守師盛ハ小船ニ乗テナギサニソイテ、助船ト志テ」とある。漢字の「渚」も巻九には十例存在する。八坂《やさか》系の語り本である中院本をみても、後藤盛長《もりなが》に裏切られた平重衡が自害しようとする場面の、「又なきさにうちあかり」や、知盛父子が連れ立って落ち延びようとしていた場面の「なきさをにしへおちられけるに」など、いくつも用例を指摘できる。これらと比較することによって、覚一本の特異性が浮かび上がってきそうである。

参考までに、覚一本の巻九以外にみられる「渚」「なぎさ」の用例を確認しておこう。漢字表記のものは必ずしも読み方が定かではないのだが、さしあたり巻二「卒塔婆流《そとばながし》」の「安芸国厳島の大明神の御まへの渚にうちあげたり」や、巻七「福原落《ふくはらおち》」の「渚々に寄する浪の音」が挙げられる。一方、かな表記の「なぎさ」は、どういうわけか巻十一に集中している。同巻「勝浦《かつうら》」から、義経《よしつね》率いる軍勢が四国に上陸する一節を引用する。

夜すでにあけければ、なぎさに赤旗少々ひらめいたり。判官これを見て「（中略）なぎさにつかぬさきに、馬どもおひおろしおひおろし、舟にひきつけひきつけおよがせよ。馬の足だち、鞍づめひたる程にならば、ひた〳〵と乗ッてかけよ、者共」とぞ下知せられける。（中略）なぎさちかくなりしかば、ひた〳〵とうち乗ッて、をめいてかくれば、なぎさに百騎ばかりありける者共、しばしもこらへず、二町ばかりざッとひいてぞのきにける。判官みぎはにうッたッて、馬の息やすめておはしけるが、

ここでいう「なぎさ」は、「百騎ばかりありける者共」が控えていたとあることから、幅の狭い波打ち際というよりは、浜辺一帯を広く指しているように思われる。『日葡《にっぽ》辞書』が「Naguisa」を「波の打ち寄せる浜辺」と説明していることが参考になるだろう。そして、この浜辺と海との境界線が、義経の降り立った「みぎは」だと解される。

覚一本における二語は概ねそのように使い分けられているようだが、いくつか特殊なものも交じっている。とくに問題となるのは巻十二「大地震」の一節である。

山くづれて河をうづみ、海ただよひて浜をひたす。汀こぐ船はなみにゆられ、陸ゆく駒は足のたてどをうしなへり。

高野本では「汀」に「ナギサ」のルビが付けられている（龍谷大学本はルビなし）。右の傍線部は有名な源実朝《さねとも》詠「世の中は常にもがもななぎさこぐあまの小舟の綱手かなしも」（『新勅撰集』羇旅）と同じく、「なぎさこぐ」と読むべきものらしい。現に「みぎはこぐ」という句は、新編国歌大観では探し出せない。どうやら「なぎさ」は「みぎは」からみた陸地側を指すだけでなく、海側を指すこともあったようである。百二十句本の重衡生け捕りの場面にも、「なぎさにふねはうかべたれども」という一節がみえている。

では、話を覚一本の一の谷合戦に戻そう。繰り返していうが、一方系の龍谷大学本と高野本をみる限り、「なぎさ」「渚」はいずれも巻九には使われていない。じつは「みぎは」も使われていないのだが、ルビなし漢字表記の「汀」は十二例存在する。はたしてそれらは何と訓じればよいのか。同系統の寂光院《じゃっこういん》本にみられるルビ付きの「汀《なぎさ》」に従うべきだろうか。はたまた、『和名類聚抄』以来の訓「ミギハ」を採用すべきだろうか。

覚一本の振り仮名の多くは後人が流布本に従って付けたものと指摘されており、[*6]覚一検校の意図した読みを探り当てることは非常に困難である。だが、さしあたり龍谷大学本と高野本の場合は、原則として「汀」は「みぎは」と読むことを期待されているようだ。というのも、「混明池の渚には徳政の船を浮かべたり」（巻七「火打合戦」）と「弋林釣渚の館」（巻七「聖主臨幸」）という特殊な二例を除き、作中で池のほとり——通常「なぎさ」とは言わないところ——を表すにあたっては、「汀」か「みぎは」のいずれかが用いられているからである。しかも高野本では、わざわざ読み方が指定されている巻十二の「汀《ナギサ》こぐ」以外、「汀」にルビが付いていない。「汀」を「ナギサ」と読むのは例外的な措置とみなされているわけである。

もし仮に「汀」と「渚」の区別が一方系祖本にまで遡り得るとするならば、覚一本は一の谷合戦を叙述するにあたり、ことさら「汀《みぎは》」という語を使いたがっていることになる。憶測に憶測を重ねるようだが、「汀」使用の意図を想像するにあたって示唆的な用例を挙げておこう。

平氏の軍兵ども、あまりにあわてさわいで、若《も》しやたすかると前の海へぞおほくはせいりける。汀にはまうけ舟いくらもありけれども、われさきに乗らうど、舟一艘には物具したる者どもが四五百人、千人ばかりこみ乗らうに、なじかはよかるべき。汀よりわづかに三町ばかりおしいだいて、目の前に大ぶね三艘沈みにけり。其後は、「よき人をば乗すとも、雑人共をば乗すべからず」とて、太刀長刀でながせけり。かくする事とは知りながら、乗せじとする舟にとりつき、つかみつき、或はうでうちきられ、或はひぢうちおとされて、一の谷の汀にあけになッてぞなみふしたる。（巻九「坂落《さかおとし》」）

平家方の雑兵たちが船上の味方に見捨てられ、次々と斬り殺されていく凄惨な場面である。彼らの生死の分かれ目となった場所が「汀」だった。覚一本において、この語はそうした象徴的な意味を担っているようにみえる。意味内容に多少幅のある「渚」ではなく、「際《きは》」の響きを含み持つ「汀」こそが、運命を分かつギリギリの境界を印象づけるものとして、一連の合戦談のなかで選択的に用いられているのではないだろうか。その意味で、絵画化された「敦盛最期」に描かれている汀線の意義と通じるところがありそうだ。ただし、このこだわりは現存する平曲譜本に必ずしも受けつがれていないことを付言しておく。

おわりに

最後に覚一本の「敦盛最期」における「汀」をみておきたい。用例は二箇所。ひとつは、熊谷の心内語の「平家の君達たすけ舟に乗らんと、汀の方へぞおち給ふらむ」であり、もうひとつは、引き返してきた敦盛の動作「汀にうちあがらんとするところに」である。後者に続く叙述に目を向けると、「おしならべてむずとくんでどうどおち、とッておさへて頸をかかんと甲をおしあふのけてみければ」とあり、二人が格闘した地点が「汀」であったことが読み取れる。百二十句本では「なぎさへうちあぐるところを」となっているが、生と死が交錯する舞台として最もふさわしいのは、やはり境界線たる「みぎは」ではないだろうか。そもそも延慶本や長門本では、「浪打ギハへ落ニケリ」「なみうちぎはにどうどおつ」と表現されていた。近世の流布本はその点を強調するかのように、「みぎはに打上らんとし給ふ所に、くまがへなみ打ぎはにて、をしならべてむずとくんでどうどおち」（延宝五年版）と語っている。覚一本が陸と海との境を意識して、熊谷と敦盛を「際」上で格闘させる本来の形を積極的に継承したのだとすれば、それは前述した熊谷視点には収まりきらない、より高次の視点に導かれてのことだったと理解すべきだろう。絵巻物や屏風絵に通じる俯瞰視点は、覚一本『平家物語』本文の中にも確かに潜在しているようである。

注

（1）山下宏明『語りとしての平家物語』（岩波書店、一九九四年）、高木信『「死の美学化」に抗する『平家物語』の語り方』（青弓社、二〇〇九年）、鈴木彰「「まさなうも敵にうしろをみせさせ給ふものかな」——詐術としての熊谷直実の言葉」（『歴史と民俗』二八、二〇一二年二月）

（2）水原一『延慶本平家物語論考』（加藤中道館、一九七九年）

（3）佐谷眞木人『平家物語から浄瑠璃へ——敦盛説話の変容』（慶應義塾大学出版会、二〇〇二年）

（4）辻野正人「子敦盛譚と御影堂——敦盛伝承における扇のイメージ——」（『日本研究』六、一九九二年）、宮腰直人「舞の本『敦盛』挿絵考——明暦版と本問屋版を中心にして——」（『文化現象としての源平盛衰記』、笠間書院、二〇一五年）

（5）橋村愛子「近世における『平家物語』の絵画化とその享受について」（『國文学』四七—一二、二〇〇二年）

（6）櫻井陽子『『平家物語』本文考』（汲古書院、二〇一三年）

※本文の引用は、新編日本古典文学全集（小学館）および『屋代本高野本対照平家物語』（新典社）、『校訂延慶本平家物語』（汲古書院）、『四部合戦状本平家物語全釈』（和泉書院）、『新定源平盛衰記』（新人物往来社）による。

『太平記』稲村ヶ崎のコスモロジー

森田　貴之

一　新田義貞の稲村ヶ崎徒渉伝説

文部省唱歌「鎌倉」は、「七里ヶ浜のいそ伝ひ／稲村崎、名将の／剣投ぜし古戦場」で始まる。[*1] 稲村ヶ崎は、「稲村と云ふ所あり。険《さが》しき岩の重なりふせるはざまをつたひ行けば、岩にあたりてさきあがる浪、花の如くに散りかかる。」（『海道記』）と描写される難所であった。唱歌「鎌倉」で歌われているのは、この難所を鎌倉防御の最前線とする鎌倉幕府軍に対し、倒幕軍を率いる新田義貞が、龍神に黄金作《こがねづく》りの太刀を献じて祈誓し、その霊験による干潟化に乗じて難所を突破し一気に幕府を攻め滅ぼす、いわゆる新田義貞稲村ヶ崎徒渉《としょう》伝説である。

この伝説は、金井紫雲『東洋画題綜覧《そうらん》』（芸艸堂、一九四一年）に「義貞の伝中、鎌倉攻に当り稲村ケ崎に太刀を投げて海水を干かせたこと、金崎に一夜管絃《かんげん》の興を催したこと、共に載せて『太平記』にあり、人口に膾炙《かいしゃ》する処である。」[*2] とある通り、鎌倉幕府倒幕の立役者新田義貞の主要な逸話として知られ、海を前に下馬し兜《かぶと》を脱いで剣を捧げ持つ義貞の姿は、近代以降の歴史画の題材として定番であった（月岡芳年「月百姿」「大日本名将鑑」等）。また、近世の紀行文や地誌類を見ると、この稲村ヶ崎周辺には「鎌倉の絵図をひさぐ」という「ばゞが茶屋」（扇雀亭陶枝『鎌倉日記』

文化六年〈一八〇九〉があり、そこでは鎌倉の絵解きが行われていたらしい。大島完来『江ノ島』（文化二年〈一八〇五〉）には、「一《ひと》ひらの紙に図してかまくらの山の古戦場を物がたるあやしき茶店に憩ひて　絵ときする媼に打れな秋の蝿」[*3]ともあるから、あるいは稲村ヶ崎の攻防戦なども語られていただろうか。

この『太平記』屈指の有名場面である新田義貞の稲村ヶ崎徒渉伝説は、以下のように描かれている（巻七「稲村崎成干潟之事」[*4]）。

月岡芳年『月百姿』より「稲むらが崎の明ほの〻月」
（明治19年〈1886〉東京都立図書館所蔵）

其程に、極楽寺の切通へ向《むか》はれつる大館次郎宗氏、既に討《うた》れて、兵《つはもの》は片瀬・腰越まで、引退ぬと聞《きこ》へければ、義貞逞兵《ていへい》に三万人を率して、廿一日の夜半計《やはんばかり》に、片瀬・腰越を打廻り、極楽寺坂へ打莅《のぞん》で、明行く月に平家の陣を見玉へば、北は切通にて山高く路険《けはし》きに、木戸を構へ掻楯《かいだて》を掻て、数万の軍兵陣を並居たり。南

> は稲村崎にて、沙頭に路狭《せばき》に、波打際まで逆木を繁く引かけて、四五町が程に大船を並べ、櫓を掻て、横矢に射させんと構たり。実《げに》も此陣の合戦に、寄手叶はで挽きけるは、理也とぞ見玉ける、義貞馬よりをり、甲を脱で海上の方を伏拝み、龍神に祈誓し玉ひければ、「伝承る、日本開闢の主、伊勢天照太神は、本地を大日尊像に蔵《かく》し、垂跡を滄海の龍神に呈《あらは》し玉へりと、我君其苗裔《びょうえい》として、逆臣の為に西海の浪に漂《ただよ》い玉ふ。義貞今臣たる道を尽さん為に、鈇鉞《ふえつ》を把《とつ》て敵陣に莅《のぞ》む。其志偏に王化を助奉り、蒼生を安からしめんとするに有り。仰ぎ願《ねがは》くは内海外海の龍神八部、臣が忠義を鑑《かんがみ》て、潮を万里の間に退け、道を三軍の陣に開かしめ玉へ」と、信心を起し、自ら佩《は》き給へる金作の太刀を解て、海底にぞ沈められける。誠に龍神納受や為《し》玉ひけん、其日の月の入塩に、先々《さきざき》更に干《ひ》る事無《なか》りける稲村崎、俄に廿余町干上つて、平沙正《まさ》に渺々たり。横矢を射んと構ける平家数千の兵船も、落行く塩に誘れて、遥の沖に漂へり。「彼《かの》漢の弐師将軍は、城中に水尽たりし時、自ら帯たる太刀を解て、岩石を刺しかば、飛水俄に湧出《い》で、吾朝の神宮皇后は、新羅を攻玉し時、自ら干珠を執て、海に投玉ひしかば、潮水遠く退て、勝事を得玉へり。是皆和漢の佳例として、古今の奇瑞に似り。進めや兵《つはもの》」と下知せられければ、江田・大館・里見・鳥山の人々を始として、越後・上野・武蔵・相模の軍勢ども、六万余騎を一手に成し、稲村崎の遠干潟を、一文字にかけ通て、鎌倉中へ乱入る。

『太平記』は、第一部で描く鎌倉幕府倒幕の後、新田氏と足利氏との源氏棟梁抗争譚を描くが（第二部）、第一部でもすでに、倒幕後に始まる新田氏と足利氏との棟梁抗争譚を描くための準備がなされている。[*5] その作為の一つに、史実よりも新田義貞の存在が大きく描かれていることがあげられるが、この徒渉伝説にも義貞を意図的に持ち上げるための様々な演出がなされている。

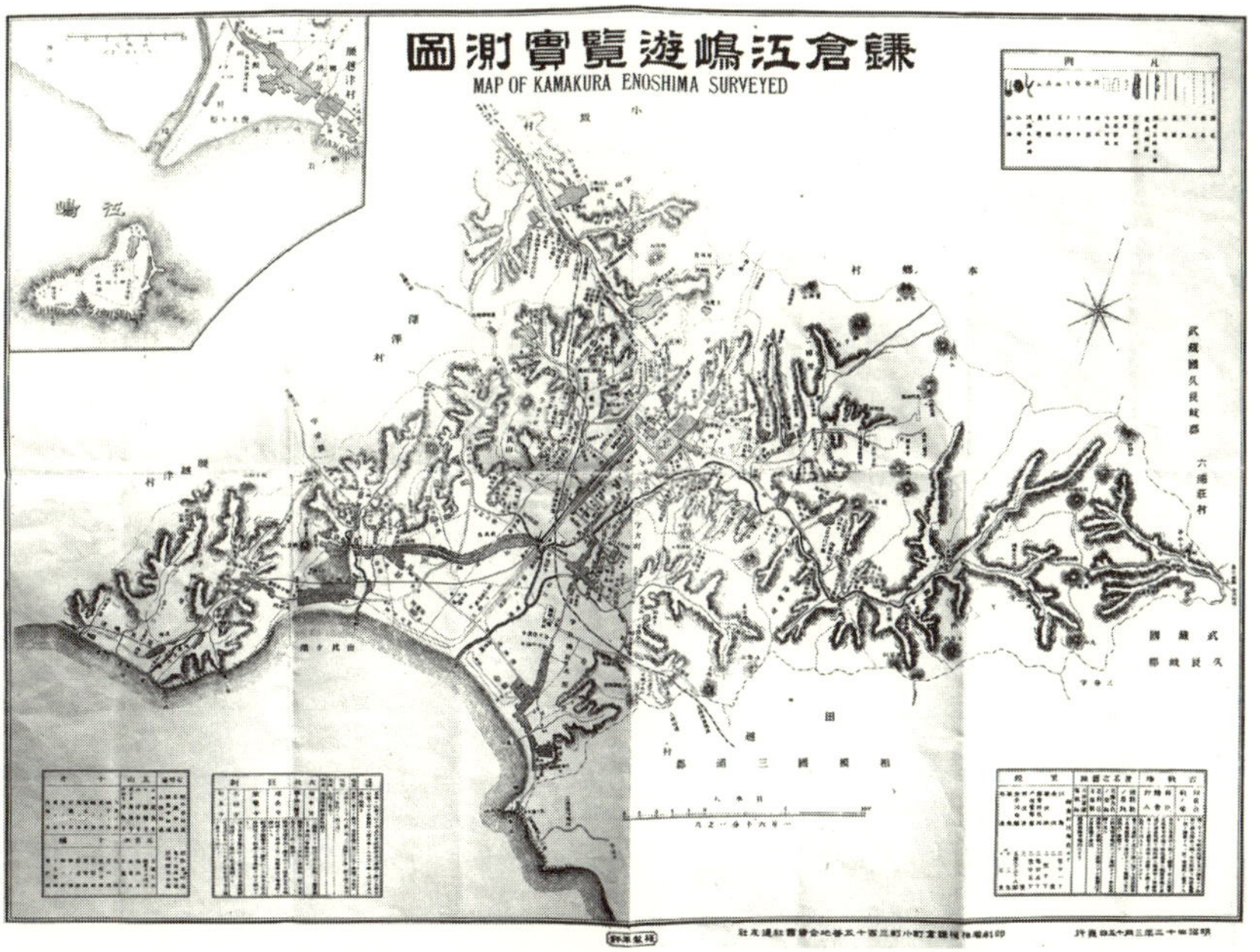

鎌倉江嶋遊覧実測図（明治42年〈1909〉）
三方を山に囲まれ、谷戸が入り組む鎌倉の地形がよくわかる。筆者架蔵

まず、『太平記』は、この突然の干潮に乗じた突破が、初めての稲村ヶ崎攻防戦であるかのように描いている。しかし、「大塚員成《かずしげ》軍忠状」「石川義光軍忠状」「天野経顕軍忠状」などによれば、実際には大館宗氏軍（『太平記』のいう十八日の合戦、波線部）が、すでに稲村ヶ崎の陣を突破して鎌倉へ侵入していたらしく、義貞の稲村ヶ崎突破は、いわば第二次攻防戦だった。[*6] それを『太平記』は、義貞によって初めて稲村ヶ崎が突破されたかのように描くことで、鎌倉攻めの転換点に位置づけているわけである。

そもそも、『太平記』と同時代の『梅松論』（延宝本）においては、[*7]「ここに不思議なりしは、稲村崎の浪打ぎは石たかく道ほそくして、軍勢の通路難儀のところに、俄に鹽干《しほひ》て合戦のあいだ干潟にて有し事　併《しかしながら》　仏神の御加護とぞ人申ける。」とあり、「仏神の御加護」とはするも、龍神祈誓の場面などはなく、義貞の名前さえ見られない。

また、京大本『梅松論』ではさらに簡略で「併《しかしながら》馬場になりき」と単に干潮の事実を記すにすぎない。『太平記』の描き出す、龍神への祈誓と感応という状況の特異さがわかる。[*8]

ここのみならず、『太平記』の描く義貞の鎌倉幕府倒幕過程は霊験に彩られており、例えばその挙兵当初、小勢の義貞勢に「八幡大菩薩ノ擁護」があり、「天狗山伏」の働きによって越後国から味方をする軍勢が現れるという場面などもある（巻十「新田義貞謀叛事付天狗催越後勢事」）。稲村ヶ崎の徒渉伝説も含め、義貞の勝利は終始神々の感応を得た、約束されたものとして描かれている。

また、この徒渉伝説の場面では、義貞自身に漢（正しくは前漢）の弐師将軍や神功皇后の先例を引かせて、その奇瑞《きずい》を例証するが（点線部）[*9]、同様の手法は、九州へ敗走した足利尊氏が起死回生の勝利を果たす多々良浜の合戦場面にも見られ、やはり、劣勢の尊氏軍に突如味方する軍勢が現れ、そのことについて尊氏配下の高重茂が和漢の例（安史の乱と壬申の乱）を引いて、香椎宮の応護を例証する様が描かれる（第十六「多々良濱合戰事付高駿河守引例事」）。源氏棟梁を争う義貞と尊氏それぞれの転機となる合戦において同様の手法が用いられているわけであり、やはり『太平記』が、この稲村ヶ崎徒渉伝説によって、新田義貞を棟梁抗争譚の主人公の一人に引き上げようとしていることがわかる。

二　稲村ヶ崎と龍神

さて、本稿で注目したいのは、稲村ヶ崎と義貞が祈る龍神との関係である。海潮の変化を扱う霊験譚としては当然なのかもしれないが、鎌倉幕府滅亡の転換点になぜ龍神の霊験が想起されるのかについても考えておきたい。

このことについて関幸彦氏は、謡曲『竹生島』などに見られる龍神と天女（弁財天）の一体化の観念を紹介し、江

現在の稲村ヶ崎（神奈川県鎌倉市）筆者撮影

ノ島明神が稲村ヶ崎から指呼《しこ》の距離にあることから「『太平記』の作者が語る龍神とは、おそらくはこの弁財天であったと想像される。」と述べられている。[10] たしかに、鎌倉の地にあって龍神と言えば、まず第一に江ノ島明神が想起される。この江ノ島については、『吾妻鏡』建保四年（一二一六）正月十五日条に、江ノ島が陸続きになり、参詣に船を用いる必要がなくなったという記事もある。[11]

建保四年正月小十五日己巳。晴。相摸国江島明神有二託宣一、大海忽変二道路一。仍参詣之人、無二舟船之煩一。始レ自二鎌倉一、国中緇素上下成レ群。誠以末代希有神変也。三浦左衛門尉義村為二御使一、向二其霊地一令二帰参一。厳重之由申レ之。

これが事実とすれば、前年九月の大地震の影響とも考えられ、徒渉伝説のような干潮による一時的な陸化現象とは異なるが、海面変化との結びつきは注意されてよい。また、『吾妻鏡』養和二年（一一八二）四月五日条によれば、この江ノ島に弁才天が勧請された理由は、藤原秀衡調伏のためであったという。

養和二年四月小五日乙巳。武衛令レ出二腰越辺江島一給。足利冠者、北条殿、新田冠者、畠山次郎、下河辺庄司、同四郎、結城七郎、上総権介、足立右馬允、土肥次郎、宇佐美平次、佐々木太郎、同三郎、和田小太郎、三浦十郎、佐野太郎等候二御共一。是、高雄文学上人、為レ祈二武衛御願一、奉三勧二請大弁才天於此島一。始二行供養法一之間、故以令二監臨一給。密議。此事、為三調二伏鎮守府将軍藤原秀衡一也云々。今日即被レ立二鳥居一。其後令レ還給。

この養和二年の調伏祈願は、目前に迫る平家討伐を前に、鎌倉の背後の脅威となっていた奥州藤原氏を抑えんがためのものであろう。鎌倉・頼朝守護の神としての江ノ島明神の機能が見てとれるが、岩本家蔵『江島縁起絵巻』[*12]においても、江ノ島の弁財天は「相州」に「繁昌」をもたらす存在とされている。

安然和尚の記に云、江州の北海に霊島あり。竹生島といふ。生身の弁財天彼島にすむ。これによりて叡岳繁昌して鎮護国家の道場たり。わが生国相州の南楼に霊島あり。江島といふ。生身弁才天この島にいます。この故に此国繁昌して国基たるべし。

同様に、「相州大山寺」の「江ノ島縁起」でも、「鎌倉仏法」の繁昌の基と位置づけられ、その眷属《けんぞく》たる龍（＝龍口大明神）の前で鎌倉の謀反人などが処刑される、との記述がある。[*13]

安然碑文云。江州ノ湖中ニ有二霊島一。生身弁財天御座故ニ。叡山ノ仏法可二繁昌一云云。相州ノ海中ニ有二霊島一。生身弁財天御座故ニ。鎌倉仏法可二繁昌一云云。彼五大院ノ光徳ハ相模国星谷ニ生シ人也。父ハ法道和尚ト云云。サテ五頭竜ハ成二盤石一ト。江島ヲ守テ南向テ住給リ。今ノ竜口山ノ大明神是也。彼大明神ノ誓願ニ云。暴虐ノ族ヲ我前ニ頸ヲ切テ贄ニ可レ懸。雖レ至二于未来際ニ一此願不レ空云云。然間鎌倉ノ謀叛殺害人夜誅強盗山賊海賊等。彼明神ノ御宝前ニテ切ル之。昔ノ好ト覚リ。彼大明神ノ体ハ束帯著テ衣冠タタシキ人也云云。

中世には、蒙古襲来や東夷の蜂起などの危機に際して、神々が龍となって、国土守護のために戦う神話的世界観があり、蒙古襲来の時期などには、鎌倉が龍神に守られた都市として認識されていたとも言われる。[*14] 江ノ島の龍神こそ、その鎌倉の繁栄と平和とを保証する存在だったといえようか。

『太平記』にも、徒渉伝説以前に江ノ島の龍神に直接触れる章段として巻五「北条四郎時政事」がある。その内容は、北条氏の繁栄を祈願して江ノ島に参籠した北条時政が不思議な女房と出会い、時政の前世である箱根の時政法師《じせい》の成した六十六部の廻国納経の功徳によって北条一族がいずれ栄華を得ること、ただし「その振廻《ふるまい》若《もし》所違《たがうところ》あらば七代で終わること」、を伝えられるというもので、やはり、江ノ島の鎌倉への関与が示されている。[*15]

この時政説話をめぐっては、『六十六部縁起』との関わりが注目され、「『太平記』が伝える時政の前生譚は、北条氏の興亡の因縁を説く目的にそってこれ（『六十六部縁起』）を部分的に採用した可能性」が指摘されている。[*16]

『六十六部縁起』とは、種々の形があるが、基本的には、頼朝《らいちょう》という法師について、現世で六十六部の法華経を廻国納経する功徳を積んだことにより、次世での栄華が約束されていることが示され、それが源頼朝が将軍となる形というで実現したのだと語るものである。廻国納経の功徳を説くとともに、前生譚によって頼朝の鎌倉支配を理由づける物語である。

『太平記』巻五「北条四郎時政事」の話型は、たしかにこの『六十六部縁起』と同一の形式であり、『太平記』が『六十六部縁起』のような説話を承けたと考えられる。すなわち、『太平記』の時政説話は、『六十六部縁起』の頼朝前生譚をなぞりながら、頼朝に継ぐ鎌倉の支配者としての北条氏の栄華を理由づけ、そしてその支配権を江ノ島明神が保証していると語っているわけである。[*17]

さらにいえば、時政説話では、時政の鎌倉支配を保証するのみならず、その滅亡の時期までも予言されている。その意味では、江ノ島の龍神は、支配権を奪うこともできるわけで、龍神の前では鎌倉支配は絶対ではないことになる。同様の龍神の力を示すもののひとつに、室町物語『頼朝の最期』がある。この物語は、志水義高《しみずよしたか》を主人公とする『清水物語』に畠山重忠《はたけやましげただ》の乱をめぐる物語が加わる形で派生したと考えられている物語で、誤って頼朝を殺してしまい、二代将軍頼家から追討の対象とされた畠山重保は、物語の最後、由比ヶ浜から龍宮へと逃れていく。[*18]

この国にあればこそかやうの身持もせつなれとて、送り文を書きて諸人の片へいとまを乞ひ、我れは龍宮へまかるとて、そのまま海へ入て後に四百年になれどもいまだ帰らず。同時に龍宮の乙姫に契りゐたりけり。

そもそも頼朝死後の事件である畠山重忠の乱が頼朝の死と関わる点で大きく史実とは異なるが、本来は由比ヶ浜で殺されるはずの重保が龍宮へ逃亡する物語は、英雄異郷訪問譚の類型とはいえ、同時に龍宮が鎌倉幕府権力を相対化しうる場であることを示していよう。[*19]

関幸彦氏は、義貞の徒渉伝説について、「『太平記』の作者の意識には、鎌倉支配の正当性に関し、北条氏から新田氏（後醍醐天皇側）へと移行することへの隠喩がなされているのではないか」、「龍神＝弁財天が義貞の黄金の太刀に感応したのは、そうした示唆がふくまれていたのではないか」と述べられている。ここまで見て来たように、江ノ島の龍神と鎌倉支配との関係は、『太平記』の中でも十分に意識されていると考えられ、首肯すべき意見だろう。『太平記』における新田義貞は、かつて頼朝が奥州調伏を祈願し、また七代まで北条氏の鎌倉支配を擁護してきた龍神から新たに援助を受け、北条氏の鎌倉支配に終止符を打ったのである。

三　『平家物語』の龍神

ここまで、鎌倉と龍神とをめぐる関係に触れてきたが、『太平記』の描く徒渉伝説場面では、江ノ島明神の名前が直接持ち出されることはない。義貞は「伊勢天照太神は、本地を大日尊像に蔵《かく》し、垂跡を滄海の龍神に呈《あらは》し玉へり」と、あくまでも天照大神の垂迹としての龍神に祈誓する。その意味では、より大きな神話的世界観が背景にはあるらしい。

こうした天照大神と龍神とを同一視する言説の類例は、三韓征伐を行った神功皇后を龍宮の娘とする、延慶本『平家物語』の説などがあり、[*20] その神功皇后の干珠満珠の逸話が『太平記』にも徒渉伝説の前例として引かれていることから、当然意識されていたと思われる。しかし、より近い言説としては、『源平盛衰記』巻四十四に次のような箇所がある。

次素盞烏命蛇の尾より取出たる時、太神宮に奉るには、天神の仰に、我天岩戸に有し時、落たりし剣也と仰す。今又龍神龍宮の宝と云。然者《しからば》、龍神と天照大神とは、一体異名歟、不審可レ結云々。

これは壇ノ浦で失われた宝剣をめぐる一段の末尾にあり、失われた三種の神器の宝剣は龍宮に収納されたのだと解する、いわゆる宝剣龍宮収納説が背景にある。『源平盛衰記』は、宝剣説話の様々な出来事を龍神の宝剣に対する執念と関連させており、[*21]その際、龍神に「宝剣は必しも日本帝の宝に非ず、龍宮城の重宝也」などと語らせている。そこから生じる、もし宝剣が龍宮の重宝だとするならば宝剣の所有者として龍神と天照大神とが同一神格になってしまう、という矛盾を、『盛衰記』自らが指摘したものが先の言説である。したがって、『盛衰記』は、龍神・天照同体説にむしろ疑義を示しているわけだが、宝剣龍宮収納説は、たしかに容易に天照・龍神一体説へと接近し、実際、安徳天皇と八岐大蛇との同体説が、多くの『平家物語』諸本に見られる（以下は延慶本）。

或儒士の申けるは、「昔出雲国にして、素戔烏尊に被レ切奉たりし大蛇、霊剣を惜む執心深して、八の頭、八の尾を標示として、人王八十代の後、八歳の帝と成て、霊剣を取返て海底に入にけり」とぞ申しける。九重の淵底の龍神の宝と成にければ、再《ふたたび》人間に帰らざるも理とこそ覚けれ。

こうした『平家物語』の言説と密接に関わるものとして、慈円『愚管抄《ぐかんしょう》』巻五の記事がよく知られている。安徳誕生を平清盛による厳島明神への祈禱の結果とし、安徳を厳島明神と同体と見る説である。[*22]

コノ王（安徳）ヲ平相国イノリ出シマイラスル事ハ、安芸ノイツクシマノ明神ノ利生ナリ。コノイツクシマト云フハ龍王ノムスメナリト申ツタヘタリ、コノ御神ノ、心ザシフカキニコタヘテ、我身ノコノ王ト成テムマレタリケルナリ、サテハテニハ海ヘカヘリヌル也トゾ、コノ子細シリタル人ハ申ケル。

この龍神を大蛇《おろち》にまで結びつけると、先の安徳・大蛇同体説が生まれることになるわけだが、こうした安徳・龍神同体説は、『平家物語』を通じ、『太平記』とも関わりがある。というのは、多くの『平家物語』諸本において安徳誕生を清盛による厳島祈禱の結果とする認識を示す章段「大塔建立」[*23]こそ、後藤丹治氏が「『時政江島に参籠の事」（太平記巻五）は、平家物語の「大塔建立の事」と併せ観るべきもの」とし、「この時政江島に参籠するくだりを太平記の作者の腹案になるもので、平家物語の「大塔建立の事」を根拠とした一場の小説であるまいかと思ふ」と指摘されたように、前述の時政説話（巻五「北条四郎時政事」）が直接参考にしたと思われる章段だからである。[*24]

『平家物語』「大塔建立」は、平家が厳島を信仰するようになった経緯を述べる章段である。その内容は、高野山の大塔を修理した清盛が高野山奥院《おくのいん》に参詣すると不思議な老人が現れ、厳島神社も修理すれば昇進が叶うと伝え、その老人の言葉通りに清盛が厳島を修理・参詣すると、清盛の夢の中に天童があらわれて栄華を約束するというもので、たしかに時政説話と構想上の一致点が多い。さらにこの大塔建立説話では、老人は「但悪行あらば、子孫まではかなふまじきぞ」と忠告しており、栄華の限界が示される点も時政説話と一致する。

前述のように時政説話は、『六十六部縁起』の頼朝前生譚とも似た構成を持つが、『六十六部縁起』が頼朝の栄華で終わるのに対し、時政説話ではその限界も予告されていた。その差異は、むしろこの『平家物語』「大塔建立」とは共通するものなのである。そして、説話の舞台となった厳島と江ノ島は、ともに『渓嵐拾葉集』巻三十六「弁財天秘決」に「一、六所弁財天事。天川紀州、厳島安芸、竹生島、江島、箕面、背振山」と六カ所の弁才天信仰の拠点として挙げられるものでもある。時政説話と大塔建立説話のつながりはたしかに深い。そして、このような両説話のつながりを見るとき、龍神を天照の垂迹とする『太平記』の理解も、『平家物語』に流れる安徳・龍神同体説などと通底するものと考えることができるだろう。さらにいえば、義貞が龍神に剣を投じるのも、宝剣を奪わんとする『平家物語』の龍神の姿が前提となっているからかもしれない。[*25]

以上、稲村ヶ崎徒渉伝説の背景として、江ノ島、龍神、鎌倉、頼朝、『平家物語』、安徳帝といった要素に触れてきたが、これらをめぐって、最後に『保暦間記』の源頼朝死亡の記事に触れておかねばならない。[*26]

同冬、大将殿、相摸河の橋供養に出て還らせ玉ひけるに、八的（松）が原と云処にて、亡《ほろぼ》されし源氏、義広、義経、行家已下の人々現じて、頼朝に目を見合けり。是をば打過玉ひけるに、稲村崎にて、海上に十歳計なる童子の現じ玉ひて、汝を此程随分うらなひつるに、今こそ見付たれ。我をば誰とか見る。西海に沈し安徳天皇也とて、失給ぬ。其後、鎌倉へ入玉ひて則病著《つき》玉ひけり。次年正月（正治元年）十三日、終に失給ぬ。五十三にぞ成玉ふ。是を老死と云べからず。偏に平家の怨霊也。多の人を失ひ給し故とぞ申ける。

頼朝の死は、『吾妻鏡』建暦二年（一二一二）二月廿八日条によれば、相模川での橋供養の帰路の落馬が原因というが、その遠因については、慈光寺本『承久記』に「去程に建久九年戊午十二月下旬の比、相模川に橋供養の有し時、聴聞に詣玉て、下向の時より水神に領ぜられて、病患頻に催して、半月に臥し、心神疲幅して、命今は限りと見へ給ふ時……」[*27]とあるなど様々な伝承を生んだ。その一つが先の『保暦間記』の所説であり、そこでは稲村ヶ崎に安徳天皇の亡霊が現れて、頼朝の死を予告している。

これは『保暦間記』の怨霊史観を象徴する記事だが、稲村ヶ崎の海上に安徳帝の亡霊が現れ、頼朝を呪う理由もやはり、稲村ヶ崎から七里ヶ浜を隔ててほど近くに江ノ島があるからだろう。本稿で触れてきた、鎌倉に影響を及ぼす江ノ島明神＝龍神の姿を、『保暦間記』の頼朝を呪い殺す安徳天皇の亡霊の背後にも見ることができる。稲村ヶ崎とは、江ノ島の龍神にとって鎌倉へ干渉する、その最前線であったのだ。

『平家物語』では、平氏と厳島との関係から、安徳帝の誕生、入水、宝剣喪失などが、龍神と関わる一連の構想によって結びつけられていた。そして、本稿で見て来たように、『太平記』もまた、『平家物語』のようには明示的ではないし、部分的ではあるものの、そうした『平家物語』の構想を承け、さらに鎌倉と江ノ島との関係などが加わりながら、龍神の力を物語に持ち込んでいた。

日本列島は海に浮かんでいる。故に地上の世界は、その実、海上に浮かぶ世界でもある。それゆえに海中の異界、すなわち龍宮との関係が地上世界の王権にとって問題になってくる。生形貴重氏は龍神について「この世界と異界（「龍宮」）との間に、贈与（加護）・奪還（侵犯）を繰り返すことにより緊張関係を生み出しつつ、両義的にこの世界を活性化する神であった」と述べられたが、[*28]『太平記』の中にもそうした神話的世界観は息づいていた。すなわち、新田義貞もまた、贈与（加護）・奪還（侵犯）という龍神との緊張関係の中で龍神に祈誓し、その加護を得て、鎌倉へ侵入し、その支配者から権力を奪還したのである。

四　消えゆく龍神

ここまで『太平記』の描く稲村ヶ崎徒渉場面の背景として、鎌倉支配をめぐる江ノ島の龍神信仰と、安徳天皇・厳島など『平家物語』と関わる言説とに触れてきた。しかし、近世になると、こうした神話的文脈とは異なる文脈も生

じる。たとえば、代表的な太平記評判書である『太平記評判秘伝理尽鈔』〈正保二年〈一六四六〉刊〉の理解は、

伝云、高時運の尽きぬる故にやありけん、前々干ると云へども馬の大腹《ふと》のつかるほどにあるは稀なり。其日は遠干潟となれり。万人是を見たりとにや。義貞のきせいと書し事、いかに。神国の威を輝かさん為にや。

とあって、高時の運が尽きたために偶然に遠干潟になったのだとし、『太平記』が龍神への祈誓と感応を描いたのは、「神国の威」を示そうとする『太平記』の意図であったとしている。[*29] この『太平記評判秘伝理尽鈔』の影響を受けてだろうか、林羅山・鵞峯『続本朝通鑑』〈寛文一〇年〈一六七〇〉成立〉では投剣場面さえなく、やはり偶然の干潟化と見ている。[*30]

義貞、宗氏の敗死を聞き、兵を率して片瀬腰越を過ぎ、極楽寺坂へ向かう。山高く路険しく、武備厳密にして攻め入るべからず。偶《たまたま》稲村崎の潮涸に会い、二十余町平沙渺渺たり。見る者、之を奇とす。義貞悦び、指揮して兵を進め、斥鹵《ひがた》を馳せ下り鎌倉に入る。

『北条九代記』〈浅井了意著か。延宝三年〈一六七五〉刊〉も同様で、「鎌倉の運の尽る所、潮俄に干潟となり、二十余町は平沙渺々たり、漕浮べし兵船は潮に随うて、遥の沖に漂へり。大将義貞大に悦び、軍兵を進めらる。[*31]」とする。

一方、遠干潟となったことさえ否定しようとするのが、近世の代表的軍書作者である馬場信意《のぶのり》である。馬場信意『義貞勲功記』〈享保二年〈一七一七〉〉では、本文では、祈誓の場面を詳しく載せるも、「私に曰」として、以下のような評

言を加える。

太平記ならびに大全綱目等にも義貞の祈誓によつて龍神感応あつてうしほ二十余町干あがりしよしをかけり。前代かほどまて大潮の干し事はなかりしとぞ。これその実をしらざりしによつてなり。義貞はかりことをめぐらし潮時をかんがへ、龍神に祈誓せられしに案のごとくやがて潮の干時になりし。つねのごとくにひたりしを、すは龍神も感応あつて帝運をまもり玉ふぞ。かゝれやと下知せられしほどに、二万よきのせい、此いきほひにのり、礒は馬の足をも立さる所をもいとはず、一同にのりやぶりしなり。これ帝位をかゝやかして、徒卒の気をはげまし、せめやぶるべきの手だて、奇妙のはかりことなり。[*32]

つまり、『義貞勲功記』の「私」（＝馬場信意）は、稲村ヶ崎が龍神への祈誓によって特に大きく干上がったといった事実はなく、通常の干潮時に義貞が「はかりこと」で龍神祈誓の演出を行い士気を高め、それにより「礒は馬の足をも立さる所をもいとはず」突破したとするのである。

この『義貞勲功記』は、兵法的観点から『太平記』の徒渉記事をとらえていることがわかるが、その立場は、義貞に仮託された武家故実・教訓書である『義貞軍記』の一部伝本の末尾に「潮満干時刻之事」が付されていることとも重なる。[*33]『義貞軍記』の様々な教訓にこの一条が持ち込まれたのも、義貞があらかじめ通常の干潮時刻を把握していたに違いないという理解が前提になっていると考えられるからである。

そして、馬場信意は『南朝太平記』（享保一〇年〈一七二五〉）では、「新田方は、鎌倉勢馳せ加はつて、龍の雲を得、虎の山に凭《よ》る勢をなし、巨福呂坂、化粧坂、極楽等の切通より、三手に分れて攻寄せらる。鎌倉にも三方に分れて、拒《ふせ》ぎ戦ふと雖《いへども》、天運既に尽きけるにや、所々の合戦に悉く利を失ふ。官軍は気に乗つて、稲瀬川の辺に火をかけて、浜面より鎌倉に乱れ入る。」[*34]として、ついにその出来事さえ記さなくなっている。

もちろん、『太平記』同様に、投剣による祈請と龍神の霊験を語るものもある。その代表的なものは水戸学が生んだ『大日本史』である。[*35]

義貞乃ち馬を下り海に臨んで冑を免ぎ伏し禱りて曰く「天子、方に逆賊の迫る所と為り、西土に播遷《はせん》す。臣義貞敢て斧鉞を執り深く賊地に入る。志、国難を靖《やす》んじ王化を匡《ただ》すに在り、伏て祈る、八部龍神、臣が忠赤を鑑み潮を退け道を通ずること得せ使めよ」と。佩ぶる所の金装刀を解き、之を海中に投ず。暁に及び、潮退き沙露ること二十余町、戦艦皆随て漂ひ去る。義貞大に悦び、弐師山を刺して泉を得、神功珠を投じて潮を退く、和漢千古の異、我に今値はん焉。大に呼び衆を麾《さしまね》いて、直ちに鎌倉に入る。

この『大日本史』が概《おおむ》ね『太平記』通りなのは、水戸藩が『大日本史』編纂のためにまとめた『参考太平記』（元禄四年〈一六九一〉）が『理尽鈔』を否定し「太平記評判、大全等、並論ずるに足らず、故に取らず」としたことと同じ立場に立つからだろう。しかし、北条氏を取りあげる箇所でも時政説話には触れておらず、徒渉伝説とのつながりは見られない。『大日本史』の稲村ヶ崎徒渉の叙述で注目されているのは、鎌倉支配に影響力を及ぼす龍神の力ではなく、あくまでも、その龍神の感応を引き出した義貞の忠臣ぶりなのであろう。当然、天照の本地などへの言及も全く失われている。

この水戸学の忠臣イデオロギーが『日本外史』（文政一二年〈一八二九〉刊行）にも引き継がれ、明治維新の力となったことはよく知られるが、明治維新後、近代史学の発祥とともに、今度は逆に、『太平記』の忠臣伝説こそが、その最大の標的となった。その急先鋒の一人、〝抹殺博士〟こと重野安繹《しげのやすつぐ》は、十九日から極楽寺口の戦いが行われていた事実と『梅松論』の淡白な記述、神功皇后の干珠満珠説話との類似から、「太平記忽ち宝剣を沈めし一奇談を拵《こしら》へ、三韓征伐干珠満珠の故事迄も付加《つけくは》へたり」[36]と述べ「敷衍捏造《ふえんねつぞう》」と断じた。久米邦武もまた「畢竟《ひつきよう》太平記の記者は、山城近江に住居したる人にて、海潮の心得なく、筆に任せて嘘談を書綴《かきつづ》りたるまでなり。」[37]と史実性を否定し、実際は「極楽寺の山手より破れ」たに違いないと論じた。

その一方で、『太平記』の記述を合理的・科学的に検証しようとする動きも生じる。例えば坪井九馬三は、かつて大潮の日には稲村ヶ崎前の海が干上がり、七里ガ浜から由比ヶ浜まで徒歩でわたれたという証言を紹介し[38]、大森金五郎は、大潮の日を期して、明治三十五年（一九〇二）八月四日、自ら徒渉を試みた。[39] 小川清彦も、当時の干潮時刻は二十二日午前四時十五分頃であったとする計算を公表した。[40] これらの研究は、明治・大正期の、様々な事象を科学的に説明しようとする流行の中で、史実として低潮時には稲村ヶ崎を突破することが可能だったことを明らかにした上で重要だが、結果として『太平記』の神秘的な叙述を否定しはしても、義貞の功績を補強し、その勤王精神が強調される結果となっていく。[41]

そして、『大日本史』『日本外史』等が保存した龍神霊験譚は、第二次大戦中には国定教科書（第五期）『初等科国語七』のなかに「稲村ヶ崎」として教材化されるに到るが、そこでは『太平記』全体のコスモロジカルな文脈は完全に捨象され、「ふしぎといふも類なし」[42]と非常に単純化された形となって、やはり義貞の忠臣ぶりばかりが前面に出されてしまうのである。

このように、近世以降の議論は、「稲村ヶ崎徒渉は可能か」という疑問からはじまり、徒渉していないとすれば「実際はどこをいつ突破したのか」、また徒渉したとすれば、「義貞は徒渉可能の事実を知っていたのか、偶然か」という問いに帰結していく。その回答として、科学的根拠を提示するにせよ、他の経路を想定するにせよ、さらには干潟化を偶然ととらえるにせよ、祈請行為を兵法的演出ととらえるにせよ、はたまた『太平記』の叙述をそのまま認めるにせよ、近世・近代を通じて、稲村ヶ崎徒渉伝説は『太平記』全体の文脈から切り離され、本来持っていた神話的叙述は、「兵法」「科学」「忠臣」といった他の文脈の後景へと追いやられてしまったのである。

注

(1) 『尋常小学読本唱歌』（一九一〇年）所収、作詩・作曲者不詳。のち『小学国語読本』（第四期国定国語教科書）にも収録。『日本唱歌集』（岩波文庫、一九五八年）による。その他の作品も含め、引用に際しては表記等を改めた箇所がある。

(2) 『復刻版東洋画題綜覧』（国書刊行会、一九九七年）。なお、近代歴史画に多大な影響を与えた菊池容斎『前賢故実』（一八六八年）は、金崎の一夜を挿絵とする。

(3) 他に、十方庵敬順『遊歴雑記』第四篇（文政四年〈一八二一〉）、十返舎一九『金草鞋』（文化十年〈一八一三〉・天保五年〈一八三四〉）なども稲村ヶ崎の茶屋に言及する。『鎌倉市史続編　第1巻　近世近代紀行地誌編』（吉川弘文館、一九八五年）による。

(4) 『神宮徴古館本　太平記』（和泉書院、一九九四年）による。

(5) 和田琢磨「武家の棟梁抗争譚創出の理由—新田義貞像の役割—」（『『太平記』生成と表現世界』新典社、二〇一五年）がある。なお、新田氏は倒幕時、足利氏に従属する関係にあったという（田中大喜『新田一族の中世—「武家の棟梁」への道』吉川弘文館、二〇一五年）。

(6) 峰岸純夫『人物叢書　新田義貞』（吉川弘文館、二〇〇五年）

(7) 新撰日本古典文庫『梅松論・源威集』（河出書房新社、一九七五年）による。

(8) 『増鏡』や『神皇正統記』では、義貞の名前こそ登場するが、稲村ヶ崎の合戦に具体的に触れることはない。

(9) 特に、義貞の引く漢の弐師将軍の故事は、『蒙求』に「広利泉涌」という標題で収録され、「王覇氷合」と対になっているが、その「王覇氷合」は太平記評判書『陰符抄』が徒渉伝説の類例として言及するものである。

(10) 関幸彦『「鎌倉」とはなにか　中世を、そして武家を問う』（山川出版社、二〇〇三年）。弁財天と龍女との習合については、田中貴子「女神と竜女」(『外法と愛法の中世』平凡社ライブラリー、二〇〇六年)に詳しい。

(11) 新訂増補国史大系『吾妻鏡』(吉川弘文館、一九六八年)による。

(12) 鎌倉国宝館図録二十六集『鎌倉の絵巻Ⅱ(室町時代)』(鎌倉国宝館、一九八四年)による。

(13)『渓嵐拾葉集』「一、六所弁財天事」所引。『大正新脩大蔵経 続諸宗部 第七』(大蔵出版、一九六八年)による。

(14) 黒田日出男『龍の棲む日本』(岩波新書、二〇〇三年)および伊藤正義「鎌倉を護る高僧と龍神」(日本歴史、二〇一一年一一月)

(15) この話は女房が大蛇の姿を顕し海中へ消え、あとに残った三枚の鱗が北条氏の三鱗形紋になる家紋伝承譚でもあり、説話集『三国伝記』や謡曲『うろこがた』に採られている。

(16) 小嶋博巳「六十六部縁起と頼朝坊廻国伝説」(『講座日本の巡礼 第2巻』雄山閣出版、一九九六年)、湯之上隆「源頼朝転生譚と唱導説話」(『日本中世の政治権力と仏教』思文閣出版、二〇〇一年)

(17)『太平記』を承けた『三国伝記』では時政説話と頼朝説話が混態されている。

(18)『室町時代物語大成 補遺2』(角川書店、一九八八年)による。

(19) 同様の話は室町物語『はたけ山』としても語られ、幸若舞曲『九穴の貝』とも重なる龍宮での九穴の貝の採取譚とともに語られるようにもなる。

(20) 第六本「住吉大明神事付神功皇后宮事」に「于時、皇后、土の体に成給て、御妹の豊姫を具奉て、父釈迦羅龍王の御手より、干珠、満珠と云、二の宝珠を得給て…」(『延慶本平家物語本文篇』勉誠出版、一九九〇年による)とある。こうした神功皇后を竜女と見なす言説は、他に『宝剣御事』や『金玉要集』などがある。多田圭子「中世における神功皇后像の展開—縁起から『太平記』へ」(国文目白、一九九一年一一月)参照。

(21) 山本岳史「『源平盛衰記』宝剣説話考:龍神の登場場面を中心に」(伝承文学研究、二〇一一年三月)。『源平盛衰記』(国民文庫、一九一〇年)による。

(22) 日本古典文学大系『愚管抄』(岩波書店、一九六七年)による

(23) 章段名は覚一本による。ただし延慶本には「殊に憑進られたる安芸国の一宮厳島社へ月詣を初て被祈申けるに、三ヶ月が内に中宮たゞならず成らせ給て」とあるが大塔建立説話そのものは巻四に配し、高倉院の厳島御幸とより深く結びつく(盛衰記も同様)。

(24) 後藤丹治「太平記原拠論」『太平記の研究』(河出書房、一九三八年)

(25) 他に幸若舞曲『四国落』にも源義経が「黄金作りの御佩刀」を沈める場面がある。

(26)『校本保暦間記』(和泉書院、一九九九年)による。この逸

話は室町物語『相模川』としても展開する。

(27) 新日本古典文学大系『保元物語　平治物語　承久記』（岩波書店、一九九二年）による。

(28) 生形貴重「『平家物語』における安徳天皇と龍神―延慶本を中心にして―」（大谷女子短期大学紀要、一九八九年三月）、阿部泰郎「『大織冠』の成立」（『幸若舞曲研究　第四巻』三弥井書店、一九八六年）などが、龍宮と地上の関係に触れる。

(29) これは『太平記大全』（万治二年〈一六五九〉）、『太平記綱目』（寛文八年〈一六六八〉）にもそのまま引き継がれている。東洋文庫『太平記秘伝評判理尽鈔3』（平凡社、二〇〇四年）による。

(30) 『本朝通鑑』が太平記評判書の影響下にあることは、若尾政希『「太平記読み」の時代：近世政治思想史の構想』（平凡社ライブラリー、二〇一二年）参照。『本朝通鑑第十二』（図書刊行会、一九一九年）による。

(31) 『保元物語　平治物語　北条九代記』（有朋堂文庫、一九二二年）による。

(32) 名古屋大学図書館所蔵本による。

(33) 『義貞軍記』の諸本については、今井正之助「『無極鈔』と『義貞軍記』」『『太平記秘伝評判理尽鈔』研究』（汲古書院、二〇一二年）参照。

(34) 国史叢書『南朝太平記』（国史研究会、一九一四年）による。

(35) 『大日本史』（大日本雄弁会、一九二九年）による。

(36) 重野安繹「史ノ話　第三回」（東京学士会院雑誌、一八八六年）。近代日本思想大系『歴史認識』（岩波書店、一九九一年）による。

(37) 久米邦武「太平記は史学に益なし」（史学雑誌、一八九一年）。明治文学全集『明治史論集　二』（筑摩書房、一九七六年）による。

(38) 坪井九馬三「霊山極楽寺　稲村崎霊山寺峰」（史学雑誌、一八九三年）

(39) 大森金五郎「稲村崎の徒渉」（歴史地理、一九〇二年一一月）

(40) 小川清彦「太平記「稲村ヶ崎長干のこと」の話」（天文月報、一九一五年）

(41) 近年、磯貝富士男氏が鎌倉末期は平均海水面が低下していた時期にあり、干潮時には徒渉が可能であったことを論じ、その上で、『太平記』や『梅松論』の記述について「両書にみられるこの通路の危険性強調の虚構と鎌倉攻略の際の干潟化現象一回性、あるいは一時期性の神話は、足利氏にとって軍事都市鎌倉の弱点隠蔽のために必要だったのである」と論じられた。この磯貝の説は『太平記』の神秘的叙述の意図を意欲的にくみ取ろうとする点で異色である（磯貝富士男「海退と軍事史―新田義貞の鎌倉攻めとパリア海退―」『中世の農業と気候―水田二毛作の展開―』吉川弘文館、二〇〇二年）。

(42) 日本教科書大系『近代編　国語』（講談社、一九六四年）による。

松帆の浦の風景

五月女　肇志

一　『万葉集』九三五番歌の本歌取

本稿では、藤原定家が『定家卿百番自歌合』『新勅撰集』『百人秀歌』『百人一首』に自撰した次の歌について考えて行きたい。

A来ぬ人をまつ帆の浦の夕凪に焼くや藻塩の身もこがれつつ　（新勅撰集・恋三・八四九）[*1]

本歌は次に示される笠金村の歌であることは既に知られている。

B名寸隅《なきすみ》の　船瀬《ふなせ》ゆ見ゆる　淡路嶋《あはぢしま》　松帆《まつほ》の浦に　朝凪《あさなぎ》に　玉藻刈りつつ　夕凪《ゆふなぎ》に　藻塩《もしほ》焼きつつ　海人娘子《あまおとめ》　ありとは聞けど　見に行かむ　（a）よしのなければ　ますらをの　心はなしに　たわやめの　思ひたわみて　（b）たもとほり　（c）我《あれ》はそ恋ふる　船梶《ふねかぢ》を無《な》み[*2]　（万葉集・巻六・九三五）

聖武天皇に仕えた宮廷歌人・笠金村の詠である。

この歌の舞台は、兵庫県明石市にある「名寸隅」の「船瀬」つまり、港であり、「淡路嶋松帆の浦」のちょうど対岸にあたる。「松帆の浦」は淡路島の最北端の海辺。この両岸にいる男と女の様子が描かれている。第五句「朝なぎに」

以下は、淡路島の松帆の浦で魚貝や海藻を採取したり、製塩業に携わる海人娘子のことが語られる。浜辺で暮らす女性の姿が具体的に描かれているのである。宮廷の貴族の立場から見た海浜の風景がここでは表現されている。

Aは[B]の波線部の表現を用いて創作していることがわかる。但し、定家は歌論書『近代秀歌』で、「詞《ことば》は古きを慕ひ、心は新しきを求め、及ばぬ高き姿を願ひて」と記し、[*3]古い言葉を用いて新しい内容を表現しようとする決意を示している通り、海岸の海人娘子の生活を描写する言葉に新しい意味を持たせているのである。以下、具体的に指摘しよう。

第二句「まつ帆の浦」の「まつ」には、『万葉集』に見える地名の一部ということに加え、初句からの続きで、「来ぬ人を」「待つ」という意味も持つ。ひとつの言葉が二つの意味を持つ掛詞と呼ばれる技法であり、三十一字と限られた短歌形式において、多く見られた表現上の工夫といえよう。

第三句の「夕凪」は[B]では製塩のための火を安全に扱うのに適した状況であることを示すために用いられる言葉といえよう。[A]では『百人一首』古注の一つ『百人一首改観抄』で「本歌の夕なぎはただ夕ばかりにいへるを、人待つ時分にとれり」[*4]とあり、恋人の訪れを待つ時間帯であることを意識させるために用いられている。

第四句では、万葉歌では生産のための景物である「藻塩」が、恋の思いの強さの比喩となっている。

なお、定家が直接表現を摂取していない[B]の第十句「ありとは聞けど」以下は、淡路島の対岸の「名寸隅」の「船瀬」にいる作者・金村の描写に移る。美しい海人娘子の評判を聞いているけれども、「よし」の「なければ」、つまり、手段・方法がないので、勇ましく、堂々として立派な男性のような心は持てないと述べる。

ただし、以上の解釈は、江戸時代の研究を経た今日の万葉研究の成果による訓読によるものである。奥書から藤原定家所持本の転写本と考えられ、田中大士氏により朱書に見える近世以降の書き入れを除くと、鎌倉時代初期の万葉訓読を反映する写本と指摘される関西大学図書館蔵廣瀬本万葉集、[*5]その他の次点本である元暦校本、紀州本、細井本に従えば、Bの二行目（a）以降の後半部分は以下のような訓読となる。

（a）よしのならば　ますらをの　心はなしに　たをやめの　思ひたわみて

（b）やすらはん　（c）我は衣恋《きぬこ》ふる　船梶を無み

具体的に異なっているのは、（a）（b）（c）の傍線部分である。

（a）について見て行くと、Bの「よしのなければ」が一切の渡る手段がない絶望的な状態を語るのに比して、「よしのならば」は仮定条件で、見に行く手段がないならば、どのような状況になるか、と作者が想像を展開していると考えることができる。

（b）「やすらはん」は、あれこれと迷ってそこにとどまっているだろうという意である。「やすらふ」の用例としては、次の百人一首歌が著名である。

やすらはで寝なましものをさ夜ふけてかたぶくまでの月を見しかな　（後拾遺集・恋二・六八〇・赤染衛門）

同じ場所を行ったり来たりするという意の「たもとほる」と異なる言葉である。また、「やすらはん（む）」が連体修飾となる用法は、管見では他例を見出せず、例えば次の歌のように、必ずこの句で句切れが生じている。

駒とめてここにやしばしやすらはんみまくさも良き飛鳥井のかげ　（千五百番歌合・二九四八・藤原公継）

従って「やすらはん」の主語は、Bの本文の場合と異なり、「たをやめ＝海女乙女」であって、男がその様子を推量していると考えられるのである。「よしのならば」という条件に対し、その結果として「やすらはん」という状況になったということである。

（c）「きぬこふ」については、逢瀬の際、相手と衣を交換するという状況を踏まえての願望と解釈されていたのであろう。例えば、次のような歌が見える。

しののめのほがらほがらとあけゆけばおのがきぬぎぬなるぞかなしき　（古今集・恋三・六三七・よみ人しらず）

恋人同士が、後朝になり、それぞれ自分の衣を身につけた折の詠で、それまで二人の衣を重ね掛けていたと考えられる。こうした表現を前提として、相手の衣を求めるという訓読がなされたのであろう。

（a）（b）（c）のような訓読に基づく解釈は、Ｂに見える今日の訓読に基づくものと比べ、整合性がないように見える。しかし、小川靖彦氏が指摘しているように、この当時、（c）のような「衣」という漢字の本文を「ぞ」と訓読されていない例は『百人一首』にもとられた次の歌にも見えるのである。[*6]

田子の浦にうち出でてみれば白妙の富士の高嶺に雪はふりつつ　（新古今集・冬・六七五・山辺赤人）

『万葉集』の本文は「田児之浦従打出而見者真白衣不尽高嶺尓雪波零家留」となっている。『新古今集』入集にあたって当時の訓読によったのであろう。小川氏は以下のように指摘している。

第三句「真白衣」は『万葉集』の次点本ではいずれもシロタヘノと訓んでいる。この訓は「衣」が「ソ」の音仮名であることに気付かないまま、「真白衣」全体を意訳的に訓んだものであり、おそらく天暦の訓読事業の際の訓（古点）であろう。平安・中世の古典学者たちの共感を誘う、練達した訓であったと思われる。

その結果として『百人一首』の山部赤人歌に見えるような、小川氏の言葉を借りると、練達した和歌表現が生じている。（c）のような「われはきぬこふ」と和歌表現ではなかなか見出せない表現も、当時の訓読が導き出した成果の一つだったのである。

今日の万葉研究においては、「たわやめのおもひたわみて」は作者の男性の思いが弱まった比喩表現ととらえられる。しかし、当時の訓読に従うと、それは比喩でなく「たわやめ」、つまり対岸の松帆の浦で待っている女性の様子を作者が語ったと解釈される。この解釈を前提に、本歌の前半部で海辺の情景として描かれた焼かれる藻塩のように、女性が思い焦がれるという歌を定家が生み出したということになろう。現在と異なる訓読を確認することで定家の発想の源に迫れるのである。[*7]

二　発想の源にある多様な文学作品

しかし、Aについては、Bの万葉歌以外にも先行研究により、様々な作品が定家の発想の源となったと指摘されている。

長谷川哲夫氏は序詞に「焼く藻塩」を詠んで主想に「焦がる」と詠む先行例として、次の万葉歌を指摘している。[*8]

霞立つ　長き春日の　暮れにける　わつきも知らず　むらきもの　心を痛み　呼子鳥　しめゐむとせば　玉だす
き　掛けての宜しく　遠つ神　我が大王の　行幸する　野山越し風の　ひとり居る　吾が衣手に　朝夕に　かへ
りもひぬは　ますらをと　思へる我も　草枕　旅にしあれば　思ひ遣る　たづきを知らず　網の浦の　海女乙女
らが　焼く塩の　思ひぞ焦がる　吾が下ごころ[*9]

また、氏は「来ぬ人を待つ」と掛詞で序詞に繋いだ先行例として、次の歌を挙げる。

来ぬ人を松のえにふる白雪のきえこそかへれくゆる思ひに　（後撰集・恋四・八五一・承香殿中納言）

氏も述べるように、以上の作品が定家の念頭にあった可能性は十分に考えられる。

徳原茂実氏は、定家が盛んに摂取した『伊勢物語』第八十七段の世界が念頭にあったと論じている。[*10]

むかし、男、津の国菟原《うばら》の郡、芦屋の里にしるよしして、行きて住みけり。昔の歌に、

芦の屋の灘《なだ》の塩焼き暇《いとま》なみ黄楊《つげ》の小櫛《をぐし》も挿《さ》さず来にけり

と詠みけるぞ、この里を詠みける。ここをなむ芦屋の灘とはいひける。

（中略）

帰り来る道遠くて、うせにし宮内卿もちよしが家の前来るに、日暮れぬ。宿りの方を見やれば。海人の漁火多く見ゆるに、かのあるじの男、よむ

晴るる夜の星か河辺の蛍かもわが住むかたの海人のたく火か

とよみて、家に帰り来ぬ。その夜、南の風吹きて、浪いと高し。つとめて、その家の女の子どもいでて、浮き海松《みる》の浪に寄せられたるひろひて、家の内に持て来ぬ。女方より、その海松を高坏《たかつき》にもりて、柏をおほひていだしたる、柏に書けり。

わたつうみのかざしにさすといはふ藻も君がためにはをしまざりけり

ゐなか人の歌にては、あまれりや、たらずや。[*11]

特に『拾遺愚草』に見える次の歌は、建保三年（一二一五）九月十三日の「内大臣家百首」で定家が詠んだもので、[A]が詠まれた建保四年閏六月に先立つこと一年足らずであることに徳原氏は注目している。

芦の屋に蛍やまがふ海人やたく思ひも恋も夜はもえつつ[*12]

淡路の海人乙女を描くのに、定家の念頭に芦屋の風景もあったということになろうか。

大取一馬氏は影響を与えた先行歌として次の二首を挙げる。[*13]

淡路島しるしの煙見せわびて霞をいとふ春の舟人　（新勅撰集・雑四・一三三五・源通光）

ある所にあはぢといふ女房に度々消息すれど、返り事もなければ

いかにせん飛火も今は立てわびぬ声も通はぬ淡路島山　（顕輔集・五一）

『新勅撰和歌集』（稿者架蔵）

祖能の『新勅撰和歌集抄』では前者の歌について以下のように説明する。

しるしの煙とは、摂津須磨と淡路の岩屋といふ所は渡口なるに、淡路へ行くに急の便船なければ、須磨浦にて火を焼きて見すれば、岩屋浜にも火を焼き合はすなり。さて迎へ舟を出すと云へり。是を飛火たつとも飛火あぐともいふ。[*14]

須磨で火を焚くとそれに合わせて淡路でも火を焚いて、迎えの船を遣わすことがあり、その煙を「しるしの煙」というのである。院政期の歌学書『袖中抄』の以下の説明と重なっているところがある。

又故六条左京兆、あはぢといふ女のもとへ遣はす歌に云はく、

いかにせんとぶひも今はたてわびぬ声も通はぬ淡路島山

これは摂津国の須磨と淡路の岩屋といふ所とは、渡にてあるに、淡路へ下る急ぎの便船のなければ、須磨の浦にて火を焚くなり。それに淡路の岩屋の浜に火を焚きて

合はせるなり。さて迎へ船を遣はすとぞ申す。[*15]

後代の資料になるが、『百人一首』の注釈書類の中に「しるしのけむり」についての悲恋の物語が記されるものがある。この伝承に着目し考察を加えたのは大取一馬氏で、平間長雅著『百人一首抄講談秘註』、大菅白圭著『百人一首批釈』に見えることを指摘する。前者の当該部分を引用する。

秘伝に云はく、此の古事は、昔淡路の国と明石浦とに夫婦云ひ交はせし有り。かたみに主君あれば、心のままに通ふ事ならず。ある時女の云はく、「さはりなき折はしるしの煙を立つべし。それを見て通ふべし」と約し、ある時煙を立つるに、男来たらず。さては心変はりと思ひ、恨みて海に入りて死す。其の後、男来たり。事のよしを聞きて大いに悲しみたりと云々。此の古事を踏まへて詠みたまふ。知る人なし。可秘々々。新勅撰に

淡路嶋しるしの煙見え侘てかすみをいとふ須磨の浦人

是も右の古事なり。定家卿の歌は秘伝の習ひ有る事となり。強ひて伝授すべきものなり。[*16]

『百人一首批釈』では松永貞徳が話したこととして、以下のように記している。

此の歌はしるしの煙の故事を用いて詠めるなり。「しるしの煙」とはいにしへ淡路嶋に女あり。其の男通ひ来けれども、宮仕へする身なれば、障ることの多かりけり。女謀りて曰く、「我いとまある時は煙を立つべし。それをしるしに詣で来侍るべし」といふ。かくして年ごろ通ひ侍りけるが、ある時、また煙を立て侍りけれど、男障る事有りて、日ごろ行かずなりにければ、女恨みて海に身を投げぬ。かかりし後はまた煙立たざりければ、男いぶかしく、尋ねまかりたるに、かくなんと聞きて、我も同じく身を投げ侍りぬ。それを煙の浦といへり。[*17]

男が住んでいる場所が記されないこと、女だけでなく、男もその後身を投げている点が異なっている。

大取氏はこれらの恋物語は定家の歌が詠まれる以前に成立していたという確証が得られないことから、定家の歌を

もとにして後に作られたフィクションと結論づけている。女の嘆きの恋歌に対する注釈書にこのような伝承が記されるのは他の例も確認できるため、氏の見解は首肯すべきであろう。例えば、『藤川百首』という作品は藤原定家の詠とみなされ、数多くの注釈書が出されているが、[*18]その内の一首「道のべの井手の下帯引き結び忘れ果つらし初草の露」に対し、『藤川五百首鈔』では次のような説明がされている。

彼の物語事ながながしけれども筆の次に書き侍るべし。昔内舎人の大神の祭にみてぐらを持ちて春日へくだりけるに、かの井手の玉水の辺にて年六才ばかりなる女子をいだきてあり。形世にすぐれ侍りて、内舎人かれをみて申す事、「汝おとなしくなり給ひたらば我が妻となすべし。別の男し給ふな」と色色にたはぶれ侍りて、帯に文をそへていだして又、女の帯を取りて立ちさりぬ。

その後は絶えて音信もなくてうち過ぎぬ。人々、この事聞きて、「姫の殿の方よりはいかで久しく音信も無きやらん」などとたびたび申し合へり。これを姫聞き侍りて、よに本意なき事と思ひて、井手の玉水に身を投げ、むなしく成りぬる。

その後七、八年ばかり有りて、もとの内舎人、又春日へ通りける時に、以前の姫の乳母、かの内舎人をみて、「あの御方によく似たる人の七、八年先にこの所を通り給ひつるよ」と言へば、内舎人聞きて、「不思議の事申す女かな」とて、よりてことの子細を詳しく問へば、始め終はりの事詳しく語りてさめざめと泣き侍り。内舎人、これを聞きて「さてははかなく成り給ひけるにや。たはぶれ事言ひしは我にてこそ侍れ。夢うつつともしらぬ世の中かな」とて、やがてその玉川に身を投げ侍り。井手の下帯の物語これなり。

最初の段落は書きさしの物語として知られる『大和物語』第百六十九段の内容であり、第二段落以降は『大和物語』の続きを想像して語られたものと考えられる。男の訪れがないことを女が嘆くあまり入水し、男も後でそのことを知り後を追うという点が前掲『百人一首批釈』の内容と共通している。岩佐美代子氏は定家の父・俊成の次の歌について、初句に井手の下帯の物語を語り直してという意味を持つことを指摘し、[19]小林一彦氏も『顕注密勘』に俊成が散逸した「橋姫物語」を享受した記事が見えること等から、この悲恋譚を俊成が踏まえている可能性を示唆している。[20]

ときかへし井手の下帯行きめぐりあふせ嬉しき玉川の水　（玉葉集・恋二・一四二八）

「井手の下帯」の物語も「しるしの煙」の悲恋譚と同様、俊成・定家の時代に存在したか確証がないので、両首が踏まえていると考え難い。しかし、Ｂに見えるような瀬戸内海の両岸で離ればなれになっている男女の状況、『大和物語』第百六十九段で記される道中の出会いでまた都へ帰らなければならないという状況が悲恋の物語を想像させる土台となり得ることを示すのが、注釈書に見える悲恋譚ではないかと思われるのである。来ぬ人を待ち続けるという定家の歌も、そのような想像の一つの表れといえよう。

渡部泰明氏は正治二年（一二〇〇）の『正治初度百首』で寂蓮が詠んだ次の詠から、定家が『新勅撰和歌集抄』『袖中抄』で説明される、須磨と淡路の航行に関する合図の煙である「しるしの煙」を知っていたと結論づける。[21]

淡路島通ふしるべに立つけぶり霞にまがふ須磨のあけぼの　（一六〇七）

藻塩火を詠んだＡも煙がくすぶる状況が想像され、対岸との行き来に関わるという点でも「しるしの煙」は定家の脳裏に存在したと氏は指摘するのである。

さらに氏は、Ａの背後に『源氏物語』須磨巻の世界があることを、他歌人の詠と『新勅撰集』の配列の分析から導き出している。具体的には『新勅撰集』でＡの直前に置かれている次の歌の先行例を辿ってみると『源氏物語』に行き着くとすると指摘しているのである。

松島やわが身のかたに焼く塩の煙の末をとふ人もがな　（新勅撰集・恋二・八四八・源通光）

松帆の浦（写真提供：淡路島観光協会）

松島と塩を焼く煙を組み合わせる発想の先行例は、以下の須磨の光源氏に贈った藤壺の歌に限られると氏は述べている。

　塩たるることをやくにて松島に年ふる海人も嘆きをぞつむ[*22]

この歌の影響と見られる作品を定家は建保三年（一二一五）の『内裏名所百首』で詠んでいる。この催しも「内大臣家百首」と同じく、Aを詠む一年前である。

　ふくる夜を心一つに恨みつつ人まつ島の海人の藻塩火

（拾遺愚草・一二七五）

渡部氏が指摘する通り、「待つ」の掛詞の用い方、藻塩火に身を焦がしている様がAと共通する。

『新勅撰集』におけるAの直後の詠は須磨を詠んだ次の一首である。

　恋をのみすまの潮干に玉藻刈るあまりにうたて袖なぬらしそ

（恋二・八五〇・藤原長方）

以上のことから、渡部氏はAが須磨巻を想起しながら作られたもので、『源氏物語』を重ね味わうことで、作者の願う理解が得られると結論づける。

徳原茂実氏は後鳥羽院の『百人一首』入集歌「人もをし人もう

らめしあぢきなく世を思ふゆゑに物思ふ身は」に対し、『うひまなび』が須磨巻の「かかるをりは、人わろく、うらめしき人多く、世の中はあぢきなきものかなとのみ、よろづにつけておぼす」という光源氏の心内語を踏まえているとする指摘を首肯した上で、定家の撰歌理由に光源氏と同様の京都帰還を院の将来に期待する思いが含まれている可能性を指摘した。光源氏が旅立った明石の地に近い松帆の浦を詠んだⒶを、院の京都帰還を願う気持ちにより、『百人一首』に撰入したというのである。Ⓐが須磨巻と重ね味わうことを作者が意図しているならば、徳原氏の考える定家の撰入意図により適う要素を見出せよう。

先行研究により、万葉の本歌以外に、一首が生まれる前提として、様々な先行作品が存在したことを見て行った。松帆の浦の藻塩焼く情景を作り上げるのに、様々な浜辺の情景が踏まえられていることになるのである。

三　後世の「松帆の浦」

先学の指摘の通り、建保四年閏六月九日に催された『内裏百番歌合』で詠出した際、順徳天皇によって勝とされたことは定家が様々な自分の秀歌撰に入集させた大きな要因であることは疑いのないことである。この時判者の定家は「常に耳慣れ侍らぬ『まつ帆の浦』に、勝の字を付けられ侍りにし。何故とも見え侍らず。」と述べている。定家が自ら語っているように、『万葉集』で詠まれてからもほとんど文学作品に見えず、「耳慣れぬ地名」として認識されていた。その後も、和歌での用例が稀である。定家の子の為家、孫の為氏の以下の詠が見られる。

淡路島松帆の浦に焼く塩のからくも人を恋ふるころかな　（為家千首・七六四）

浪の上にいるまでは見ん淡路島松帆の浦の秋の夜の月　（白河殿七百首・二八七）

他に『平親清四女集』に次の歌が見える。

夜をかさね松帆の浦のほととぎす浪の枕にひとこゑぞきく　（七一）

細川幽斎『九州道の記』では次のような場面が見える。

廿二日の暁、夜舟漕がせて行くに、明石の渡、追風を片帆に受けて、はるばると淡路島に寄りて、

行く舟の追風きほふ明石潟片帆に月をそむきてぞ見る

さて、松帆の浦近くなれば、舟を寄せて見るに、明け方の月浪に浮びて見えけるに、

嵐吹く松帆の浦の霧晴れて浪より白む有明の月[*22]

九州遠征から畿内へ戻る幽斎一行は松帆の浦に立ち寄った。徳原茂実氏が指摘するように、『百人一首』の注釈書を著した彼にしてみれば、定家が詠んだこの歌枕に強い関心を持ち、舟を寄せたのも当然であったと察せられる。

「松帆の浦」は定家崇拝が強まるにつれて容易に詠めなくなったという徳原氏の指摘は首肯できる。それに加えて前節で見たように、多様な作品の要素を摂取し読者に理解を求めた定家詠であるために、須磨と源氏物語の強い結びつきのような、この歌枕独自の本意を生み出すことが難しくなったのではないだろうか。ここで挙げた為家を除く後代の詠が叙景に徹しているのもその反映ではないかと考えるのである。

注

（1）以下、特にことわりがない場合、和歌の引用本文・歌番号は新編国歌大観による。ただし、本稿の引用本文には私意に表記を改めた箇所がある。

（2）巻六・九三五番歌。引用は新日本古典文学大系による。

（3）『近代秀歌』の引用は新編日本古典文学全集による。

（4）引用は百人一首注釈書叢刊による。

（5）「広瀬本万葉集の信頼性」『和歌文学研究』第九十一号、二〇〇五年十二月）

（6）『万葉学史の研究』（おうふう、二〇〇七年二月）第二部第四章。以下、小川氏の説は同書による。

（7）以上の指摘は拙著『藤原定家論』（笠間書院、二〇一一年二月）第一編第三章、第四章で詳述している。

（8）『百人一首私注』（風間書房、二〇一五年三月）

（9）引用は、藤原定家が所持していた写本の姿をとどめていると考えられている関西大学図書館蔵廣瀬本万葉集の影印（『校本万葉集　別巻一』岩波書店、一九九四年九月）の訓読による。

（10）『百人一首の研究』（和泉書院、二〇一五年九月）第二部第十二章「歌語「松帆の浦」をめぐって」（初出は『講座平安文学論究　第十七輯』風間書房、二〇〇三年五月）以下、徳原氏の説は同書による。

（11）『伊勢物語』の引用は新編日本古典文学全集による。

（12）『拾遺愚草』の引用は冷泉家時雨亭叢書の影印による。

（13）「新勅撰和歌集所収の定家の歌一首」（『新勅撰和歌集古注釈とその研究〔上〕』思文閣出版、一九八六年三月、初出は『龍谷大学論集』四百二十六号、一九八五年五月）以下、大取氏の説は同書による。

（14）引用は大取一馬氏『新勅撰和歌集古注釈とその研究〔下〕』（思文閣出版、一九八六年三月）による。

（15）引用は歌論歌学集成による。

（16）引用は国文学研究資料館蔵の写本（函号ナ二―四八二）による。

（17）引用は百人一首注釈書叢刊による。

（18）『藤河百首』については定家偽作説も提唱され（草野隆氏「藤原定家『藤川百首』考」『星美学園短期大学研究論叢』三十八、二〇〇六年三月）、それに対する反論もなされている（拙著『藤原定家論』第四編第一章、第二章、田仲洋己氏「藤原定家の「藤河百首」について」『岡山大学文学部紀要』第五十八巻、二〇一二年十二月）。

（19）『玉葉和歌集全注釈（中巻）』（笠間書院、一九九六年六月）

（20）「歌をつくる人々」（池田利夫氏編『野鶴群芳　古代中世国文学論集』笠間書院、二〇〇二年十月）

（21）「藤原定家の百人一首歌」（佐藤道生氏・高田信敬氏・中川博夫氏編『これからの国文学研究のために』笠間書院、二〇一四年十月）以下、渡部氏の説は同論文による。

（22）『源氏物語』の引用は新編日本古典文学全集による。

（23）引用は『新編日本古典文学全集　中世日記紀行集』による。

「鴫立沢」の風景

田代　一葉

はじめに

鴫立沢《しぎたつさわ》は、現在の神奈川県中郡大磯町に残る地名で、西行が、

心なき身にもあはれはしられけり鴫たつ沢の秋の夕ぐれ

と詠じたとの伝承を持つ地である。ただし、その伝承の不確かさは、早い時期から歌人たちによって指摘されてきた。その一方で、江戸時代初期には、当地に鴫立庵《しぎたつあん》と名付けられた庵が結ばれ、大淀三千風《おおよどみちかぜ》によって大々的に喧伝され、俳諧では重要な聖地となって、今に至るまで継承されていく。また、東海道を描く浮世絵では、大磯イコール鴫立沢のイメージが定着し、街道記などでも、虎御前にちなむ虎が石などといった付近の名所とあわせて、多く描かれるようになっていく。

本稿では、これらの流れをたどり、当地が浜辺の風景として、どのようにとらえられていったのかについて考えてみたい。

一　西行歌の検討と西行伝説

「鴫立沢」という名所について考えるにあたり、そのおおもととなった、西行歌の検討から始めてみたい。*1

西行（元永元年〈一一一八〉生、建久元年〈一一九〇〉没。七十三歳）は、平安末期の歌僧で、鳥羽院北面の武士であったが、二十三歳で突如出家し、諸国を巡礼した後、建久元年二月十六日、

　願はくは花のしたにて春死なむそのきさらぎの望月のころ

の歌のとおり、その人生を終えた。生涯を仏教と和歌に捧げた、突出した個性を持つ歌人であるがゆえに、西行に対する人々の関心は生前から高く、没後数十年のうちに多くの伝説が誕生したという。

画題としても、さまざまなものを生み、中でも、富士の峰を見上げる姿を描いた「富士見西行図」や、源実朝から下賜された金の猫を即座に土地の童に与えたという「西行金猫図」などが有名である。

ここでは、まず、伝説を排した上で、鴫立沢の歌を検討してみよう。

当該歌の主な入集歌集での詞書を確認してみると、西行の代表的な家集『山家集』では、「秋、ものへまかりける道にて」とあり、『新古今和歌集』では、「題しらず」の歌として入る。*2

また、西行自撰・藤原俊成《ふじわらのしゅんぜい》加判の自歌合『御裳濯河歌合《みもすそがわうたあわせ》』（文治三年〈一一八七〉）では、

　おほかたの露には何のなるならん袂《たもと》におくは涙なりけり

と番えられるも、勝ちは逃している。俊成の判詞には、

「しぎたつさはの」といへる、心幽玄にすがたおよびがたし。但、左歌、「露にはなにの」といへる、詞あさき

に似て心ことに深し。勝つべし。

とある。俊成は「鴫立沢の」という表現に、幽玄性を認め賛辞を贈りつつも、左歌の「露には何の」という詞の、何気ない表現のようでありながら、深い含意のこもった点を評価しているのである。

この西行歌を有名にしたのは、同じように第五句を「秋の夕暮れ」とする寂蓮《じゃくれん》歌、定家《ていか》歌とともに『新古今和歌集』秋上に収録され、三夕の歌として広く知られるようになったことがあろう。また、説話集『今物語』や歌学書『井蛙《せいあ》抄《しょう》』に伝えられる、当該歌が『千載和歌集』に入集しないことを聞いた西行が、上洛を取りやめたとの説話も、この歌の価値を高めていったと思われる。

歌意については、「風流を解さない、私のようなものにも、哀れさが身にしみて感じられる事だ。この鴫の飛び立つ沢の秋の夕暮れの光景には」とひとまず私訳を示しておく。

さて、歌の初めにおかれた「心なき身」についてであるが、古くから二つの解釈がある。「心ある身」の対義語として、「数ならぬ身」（とるにたらぬ身）などとも置き換えられると取る説と、「出家者」として悟りに達した身（謙辞とも自負とも解される）として解釈するものの二通りである。

原義としては「情趣を解さない身」との意だろうが、ここに出家者としての西行という存在を反映させるのか否かにより、歌の意味が異なってくる。

久保田淳氏は、近代以降の解釈が「心なき身」を重く扱っていることに着目し、それらは「作者の境涯との関連において解するのが一般」であり、「『情を知らぬ身』という単純な解はむしろ珍しい」と分析された上で、西行の中に謙遜の気持ちはあっただろうが、「法師の境涯への自嘲の念、自己否定的な感情が働いていたと考えるのは、やはり近代的な受け取り方ではないか」と解されている。*3

西行という歌人を考えるとき、独自の発想や和歌表現が目を引き、多くの伝説がつきまとい、和歌を解釈する場合でも、生身の西行の姿、あるいは伝説の中の「西行」というものが脳裏をよぎる。それは、西行の和歌を絵画化した歌意絵や、「西行物語絵巻」、版本の挿絵などを通してより強固なものになっていったのであろう。伝説と絵画の相乗効果により、西行は他にない個性的で魅力的な歌人へと進化していったのだと思われるのである。

なお、この「鴫立つ沢」あるいは「鴫立つ」という言い回しは、同時代の歌人の間で流行したようで、慈円《じえん》の家集『拾玉集《しゅうぎょくしゅう》』には、「夕まぐれ鴫たつさはの忘水《わすれみづ》思ひいづとも袖ぞぬれなん」など五首（一首重複）が見え、定家や寂蓮にも「鴫立つ」の語を詠み込んだ歌が見られる。

本来は明け方近くに飛ぶものであり、その羽音が恋の煩悶を想起させるという詠み方が定着していた鴫を[*4]、秋の夕べの寂寥感と取り合わせ、幽玄の世界を描写してみせた西行歌の影響力の大きさがうかがい知れよう。

二　『西行物語』と鴫立沢の地の比定

続いて、西行の伝説と関連する「鴫立沢」の地について見ていきたい。

当該歌が、大磯の地での嘱目の景であると解されるきっかけとなったと考えられるのが、次の『西行物語』の記述である。『西行物語』は、鎌倉時代中期、西行の没後六、七十年のころに成立したと考えられ、西行を主人公とし、その生涯を綴ったものであるが、多くの虚構がふくまれた作品である。そこには、

その国（引用者注　相模国）によろづもの心ぼそきに、しぎたつさはのなべてならず見えければ（傍線引用者、以下同。[*5]）

とあり、この地の光景が「なべてならず見え」た、つまり並々でなく素晴らしく見えたことにより詠まれた歌とする。

前後の場面では、秋風が身にしみたり、深山を行く心細さで涙にむせんだりしながら道を分け行くなど、秋の哀れや心細さを切々と述べていて、その文脈の中にこの歌がおかれることで、より「あはれ」ということが身体に染み通ってくるようになっている。ちなみに、正保三年（一六四六）版本では、「その夕暮方に、沢辺の鴫、とび立つ音しければ」[*6]とあり、文中に「鴫立沢」という表現はない。

さて、『西行物語』では、「しぎたつさはのなべてならず」とあり、地名として扱われているのか、あるいは、「鴫が飛び立つ沢」という意味で用いているのか、ややわかりにくい。根拠を示せない想像に過ぎないが、もともと「鴫が飛び立つ沢」という意味であったものが、本文が享受されていく過程で、地名のように受け取られたのではなかったか。ただし、『西行物語』では、「砥上原《とがみがはら》」（現在の神奈川県藤沢市鵠沼《くげぬま》付近の古称。片瀬川西岸の原とされる）と「武蔵野」の間に当たる。大磯であるとすると、一度引き返したことになるのである。

室町物語『雀さうし』には、「いなせ川という川を、しぎたつさわといふともきく」[*7]とある。稲瀬川は、現在の神奈川県鎌倉市のやや西よりの地域を流れる小川で、長谷から由比ケ浜に注ぐ。鎌倉初期には、鎌倉の西境であったといい、西澤美仁氏は、当該歌が詠まれたのは、砥上原よりも東の地とする『西行物語』本文との整合性の面で、「大磯町は藤沢より西に位置するので、片瀬川・稲村ガ崎・稲瀬川の方が『西行物語』の時点（引用者注　鎌倉時代中期）ですでに可能性が高いといいうる」（「西行伝承から西行和歌へ――「鴫立沢」補説」）とする。

大磯にある地名として、鴫立沢の名が登場する最も古い文献は、道興准后《どうこうじゅごう》が文明十八年（一四八六）六月から翌年五月にかけて北陸・東国・陸奥などを廻国修行した折の紀行文『廻国雑記《かいこくざっき》』である。その中の藤沢・大磯の条に、

鴫たつ沢といふ所にいたりぬ。西行法師こゝにて「心なき身にも哀れはしられけり」と詠ぜしより、此の所はかく名づけけるよし、里人の語り侍りければ、

哀れしる人の昔を思ひ出で、鳴たつ沢をなく〳〵ぞとふ[8]

とあるのがそれである。

昌平黌《しょうへいこう》地理局総裁・林述斎《じゅっさい》の建議により編纂された相模国の地誌『新編相模国風土記稿』（天保元年〈一八三〇〉着手、同十二年脱稿）[9]には、「旧くは其名世に聞えず、文明中に至り、准后道興、此所にて土人の物語を聞、旧情を想像して詠歌ありし事、是地名の物に見えたる始と云べし。」とある。ここからも、いつ頃から「鳴立沢」の名がこの地につけられたのかは不明であるものの、西行歌に由来するもので、古くからの地名ではないことがわかる。

このように、室町時代後期には、西行が「心なき」の歌を詠んだ地は、相模国の大磯または鎌倉あたりの海浜近くであるとの伝説が定着しつつあったようである。風光明媚な土地であることから、この地が比定されるようになったのだろうか。

では、江戸時代の文献ではどのように記されているのであろうか。浅《あさ》井《い》了《りょう》意《い》の『東海道名所記』（万治三〈一六五九〉、四年頃刊行）では「小磯をば、又鳴立沢と名づく也[10]」とあり、詳細は語られない。小磯は、大磯の西側に位置する。了意が『東海道名所記』を書くにあたって参考にしたとされる『道中記』（明暦三年〈一六五七〉版）には、「大いそ　四里町はずれより小いそまで、なみ木の松あり。しぎたつさはといふなり」とある。[11]秋里《あきさと》籬島《りとう》の『東海道名所図会』（寛政九年〈一七九七〉刊）にも、「後人、この大磯・小磯の海浜をなぞらへいふなり」とあって、同様の理解がある。

東京国立博物館本の『東海道分間延絵図《ぶんげんのべえず》』[12]からは、松並木が続く様子がうかがえる。大磯から小磯へと至る、古くからの歌枕である小余綾《こよろぎ》の浜の光景を[13]鳴立沢ととらえる説もあったのだろうか。掲出した図は、菱川師宣《ひしかわもろのぶ》による『東海道分間絵図』[14]（図1）で、大磯と小磯の間の浜辺のあたりに、斜めに「しぎたつさわの寺　道心者有」との文字があ

図１　菱川師宣画『東海道分間図』（国立国会図書館蔵・同館ウェブサイトより転載）

る。その真上には、西行を彷彿させる僧の姿が見え、後方には富士山がそびえ立っている。

ただし、「沢」という言葉の語義に立ち返ってみると、『日本国語大辞典』第二版（小学館、二〇〇一年）には、

①浅く水がたまり、草の生えている湿地。水草の生えている地。

②山間の谷。また、そこを流れる水。渓流。谷川。

とあって、やはり、浜辺の広々とひらけた地の光景とするには地形として問題がある。

次章で詳しく述べる鳴立庵が結ばれてからは、庵の傍らにある沢が「鳴立沢」と認識されるようにもなり、現在の辞典類では、「大磯駅から南へ約七百メートルの地にある小渓流」（『日本文学地名大辞典』地名編など）と解説される。

では、それはどのような沢であったのか。原正興著の『玉匣両温泉路記《たまくしげふたついでゆみちのき》』[*15]（天保十年刊）では、「石橋あり。水少し流れて、ちりなど払はざれば、いと見ぐるしき堀あり。」とあって、沢は名ばかりのものであったようである。現代の様子について、久保田淳氏は、

> その沢なるものは、国道の下を暗渠《あんきょ》の形でくぐり抜け、庵の入口近くで小さな滝津瀬《たきつせ》をなして落下し、庵の敷地南側を流れる。おそらくそのまま海に入るのだろう。昔は鴫も飛び立ったかもしれない。しかし、今は木々に覆われて、鴫も千鳥も近づけそうな雰囲気ではない。[*16]

とされていて、昔も今も、西行歌のイメージを具現化する場所とはなり得ていない。

題しらず歌であるのに、特定の地が比定されていく西行歌の例には、たとえば『新古今集』入集の題しらず歌「みちのべに清水流るゝ柳かげしばしとてこそ立ちとまりつれ」の例があげられよう。[*17]『西行物語』では屏風歌とされ、後には、西行が実際に那須野の地を訪れて詠んだものとなり、謡曲「遊行柳《ゆぎょうやなぎ》」の題材としても知られる。後代、芭蕉が『おくのほそ道』の旅の中でこの地を訪れ、「田一枚植ゑて立ち去る柳かな」と詠じた、遊行柳の伝説とも鴫立沢は似通う部分が多く、ある種の西行伝説のパターンを踏んでいると言えるのではないか。

前述のように、鴫立沢は相模国の浜辺の風景とされるようになっていくが、一方で同じ頃から、それは誤りだとの説が歌学書の中で繰り返し述べられている。

ここでは、『新古今和歌集』の古注釈[*18]から、そのことについて見ていきたい。心敬《しんけい》注・兼載《けんさい》増補『新古今抜書抄』（松平文庫本）では、「鴫たつ沢、片田舎などに不思議の説いへるとや。相構《あひかまへ》て信用すべからず。」とあり、末尾に「此沢相州の名所といへり。」と注記がある。

『新古今集聞書』(牧野文庫本)では、「此哥よみたる所、相模国こよろぎの磯ちかき所なり。此歌出来てのち、やがて鳴立沢と所の名につけていふなり。」(『新古今和歌集註』〈吉田幸一氏旧蔵本〉も同)と、こよろぎの磯の近くで詠まれたことは事実ととらえつつ、鳴立沢の地名は後の命名とする。

平間《ひらま》長雅《ちょうが》著『新古今七十二首秘歌口訣』(元禄十六年〈一七〇三〉跋)では、「今、東路《あづまぢ》に鳴立沢といふ名所をこしらへて彼《かの》西行の此歌よみし所などいひあへり。所をさしては此歌の感気抜群にをとれり。只何となく秋の夕ぐれの感、哀《あはれ》に不堪《たへず》して沢辺より鳴のはら〳〵と立《たつ》さま、誠に骨随《(ママ)》にとをりて腸《はらわた》も断ばかりなるべし。」と言い、石原正明著『新古今尾張《おわり》廼《の》家苞《いえづと》』(文政二年刊)も「鳴立さは、地名にあらず。」としている。

代表的な歌集に収録された詠歌を見てみても、室町時代には鳴立沢を詠んだ和歌も散見するものの、江戸時代にはほとんど詠まれず、紀行文や画賛以外には見出しにくい。

このような考え方は、歌人の世界だけの認識ではなく、前掲の『東海道名所図会』にも、「鳴立沢といふ所をさしたる名所はあらざるべし。後人この大磯・小磯の海浜をなぞらへいふなり」の一文が見える。『東海道名所図会』は、従来の「旅」に主眼が置かれた東海道に関する書とは一線を画す、地誌に深い拠り所をもつ書として広く受け入れられたものであり、[*19]「心なき」の歌が鳴立沢で実際に詠まれたものではないということが一般的な知識となっていたこともうかがえる。

現在の代表的な歌枕の辞典類でも、[*20]「鳴立沢」は立項されず、集英社版の『大歳時記』第三巻「歌枕俳枕」[*21]では俳枕として記載されており、『日本文学地名大辞典』詩歌編[*22]でも「神奈川県(相模国)の俳枕」としている。俳枕とは何かという問題については、ここでは立ち入らないが、[*23]ここからも、歌枕ではないという考え方が今に至るまで支持されていることが見て取れるのである。

三　大淀三千風の鴫立庵再興

江戸時代に入って、鴫立沢の画期となる出来事が起こる。

一つは、寛文（一六六一〜七三）の初め頃、小田原の医師・外郎《ういろう》の子孫と伝えられる崇雪《そうせつ》という人物が、この地に幽棲し、[*24]「鴫立沢」と刻んだ標石を建てて、古跡であることを知らしめようとしたことにある。そこに関東下向の途次、京都の公家・飛鳥井《あすかい》雅章《まさあき》（慶長十六年〈一六一一〉生、延宝七年〈一六七九〉没）が立ち寄り、

　あはれさは秋ならねどもしられけりしぎたつ沢のむかし尋ねて

の歌を詠み、短冊に認めて、崇雪に与えた（後述する『和漢田鳥集』による）。この和歌は、後に「名所の証」として、この地の由緒正しさを証明するために大いに用いられていく。

二つ目には、元禄元年に、大淀三千風がここに閑居したことがある。

まず、三千風について、岡本勝氏著『大淀三千風研究』[*25]所収の年譜により、簡略にその人生にふれておこう。

三千風は、寛永十六年（一六三九）、伊勢国射和《いざわ》（現在の三重県松阪市射和町）の商家に生まれる。十五歳頃から俳諧を学び始め、家業を継ぐも、三十一歳で出家、剃髪し、同時に俳諧師として生きることとなる。奥州松島の地を訪ね、仙台に十五年の間、居を定めた。その間、延宝七年には一日で三千句を独吟し『仙台大矢数』として刊行、以降、この句数にちなんで三千風と号することとなる。天和二年（一六八二）には『松島眺望集』を刊行、翌年から七年間『日本行脚文集』に記される全国各地をめぐる旅に出立。元禄八年には、大磯鴫立沢の地に鴫立庵を再興し、初代庵主となり、『和漢田鳥集《わかんでんちょうしゅう》』『鴫立沢縁起』などを上梓。宝永四年（一七〇七）六十九歳で没している。

この三千風の活躍により、鴫立沢は、名立たる西行の旧跡として広く認知されていくこととなる。西行と同じように、出家者であり、詩歌（西行は和歌、三千風は歌俳両道）を愛し、全国各地を行脚した姿に、当時の人々は「今西行」の名を与え、三千風もそれによって西行を強く意識するようになる。そして、矢数俳諧によって俳諧師として中央俳壇に乗り出すというきっかけを失った三千風は、鴫立庵入庵を機に「俳諧に興味を惹かれつつ、仏道者へと変貌していった」とされ、西行の顕彰に心血を注ぐようになっていく。[*26]

では、三千風は、西行への思慕や鴫立沢への思いをどのように行動で表していったのであろうか。ここでは、文芸活動を中心に見ていこう。

契機となるのは、元禄十年の西行五百回忌である。三千風は、この年、西行堂を建立し、京で入手した文覚作と伝える西行像を、鴫立沢の地に安置している。文覚は、頓阿著の歌学書『井蛙抄』（延文五年〈一三六〇〉頃成立か）によれば、僧でありながら仏道一筋に励まない西行を憎んでいたと伝えられる人物で、その文覚が刻んだ西行像というのは、にわかに信じがたい。

同じ年、謡曲「鴫立沢」を自作し、江戸の書肆、岡野市郎兵衛から刊行している。[*27] 詞章を所々引用しつつ、内容を追ってみよう。

まず、ワキの名乗りとして

是は伊勢の国より出たる行脚の僧にて候。我《われ》多年六十余州をめぐり。名所旧跡残りなく一見仕候。又相模の国鴫立沢は。西行上人秀歌の名どころにて候が。近頃再興の由承候程に。

とあり、三千風とそっくりの旅の僧が、近頃再興された鴫立沢を訪れようと出立するところから始まる。道行の後、鴫立沢からの眺望を称え、こなたに石碑の候。見れば歌有。〽鳴立し　沢辺の庵をふきかへて　心なき身の思ひ出にせん。再興の施主行脚入道某と有。

と続く。

石碑に書かれたとある「鳴立し」の歌は三千風の自詠であり、「再興の施主行脚入道某」も三千風のことである。つまり、行脚僧の三千風が、鳴立沢再興の庵主・三千風の和歌に共感するという運びになっているのである。

続いて遊女姿の前シテ（実は虎御前）が現れ、西行堂の像が文覚の作であること、虎が岩屋の白蛇《はくじゃ》のことを語り、後シテは天女となって舞を舞う。稀書刊行会複製本の解説によると、本曲は、後段は太鼓入りで序の舞、キリ前に破の舞があるという、珍しい構成とある。

西野春雄氏は「享保前後の新作曲―近世謡曲史考―」[*28]において、其角《きかく》の「謡《うたい》は俳諧の源氏」（『雑談集』）を引用し、「確かに謡曲は俳諧にとって豊饒な沃地の観を呈している。と同時に俳諧師も謡曲の新作に筆を染めていることも少なくない。」とされ、三千風のものにも、「鳴立沢」のほか五曲があることを述べている。

本作は、自ら再興した地を、自らが別のキャラクターとなって訪れるという一人二役の仕掛けがあるとともに、鳴立沢や三千風自らを喧伝するための、言うなればコマーシャルソングとしての面が強く感じられる。

実は、三千風より前の、近世初期かそれ以前に作られたと考えられる同名の曲がある。そこでは、都に上る僧（ワキ）が、鳴立沢で賤の女（前シテ。実は鳴の精）に西行の事跡を聞き、後には僧の功力によって天津少女《あまつおとめ》となって空に上っていくという物語になっている。[*29]この二曲は、同じ西行伝説をもとにしながら、シテが、虎御前か鳴の精かという点に大きな違いがある。後述するように、三千風は鳴立庵に虎御前の御影堂も建立しており、また、西行も『新古今和歌集』にみえる遊女妙との歌のやりとりや、それに基づく能の「江口」など、遊女とはゆかりが深いため、登場させているのであろう。

そのほか、大きな成果としては、『和漢田鳥集』（元禄十四年刊）の刊行がある。本書は西行五百回忌を記念した集で、元禄十年に全国に向けて、鴫立沢や鴫を詠んだ詩、歌、句の募集がなされた。三巻三冊から成り、上巻は、西行歌やこの地の縁起、諸家の詩歌、中巻は諸家の発句、下巻は、鴫のみならず、周辺の地名を詠んだものも含めた、諸家の歌俳・連句などという構成になっている。京・江戸・鴫立沢の三所で売り捌かれている。

ここには、前述の飛鳥井雅章の和歌のほか、戸田茂睡《とだもすい》の「哀《あはれ》しれ昔の秋のそれならで鴫立沢にのこす我名《わが》を」の歌、長崎の唐通事で書家の林道栄《はやしどうえい》の詩、『誹枕《はいまくら》』を著した高野幽山《たかのゆうざん》の句「五百年寝いった鷸《しぎ》を起《おこ》されし」など、当時の著名な詩歌人の詠も収録している。

さらに、これらの集大成として、元禄十三年に『鴫立沢縁起』を刊行したことがある。本書は、五丁半の半紙本で、鴫立沢図が挿絵として入る。[30]西行像安置までのいきさつ、沢の什物、三千風詠の鴫立沢二十四景長歌が記される。

これらの三種の刊行物は、それぞれに連関していて、異なる手法を用いて、縁起や自らの事跡を繰り返し語ることで、鴫立庵を広め、西行顕彰の地として定着させる狙いがあったのだと思われる。多くの書を編集し、刊行してきた三千風の面目躍如たるものであり、近世的な新しい方法を用いて、大々的に当地をアピールしているのである。

鴫立庵が実際に俳諧道場として俳諧史に登場するのは、再度、庵を復興した三代目庵主の鳥酔《ちょうすい》（元禄十四年生、明和六年〈一七六九〉没。蕉風復興を唱えた佐久間柳居《りゅうきょ》の弟子）の入庵を待ってからであったが、[31]三千風の功績という素地があったからこそ、長く続く道場として、後には日本三大俳諧道場として全国にその名が聞こえるようになったと言えよう。

他方、大磯の地を西行歌の舞台と定め、鴫立庵が結ばれ、喧伝されていくことには、否定的な見方もあったようである。

たとえば、三千風の活躍からおよそ百年後に書かれた、大田南畝《おおたなんぽ》の紀行文『改元紀行』（享和元年〈一八〇一〉）には、鳴立庵を訪れたときの記事があり、什物の西行の杖や三千風の歌などに少々興が冷めたとした後、

西行堂のしりへより海づらをみわたせば、げにこゆるぎのいその波、たちさりがたき処なり。此庵なからましかば、あはれさもまさりぬべし。[*32]

と痛切な言葉を述べている。

ここからは、この地が本来西行の詠んだ「鳴立沢」ではないことを知りつつ、しかし、そのような伝承を持つ地であるので、無碍には立ち去りがたいという騒客としての心理と、伝来の怪しい杖や色紙が恭しく飾られ、歌碑・句碑の乱立する、あまりに俗化した光景に興ざめする様子が手に取るように伝わってくる。南畝には、西行を詠んだ詩や狂歌画賛などが多数あり、西行に対する思い入れも深かったと考えられるので、このような複雑な思いが吐露されているのであろう。

鳴立庵の様子は、後述する河鍋暁斎《かわなべきょうさい》の「御上洛錦絵　鳴立沢」にみられるように、西行堂や法虎堂、秋暮亭などの堂宇や、多くの石碑が立ち並ぶものだった。

大磯町の調査によると、鳴立庵には江戸時代に建立された石像物は、造立年代がわかるもので十八基あり、[*33]時代的に南畝が見たであろうと推定されるものとしては、約二十基現存している。

それぞれの人々の、西行への思慕や顕彰したいという気持ちの表れなのであろうが、「あはれ」が身にしみてくる場所からは遠く離れていく、皮肉な現象が起こっていたようである。

四　描かれた鴫立沢

ここでは、絵画化された鴫立沢について見ていこう。絵の描かれ方としては、

① 「鴫立沢」歌単独、または「三夕」の一つとしての歌意絵

② 『西行物語』の一場面の絵

③ 浮世絵などの名所絵

の三点が考えられる。①②については、今回は割愛し、より浜辺の風景として描かれている、③の浮世絵に焦点を当てて考えていきたい。

東海道の往来が盛んになった江戸時代、それらにまつわる出版物は多く出回り、実際の旅には出られない人々の中にも、様々な名所の風景や知識が蓄えられていった。その中でも代表的なものとして、東海道を描いた浮世絵のシリーズがあろう。

歌川広重の「隷書東海道五十三次」（図2）の「大磯」（弘化四年〈一八四七〉～嘉永四年〈一八五一〉頃）は、画中に「鴫立沢西行庵」と記され、右端に描かれた西行庵では、三人の旅人が芦のような植物の茂る沢を見やっていて、そこには鴫とおぼしき鳥が一羽飛び立っている。画面の奥には帆掛け舟の浮かぶ大海原が広がり、庵の遠景には、遠くの半島が見える、広々として詩情溢れる構図となっている。

これまで見てきた紀行文の記述とはかなり異なっているので、想像上の理想化された絵となっているのであろう。同じ広重による「東海道名所画帖」のうちの「大磯鴫立沢」（永楽屋丈助版、嘉永四年）もほぼ同じ構図で、こちらは人

図２　「丸清版・隷書東海道五十三次」より「大磯・鴫立沢西行庵」（三重県立美術館蔵）

物が描かれていないという違いがある。

同時期の作として、三代歌川豊国・初代歌川広重筆「双筆五十三次　大磯」（嘉永七年）（国立国会図書館蔵）がある。画面の下方には、同じ大磯ゆかりの虎御前が、襷掛けで曽我十郎（三代目沢村宗十郎）の髪を梳く甲斐甲斐しい場面が豊国の筆で描かれる。広重による画面の上部の駒絵には、左側に鴫立沢と西行庵が、右側には高麗山《こまやま》、画面の奥には小余綾の磯が表現されている。ご当地もの同士を、役者絵の豊国と風景画の広重の競演で一枚に仕立てた、贅沢な浮世絵と言えよう。[*34]

もう一点、周麿（河鍋暁斎）の「御上洛錦繪」の一枚、「鴫立沢」（文久三年〈一八六三〉）（神奈川県立図書館蔵）を挙げたい。このシリーズは、徳川家茂《いえもち》が上洛のため東海道を行く様を描いたものであるが、「鴫立沢」と刻まれた石碑の傍らに、土下座をして行列を見送る旅人が描かれているのが印象的である。

夕景の茜色に染まった空と、海のコントラストの中、海側が崖になった小高い場所に西行堂が見え、さまざまな石碑もあり、前掲の二枚とは異なった印象がある。

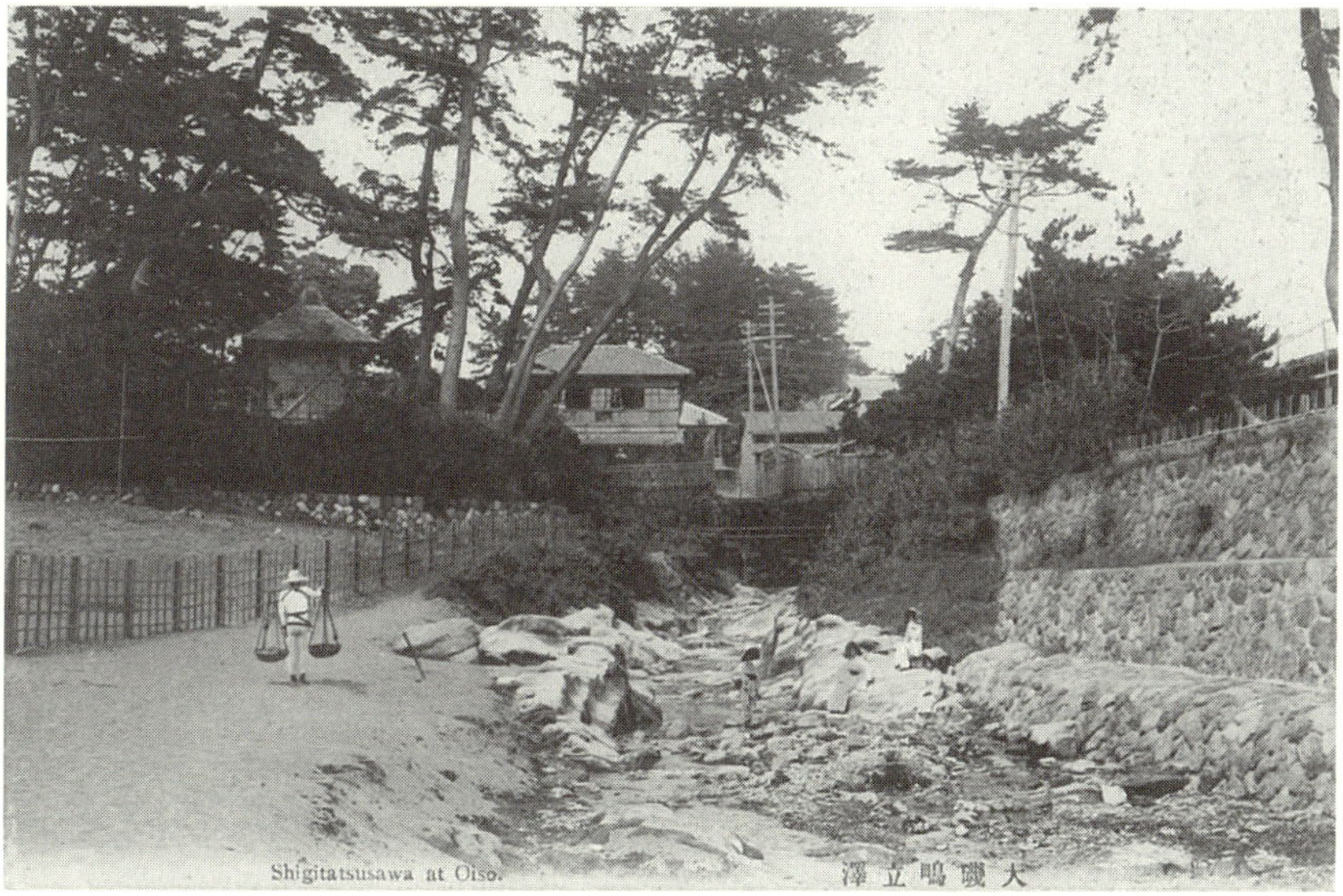

図3　「大磯鴫立沢」絵はがき（大磯町郷土資料館蔵）

これらの絵には、小渓流としての鴫立沢は描かれていないので、鴫立沢は美しい湘南の海に続く干潟のようなイメージが持たれていたのだろうか。

最後に、近代の絵はがきによって、海岸から見た鴫立沢の風景も見ておこう（図3）。絵はがきの製作年代は、宛名面の様式から明治四十年代から大正七年の間と考えられる。横浜開港資料館編『一〇〇年前の横浜・神奈川　絵はがきでみる風景』[*35]の解説には、「沢は岩盤が露出し、海に近いながらも深山幽谷の趣があった。左手の松山に鴫立庵がある。」とあって、海に注ぐ直前の沢の様子が知られる。

終わりに

三千風の歌として、

ありし世の鴫の羽音《はおと》はさもなくて今は沢辺に馬駕籠《うまかご》ぞ立つ　（『改元紀行』による）

というものが伝わっている。西行の訪れた昔の閑寂とした光景はすでになく、馬駕籠が行き交う、街道筋の変貌を詠っているのであるが、興味深いことに現代の歌人にも同様の詠み振りが見られるのである。

　鴫立つ沢あたりの今日の夕雨にトラックひとつ草がくれ行きぬ　清水房雄（『一去集』）

清水房雄氏（一九一五―　）歌も、「鴫立つ沢」の「夕」が歌われているので、西行歌を踏まえているのは間違いなく、どちらも、西行を懐かしみつつ、今ここで、自らの見ている光景と二重写しに詠出する姿勢と、失われてしまった、西行の見た光景への憧憬が、その度合いに差はあれど、表れているように思われる。

　西行の目にした鴫立沢の情景は、もはやこの世界のどこにも存在しないかもしれないけれど、それを追体験する事ができる和歌の力に思いを致し、筆を擱きたい。

注

（1）当該歌については、西澤美仁氏に下記の詳細な御論考がある。「西行の能因歌享受―「難波の春」から「鴫立沢」へ―」（『国語と国文学』第五十七巻第十一号、一九八〇年十一月）、「西行和歌「鴫立沢」を読み返す」（『上智大学国文学論集』第四十一号、二〇〇八年一月）、「西行和歌から西行伝承へ―「鴫立沢」を中心に」（『上智大学国文学科紀要』第二十五号、二〇〇八年三月）、「西行伝承から西行和歌へ―「鴫立沢」補説」（『国文学　解釈と鑑賞』第七十六巻三号、二〇一一年三月）。

（2）そのほか、『西行法師家集』では「鴫」の題であり、『山家心中集』では「ものへまかりしみちにて」の詞書がある。

（3）久保田淳氏『新古今和歌集全注釈』二、角川学芸出版、二〇一一年。

（4）『歌ことば歌枕大辞典』（角川書店、一九九九年）「鴫」の項目（浅田徹氏執筆）による。なお、鴫の詩歌については、金子金治郎氏「鴫の歌―歌謡・和歌・連歌―」（『国語と国文学』第四十六巻第四号、一九六九年四月）に詳しい。

（5）本文は久保田淳氏編『西行全集』（日本古典文学会、一九八二年）による。底本は文明本。

（6）本文は『西行全集』（文明社、一九四一年）によった。

（7）注（1）西澤氏論文「西行伝承から西行和歌へ―「鴫立沢」補説」により知り得た。本文は『室町時代物語大成』七（角川書店、一九七九年）による。

（8）『中世日記紀行文学全評釈集成』七、勉誠出版、二〇〇四年。

(9)『大日本地誌大系』十九、雄山閣、一九八五年。
(10)『東海道名所記　東海道分間絵図』(叢書江戸文庫五十)国書刊行会、二〇〇二年。
(11)『東海道名所記』一(東洋文庫三四六、平凡社、一九七九年)の注による。
(12)第三巻、東京美術、一九七八年。
(13)宗祇の『名所方角抄』寛文六年版本には、「御浦《みうら》　里共よろぎの浜、こよろぎの磯など、いふ名所あり。但、こよろぎの磯は大磯の辺をいふ。」とある。
(14)元禄三年版。
(15)『江戸温泉紀行』東洋文庫四七二、平凡社、一九八七年。
(16)『旅の歌、歌の旅—歌枕おぼえ書—』おうふう、二〇〇八年。
(17)当該歌については、拙稿「日野資枝の画賛」(『近世文藝』第一〇一号、二〇一五年一月)においてふれた。
(18)以下、新古今集注釈の本文は『新古今集古注集成』(笠間書院、一九九七年~二〇一四年)による。
(19)藤川玲満氏著『秋里籬島と近世中後期の上方出版界』勉誠出版、二〇一四年。
(20)久保田淳氏、馬場あき子氏編『歌ことば歌枕大辞典』(角川書店、一九九九年)、片桐洋一氏『歌枕歌ことば辞典』(増訂版、笠間書院、一九九九年)、吉原栄徳氏著『和歌の歌枕・地名大辞典』(おうふう、二〇〇八年)、廣木一人氏編『歌枕辞典』(東京堂出版、二〇一三年)など。
(21)集英社、一九八九年。
(22)遊子館、一九九九年。
(23)俳枕については、尾形仂氏に一連の御論考があり、「和歌名所としての歌枕に対し、俳諧の目で発見され、またはとらえ直された地名をいう」(『俳文学大辞典』〈角川書店、一九九六年〉同氏執筆)と定義づけられているが、俳枕という語が江戸時代当時一般的ではなかったことから再検討をうながす意見も出ている(稲葉有祐氏「名所・俳枕と時代—内藤家の活動を軸として—」二〇一五年十二月俳文学会東京例会での口頭発表)。
(24)『大磯町史』六・通史編(大磯町、二〇〇四年)には、寛文六年の大磯宿の検地帳に、橋本伊右衛門(崇雪)の名が認められるとある。
(25)桜楓社、一九七一年。
(26)注(25)岡本氏著第四章「三千風の西行思慕」。
(27)本文は、複製本が、稀書複製会より刊行(一九三二年)され、後に『新編稀書複製会叢書』十(臨川書店、一九九〇年)に収録。翻刻に、『未刊謡曲集』五(古典文庫、一九六五年)がある。
(28)『能楽研究』第七号、一九八二年三月。
(29)本文は、『未刊謡曲集』十一(古典文庫、一九六八)による。
(30)注(25)岡本氏著に翻刻・解題がある。
(31)注(24)『大磯町史』六による。
(32)『大田南畝全集』八、岩波書店、一九八六年。
(33)『石造物調査報告書(二)鴨立庵』大磯町文化財調査報告

書二十九、一九八八年。調査の時点で鳴立庵の石造物は全部で八十二点。

（34）『謎解き浮世絵叢書　三代豊国・初代広重双筆五十三次』（二玄社、二〇一一年）に各絵の解説がある。

（35）有隣堂、一九九九年。

＊本文の引用については、適宜、私に漢字を宛て、清濁の区別をし、句読点を付したところもある。

【付記】

・図版の掲載を御許可下さいました、三重県立美術館、大磯町郷土資料館に深謝申し上げます。

・本稿は、科学研究費補助金（研究課題番号16K16768）による成果の一部である。

芭蕉・蕪村・一茶と浜辺の景物

東　聖子

序

中国の詩人王維は、日本に帰国する安倍仲麻呂に対して、アジアの大海原を前に雄大な惜別の情を述べた。その後、船は激しい風波によりベトナムあたりに漂着し、仲麻呂は再び長安の都に戻り官僚となった。『唐詩選』にこうある。

積水不可極　　積水《せきすい》　極む可《べ》からず
安知滄海東　　安《いず》くんぞ滄海《そうかい》の東を知らんや
九州何處遠　　九州　何処《いずこ》か遠き
萬里若乗空　　万里　空《くう》に乗ずるが若《ごと》し（以下略。尚、以下の傍線は筆者による。）

この詩は近世の『寶珠庭訓往来如意文庫』（北尾重政撰・天明六年）に絵とともに掲載される。仲麻呂と中国人が海を前に磯辺で、月と松樹の下、別れを惜しむ絵がある。「積水」とは『荀子』に「水を積む、これを海という」とある。また「滄海」も海である。

『寶珠庭訓往来如意文庫』
（早稲田大学図書館所蔵・雲英文庫）

《浜辺の文学史》という本書の統一テーマの中で、本篇は〈芭蕉・蕪村・一茶と浜辺の景物〉を考えよというミッションであるが、近世三俳人における海浜の景物の相違について考察してゆく。

まず、日本の韻文学における「浜辺のことば」であるが、和歌・連歌・俳諧の論書を見てみよう。

『和歌初学抄』（藤原清輔著・平安期歌学書）の「秀句」にはこうある。

海　ウラ　ハマ　イソ　ナギサ　シホサ
キ　カタ　ナダ　オキ　シホヒ　シホノトヽヒ　ミヲ　ナミ　カヒ　ミルメ　アマフネ　タマモ　フカシ

わたつみのふかきこゝろをおきながらうらみられぬる物にぞありける

また、「所名」には「海」の名寄《なよせ》の条に続いてこうある。

浦　ふけひの浦　なにはの浦　みつの浦　すまの浦　いくたの浦　ながゐの浦　ふたみの浦　をふの浦
にしきの浦　たごの浦　かすみの浦　あふせの浦　うきしまの浦　しほがまの浦　しのぶの浦
そでの浦　ねぬなはの浦　あかしの浦　わかの浦　みくまの浦　ふたみの浦

浜　おきつの浜　たかしの浜　ちひろの浜　こゆるぎの浜　かたみの浜　うちでのはま　いろのはま
　ゆきのしら浜　こひの浜　ふきあげの浜　しら丶の浜　なぐさの浜　うどはま

『和歌色葉』（上覚著・鎌倉期歌学書）の「三、海水部」にこうある。

貝　わすれがひ　うつせがひ　しほがひ　しろがひ　いそがひ
浪　しらなみ　あをなみ　あらなみ　あらいそなみ　たかなみ　めづなみ　さ丶らなみ　しきなみ
　おきつなみ　なごろ
松　そなれまつ　ふたばのまつ　ひめこまつ　はま丶つ　たま丶つ　すみよしの松　いそべのまつ　な
　るをのまつ　いはねの松　かさまつ　ねのひのまつ　こやのまつ

近世初期俳諧の『はなひ草』（立圃著・俳諧作法書）においては、連句の付合について式目（ルール）の立場から、水辺の語彙をこう述べる。【体用《たいゆう》】ものの体（本体）とその用《ゆう》（作用・属性など）を合わせて称したことば（『俳文学大辞典』）。

水辺之体之分
一、海・浦・江・湊・浜・堤・渚・島・沖・岸・汀・沼・川・池・泉・洲・淵・瀬・滝・井・溝・津・崎。

同用之分
一、水・波・氷・塩・淡・清水・氷室・閼伽。

同体用之外
一、浮木《うき》・舟・流《ぶり》・塩屋・塩焼《やく》・魚・水鳥・蛙《かはづ》・海人《あま》・釣垂《つりたる》、・浮桶《うけをけ》・蛸壺・下樋《さとひ》・筏《いかだ》・筧《かけひ》・萍《うきくさ》の類・和布《め》の類・網・釣瓶《がめ》。

〈海浜〉に関する語彙は、まず「浜」「磯」「浦」などがあり、一般に砂泥などの堆積物からなる浜を砂浜とよび、巨礫や岩石質の浜を磯と呼ぶ。浦は裏の義で直に海表に向かわない場所をいう（古事類苑・世界大百科事典など）。

『和漢三才図会』浜

『和漢三才図会』浦

『和漢三才図会』巻五十七水類には、そのほか「湊」「江」「汀《みぎわ》」「潟」「渚」などもあり、海ではなく湖・川の場合もある。「海」の条に「『荘子』（外篇秋水）には、水のうち海より大きなものはない。万川が流入してもそれで溢れるということはない」とあって、その神秘性・雄大性を述べている。『枕草子』の二つの章段には浜と浦の条がある。

二〇一六年春に『原安三郎コレクション　広重ビビッド』展（サントリー美術館）が開催された。「六十余州名所図会」が公開された。鮮やかな色彩で多くの海浜図を含み、それらの絵を眺めつつ浜辺の俳諧を見てゆきたい。

さらに、例えば近世初期の和歌の題で見ると、『類題和歌集』（後水尾院撰）の春の結び題のうちで「海辺・海浜」の関連題は次のようになる。

『類題和歌集』　春（巻一～六）

海辺立春・早春海・海早春・海辺早春・早春浦・浦早春・湊畔霞・海霞・海上霞・海辺霞・海畔霞・海路霞・海

路朝霞・海上晩霞・浦霞・霞隔浦・浦霞隔松・晩霞隔浦・浜霞・浜辺霞・春浜霞／浦鶯・海辺鶯・海辺梅／海辺柳・湊春月・春湊月・海辺春月・浦春月・春浦月・浦辺春月・浜春月・磯春月・海辺春曙・浦春曙・遠浦春曙・海春雨・海帰雁・海辺帰雁・海上帰雁・浦帰雁・浜帰雁・湊帰雁／湊花・海辺花・浦花・磯花・磯辺花・海辺落花／海辺春望・浦躑躅・浦藤・浦辺松藤・湊暮春・暮春海・海辺暮春・暮春浦・海路三月尽・春海・海辺春夕・春浦松（／は巻の区切り。巻四は該当ナシ。）

『俳諧類船集』によると、「浜」の付合語（関連語）は次のようにある。

浜　千鳥・松・荻・菊・田鶴・真砂・貝拾ふ・海士《あま》・苫やの道・網引・海松《みる》刈ほす・舟つなぐ・涼しき浪・浦半の月・塩屋の煙・伊勢海・難波・住よしの浦・鯛焼・碁・楸《ひさぎ》・防風（尚、「磯」「浦」は省く）

蕉門俳論書の『篇突《へんつき》』「発句調錬之弁」にこうある。

> 世上、発句案ずるに、皆題号の中より案ずる、是なき物也。余所《よそ》より求来らば無尽蔵ならん。たとへば題を箱に入置、其箱の蓋《ふた》に上《のぼり》て、乾坤《けんこん》を広く尋《たづぬ》る物也。

では、これから近世俳諧の芭蕉・蕪村・一茶について、〈海上の浜辺〉、特に「浜・磯・浦」等の表現に注目し、先行する漢詩文・韻文・散文等の題の箱をどう享受し、それをいかに独自の詩的表現に創造したかを考察する。

一　芭蕉発句における浜辺の景物——浦嶋・白魚・蛸壺・蛤など——

芭蕉の発句作品は約一〇〇〇句（『諸注評釈　新芭蕉俳句大成』（明治書院、二〇一四年）では、存疑二五句を含み一〇〇二句である）とされる。芭蕉の海の句といえば「荒海や佐渡によこたふ天河」（『おくのほそ道』）の超然として雄大な吟がある。ここでは、《海辺・浜辺など》を描いた作品をみてゆく。選句基準は、基本的に本文中に「海」ではなく「浜・浦・磯」の語があり。湖・川などではない句を抽出した。ただ、取捨に迷う句もあった。以下、芭蕉発句・紀行文等の本文は、『新編日本古典文学全集　松尾芭蕉集①②』（小学館）による。

尚、―傍線部は浜辺の景物・素材を示す。□は、浦の名を示す。小字ゴシックは前書を示す。

竜宮もけふの塩路や土用干（延宝5・六百番発句合）

白炭やかの浦嶋が老の箱（同・江戸通町）

見渡せば詠《ながむ》れば見れば須磨の秋（延宝7・芝肴）

藻にすだく白魚やとらば消ぬべき（延宝9・東日記）

冬牡丹千鳥よ雪のほとゝぎす　**桑名本当寺にて**（貞享1・野ざらし紀行）

明ぼのやしら魚しろきこと一寸　**浜のかたに出て**（同・野ざらし紀行）

船足《ふなあし》も休む時あり浜の桃　**鳴海潟眺望**（貞享2・船庫集）

星崎の闇を見よとや啼《なく》千鳥（貞享4・笈の小文）

行春にわかの浦にて追付たり　**和歌**（貞享5・笈の小文）

蛸壺やはかなき夢を夏の月　**明石夜泊**（貞享5・猿蓑）

【須磨の浦】

月はあれど留守のやう也須磨の夏（同・笈の小文）

月見ても物たらはずや須磨の夏（同・笈の小文）

須磨のあまの矢先に鳴《なく》か郭公《ほととぎす》（同・笈の小文）

かたつぶり角《つの》ふりわけよ須磨明石（同・猿蓑）

須磨寺やふかぬ笛きく木下《こした》やみ（同・笈の小文）

海士《あま》の顔先《まづ》見らるゝやけしの花（同・笈の小文）

はつ穐《あき》や海も青田の一《ひと》みどり　**鳴海眺海**（同・千鳥掛）

うたがふな潮《うしほ》の花も浦の春　**二見の図を拝み侍りて**（元禄2・いつを昔）

あさよさを誰《たが》まつしまぞ片ごゝろ　（同・桃舐集）
象潟《きさがた》や雨に西施《せいし》がねぶの花　（同・おくのほそ道）
ゆふばれや桜に涼む波の花　（同・継尾集）
あつみ山や吹浦かけて夕すゞみ　（同・継尾集）
小鯛《こだひ》さす柳涼しや海士《あま》がつま　（同・曾良書留）
わせの香や分入右は有そ海　（同・おくのほそ道）

【色の浜】
さびしさやすまにかちたる浜の秋　（同・おくのほそ道）
波の間や小貝にまじる萩の塵　（同・おくのほそ道）
小萩ちれますほの小貝小盃　**いろの浜に**　（同・蔦獅子集）
衣着て小貝拾はんいろの月　**種《いろ》の浜**　（同・荊口句帳）
蛤のふたみに別行秋ぞ　（同・おくのほそ道）
須磨の浦の年取《としとり》ものや柴一把　（元禄年間・茶のさうし）

芭蕉の〈浜辺〉にかかわる発句作品を掲出した。また「松島・象潟」は海辺の奇観として出した。このほかにも湖・川の浜や、魚類を詠んでも場所が不明なものもあり、今回は除外したものもある。右の発句において前書を掲出したものは、作品の解釈にかかわるものである。

以上の芭蕉発句からわかることは、第一に、芭蕉の海辺の句は初期や晩年には少数であり、まさに五紀行文の旅の時期に多く創作され、佳吟も集中していることだ。特に『笈の小文』を中心とする関西の浦々や須磨明石の浦々、『おくのほそ道』を中心とする塩竈周辺の浦や日本海側の浦々である。それらは、日本文学における物語や詩歌や謡曲やその他の文学伝統が、『篇突』にいうように無尽蔵な想像力の源泉になっている。第二に、ごく初期には、竜宮・浦嶋伝説などの言語遊戯的なフィクション性のある作品があった。第三に、浜辺の素材は、歌論書・連歌論書・俳論書等の、〈浜・浦・磯〉等の関連語とされる「月・浪・波・潮・千鳥・船・蛸壺・貝拾・海士・海人・鯛・蛤・波」などの常套語も使われている。他方、芭蕉あるいは俳諧独自の浜辺の発句で詠んだ景物としては「白魚・けしの花・わせの香・小萩・かたつぶり」などがある。「白魚・小萩・けしの花」は初期俳諧から用例があり、蕉門でも多く詠まれている。

二　芭蕉紀行文における浜辺の海浜――須磨の浦から色の浜へ――

次に、芭蕉の紀行文における浜辺の描写を見てみたい。『おくのほそ道』の冒頭付近にこうある。

予もいづれの年よりか、片雲の風にさそはれて、漂泊のおもひやまず、海浜にさすらへて、去年《こぞ》の秋江上の破屋に蜘の古巣をはらひて……。

いつからか漂泊の思いがやまずに、海辺をさすらっていたと述べている。芭蕉の漂泊の旅の原風景に海浜があった。『野ざらし紀行』は九月に故郷伊賀上野に帰り、前年に逝去した母の遺髪を兄がみせてくれ、「母の白髪おがめよ、浦島の子が玉手箱」と語った。また、桑名の本統寺で「冬牡丹千鳥よ雪のほとゝぎす」と季語の洪水の中で千鳥を詠み、明け方に浜に出て「明ぼのやしら魚しろきこと一寸」と薄明に白魚の清雅を表現した。この旅ではさらに「海辺に日暮して　海くれて鴨のこゑほのかに白し」という聴覚を視覚にゆるやかに転換した佳吟がある。

『鹿島詣』は芭蕉の禅の師である鹿島の仏頂和尚のところへ月見に行った短い紀行文である。冒頭にこういう。

らくの貞室、須磨のうらの月見にゆきて「松陰や月は三五や中納言」といひけむ、狂夫のむかしもなつかしきまゝに……。

芭蕉は鹿島に仲秋の名月を眺めに行った、このささやかな小品である紀行文の冒頭に、京の貞門の安原正章の発句を出している。だが、この句形は芭蕉の記憶違いと思われ、『玉海集』には「松にすめ月も三五夜中納言」とある。「三五夜中新月ノ色」（『白氏文集』）を踏まえている。鹿島名月紀行にあたり、まずは、月の景勝地である須磨の浦の発句を出している。この『鹿島詣』における、須磨の浦志向の端緒に注目したい。

『笈の小文』は成立に問題がある紀行文で、「論」や旅の描写が雑然としている。未完成原稿であろうという推測[*1]を

広重「六十余州名所図会」紀伊和歌之浦
（中外産業株式会社・原安三郎コレクション）

踏まえたうえで『笈の小文』の浜辺の描写を見てゆく。鳴海は古来千鳥の名所である。

鳴海にとまりて　星崎の闇を見よとや啼千鳥

三河国保美というところに、愛弟子杜国《とこく》が世間から隠れ住んでいて、そこを訪ねた。『万葉集』にもみえる渥美半島西端の伊良湖岬を杜国と訪れて、伊勢と海を隔てる岬を詠んだ。

鷹一つ見付てうれしい

らご崎　……　和歌　行春にわかの浦にて追付たり

……跪《きびす》はやぶれて西行にひとしく、天龍の渡しをおもひ……

山野海浜の美景に造化の功を見、あるは無依《むえ》の道者の跡をしたひ、風情の人の実《まこと》をうかがふ。……

万葉以来の歌枕「和歌の浦」のあたりで芭蕉は、「山野海浜の美景に造化の功を見」ると語った。

招提寺鑑真和尚《わじやう》来朝の時、船中七十余度の難をしのぎたまひ、御目のうち塩風吹入て、終に御目盲《しひ》させ給ふ尊像を拝して……

須磨　月はあれど留守のやう也須磨の夏　　月見ても物たらハずや須磨の夏　……

須磨のあまの矢先に鳴《なく》か郭公《ほととぎす》

須磨寺やふかぬ笛きく木下《こした》やミ　……　明石夜泊　蛸壺やはかなき夢を夏の月

かゝる所の穐《あき》なりけりとかや。此《この》浦の実《まこと》は秋をむねとするなるべし。かなしさ、さびしさ、いはむかたなく、秋なりせバいさゝか心のはしをもいひ出《いづ》べき物をと思ふぞ・・・・・・淡路嶋手にとるやうに見えて、すま・あかしの海右左にわかる。呉楚東南の詠《ながめ》もかゝる所にや。……松風・村雨ふるさとゝいへり。……其代《そのよ》のみだれ、其時のさはぎ、さながら心にうかび、俤《おもかげ》につどひて、二位のあま君、皇子《みこ》を抱《いだき》奉り、……千歳《せんざい》のかなしび此浦にとゞまり、素波《しらなみ》の音にさへ愁《うれひ》多く侍るぞや。

摂津の歌枕である須磨の浦は、『万葉集』の海人・藻塩焼くイメージと恋歌、『古今集』等の在原行平の貴公子の退居、『源氏物語』須磨の巻、謡曲「松風」等の古典文学のメッカである。さらに『平家物語』の先帝入水等の場面へと想起していく。

「須磨」について、連歌寄合書の『竹馬集』には、次のような付合語と和歌の用例十二首が掲載される。

広重「六十余州名所図会」
越前　敦賀　気比ノ松原（色の浜を含む）[*2]
（原安三郎コレクション）

歌川国貞「紫式部げんじかるた　須磨」
（国立国会図書館所蔵）

一須磨　△付合ニハ　塩くむ袖　蜑人　たく藻《も》の
煙　紅葉　塩木　ちとり　衣うつ　雪　そなれ
松　旅ころも　雉子《きゝす》　あかし　うつしゐ
左遷《さすらへ》　あはちかた　都をおもふ　柴たく煙　琴
をひく　鴈　月　しほれ芦

この和歌的でかつ物語性が重層的に堆積している歌枕のメッカ「須磨の浦」に、芭蕉はそれも夏にやってきて、夏の月に違和感や空虚な不協和音を感じ、和歌的雅の世界に打ちのめされている。だが『笈の小文』に「此浦《このうら》の実《まこと》は秋をむねとする」「千歳のかなしび此浦にとゞまり」とあり、芭蕉は古典の洪水の中で須磨の浦の本意を再確認したのだろう。

さて、『おくのほそ道』は多くの浜・浦・磯を辿っている。太平洋側は内陸部を多く歩き、塩釜の浦・松島と雄島が磯・石巻の湊などを訪れた。奥羽山脈を越えて、日本海側は残暑のなか、酒田の湊、隆起する前の象潟、吹浦、新潟、出雲崎、柏崎、親しらず子しらず、那古の浦、有磯海、汐越の松、敦賀の湊、色の浜、そして内陸に入り大垣に至る。目指すは伊勢の二見が浦。八月十六日（陽暦九月二十九日）、舟遊びという色の浜の章段は、最終章大垣の前段である。

十六日、空晴たれば、ますほの小貝ひろはんと、種《いろ》の浜に舟を走《は》ス。海上《かいしやう》七里あり。天屋何某《なにがし》と云もの、破籠《わりご》・小竹筒《ささえ》などこまやかにしたゝめさせ、僕《しもべ》あまた舟にとりのせて、追風時の間《ま》に吹着ぬ。浜はわづかなる蜑《あま》の小家《こいへ》にて、侘《わび》しき法華寺有。爰《ここ》にちやをのみ、酒をあたゝめて、夕暮のさびしさ感に堪《たへ》たり。

さびしさやすまにかちたる浜の秋

波の間や小貝にまじる萩の塵《ちり》

其《その》日のあらまし、等栽《とうさい》に筆をとらせて寺に残ス。

西行の「潮染むるますほの小貝拾ふとて色の浜とはいふにやあるらん」（『山家集』）により、地元の人々と風雅な舟遊びに出かけ、芭蕉は浜辺で貝を拾う。数か月に及んだ奥州旅行の終着を前に、古来秋のさびしさを象徴する浜辺である須磨の浦にも、まさるとも劣らない色の浜の景色という俳諧的な新しい浜辺の美意識を発見して、この長い〈旅の総括〉としたのである。[*3] 眼前の萩の花びらが波間に散って、ほのかな桜色の小さな貝とまじりあっている。和歌的な雅の浜辺である「須磨の浦」の欠落感から出発して、奥州のさまざまな海辺を歩き、それらの上に俳諧独自の海辺の美を形象化できた瞬間であった。

三　蕪村の発句における浜辺の景物――鯨・鱸・須磨など――

蕪村の発句作品は約三〇〇〇句ある。本論では、尾形仂・森田蘭校注『蕪村全集　第一巻　発句』（講談社、一九九二年）により見てゆく。最近、寺村百池旧蔵『夜半亭蕪村句集』の全文が翻刻紹介された。[*4] だが、本論では『蕪村全集』

による。蕪村の海の句といえば「春の海終日《ひねもす》のたり〳〵かな」があり、『金花伝』に「須磨の浦にて」と前書があり、三宅嘯山は「平淡而逸」（『俳諧古選』）と評し、秀逸である。浜辺の句については、以下主な素材や景物をみてゆく。

○国土
稲づまや浪《なみ》もてゆへる秋津しま　（明和5・自筆句帳）
謡曲『淡路』の「わたつみのかざしに挿せる白玉の波もて結へる淡路島」を踏まえる。
柊《ひらぎ》さす果《はて》しや外トの浜びさし　（安永6・遺稿）

○大景
五月雨や滄海を衝《つく》濁水　（安永6・新花摘）
海越て霞の網へ入日《いりひ》哉　干網　（年次未詳）

○名所浦
十六夜の落《おつ》るところや須磨の波　探題　名所浦　（明和7・落日庵）
笛の音に波もより来る須磨の秋　（明和7・自筆句帳）
西須磨を通る野分のあした哉　（年次未詳・遺稿）

○伊豆相模
初汐や旭の中に伊豆相模　（明和年間・落日庵）
いなづまや浪のよる〳〵伊豆相模　（安永6・夜半叟）

○鯨
既《すでに》得し鯨や迯《にげ》て月ひとり　（明和5・自筆句帳）
十六夜やくじら来そめし熊野浦　（安永6・自筆句帳）
菜の花や鯨もよらず海くれぬ　（安永7・自筆句帳）

○鱸《すずき》
釣上し鱸《すずき》の巨口玉や吐《はく》　（安永5・自筆句帳）
鱸獲《え》て月宮に入るおもひ哉　（安永5・落日庵）

歌川広重　すずきと金目鯛
（国立国会図書館所蔵）

謡曲『鶴亀』の「鶴亀を舞はせられ、その後月宮殿にて舞楽を奏せられうずる」等を踏まえる。

○海月《くらげ**》　明やすき夜を磯による海月哉　（安永7～天明3・夜半叟）

○千鳥　磯ちどり足をぬらして遊びけり　（明和5・自筆句帳）

浦ちどり草も木もなき雨夜《あまよ》哉　（明和5・自筆句帳）

小夜《さよ》千鳥君が鎧《よろひ》に薫《たきもの》す　（明和5・落日庵）

○貝　春雨や小磯の小貝ぬるゝほど　（明和6・句集）

○海人　漁家寒し酒に頭《かしら》の雪を焼《たく》　（安永4・自筆句帳）

海士《あま》の家《や》の鷗《かもめ》にしらむ夕《ゆふべ》哉　（年次未詳・遺草）

○浦島　もの花の枝折失ふ浦島子　（安永7～天明3・夜半叟）

○国土・大景は、謡曲の文句取りをした品格のある句や、日本の北の辺境「外の浜」を述べ、入日が網に没するという自在な想像力を利かせた句もあった。○名所浦では、蕪村も題詠などで須磨の浦を詠んでいるが、実景もあり歴史的連想の描写もある。○伊豆相模という地名の複合語は、音の面白さや浜辺の連続を想像させて効果的だ。○鯨は蕪村に特徴的な景物である。むろん鯨は『万葉集』から詠まれ、初期俳諧からあるが、蕪村の鯨の句は独特だ。○鱸も『万葉集』から詠まれ、鯛に次ぐ美魚で季は秋で味も良く、『鶉衣《うずらごろも》』の「百魚譜」にも「かの鯛・鱸の大魚」とある。「巨口」は蘇軾に「巨口細鱗」（後赤壁賦）とあるが、蕪村の句は玉を吐き、月宮に入る浪漫性がある。○千鳥の句は、「磯・浦・小夜」千鳥と変化をつけている。○海人はわびしく描かれ、浦島伝説は静かに抒情的だ。蕪村の浜辺詠は「鯨・鱸」などが特徴的で、旅の意識が少ないが、独自の風雅な浪漫性や物語性を持っている。

萩原朔太郎は『郷愁の詩人与謝蕪村』（初版、第一書房、一九三六年）で芭蕉を「漂泊の詩人」、蕪村を「炉辺の詩人」

歌川豊春「浮絵熊野浦鯨突之図」（ベルギー王立美術館所蔵）

と述べ、また、「春雨や小磯の小貝濡《ぬ》るほど」を抒情的に解釈した。この句は芭蕉が色の浜で詠んだ「小萩ちれますほの小貝小盃」を踏まえている。一茶は「春風や小藪《こやぶ》小祭小順礼」と詠んだ。蕪村は「春泥句集序草稿」でいう。

ひとり諸家の句集を読て、老をなぐさむ料とす。其読むに法有り。今日は去来、きのふは嵐雪、さきの日は其角、或は宗因・鬼貫・沾徳・淡々といたるまでもらす事なし。かならず一日一書にして止む。諸家おの〳〵風調異也。……よし野に在歟《あるか》とすれば忽焉《こつえん》として松島に遊ぶ。東西無碍《むげ》、千里を一室にちゞむ。まことこれ俳中の仙也。

ここでは各々の俳人の句の風韻は異なるから一日一書を読むのがよい。それは一室にいて東西無碍、千里を行く如くだという。そしてこれこそが〈俳中の仙〉だと語る。蕪村は作家の風韻の相違を自覚していた。

四　一茶の発句における浜辺の景物

——外の浜・後の象潟・潮干（潟）など——

一茶の発句作品は約二〇〇〇〇句あるとされる。信濃毎日新聞社編『一茶全集　第一巻　発句』と『総索引』を見るべきであるが、今回は『古典俳文学大系15・一茶集』（集英社、一九七〇年）の丸山一彦氏撰による「五千三百余句」を基本にした。さらに、最近の玉城司訳注『一茶句集　現代語訳付き』（角川文庫、二〇一三年）所収の一千句を参照した。近世から現代までの一茶句集の概要は、玉城司氏の同書末の解説に詳しい。

一茶の海の句といえば、「亡母や海見る度に見る度に」（文化9・七番日記）であるが、三歳で生母くにが逝去した後の一茶の慕情の回顧であろうか。以下浜辺について、主な素材や景物をみてゆく。

○国土　けふからハ日本の雁ぞ楽ニ寝よ　（文化9・七番日記）

一茶の真蹟画賛や『株番』に「**外ケ浜**」の前書がある。

日本の外ケ浜迄おち穂哉　（文政1・七番日記）

○松島　松島や同じうき世を隅の島　（文化9・七番日記）

○象潟　象潟もけふハ恨まず花の春　（寛政1・千題集）

蝉鳴や今象潟がつぶれしと　（文化1・七番日記）

鳥海山ハ海を埋《うづめ》、干満寺ハ地底ニ入《いる》。

象潟の欠《かけ》を擱《つか》んで鳴千鳥　（文化10・七番日記）

○名所浦　ほの〴〵と明石が浦のなまこ哉　（文化11・七番日記）

○舟　もろともに須磨一見か笠の蝿　（文政4・八番日記）

田子の浦にうち出て不二見《ふじみ》かゞし哉　（文政4・八番日記）

遠《をち》かたや几巾《たこ》の上ゆくほかけ舟　浦輪を逍遥して　（寛政7・西国紀行）

○魚　鰒《ふぐ》すゝるうしろハ伊豆の岬哉　（文化11・七番日記）

○汐干　汐干潟雨しと〳〵と暮かゝる　（文化1・文化句帖）

妹が子やけふの汐干の小先達《こせんだつ》　（文化8・七番日記）

青天のとつぱづれ也汐干潟　（文政3・八番日記）

○植物　浦向に咲《さき》かたまりし槿《むくげ》哉　（文化2・文化句帖）

○千鳥　鳴《なく》じゃゝらしゃくりするやら村千鳥　（文化11・七番日記）

○浦風　浦風に御色の黒い雛《ひひな》哉　（文政2・八番日記）

一茶の浜辺の発句の特色は、○国土については、日本という意識が明確だ。「外ヶ浜」[*5]は辺境を示し、西行の「むつのくの奥ゆかしくぞ思ほゆる壺の石文外の浜風」（『山家集』）や謡曲「善知鳥《うとう》」や歌舞伎「鳴神」などにも出る。○松島・象潟の句は芭蕉の旅の足跡を踏まえているが、象潟はその後（文化元年）に大地震によって土地が隆起したことを詠んでいる。○名所の句は、あまり歌枕の歴史的背景によらず、現実的に眺めている。○潮干・潮干潟は特に作品数が多く、好んで詠んだようだ。その他、全体的に、対芭蕉意識としては、正負の両面性があり、「したはしやむかししのぶの翁椀」のような追慕的で優雅な句と、「芭蕉翁の臑《すね》をかぢって夕涼」のような自虐的な句がある。文化文政期の一茶の浜辺の句は他にも多いが、紙面の関係で省いた。しかし、以上からも、鎖国末期の日本意識と、辺境まで行く行動力、子どもや動植物への暖かいまなざし、社会の〈すみ・はずれ〉にいる立場とそれゆえの自在さの

二代目広重『諸国名所百景』奥州そとケ浜（江戸東京博物館）

認識などがあった。一茶と交友のあった乙二は文化八年（一八一一年）には蝦夷地へ赴き、函館・松前で俳諧活動をして『斧《をの》の柄《え》』（文化八年、平角・序）をまとめたが、文化文政の俳諧はここまで地方化されていた。今回は約四分の一という限定的調査だったが、一茶の浜辺の発句の景物は、「外の浜」と象潟・潮干・潮干潟等が特徴的であった。

結語

海洋学者の宇田道隆氏[*6]は『海』（岩波新書、一九六九年）でこう語る。

偉大なる海。冷たく暗黒と重圧にとざされた広大な深海の辺境。休みない、変転してやまぬ、エネルギーに満ちた大海。何億年の太古の始原から海ははげしい活動を営々とつづけていまに至っている。（はしがき）

海は地球上の表面積のおよそ三分の二あまりを占めていて、……塩水の集まりである。（第1章）

約半世紀後の現在は、地球温暖化となっているが概要は変わらないだろう。すなわち、地球上の海は太古からエネルギーに満ちた活動をして、地球の表面積の約三分の二は海であり、さまざまな海洋資源の宝庫でもある。周囲を海で隔てている日本は、浜辺も長くあり、風光明媚な海浜が多い。近世の泰平の世に人々は、海浜を旅した。

さて『イメージ・シンボル事典』（大修館書店、一九八四年）で、西洋文学の「sea 海」のイメージ[*7]をみてみよう。

1大洋のシンボルは海のシンボルでもある。2 3つの姿をとる太女神のひとつ。3混沌の水の残りとされ、原初の創造を表す。4測り知れない真実と英知を表す。5性欲、または冒険心を駆りたてる集団的無意識を表す。6良心を表す。7海は沈んだ莫大な財産と人命をためこむ。8「流動」「死」「時」を意味する。9永遠を表す。10肥沃と不毛を表す。11活動の場。12自由を表す。13孤独を表す。14浄化を表す。15中世では海を不純とみる。16海は聞く耳を持たない。（紙面の制約で多くを省略した。）（浜辺の項目はなかった。）

西欧のギリシャ神話の海神はポセイドンであり、また地震の神や馬の神でもある。父神の王権を三兄弟で奪い、海洋の支配者なった。美術作品では、通例、四頭の馬が引く戦車に乗り、右手に三叉の戟をもつ姿で表現される。日本の海の神も万葉集から和歌に詠まれているが、近世和歌にもこうある。ポセイドンのように海神のアトリビュートを描いている。また、海辺の恋情を詠んでいる。

　　十六日、亦《また》月夜よし。人々とともに海辺に遊ぶ
　海神《わたつみ》の挿頭《かざし》の玉やみだるらむ八重折る浪に月の照りたる　楫取魚彦
　浪の音のあらき磯わの白真砂《しらまなご》まなく時なし我がこふらくは　同

「海」は、神秘性・永遠性・雄大性・創造性・夢・死・孤独・自由・女神などのイメージがあるだろう。それに対して、「浜辺」はより人間的・生活的・歴史的・生産的・文化的（食など）・動植物などがあろう。前者は彼岸性があり、後者は此岸性があるともいえよう。

最後に、近世の三俳人、芭蕉・蕪村・一茶の海浜の発句の景物・素材についてまとめる。泰平の世に人々は津々浦々を逍遙していた。芭蕉は須磨の浦の夏の月の空虚を突き抜けて、色の浜の秋のさびしさを形象化した。浜辺の句では白魚・蛸壺・小貝などを特徴的に詠んだ。蕪村は鯨や鱸を好んで表現し、辺境の外の浜も詠んだ。一茶は潮干・潮干潟を多く詠み、旅で海浜を訪れて外の浜に異国を意識した。右の魚彦の和歌ような海神の奇想天外なフィクション性やしみじみとした恋愛などは表面には顕在化しないが、浦々の歴史の底にまた現実生活の機微に恋情もあろう。そして、芭蕉の言葉「不至其地時《そのちにいたらざるとき》は不叶其景《そのけいにかなはず》（実際の土地に行かないと、その土地の風景にふさわしく詠めない）」（『嵯峨日記』）と、「山野海浜の美景に造化の功を見」（『笈の小文』）るという言葉は、海辺の発句においても至言であった。遠い海浜の其地を行けば、造化の天功が無尽蔵に顕現するのである。

注

（1）『笈の小文』の成立については、従来問題がある。『俳文学大辞典』（角川書店、一九九五年）の『笈の小文』の項に、上野洋三氏の的確な解説がある。

（2）『原安三郎コレクション　広重ビビッド』展（サントリー美術館、二〇一六年四～六月）の図録の解説には、色の浜の指摘がある。広重の『六十余州名所図会』「越前　敦賀気比ノ松原」の解説（小池満紀子氏）に「多くの船が停泊しているのは小崎で、その後ろに敦賀半島最高峰の西方ケ岳が見える。さらに……色ケ浜の海岸線が続いている」とある。歌論書では、『和歌初学抄』のほか、『能因歌枕』の「国々の所々名」に「色のはま」が掲載されている。『俳諧名所小鏡』（寛政七年刊）（村松友次・真下良祐編、古典文庫）の「色浜」には「卯の花の浪こそかゝれ色の浜　支考」「いかほとも寝よそ若葉の色の浜　惟然」など蕉門の句を掲載する。

（3）尾形仂著『おくのほそ道評釈』（角川書店、二〇〇一年五月）の「種の浜」（種・色は両用）の条の解説には、「王朝文学の〝あはれ〟、『新古今集』の三夕の歌の〝寂しさ〟を超える、北国の風土が秘めた俳諧的〝侘び〟〝寂び〟の極致を発見した……中略……この北国の旅の、いわば結論、到達点である」とある。東聖子「『おくのほそ道』の「種《いろ》の浜」の章段考―〈旅の総括・西行との詩的邂逅〉」（『日本文学』五〇号、二〇〇一年一月）に実地踏査の上、〈「種の浜」は奥州旅行の旅の総括の章段〉であると論じた。

(4) 池谷礼・岡本千佳・牛見正和「新収寺村百池旧蔵『夜半亭蕪村句集』春夏」(天理圖書館報『ビブリア144号』二〇一五年十月)と、同三氏「同書・秋冬」(『ビブリア145号』二〇一六年五月)により、昭和初期に一部紹介され、所在不明だったが、今回、解説とともに全文が翻刻・紹介された。蕪村の発句一九〇三章の内二一二章が従来全く知られていないものだという。今回の調査では除外した。関連論文は、清登典子氏「蕪村一派句会の実態を探る―句会稿・詠草類の検討」(『文学　特集・蕪村生誕三〇〇年』二〇一六年三、四月号、岩波書店)。

(5) 「外の浜」については、近刊の鈴木健一著『江戸諸國四十七景　名所絵を旅する』(講談社、二〇一六年)の第1章外ケ浜の条に、「異形の巌」「常世の国への通い路」などの解説があり、一茶の自画賛「外ケ浜　けふからは日本の雁ぞらくに寝よ」を紹介する。

(6) 宇田道隆氏は、寺田寅彦門下。歌人でもあり、一九七七年の宮中歌会始「海」の召人となり「金華山沖にしるけき潮筋をいるか群れ飛ぶ夕焼の海」と詠んだ。水産海洋学の黎明期に尽力した海洋学者。

(7) 二〇一四年に英国の湖水地方にあるワーズワース博物館で、〈ワーズワースと芭蕉―歩く詩人〉の展覧会があった。筆者は図録に一文を執筆し、現地踏査も行なった。また、二年後の二〇一六年九月～十一月に、伊丹の柿衛《かきもり》文庫で〈歩く詩人―ワーズワスと芭蕉〉の展覧会が新しい企画と人容で開催された。英国は海に囲まれているが、一九世紀の自然主義の桂冠詩人ワーズワースは「カレーの浜辺の夕暮れ」の詩で、大海原を前に浜辺を共に歩き、別れゆくいとしいわが娘を描いた。その後、ヴィクトリア朝詩壇のテニスンは「砕け、砕けよ、砕け散れ」という詩で、急逝した親友への大きな悲哀を海にぶつけた詩を残した。韻文学にとって海や浜辺は、重要なテーマである。

尚、西洋文学における海の浜辺を表現した詩については、川本皓嗣先生に御教示を賜った。深謝申し上げる。

また、本論は多くの図版を掲載した。すべての大学および諸機関に心より謝意を表する次第である。

西鶴と海

――『日本永代蔵』巻一―三「浪風静に神通丸」――

宮本祐規子

はじめに

井原西鶴《いはらさいかく》『日本永代蔵《えいたいぐら》』（元禄元年〈一六八八〉刊）は、町人物浮世草子の代表作として高く評価されてきた。本稿では、その『日本永代蔵』巻一―三「浪風静《しづか》に神通丸《じんづう》」を「海」というテーマで述べよ、とのお題を戴いた。確かに本章の題名には、「浪」と船名「神通丸」がある。しかしながら、その舞台は大坂の北浜であり、主人公達もまた陸で成功を収めた人間なのである。

では何故に本筋とは外れたように見える章題が付けられているのだろうか。結論を先に述べれば、この「神通丸」が「浪」を乗り越え「海上」を運んできたものこそが、富につながるからである。つまり、本章における海上とは、富の通り道であり、富への直接的な道に他ならなかった。そう考えれば、当然本章の主なる舞台は海とも言える。まさに本章は、海の文学でもあったのである。

以下、本章に描かれる海を通し、西鶴の海と経済に関する意識を確認してみたい。

一　浪風静に神通丸

まずは、少々長いが本章の内容を掲げておく。

諸大名の豪華な暮らしは、前世にどれほどよいことをしておいたものなのか、現世の理想である。大身と小身の違いは格別で、世界は広いものである。

近年泉州に唐金屋という大金持ちが現れた。商売のために大きな船を造り、神通丸と名付けて北国の海から難波の港に米を運ぶ商売で、次第にうまくいったのはやりくり上手だからである。

北浜の米市は、大坂が日本一の港だからこそ栄えている。色々な商人がいるが、損得を構わず約束通りに必ず契約を違えない。これは、日本第一の商人のありようを示す。難波橋から西を見ると、数千軒の米問屋が棟を並べ、米俵がひっきりなしに大量に行き来している。川には船が数多浮かんでおり、秋の枯れ葉が散る様子に見える。人々も威勢よく働いており、賑やかな様子である。商人も数多いが、中之島の岡、肥前屋などといった古くからの分限者は、商売をやめても豊かに暮らしている。

一方、昔は小さな身代だった商人が出世し、旦那様と呼ばれ供を連れ歩くようになることもある。彼らは皆、大坂近郊の百姓の子ども達である。丁稚奉公に出てから、だんだんと手代まで出世し、あとは見よう見まねで自分の商売を考える。しかし、そこで後ろ暗いことをすると、結局は身を持ち崩す。自分の心掛けで、長者にもなれるものである。

そもそも大坂の裕福な人間は、代々続く者ではない。奉公は良い主人を持つのが一番である。繁盛している店に奉公するが幸せとは限らない。例えば、北浜の指物細工人は銀箱をたくさん作って寸法は覚えていたが、中に入れる銀を手に取ることはなかった。弟子達も同様で、大店に奉公していたらひとかどの商人になることができただろう。

渡世の種はいくらでもある。大阪北浜で船から米を運ぶ際、こぼれた筒落米を掃き集めて、その日を暮らす後家がいた。ある時、非常に多くの米が港に運ばれ、筒落米も大量にでた。この後家が掃き集めて日々食べても、かなり残った。これで欲が出た後家は、倹約して貯めたところ一年で七石五斗になった。これをこっそりと売り払い、来年もまた増やしたので、二十年あまりで十二貫五百目になった。それからは一人息子も働かせ、それを元手に金貸しをした後、今橋のほとりに小銭の両替店を出した。これが当たって、後には大名貸しにまで成り上がった。その屋敷には、昔米を拾っていた時に使っていた箒と渋団扇が祭ってあった。諸国をまわってみたが、今でもまだ稼ぎがいのある場所は大坂北浜である。ここにはまだ流れ歩く銀もあるという。

右のように、本章は、前半では大坂北浜を中心とする商人達、後半は米粒を拾うところから身を興した後家とその息子が描かれている。

二　『日本永代蔵』に描かれる経済

はじめに『日本永代蔵』（以下『永代蔵』）について確認しておこう。周知の通り『永代蔵』は、日本初の経済小説と言われてきた。副題に「大福新長者教」とあるように、いかに富を得ることができるのか、ということがテーマである致富譚が主となっている。

もちろん、『永代蔵』以前に経済を扱う作品は既に存在していた。しかし『永代蔵』以前の作品は「厳しい経済社会の現実に立ち向う元禄の町人たちの心をとらえうるようなものではなかったであろう」と推測し、『永代蔵』を「同時代の経済状況を的確に把握し、その上に立って現実的な処世観、経済観を面白く提示、さらに巧妙な話の展開と軽妙な文体によって、金銭と格闘しつつさまざまに生きる人間のありようを興味深く描きあげている」[*1]作品と評価した谷脇理史氏は、「貨幣経済にその生活をかけている新興町人の、貨幣に対する考えを再三再四にわたって代弁」しており、「すさまじい貨幣崇拝が宣言されている。士農工商、いやその埒外もある人間であろうとなかろうと現世においては「金銀」をおいて他に「宝船」はないのである」[*2]と述べる。当時の経済社会というものは、規模の大小はあれ、現在の社会と同様のものであった。その熾烈な生き残り競争ともいうべき貨幣経済下における商人達の生き様を描く作品だからこそ、『永代蔵』は同時代の読者達を惹きつけ、今日の読者達にも共感を与えたといえる。谷脇氏は『永代蔵』刊行当時の西鶴について、

もはや晩年ということになる。が、この時点での西鶴は今なお元気旺盛、むしろ浮世草子作者として絶頂期にあったと見てよいであろう。（中略）浮世の諸相に幅広く取材して読者の好評を博した作品を続々と執筆・刊行する西鶴、当時の大坂で唯一の人気作家となっている西鶴、絶好調で油ののりきっている時点の西鶴が、元商人としての体験や見聞を縦横に生かして当時の経済社会のありようを描きあげたのが『日本永代蔵』だったのである。[*3]

と述べている。この高い評価に見られるように、『永代蔵』は、西鶴の代表作品の一つであることは疑いないものであり、現在もその評価は揺るいでいない。

現代においても、『永代蔵』はビジネス書として読まれ続けているらしい。経済関係の雑誌や広報誌などに、現在にも生かせる江戸時代の書として取り上げられる例が散見される。例えば、『近代中小企業経営』[*4]では、経済変革の渦中にあるロシアで『永代蔵』の翻訳本がベストセラーになっていると紹介した後、「なんといっても井原西鶴の『日本永代蔵』は古今東西史上初の経営コンサルであり企業小説である」と述べる。その上で本章を取り上げ、その実践者として、山種証券創業者の山崎種二氏を挙げる。山崎氏は、家業の破綻で貧しい少年時代を過ごした後、米問屋に勤めた。彼は率先して倉庫当番を行い、倉庫内の清掃の折に落ちた米を拾い集め、それで鶏を飼い卵を売ることで小銭を稼ぎ貯めた。この貯めた金を元手に米相場を張り儲け、後に会社を興すまでに成功するのである。

山崎氏の成功譚は、確かに本章の後家が成功するまでの道程と重なって見える。これを以って『永代蔵』を「今日にも通じる経営のテキスト」と評するのは浅薄に過ぎようが、すくなくとも西鶴の〈はなし〉は、当時の読者にとってもかなりのリアリティを伴って読まれたであろう事は想像に難くない。しかし、あくまでも西鶴が描こうとしたのはドキュメント作品ではなく、浮世草子なのである。内容が重なるとはいっても、山崎氏の逸話は関心の対象にこそなれ、本章の面白さとは比べるべくもない。西鶴が、〈はなし〉の面白さを構築したからこそ『永代蔵』は文学作品として高い評価を得てきた。『永代蔵』の面白さとは、このフィクションとノンフィクションの狭間にある。

三　本章に描かれるもの

まずは、先学の評価をまとめておく。例えば重友毅氏は「構成の面では極めて整わぬものを示している」と評す一方で「形式的整備を誇る普通の作品に比して、むしろすぐれた芸術的感興を与えるのであり、ある意味では『永代蔵』を代表する一篇であるといってもよい」[*5]とも指摘している。本田香織氏は冒頭部分で大名を取り上げるという町人物にしては珍しい表現を指摘した上で、前半部分の表現について、

人物が特定されず北浜商人を集団として捉えるこの部分は、本話における余談として処理されがちであるが、修辞的配慮により表現の二重性を獲得し、言葉の賑いをもって米市の賑いを直接的に伝え、海上気象による移ろいのイメージと上昇的気分による力強いイメージとのもとに北浜の活況を本話の枠組みとして定位する。内容がまさにそれにふさわしい表現を獲得しているといえよう。

と評価する。そして後半部の後家の挿話は、大名から想起され得る北浜の米問屋の繁盛を抜きにしては考えられないことを指摘し、最終的に大名貸しになるという成功は、

唐かね屋を初めとする北浜米問屋の才覚による短期型の蓄財の実証でもあり、階級の固定された大名（武士）には感じ得ぬ商人の醍醐味を伝えるものでもある。（中略）息子の蓄財は大名から米問屋へさらに両替商へ、そして

大名貸しによって再び大名へという資本の循環に即したものであり、「大坂北浜流れありく銀もあるといへり」という末文がそのことを端的に示している。[*6]

と述べ、本章が大きな円環構造になっていることを指摘している。森耕一氏は、本章を「大坂の都市空間をダイナミックに把握した話」であるとした上で、

話の導入部の大大名の話から和泉の大商人の大船、米を積んだその船が入港する「日本第一の津」大坂港、さらにその米が運河を通じて小舟によって運び込まれ、「扶桑第一の大商」が行われている北浜の米市場、その近くの難波橋から見渡した中之島などの大坂中心部の景観が、レトリックを駆使した一種の美文によって活写されている。同時にその大きな都市空間の中で生きる様々な人物（中略）じつに多様な人物が、大坂中心部の大きな風景の中に次々に登場してくる。（中略）それらの人物のなかで、大坂の町の周辺部から出て、「金銀の威勢」によって経済活動の中心に躍り出た後家親子が、最後にクローズアップされている。[*7]

と、前半と後半部の描写が異なることを指摘し、空間と時間とカネの描き方によって西鶴のダイナミズムが生まれており、その意味では『永代蔵』らしい章であると考察している。

先にまとめた梗概を見ても、本章は前半部と後半部に、一見直接的な繋がりが見当たらない章話となっている。大坂北浜の人々を描くことは共通するものの、大名からひとかどの商人になれなかった者まで取り上げる範囲は広い。しかし、目録に「和泉にかくれなき商人　北浜に箒の神をまつる女」とあることから、西鶴は唐金屋庄三郎と後半部

の後家の成功譚を主に描きたかったのだと考えられる。目録挿絵の暖簾には、船と波の上に「からかねや」とあり、まず初めの焦点が、唐金屋に当たっている。ここから、唐金屋と後家をつなぐものを考えると、やはり「船」と「海」が浮かんでくる。唐金屋の財産である船が、海を通って運んできた米が、後家の財産になっていく。このような富の循環こそが経済の基本的な仕組みであり、西鶴はそれを知っていた。だからこそ、それを利かす目録題を付けたのである。

さて、「浪風静に神通丸」という章題は、能「高砂」等でよく知られる「四海浪静かに」を利かせていると考えられる。幕府の威光の結果、安定した世の中であることを言祝《ことほ》ぐような章題の裏で、閉塞感に満ちあふれている生きにくい社会を揶揄しているのだとすれば、毒を含んだ章題とも捉えられる。神通丸と名のつく船はあっても、神通力は存在しない。どんなに大きな船であっても、それが所属する社会ごとすべて人間が動かすべきものであり、人間しか動かすことの出来ぬものである。社会構造から神を排除する一方で、どこか神に縋ろうとする人間の矛盾した論理こそ、西鶴が描こうとした社会のありようそのものと言える。

大名、昔からの金持ち、一代で成功した商人、結局成功者にはなれなかった奉公人達と次々に北浜から見える現実を描いた後、その奉公人にもなれなかった後家と一人息子が大名貸しにまで成り上がる様を描く本章は、先学が指摘するように資本の循環する様とを重ね合わせ、大きな円になるようなレトリックが評価されうる。そのような文学的側面の一方、成り上がった後家の息子に対し、成功し始めた頃には「なんぞあれめに随ひ世をわたるも口惜き」と陰口をたたく人もいたが、大名貸しにまでなったら「昔の事はいひ出す人もなく」なった、と現実的な描写を忘れないのも、本章の面白さである。中途半端な金を持つことは誹謗中傷を生み出すが、それを抑え込むのもまた金銭の力である、という現実認識は、突き放したような人間認識でもあるが、西鶴がこれまでに描いてきた人間像と重なる。金銭を生み出しておきながら、それに左右されてしまう人間の弱さと強かさの両面に触れている点が、西鶴らしさ、と言えよう。

四　西鶴と海

西鶴の浮世草子第一作にあたる『好色一代男』の主人公、世之介の職業について、森田雅也氏は「出羽国庄内といふ所へ下りて、米など調て、大坂への舟便もまはり遠く」という本文から「米商人」[*8]として考察した。「庄内地方で生産される米・大豆・紅花・青苧等を集散する酒田港から、大坂に至る西廻り海運」である舟便によって運搬される「大坂廻米」をキーワードとして西鶴作品を読み解くことで、西鶴自身が米商人であったという仮説を提示している。森田氏がまとめているように、当時の酒田の繁栄ぶりはまさに船によるものであった。

河村瑞賢は酒田、佐渡の小木、石川の福浦などを通って、敦賀・小浜に寄らず、日本海側の兵庫、鳥取、島根を経て、山口経由の瀬戸内海航路で大坂に直接廻米するルートを整備した。これが西廻り航路である。河村瑞賢はさらに酒田湊を整備し、大石田を中心とする最上川海運なども酒田に直結したので、この酒田を起点とする西廻り航路には、日本海側東北諸藩のみならず、東北中央部、松前などの藩も利用し、大量の藩米・物産が大坂へ直行することになったのである。[*8]

本章では、この酒田の富が、海を通って大坂北浜の地に運ばれたことで、後家の富へと繋がる。酒田の富の一部にすぎないものが、最終的には大きな富へと変化するわけで、酒田の繁栄が生半可なものでなかったことが、察せられよう。現在の山形県酒田市にも、本間氏の邸宅や山居倉庫など当時の全盛を物語る建造物が数多く残り、華やかな往時を偲ばせる。

例えば、時代は下るが文久頃の『酒田風景図』（版元　五十嵐仁左衛門、本間美術館蔵）では、近江八景を模して酒田の風景を十葉に描いている。そのうち船が中心に描かれるのは「日和山眺望」と「高埜濱船《こやのはまふね》」の二景になる。「日和山眺望」は、船の安全な航行のために風や波の具合を観察する展望台（日和山）からの眺めを描いている。水面には多くの船が浮かび、「トビシマ」「アヲシマ」が遠くに見えている。山王山の南側の突端を整備して作られたと言われる日和山は、現在は灯台（現存最古の洋式木造灯台）が見える場所だが、昔も今も変わらず土地の目印として存在していることが感慨深い。「高埜濱船」では、奥に鳥海山を望み、最上川を行く数多の船と川沿いに立ち並ぶ蔵が見える。船は大小の差はあるが、帆を大きく張った廻船である。雄大な川である最上川が狭く見えるほど、大きな船が次々と航行していった活気溢れる様子が描かれている。酒田の土産物として制作されたという『酒田風景図』に、酒田の外せない風景として描かれることから、船が大きな役割を果たす土地であったことが改めて確認できよう。また、「酒田本町通」では本間家本邸が描かれ「出羽の国酒田に城あり亀が崎の城といふ此地東山道第一のみなとにして大小の廻船数百艘ところせきまで出入し（中略）人家透なく栄をきそひ実に豊沃の繁花天下便宜の地也。」（傍線部―引用者）と記されている。傍線部のように、まさに大小の船が富を運ぶ湊であり、酒田にとって船は無くてはならない経済のための道具立てであった。

このような海運については、『永代蔵』巻四―二「心を畳込む古筆屏風」でも扱われている。ここでは、航海術の進歩や東廻り航路・西廻り航路の開発によって、安全円滑に海運が行われるようになった当世の状況が、「今程舟路の慥かなる事にぞ」によって強調される。この海運の発達が大坂商人の活躍の場を全国に広げることになったのは周知の所である。そのため西鶴も、「大商人の心を渡海の舟にたとへ、我が宿の細き溝川を一足飛びに宝の島へ渡りて見ずば、打手の小槌に天秤の音きく事あるべからず」と、海運こそが成功への道の一歩であると記すのである。

本章の挿絵には、米俵らしきものを載せた船が描かれる。周知の如く、西鶴は挿絵を効果的に利用することが多い。挿絵を本文の補足的に利用する例も既に多くの指摘がある。本章についても、森耕一氏が

「浪風静に神通丸」は、大坂の経済的な中枢北浜を舞台にした話である。ただし、章題は当時実在した大船「大通丸」をもじった「神通丸」であり、挿絵も本題のはずの北浜米市の光景ではなく大坂港の船、目録副題の前半も「和泉にかくれなき商人」と「大通丸」を所有する雁金屋の出身地を指示する内容になっている。[*9]

と指摘するように、本題のはずの北浜米市の光景ではなく、あえて船を描くところに西鶴の意図を感じさせる。まさに循環する富の道が、近世の海であった。本章でも、最終的に米を拾い集めたことが分限者への一歩だったにせよ、その富の大本は海の先にあった。浜辺に住むかの後家にとって、海は富を運んできてくれた道であったのだ。

おわりに

篠原進氏は『永代蔵』について、

もはや『長者教』が書かれる環境にないことを充分に承知しながら、敢て『大福新長者教』を著した西鶴。その屈折した〈笑い〉は、烏滸を許容する余裕を失った江戸の「文明人」の苦笑であり、気紛れな金銭のダイナミズムを追跡した『日本永代蔵』は存在の不安、不安定さの寓話でもあったのである。[*10]

と述べた。経済が安定し、金融機関も整備されてきた貞享頃には、既に新しい商売なぞそうそう見つかるものではなかった。一攫千金を夢見ることすらなかなか出来ない世の中、という意識からは、現在の世相と重なる閉塞感が浮き立ってくる。しかし、海の先には未だ富が在り、それは日々浜辺に運ばれて来る現実も存在するのである。逆に言えば、成功を想像できる余地が、すでに周囲からは失われ海にしか残っていなかったのかもしれない。人々が海の先に目をこらしてみるのも宜なるかな。そう考えれば、「浪風静に神通丸」は、致富譚としてのファンタジーでもあり、現実の経済を写したものとも言えよう。

『西鶴大矢数』（天和元年〈一六八一〉刊）において、

運は天に命は海に舟の上
此度は商売替て霧の海
霧の海心静に舟かつく

と詠まれたように、船の下に広がる海の底知れなさは、霧の中漕いでいくような先の分からない不安定さをもたらす。しかしその一方で、不確かな未来であるからこその期待を含むものにもなり得、心静かに乗り切ることさえ出来れば良い運を引き寄せるものにもなり得た。海にまつわる人々の逞しい経済活動は、西鶴の考える人間らしさの発露でもあり、描くべき現実でもあったと言える。

『好色一代男』では、最後に世之介がまだ見ぬ楽園―女護嶋を目指し海原へ旅立った。その全く先の見えぬ、言い方を変えれば無謀にしか見えない行動を、西鶴はあくまで肯定的に描いている。同様に『永代蔵』では、先の見通せぬ海原に漕ぎ出でることが分限者を目指す手始めと描かれた。西鶴は「金銀が町人の氏系図」（『永代蔵』六―五）と嘯く一方で、親から譲られた財産をそのまま受け継ぐだけの人間を最上とはしていない。自ら金銀を稼ぐ人間こそ、商人の目指すべき生き方なのである。しかし商人として成功するためには、自分の智恵才覚だけでは足りず、運も必要不可欠なものであることに、西鶴は気付いていた。その運のような自分ではどうにもできないが現実に存在する要素が、本章では海として描かれたということではなかろうか。西鶴のまだ見ぬ理想の世界とは、その海原のような光景の先にこそあったということなのかもしれない。

注

（1）谷脇理史氏『西鶴を楽しむ②経済小説の原点『日本永代蔵』（清文堂出版、二〇〇四年）

（2）注（1）

（3）注（1）

（4）二〇一三年六月

（5）『西鶴の研究』（文理書院、一九七四年）

（6）「『日本永代蔵』の表現―巻一の三「浪風静に神通丸」をめぐって」（『日本文芸論稿』、一九八六年十一月）

（7）『西鶴論　性愛と金にダイナミズム』（おうふう、二〇〇四年）

（8）『西鶴浮世草子の展開』（和泉書院、二〇〇六年）

（9）「西鶴この一行」（『解釈と鑑賞』）。『定本西鶴全集』でも「泉州佐野の船持唐金屋與茂三の持船大津丸（四千八百石・寛文頃の造船）をいふ。（摂陽奇観）」とある。

（10）「烏滸の系譜と『日本永代蔵』」（『日本文学』、一九九八年十月）

※西鶴の浮世草子・俳諧の引用は『新編西鶴全集』(勉誠社)に拠った。なお、私に濁点、句読点などを施した箇所がある。旧字体の漢字については適宜現行の字体に改めた。

『義経千本桜』碇知盛

日置　貴之

はじめに

延享四年（一七四七）十一月、大坂・竹本座で初演された浄瑠璃『義経千本桜』（以下、『千本桜』。二代目竹田出雲・三好松洛・並木千柳の合作）は、今日に到るまで人形浄瑠璃で盛んに演じられるとともに、歌舞伎にも移されて人口に膾炙している。この作品の二段目の切（「渡海屋《とかいや》・大物浦《だいもつのうら》」）は、壇ノ浦の戦いで入水した最期が『平家物語』（以下、『平家』）などによって知られる、平知盛を主人公とする。後述のように、知盛が実は生きていた、というのが本作の設定である。歴史を覆そうと源義経に立ち向かった知盛は、奮戦の末に自ら海へと飛び込むことで、再び歴史のなかへと消えていく。本稿では、『千本桜』の知盛像がどのようにして形作られたのかをたどっていくが、まずは『千本桜』全体の枠組みをもたらしている『平家』および、中世の演劇である能において、壇ノ浦の戦いや知盛の最期がどのように描かれたのかを見ていきたい。

一　『平家物語』から能へ

『千本桜』二段目切の題材となっている安徳天皇の入水および知盛の最期は、『平家』では次のように描かれている。*1

二位殿は、日来《ひごろ》より思ひ設け給へる事なれば、鈍色の二衣《ふたつぎぬ》うち被き、練袴の傍《そば》高く取り、神璽《しんじ》を脇に挟み、宝剣を腰にさし、主上を抱き参らせて、「われは女なりとも、敵《かたき》の手にはかゝるまじ、主上の御供に参るなり。御志思ひ給はん人々は、急ぎ続き給へや」とて、静々と舷《ふなばた》へぞ歩み出でられける。主上今年は八歳にぞならせおはしませども、御年の程より、はるかにねびさせ給ひて、御形いつくしう、傍《あたり》も照り輝くばかりなり。御髪《おんぐし》黒うゆら〳〵と、御背《せなか》過ぎさせ給ひけり。主上、あはれなる有様にて、「そも〳〵尼前《あまぜ》、われをばいづちへ具して行かんとはするぞ」と仰せければ、二位殿、幼《いとけな》き君に向ひ参らせ、涙をはら〳〵と流いて、「君は未だ知し召され候はずや。先世《せんぜ》の十善戒行の御力によつて、今万乗の主とは生れさせ給へども、悪縁に引かれて、御運已に尽きさせ給ひ候ひぬ。先づ、東に向はせ給ひて、伊勢大神宮に御暇申させおはしまし、その後、西に向はせ給ひて、西方浄土の来迎に預らんと誓はせおはしまして、御念仏候ふべし。この国は粟散辺土《ぞくさんへんど》と申して、ものうき境にて候。あの波の下にこそ、極楽浄土とてめでたき都の候。それへ具し参らせ候ふぞ」と、様々に慰め参らせしかば、山鳩色の御衣に鬢《びんづら》結はせ給ひて、御涙におぼれ、小《ちひさ》う美しき御手を合せ、先づ東に向はせ給ひて、伊勢大神宮・正八幡宮に、御暇申させおはしまし、その後西に向はせ給ひて、御念仏ありしかば、二位殿、やがて抱き参らせて、「波の底にも都の候ふぞ」と慰め参らせて、千尋《ちひろ》の底にぞ沈み給ふ。

（巻十一「先帝御入水の事」）

新中納言知盛の卿は、「見るべき程の事をば見つ。今はたゞ自害をせん」とて、乳母子《めのとご》の伊賀平内左衛門家長を召して、「日来《ひごろ》の契約をば違ふまじきか」と宣へば、「さる事候」とて、中納言殿にも、鎧二領着せ奉り、我が身も二領着て、手に手を取り組み、一所に海にぞ入り給ふ。

（巻十一「内侍所の都入の事」）

言うまでもなく『千本桜』全体の骨格を支えているのは『平家』であるが、浄瑠璃の作者はさらに『平家』に基づいて作られた能（謡曲）をも参照して、作品を作り上げた。『平家』の右の場面、あるいは教経の入水（巻十一「能登殿最期の事」）を典拠とする能としては、〈碇潜《いかりかづき》〉〈先帝〉〈大原御幸《おはらごこう》〉が挙げられる。また、『平家』や『義経記』にある、平家追討後に頼朝から疑いを受けた義経が、西国へ落ちようとしたことについての記事を踏まえつつ、かなり自由な脚色を行った能に〈船弁慶〉がある。これらの能の内容を見ていこう。

〈碇潜〉では、平家に縁ある旅僧（ワキ）が壇ノ浦を訪れ、一門の人々を弔おうとする。僧は渡し船に乗ろうとするが、船賃がないことから船頭（前シテ）に乗船を拒まれる。船頭は僧に船賃代わりに法華経を読誦するよう求める。対岸に渡り、僧は船頭に壇ノ浦の合戦の様子を物語るよう所望する。船頭は能登守教経の奮戦や義経の活躍、教経の入水などの有り様を語り、自らは平家の者の幽霊であると明かして姿を消す。僧が法華経を読誦して平家一門の人々を弔うところへ、知盛の幽霊（後シテ）が現れる。知盛の幽霊は安徳天皇と二位の尼らに入水を勧めた一部始終を物語る。さらに修羅の戦いに苦しめられつつ、知盛は鎧兜を二重に着込み、碇を担いで海に飛び込み、消えていく。〈碇潜〉は野上記念法政大学能楽研究所般若窟文庫蔵の能本（能の台本）「永正七年金春七郎元安本転写本」の奥書から、永正七年（一五一〇）までには成立していたと考えられる。[*2] 金春七郎元安は、世阿弥の娘婿・金春禅竹の孫にあたる金春禅鳳（一四五四～?）で、右の能本は「禅鳳本」と通称される。本曲は現在の能では観世流・金剛流で現行曲となっているが、通常の演出では後場の安徳天皇の入水は舞台上に再現されない。これに対して、前記の禅鳳本では船の作り物を出し、ツレの二位の尼と大納言の局、子方の安徳天皇が登場する演出が記されている。また現行の通常演出では、知盛の入水は扇を碇に見立てて演じるが、古演出では碇の作り物を出したらしい。観世流の小書（特殊演出）「船《ふな》出《だし》之《の》習《ならい》」は先帝入水の場面を見せるものである。近年では「禅鳳本による」と銘打った新演出も行われており、碇の作り物を出す上演の例も多い。

今日では廃曲となっている〈先帝〉は、平教経の乳人・三位の局（ツレ）を伴った男（ワキ）が平家一門を弔うために壇ノ浦を訪れると、里人（前シテ）が安徳天皇と教経の入水の地を教え、男たちが名乗らぬ先から教経に縁の人と見抜く。里人は訝しむ人々に自分が教経の幽霊であるとほのめかして姿を消す。夜になって教経と安徳天皇の亡霊が現れ、合戦の様子、安徳天皇入水の有り様を再現してみせる。

修羅能の形式を取り、壇ノ浦合戦の当事者の霊が合戦の有り様を再現してみせる右の二曲に対して、〈大原御幸〉は『平家』灌頂巻に基づいた現在能である。壇ノ浦合戦の後、大原に隠棲する建礼門院（シテ）のもとに後白河法皇（ツレ）が訪れ、合戦の様子を聞くという内容であり、舞事がなくシテの語りが中心となる点で異例である。*3

これらの能が『平家』に多くを負うのに対して、先に述べたように『平家』『義経記』等を踏まえつつ、筋の上ではかなり独創的なのが〈船弁慶〉である。義経（子方）一行は西国下向のため大物浦までやってくる。弁慶（ワキ）の忠告に従い義経は愛妾の静御前（前シテ）を都へ返すことに決める。静御前は頼朝との和解を願いつつ舞い、義経との別れを惜しむ。義経らの船が沖へ出ると、海は激しく荒れ、波の間から壇ノ浦で亡びた平家一門の亡霊が現れる。長刀を持った平知盛の幽霊（後シテ）が登場し、義経に襲いかかるが、弁慶に祈り伏せられ、引き潮とともに消えていく。〈船弁慶〉は観世小次郎信光（一四五〇～一五一六）[*4]の作で、今日でもシテ方五流で盛んに上演されており、壇ノ浦合戦関連の能のなかではもっとも良く知られているといえよう。明治期には河竹黙阿弥の作詞によって歌舞伎舞踊化され、こちらも現在でも良く上演されている。[*5]

二　「長刀を持つ知盛」

さて、以上の四曲の成立の先後関係については、表きよし氏が詞章の詳細な比較検討を通じて、まず〈先帝〉が成立し、その影響のもとに〈碇潜〉が、それより後に〈大原御幸〉が作られたと推定している。[*6]一方、〈船弁慶〉との関係について表氏ははじめ、信光の〈船弁慶〉の評判を受け、「金春禅鳳あたりが」[*7]同じく知盛を主人公とする〈碇潜〉を作ったかと推定したが、後には逆に〈碇潜〉が〈船弁慶〉に先立って成立した可能性も示している。[*8]いずれにせよ禅鳳（あるいはその同時代の人間）を作者と推定する点は変わりない。

これに対して、伊海孝充氏は〈大原御幸〉との関係に注目して、〈碇潜〉の成立年代を再検討する。[*9]〈大原御幸〉の建礼門院の語りには、「しん中納言友盛は、沖なる舟のいかりを引あげ、かぶと、やらんにいたゞき」[*10]という文句が見える。この箇所は、『平家』覚一本系諸本に近い表現を持つ〈大原御幸〉のなかで、『平家』と大きく異なる点であり、表氏はこれを先行する〈碇潜〉からの影響と捉える。[*11]しかし、近年〈大原御幸〉の成立の下限は、禅鳳の祖父・禅竹が活躍していた時代である康正二年（一四五六）頃とされているため、この箇所は〈碇潜〉以外の影響を受けたものであるか、〈碇潜〉が従来説よりかなり（少なくとも約五十年以上）早く成立していたと考えざるをえない。伊海氏は後者の可能性が高いとするが、〈碇潜〉の成立を禅竹時代とした時に問題となるのは、作風の問題である。視覚的要素の強い〈碇潜〉の作風は、室町後期に隆盛を迎えた、見た目の面白さ、派手さを主眼とする風流能を思わせ、禅竹時代の作というよりも禅鳳作とする推定の方が説得力を持つように見える。この点について伊海氏は、多武峰様具足能からの影響という仮説によって説明する。

多武峰様具足能は、多武峰談山神社（現、奈良県桜井市）で行われ、大和猿楽の四座に出勤義務があった多武峰猿楽において行われた演能形態であり、実際の馬や甲冑を用いるものであった。[12] 多武峰様具足能での演能を意識して作られた曲に「八嶋の合戦の立体化」を意図した〈熊手判官〉があり、〈碇潜〉と〈熊手判官〉にはその構成を始め多くの点で共通点が見出せる。「壇ノ浦合戦の立体化」とも言うべき〈碇潜〉も多武峰様具足能のために作られた曲であると言い切ることはできずとも、そこから影響を受けて成立したものであるとする伊海氏の仮説には説得力がある。

さらに伊海氏は、〈碇潜〉が〈船弁慶〉以前に成立していたとすることで、「長刀を持つ知盛像」成立の過程が自然に解釈できるものとなるとする。先に触れた通り、〈船弁慶〉の典拠として『義経記』等を挙げることができるが、そのいずれもが、義経一行の前に現れた幽霊を具体的に「知盛」とはしていない。匿名の「平家の怨霊」が知盛の幽霊となり、長刀を持って登場するようになったのは、先行曲であり「壇ノ浦合戦の立体化」を意図した〈碇潜〉によってすでに「長刀を持つ知盛像」が形成されていたから、と考えられるのである。ただし、〈船弁慶〉は一方的に〈碇潜〉の知盛像を摂取したのではなく、伊海氏は〈碇潜〉の当初の演出では知盛は単に長刀を持って登場したにすぎず、「働事」のなかでシテの長刀捌きを見せる演出が〈船弁慶〉に至って行われ、これが〈碇潜〉に逆輸入されたと推測している。[13]

氏の論に従えば、舞台芸術における「長刀を持つ知盛像」は、禅竹時代までに成立した〈碇潜〉によって初めて生み出され、信光・禅鳳の時代に〈船弁慶〉や〈碇潜〉の改訂演出のなかで、演技者の芸の見せ場として注目されるに到ったのである。先に『船弁慶』は河竹黙阿弥の作詞によって歌舞伎舞踊にもなっていることを紹介したが、その黙阿弥は歌舞伎『水天宮利生深川《すいてんぐうめぐみのふかがわ》』（明治十八年〈一八八五〉初演）に、狂気した主人公が箒を長刀に見立てて『船弁慶』の知盛の真似事をするという場面を描いている。また、上方落語『船弁慶』にも、川に落ちて正気を失った女房が竹竿を片手に知盛の霊を演じ始めると、主人公が弁慶を真似て応じるという場面がある。「長刀を持つ知盛像」が後世、いかに広く大衆に浸透していたかを示すものである。

ただし、これらの例は直接的には能よりもむしろ、能から少なからぬ詞章を借用しつつも、それを換骨奪胎した江戸時代の浄瑠璃・歌舞伎から影響を受けたものと考えられる。[*14] 浄瑠璃の『千本桜』は中世にすでに成立していた「長刀を持つ知盛像」を踏まえつつ、どのように新たな作品を作り出したのであろうか。

三　能から浄瑠璃へ

『千本桜』初段は、屋島の戦いから数ヶ月が経過した時点に設定されている。史実では、元暦二年（一一八五）二月十九日に屋島の戦い、三月二十四日に壇ノ浦の戦いがあり、平家は滅亡に到った。しかし、本作中ではやや事情が異なる。大序（初段の最初の場面）で後白河院の御所に参内した源義経の口から、合戦のありさまが語られるが、そこでは佐藤継信《つぐのぶ》の最期や那須与一の扇の的、三保谷《みおのや》と景清の錣引《しころびき》など屋島合戦での出来事に加え、能登守教経、新中納言知盛、そして安徳天皇の入水といった、『平家』で壇ノ浦合戦における逸話として語られる出来事が報告される。

『千本桜』の作品世界では、屋島の戦いで源平の争いは決着し、壇ノ浦の戦いは行われなかったのである。しかも、この義経の報告には虚偽があった。「屋島において入水した」とされた平教経、平知盛、安徳天皇は実は生き延びていた。教経、知盛、そして合戦以前に姿を消していた平維盛という平家方の有力武将の死亡情報を世間に流布し、源氏による新政権の安定化を図る一方で彼らの行方を探り、密かに戦後処理を行おうとしている義経の意図は、初段の切「堀川御所の段」において明かされる。

贋《にせ》首を以て真《まこと》とし。実《まこと》を以て贋《にせ》とするは軍慮の奥義。平家は廿四年の栄花。亡び失せても旧臣倍臣国々へ分散し。赤旗の翩翻《へんぽん》する時を待つ。一門の中にも三位中将惟盛は。小松の嫡子で平家の嫡流。殊に親重盛仁を以て人を懐《なつけ》。厚恩の者其数をしらず。惟盛ながらへ有るとしらば残党再び取り立るは治定《ちぢやう》。又新中納言知盛。能登ノ守教経は古今独歩のゐせ者。大将の器量有りと招きに従ひ馳集《はせあつま》る者多からん。さすれば天下穏《おだやか》ならず。何《いづ》れも入水討死と世上の風聞幸いに。一門残らず討取りしと。贋首を以て欺《あざむき》しは。一旦天下を静謐《せいひつ》させん義経が計略。と有て捨置かれぬ大敵故。熊井・鷲の尾・伊勢・片岡。究竟の輩《くつきやうともがら》を休息と偽り国々へわけ遣はし。忍び〲に討取る手筈。かく都に安座すれ共心は今に戦場の苦しみ。[*15]

以下、二段目切で知盛、三段目で維盛、四段目で教経の末路が描かれ、最終的には平和が訪れる。観客が平家の決定的な滅亡を連想する壇ノ浦の戦いをなかったものとし、教経・知盛・安徳天皇の入水といった出来事を屋島の戦いへと集約したのは、「平家の武将たちが生きていた」という趣向に現実感を持たせるための設定と解釈できる。[*16]

さて、このうち知盛を主人公とする二段目の切について詳しく見ていきたい。

舞台は大物浦（現在の兵庫県尼崎市）である。弁慶の思慮に欠ける振る舞いが原因で兄頼朝に追われる身となった義経は、船で九州に渡るために この地の廻船問屋・渡海屋に逗留している。渡海屋の主人・銀平は義経一行を船に乗せると、その本性を明らかにする。実は彼は姿を消していた知盛であり、廻船問屋の主人に身をやつして、密かに義経を討つ機会を窺っていた。そして、銀平の娘と思われたのは実は安徳天皇、銀平の女房は天皇の乳母・典侍《すけ》の局の仮の姿であった。天皇から盃を受けた知盛は、船幽霊の姿となって海上で義経らを襲撃する。しかし、知盛の計略は義経に見透かされていた。形勢が絶望的であるという報告を受けた典侍の局は天皇に入水を促すが、天皇を抱いた局がまさに海に飛び込もうとするのを、義経が止める。そこへ手傷を負った知盛が現れ、義経に挑みかかるが、義経の自分に対する情けを仇に思うな、という天皇の言葉と、典侍の局の自害によって、義経への復讐を断念する。義経に天皇を託した知盛は、碇に体を結びつけ、自ら海の底へと沈んでいく。

二段目切後半の知盛像が、すでに見てきたような能におけるそれに多くを負っていることは明らかである。いよいよ銀平が実は知盛という正体を明かす場面、手負いの知盛が義経と対面する場面、段切はそれぞれ、

「〔……〕ほんにぬしとした事が。千里万里も行様に身拵へ。もふ日も暮れた。用意がよくばいかしやんせ」と。よべどぐつ共いらへなし。「若昼《もし》の草臥《くたびれ》で転寝《うたゝね》では有まいか。銀平殿〳〵」と呼立れば。

「抑《そも〳〵》是は桓武天皇九代の後胤。平の知盛幽霊なり。渡海屋銀平とはかりの名。新中納言とも盛と実名を顕はす上は。恐れ有り」と娘の手を取。上座へ移し奉り。

〔……〕一間を踏み開け九郎判官帝を弓手の小脇にひん抱。局を惹き付けつつ立給へば。

「あら珍らしやいかに義経。思ひぞ出る浦浪に。知盛が沈し其有様に。又義経も微塵になさん」と。長刀。取直し。「サア〳〵勝負」と詰寄れば。義経少しもさはぎ給はず。

「さらば〳〵」も声計。渦巻浪に飛入てあへなく消《きへ》たる忠臣義臣。其亡骸は大物の。千尋の底に朽朽《くち》果果《はて》て。名は引汐にゆられ流。〳〵て跡白浪とぞ成にける　（いずれも傍線は引用者による）

というように、〈船弁慶〉の詞章をそのまま、もしくはかなり近い形で引用している。特に最初の知盛の出は、それまでの江戸時代の廻船問屋の日常が、突如として『平家』の世界へと変貌する劇的な場面であり印象的である。先に紹介した『水天宮利生深川』や落語『船弁慶』が登場人物が発狂する場面にこの箇所のパロディを用いるのは、こうした日常から非日常への転換を意識したものとも考えられる。

もちろん、近世初期に廃曲となり知盛とも関連の薄い〈先帝〉はともかくとして、『千本桜』二段目切は〈碇潜〉〈大原御幸〉からも影響を受けている。言うまでもなく、碇を担いで入水する設定は〈碇潜〉によるものである（ただし、詞章の直接的な利用は見られない）。また、『千本桜』では安徳天皇の入水（未遂）に先立って、幼い天皇が「今ぞしる。みもすそ川の流れには。波の底にも。都有とは」という和歌を詠む。先に流布本によって「先帝御入水の事」を引いたが、『平家』語り本系諸本には、この歌は登場しない。また、読本系諸本では歌が詠まれるが、二位の尼の辞世となっている。しかし、佐々木紀一氏が、皇統を示す「御裳濯川の流れ」という表現の和歌における用例を検討した上で「二位尼は確かに外祖母ではあるが、殊更、皇孫自身の運命を確信したと云う内容を赤裸々に詠む事は僭越で、有り得ないと思われる」[*17]とするように、この設定は不自然であり、『千本桜』はこれを安徳天皇御製とした〈大原御幸〉によっているのである。

しかし、このように先行する能の設定を随所に取り入れつつも、『千本桜』には『平家』や中世の能とは大きく異なる点が数多く存在する。知盛が江戸時代（初演時点での「現代」）の廻船問屋の主となっているという意外性、江戸時代には比較的よく知られていた俗説「安徳天皇姫宮説」を採用したことなどが挙げられるだろう。[*18]

特に知盛に関して興味深いのは、安徳帝と知盛・維盛・教経が生きているという『千本桜』のもっとも重要な設定によって、知盛が「歴史をつくる」ことを意図する人物となったことであろう。能〈碇潜〉〈船弁慶〉の時代設定は壇ノ浦合戦からそう遠くない時期ではあるが、平家の滅亡はすでに動かすことのできない歴史として確定している。幽霊として登場する知盛は歴史を再現したり（碇潜）、歴史の上で敗北を喫した義経に対して復讐を挑む（船弁慶）ことはできても、「歴史」を書き替えることは不可能である。これに対して生きた人間である『千本桜』の知盛は義経を討つことで、歴史そのものを書き替えることを狙う。しかしながら、彼の望みは成就しない。そればかりか、皮肉にも義経を討ち取るために知盛のとった行動は、彼を既成の歴史——ここでいう歴史とは、公式の歴史書に記されるもののみならず、『平家』のような軍記物語の記述や、そこから派生した能〈船弁慶〉等の文学作品、安徳天皇姫宮説のような俗説を含み込んだ、近世庶民の認識する「歴史」である——のなかに回収される方向へ向かわせる。知盛は自分が実は生存しており、義経を討ったという噂が広がっては、安徳帝を守り育てる上でも、義経に続いて頼朝を狙う上でも不都合であると考え、「西海にて亡びたる平家の悪霊。知盛が怨霊」を装って義経に挑みかかる。しかしながら、義経は知盛の意図を読んでおり、知盛による歴史の書き替えは叶わない。後に残るのは、「平家は西海（『千本桜』では屋島の戦いに集約）で亡びた」「大物浦から出航した義経一行の前に知盛ら平家の一門の亡霊が出現した」という、観客の知る「歴史」だけである。

おわりに

ここまでに見てきたように、『千本桜』二段目切は先行する能から多くの影響を受けており、その知盛の造形にも能によって形成された「長刀を持つ知盛像」が反映している。しかし、現行の文楽で手負いの知盛の出で、床の太夫・三味線が演奏を止め、長刀を持った知盛の人形の立ち回りを見せる演出が採られ、歌舞伎ではさらに大勢の軍兵との争いが演じられるとはいえ、それらと信光・禅鳳の時代に本格的に導入されたかと思われる、能の長刀芸とでは比べものにならない。それよりも文楽・歌舞伎の舞台で観客の注目を集めるのは、碇を担いで海に飛び込む幕切れである。[*19]自らの運命を悟った知盛は、「大物の沖にて判官に。怨をなせしは知盛が怨霊なりと伝へよや」と、積極的に既存の「歴史」のなかに収まっていこうとする。そのとき、〈碇潜〉においては、単に過去の再現のなかに現れる小道具の一つに過ぎなかった碇は、裏側にある「真実」を呑み込む「歴史」という海のなかに、自らの意志で沈んで行く知盛の決意の象徴となる。やはり、『千本桜』の知盛は「長刀を持った知盛」であるよりもまず、「碇知盛」なのである。

注

（1）『平家物語』の引用は、流布本の一本である寛文十二年（一六七二）刊平仮名整版本を底本とする角川文庫版（佐藤謙三校注）により、一部表記を改めた。

（2）表きよし「壇の浦合戦を素材とする能——碇潜・先帝・大原御幸——」（『中世文学』第三十一号、一九八六年五月）。なお、「永正七年金春七郎元安本転写本」の画像は、「野上記念法政大学能楽研究所　能楽資料デジタルアーカイブス」上に公開されている。（http://nohken.ws.hosei.ac.jp/nohken_material /htmls/index/pages/cate1/US_001.html）。

（3）本曲には近世初期以前の上演の記録がなく、本来は謡い物であったかとも考えられている。

（4）信光の生年は従来、永享七年（一四三五）とされてきたが、表章氏によって宝徳二年（一四五〇）へと訂正された（「《観世流史》参究（その七・八）観世小次郎の生年再検（上・下）――通説は十五年ずれている――」『観世』第六十六巻第七・八号、一九九九年七・八月。のち『観世流史参究』（檜書店、二〇〇八年」所収）。信光の生年（金春禅鳳との年齢差）は、後述する〈船弁慶〉〈碇潜〉の先後関係を考える上で重要である。

(5) 歌舞伎舞踊『船弁慶』は明治十八年（一八八五）十一月東京・新富座で初演。長唄は三代目杵屋正治郎の作曲による（振付は初代花柳寿輔）。なお、これ以前に二代目杵屋勝三郎も曲を作っており、現・坂東玉三郎は勝三郎曲を用いた新演出を試みている。

(6) 注（2）前掲論文。ただし、〈先帝〉は当初謡い物として作られたものが後に能として舞台で上演されるようになったと考えられ、謡い物〈先帝〉と能〈先帝〉、〈碇潜〉の成立が、謡い物〈先帝〉→能〈先帝〉→〈碇潜〉の順であるか、あるいは謡い物〈先帝〉→〈碇潜〉→能〈先帝〉の順であるかは明らかでないとする。

(7) 注（2）前掲論文

(8) 表きよし「作品研究〈碇潜〉」『観世』第七十二巻第十号、二〇〇五年十月

(9) 伊海孝充「長刀を持つ知盛の成立――〈碇潜〉〈船弁慶〉をめぐる試論――」（『能楽研究』第三十二号、二〇〇七年）。のち『切合能の研究』（檜書店、二〇一一年）所収。

(10) 伊海氏所引の松井文庫蔵淵田虎頼節付一番綴本の本文による。

(11) 注（2）前掲論文

(12) 表章『大和猿楽参究』（岩波書店、二〇〇五年）

(13) 禅鳳本の末尾にあえて「長刀をもちてはたらき候」というような演出の注記があるのは、逆に本来はここに働事がなかったことを示すのではないかと指摘している。

(14) 落語『船弁慶』の場合は、噺のなかでも触れられるように、浄瑠璃や歌舞伎をさらにパロディ化した滑稽な寸劇である「俄」を取り込んだものである。

(15) 『義経千本桜』の引用は、『新日本古典文学大系　竹田出雲並木宗輔浄瑠璃集』により、文字譜等を省略し、一部表記を改めた。

(16) 前掲『竹田出雲並木宗輔浄瑠璃集』注釈参照

(17) 佐々木紀一「波の下の都」（松尾葦江編『海王宮――壇之浦と平家物語――』、三弥井書店、二〇〇五年）

(18) 伊藤りさ「『義経千本桜』と平家物語、『吾妻鏡』など」（『人形浄瑠璃のドラマツルギー　近松以降の浄瑠璃作者と平家物語』所収）参照。

(19) ただし、人形浄瑠璃初演では、現在のように大岩の上から海中に飛び込む派手な演出は採られなかったと考えられる。現行演出は歌舞伎から影響を受けて形作られたものであろう。

参考文献

・祐田善雄校注『日本古典文学大系　文楽浄瑠璃集』（岩波書店、

一九六五年）
・角田一郎・内山美樹子校注『新日本古典文学大系 竹田出雲 並木宗輔 浄瑠璃集』（岩波書店、一九九一年）
・原道生編著『歌舞伎オン・ステージ　義経千本桜』（白水社、一九九一年）
・伊藤りさ『人形浄瑠璃のドラマツルギー　近松以降の浄瑠璃作者と平家物語』（早稲田大学出版部、二〇一一年）
※この他、八代目竹本綱大夫・十代目竹澤弥七による演奏の録音を参照した。

海辺の森宗意軒

――『慶安太平記』にみる由井正雪との出会い

菊池　庸介

はじめに

慶安事件を扱った実録『慶安太平記』（享保～宝暦〈一七一六～六四〉の間に成立か）には、軍学者として名を揚げる前、青年期の由井《ゆい》（由比）正雪《しょうせつ》が、諸国武者修行をするエピソードがある。その中に、正雪が九州天草島の海辺で毛利（森とも。こちらの方が通りが良いので本稿では森で統一する）宗意軒《そういけん》なる老翁と出会う場面がある。宗意軒が正雪に妖術を授けるという印象的なものであり、宗意軒のひとつのイメージを作り上げたように思われる。

森宗意軒は島原・天草一揆（島原の乱）の首謀者の一人として実在した人物である。山田風太郎『魔界転生』（原題「おぼろ忍法帖」、一九六四年十二月より大阪新聞他、地方紙に連載）では幕府転覆を企てる妖術遣いとして登場したりもするが、どちらかといえば、現代では忘れ去られてしまっているようだ。だが、江戸時代の「天草軍記物」文学作品の中では、小説類や演劇にしばしば登場するキャラクターでもあった。

本稿では、『慶安太平記』における宗意軒と正雪との出会いの場面を分析し、それまでの宗意軒の人物像を概観、また、後続作品への影響や明治期に刊行される『慶安太平記』の挿絵の特徴といったことに目を向けることで、宗意軒の姿をたどっていく。

一　二人の出会い

武者修行に出た正雪（このころは民部之助を名乗っている）は、天草島小柳の瀬戸にたどり着き、一人の老翁に出会う。この場所は現在の熊本県上天草市大矢野町柳地区の一部に相当し、この一帯と付近の島との間を柳の瀬戸という。なお、柳地区には森宗意軒神社が存在する。以下、少々長くなるが、中略を挟みつつ、正雪と宗意軒とのやりとり（巻一「由井民部助肥前天草出赴紀州事」）を掲げる（本文は架蔵本を用い、適宜句読点、「」を加え、難読箇所にはルビをつけた）。

正雪との出会い

岩津（ママ・ほ）の上を見れは、壱人の老翁釣を垂れ、余念なく慰みけり。民部立寄申けるは、「如何か翁、此の島は何と云処そ」。翁答て「爰は天草の内小柳の瀬戸と云処也。其元は何国より何の為に来る」。民部云「某は由井民部介と云、日本武者修行する者也」。翁曰「武者修行と云は兵法兵術とに兼たるか」。民部曰「然り」。翁曰「日本を何程廻り如何様成る者にか出合たる」。民部答て「日本は凡《およそ》四十箇国程廻り、数多の者と戦ふ処に、今まて壱人も手に過る者なし」。翁笑て曰「其元のなす処全く大将の業にあらす。剣術而已《のみ》能く知たりと云とも、相手五三人に不可過《すぐべからず》。誠に是《こ》れ士卒の業也。恐らくは於日本《にほんにおいて》、大将の器量の者有るべからす」と云。我曰ふ「大将の道とはいかん」。翁答ふ「大将の道と云は上は天文運気を考、下地理に通達して百万の軍卒と云とも我か手足の如く自由変化し、謀を胸中に廻らし、勝事を千里の外に顕し、十能六芸一つとして欠る事なし。是を大将の道と云。

左《さ》れは吾か朝に名将の雖有名《なありといえども》、壱人として幻法天文運気に通したる者を不聞《きかず》、依て誠の大将たる器量の者なしと云」。民部問ふ「然らは御身幻法運気天文に達したるか」。翁答て曰「凡我か伝る処の幻法天文運気は唐土の孫臏《そんぴん》孔明か秘する所、某し悉く是を伝へたり」と云（以下略）

気負った様子の正雪に対し余裕を持って応じる宗意軒の様子が描かれる。宗意軒の方が明らかに立場が上に見え、後に正雪が弟子入りするという展開を暗示させてもいる。ここで宗意軒は、剣術の修行は大将となるべき者のすることではないとして、大将の器量について、正雪に聞かせる。それは「幻法天文運気」に通じているということになる。そして自身はそれらをことごとく持ち伝えていると言う。

釣りをする宗意軒に正雪が声を掛けるという構図は、『史記』「斉太公世家」にもみえる太公望と文王が出会う話を想起させ、作者はおそらくそれを踏まえていると思う。後で触れるが、明治期に刊行された『慶安太平記』の挿絵には、太公望の絵を意識したと考えられるものもある。なお、天草に来た正雪は、それまでにも金井半兵衛と立ち合いをしたり、狒々《ひひ》退治をしたりしている。実録において、主要人物が廻国してさまざまな人物と出会ったり、怪物退治などするのは、定型のひとつ（読者を飽きさせないための工夫だが）と言え、『慶安太平記』もそれを用いている。

宗意軒、正雪に幻術を見せる

民部、地に平伏して申けるは、「某し諸国修行する事、加様《かよう》の道をも伝へんと願て也。今翁に斯る秘法有り。願くは我か執心をあらため、あわれみて、此の法を伝へて給わるべし」と云。翁云「汝ち執心あらは可伝也《つたうべきなり》。汝近く来れ」と云。即《すなわち》民部近く寄れは、翁、民部か両眼をきつと見「汝胸中に大望有り。必《かならず》天下をくつがいさんと願。雖然《しかりといえども》り、汝五十歳を不満《みたず》して必す刃傷に及ふ相あり。此の願不可成就《じょうじゅすべからず》す。然れとも名は末代に残るべし。

若し其の大望止らは、一生其の身富貴にして栄へ、命は八十歳を保つべし。二つの内汝何れをか取らん」。民部答て「凡そ富貴にして長命たらん事は、平生諸人願処也《ねがうところなり》。我れ全く不願也《ねがわざるなり》。人間一生にして名は末代にと丶まれは、仮令《たとえ》短命にして大望を成就せすとも、名を末代に残さん事、某か欲する処也」と思込み見へけれは、翁云「然らは我か幻法の印をみせん」と持たる釣竿海中へ投けれは、此の竿忽《たちまち》一丈計の金魚と成り、翁即此の金魚に乗る。浪の上《う》へをかける事、誠に平地を行か如し。

宗意軒は正雪の目を見て、正雪が天下を覆そうという大望を抱いていることを読み取るだけでなく、その望みが叶わず、望みを諦めれば正雪は長命富貴の一生を全うできると教える。多くの読者にとって慶安事件の結末は既知のものだったはずで、宗意軒が正雪の謀叛の失敗を、その計画を実行に移すはるか前に予見することによって、宗意軒の神秘性は強調される。なお、人相見は実録においてしばしば登場する存在であり、多くは謎めいた人物として描かれる。また、滅亡を知りながらも、自身の名を末代まで残すために計画を実行しようという、正雪の美学とでもいうものも、同時に読者に伝わってくる。

正雪の決意を聞いた宗意軒は、幻法を見せる。幻法とは海中に投げた釣竿が一丈ほどの金魚となるものであり、宗意軒はそれに乗って海上を自在に動き回って見せる。その姿は、古代中国の琴高《きんこう》仙人を彷彿させる。琴高仙人は琴の名手であるとともに、鯉を乗りこなしたという伝説があり、絵画でも「琴高乗鯉」の画題がすでに定着していたと見られる。

この後正雪は、宗意軒の弟子となる。宗意軒ははじめて自分の正体を明かし、かつて小西行長の近習を務め、朝鮮出兵で大陸に渡った時にオランダ人より幻法を伝授されたと言う。正雪はそれを聞き、幻法がキリシタンの邪法であると知り、弟子入りしたことを後悔する。正雪の企てていることは天下を覆えして奪おうとする謀叛だが、天下を取る身にとっては、天文や運気に通じている必要はあっても、邪法に与するのはふさわしくないというわけだ。結局、幻法は後に天に返上する（巻三「正雪仏法に帰依之事」）。『慶安太平記』の由井正雪は、罪人とはいえ、英雄的な軍師として描かれている。正雪が右のように後悔するのも、この人物造型を踏まえたからと言えよう。

天文運気をうかがうことは、『慶安太平記』にはしばしば描かれる。状況判断のための術であり、それを用いる正雪の、すぐれた軍師像が表わされるからである。このことを考えると、宗意軒との出会いは、正雪が一流の軍師たるにふさわしい術を身につける契機と言え、正雪の武者修行における他の場面よりも、重要な場面と評価することができる。

二　『慶安太平記』までの森宗意軒の人物像

ところで、森宗意軒とは何者で、人びとにはどのように認識されていたのだろうか。『慶安太平記』にいたるまでの宗意軒像を、大まかに見てみよう。

宗意軒の実像については不明なところが多い。島原・天草一揆での指導者のうち唯一生き残った山田右衛門作による口書の写し[*1]には、首謀者に「松右衛門、善左衛門、源右衛門、宗意、山善左衛門」の五人が挙がり、この中に「宗意」の名が見える。資料的に確実なものはおそらくこの記事のみと思われるが、この口書では、一人一人がどのような人物かはわからない。この後は、後人の解釈によってキャラクターが作られ、そのイメージが定着し、あるいは定着したイメージがさらにふくらんで、妖術遣いの宗意軒像が作り上げられていく。

仮名草子の軍記『嶋原記《しまばらき》』（慶安二年〈一六四九〉刊）は、宗意軒ら一揆の首謀者を小西家の浪人たちと設定する。実際に一揆の中には小西浪人もいただろうし、首謀者を小西家の者とする噂もあったかもしれないが、ともあれ『嶋原記』以降、宗意軒と小西家のつながりは受け継がれる。『嶋原記』は異版や後刷本が相当にあり、その影響力は容易に想像できる。

近松門左衛門作の浄瑠璃「傾城島原蛙合戦《けいせいしまばらかいるがっせん》」（享保四年〈一七一九〉十一月竹本座初演[*2]）には、宗意軒はわずかながら登場する。その中で、「あなたのやぶ医。くすりをもつてもちがふゆへ森宗以（「盛り相違」を掛ける）と申者」とあるのは、宗意軒が医者であったという説が流布していたことを示している。

同時期の成立と推測される実録『嶋原実録《しまばらじつろく》』の一群は、「天草軍記物」実録の中でも、宗意軒の動きを他書よりも多く記す。一揆の大老という立場で頻繁に登場し、大将四郎の知恵袋として補佐する。彼の来歴も記され（巻五「森宗意由緒の事　并　異見の事」[*3]）、宗意軒は杉本忠左衛門という小西家の家臣で、儒学に通じており、長崎で学者に医術を教えていたことがあり、軍書を読み謀略に優れ、城内の軍法を取り仕切っていたとして、『嶋原記』での設定をさらに推し進めている。中でも、「四郎か謀略の師」とあるのは注目できる。評注の形で四郎が魔術を使った話が紹介され（ただし作者は事実ではないと否定する）、魔術を使う四郎と、その師宗意軒という関係が想起されるからである。長崎で医術を教えていたという記述も、妖術遣い・宗意軒のイメージ作りを後押ししたに違いない。妖術遣いとしての宗意軒の人物像は、おそらくこのころには生じていたのだろう。

「天草軍記物」実録は、享保〜寛延（一七一六〜五一）に、田丸具房《たまるぐぼう（ともふさ）》（講釈師か）による「田丸具房物」の一群（『天草軍談』『天草征伐記』『天草軍記』など）に発展する。最も流布する一群だが、内容は軍師や武将の活躍が主となり、森宗意軒の存在感は後退してしまう。自ら妖術を使う場面は見当たらず、正雪に伝授する場面も無い。

だが、「田丸具房物」から派生した実録『寛永南島変《かんえいなんとうへん》』（堀麦水《ばくすい》著・宝暦十三年〈一七六三〉成立[*4]）には、「六甲六遁（ママ・道）の法に達ししのひに妙有。妙術殊にくはしかりけれとも、老人故玄札《げんさつ》（筆者注・首謀者の一人天草玄札）に皆々ゆつりけると也。妖術は戦場には還《かえっ》て軍心を弱ます事あるとて、芦塚強イて留しと也」（巻一「魁悪六子伝」）と、宗意軒が妖術を備えていながらも、軍師芦塚忠右衛門《あしづかちゅうえもん》の指示によって用いず、天草玄札に伝えたことが記されている。「田丸具房物」よりは、宗意軒の妖術遣いとしての性格を押し出していると言える。興味深いことに、この実録の続きには「由井民部之助（割注―民部之助という名について―略）に逢しと云は森宗意天草玄札也」（同章）と、正雪との関わりが見え、巻十三「由井正雪伝」でも、正雪が宗意軒と玄札から妖術を授かった事に触れている。

一見すると『寛永南島変』が『慶安太平記』に影響を与えたようだが、実際には『慶安太平記』の方が先に成立したようだ。右の引用部分直後の、麦水によると思われる割注に『慶安太平記』の名が挙がっているからである。「田丸具房物」よりも妖術遣いとしての性格を前面に出し、正雪と出会うことは、むしろ『慶安太平記』の影響と判断できる。

この他、『慶安太平記』や「田丸具房物」と同時期に作られたと考えられる石川五右衛門物の実録『賊禁秘誡談《ぞくきんぴせいだん》』では、小西行長に仕える以前、医師としての宗意軒が登場する。五右衛門とは茶の湯を通じての昵懇であり、忍術遣いの五右衛門（術は百地《ももち》三太夫から習う）と宗意軒とが友人という設定は、やはり宗意軒が妖術遣いであることを想起させる。

全てではないが『慶安太平記』成立までにうかがえる森宗意軒像はおおよそ右のようである。個々の作品での多少の差違はあるにせよ、これらの人物像はその後も踏襲される。本稿では取り上げる余裕はないものの、その中で、薩摩藩士伊地知《いじち》季安《すえやす》が幕末に記した『寛永軍徴《かんえいぐんちょう》』（島原の乱の薩摩藩の動向を記した記録）巻四は[*5]、星野寿庵《じゅあん》による覚書や聞き書きを引用して、宗意軒の生まれ育ちや、実録類には見られない妖術の数々など、伝説化した宗意軒の姿を記していることが目を引く。星野寿庵の実像は不明であり、この覚書（原本は所在不明）の内容も検討が必要だが、当時の人の認識では、事件と宗意軒、宗意軒と妖術とが切り離せなくなっていることを示している。

話を『慶安太平記』に戻すが、天草島海浜での正雪と宗意軒の出会いの場面は、こうしてみると、管見の資料に拠る限りでは、『慶安太平記』以前の作品（右で紹介しきれなかったものも含む）には見えない。つまり、『慶安太平記』によって形成・定着したものと考えるのが妥当と言える。宗意軒の存在はすでに『嶋原実録』群などで有名になっていたはずで、『慶安太平記』の作者（実録を種本とする講釈師が想定される）は当然知っていたであろう。また、「田丸具房物」群の物語のはじめの方では、一揆の中心となる六人の浪人（ここには宗意軒はいない）が海上で釣りをしつつ密談する場面があることから、『慶安太平記』はこの場面を利用して釣りをする宗意軒を設定し、そこに太公望の姿を重ね合わせたのではないか、と推測できる。

三　宗意軒との出会いの場面の拡がり

『慶安太平記』で形成された正雪と宗意軒の邂逅の場面は、後続のさまざまな作品に取り入れられている。すでに先学によって指摘されているが、たとえば、早い例と思われるものでは、安永九年（一七八〇）一月江戸外記座初演の浄瑠璃「碁太平記白石噺《ごたいへいきしろいしばなし》」第三がある。[*6] 演じられる場面ではないが、宇治兵部助《ひょうぶのすけ》（民部之助を効かせる）が武者修行で西国を廻り、洞理軒《どうりけん》（宗意軒のもじり）の門弟の列に並び妖術を得たことが、本文に記される。[*7]

文化六年（一八〇九）刊の読本『泉親衡物語《いずみのちかひらものがたり》』（二世福内鬼外作）は、「田丸具房物」の影響が強い作品である。その中に巻一「蟇目の寄特」章末において、妖術を遣う悪僧伝察《でんさつ》が、命を助けられる代わりに信夫太郎宗門（泉親衡）に妖術を教え、自らは堀松樹軒《しょうじゅけん》と改名して一味に加わる場面がある。[*8]『慶安太平記』の邂逅場面とは相当に印象が異なるが、主人公に宗意軒が妖術を伝授する、という構図は一致する。「田丸具房物」には宗意軒と正雪の出会いは無いが、先述のように『寛永南島変』には存在し、そこではまた、玄札が妖術を宗意軒より伝えられることも思い合わせると、『泉親衡物語』はその影響を受けたのかもしれない。いっぽうで、この作品は『慶安太平記』の影響も受けており、[*9]そちらの方を利用した可能性も考えられる。

もっと『慶安太平記』に近い例では、「天草軍記物」や「黒田騒動物」に材を得ている合巻『白縫譚《しらぬいものがたり》』[*10]の、五編と六編（柳下亭種員《りゅうかていたねかず》作・歌川豊国画、嘉永四年〈一八五一〉刊）がある。[*11]大友宗麟の娘若菜姫が肥前嶋山の海辺で桑楡軒《そうゆけん》と出会い、剣術軍法を伝授される（若菜姫はすでに蜘蛛の妖術を身につけている）というものである。

実録へ影響を与えた例もある。文化期（一八〇四～一八）前後に成立したと考えられる『荒川武勇伝』巻十六では、父の敵を探すために廻国をしている荒川主水次男大秀が天草島にいたり、釣りをしている宗意軒に出会う場面がある。[*12]ここでは、大秀に幻術を教えるのではなく、正雪の大望を見破ったように、大秀の人相を見て敵討ち成就の予言をするという、人相見の方の宗意軒像を利用している。他の作品のように大秀が妖術を伝授されなかったのは、敵を討つ大秀が正義の側の人物であり、邪の側にある妖術はそぐわないからだろう。妖術の伝授がないのに、大秀を天草まで行かせたのは、宗意軒を登場させるという、読者に向けての作者のサービスと思われる。このことは、宗意軒の知名度が高まり、天草と言えば宗意軒、というような認識も、作者や読者に生じていることをうかがわせる。

「天草軍記物」実録のうち、おそらく内容面での最後の成長と考えられる『参考天草軍記』（明治十六年〈一八八三〉刊・栄泉社今古実録シリーズ）[*13]は、『慶安太平記』のこの場面を本文もほぼそのままに取り込んでいる。これは先述の『寛永南島変』における『慶安太平記』の取り込み方とは異なり、『寛永南島変』と『参考天草軍記』の直接的な影響関係は想定しにくい。むしろ、『参考天草軍記』は、『慶安太平記』はもちろん、『泉親衡物語』や『白縫譚』などに触発され、独自に『慶安太平記』を取り込んだのではないだろうか。『参考天草軍記』の本文は、この後刊行されたボール表紙本など活字本にほぼそのまま利用され、最終的には大正七年（一九一八）刊『近世実録全書』第十二巻（早稲田大学出版部刊）所収の「天草騒動」にまで行き着く。「天草騒動」は、「天草軍記物」に由井正雪が登場するという現代の認識を定着させることに一役買っていて、その影響力は強い。

四　挿絵に描かれた正雪と宗意軒の出会い

『慶安太平記』は、明治期になると盛んに出版される。絵本だったり、和装の「活字翻刻本」だったり、ボール表紙本だったりするわけだが、それらには挿絵を備えているものが多い。

写本の実録は挿絵が無いため、描く場面の選択は本を作る側の判断によるが、正雪と宗意軒が出会う場面はたいがい描かれている。宗意軒が妖術を示すという、絵になりそうな場面というばかりでなく、『慶安太平記』の要所と認識されてもいたのだろう。

国立国会図書館に所蔵される明治期刊行の『慶安太平記』（実録のほか、絵本も含む）には、この場面の挿絵を備えるものが二十八点確認できる。これらを並べてみると、構図の面から大きく五つ（仮にa～eとする）にわけることができ（本稿末図参照）、それぞれの中では、明らかに同系の先行の絵を模倣したり、そのまま利用したと考えられるものが多い。このうち、aは浜辺で宗意軒が立ちながら正雪に妖術を見せる図である（図a・明治九年〈一八七六〉小林鉄次郎刊、五雲亭貞秀画）。海辺を背景に二人が描かれることはdまで共通するが、aのタイプはこれしか見つかっていない。

太公望（福岡県立図書館所蔵『画筌』）

琴高仙人（福岡県立図書館所蔵『画筌』）

ｂは座る宗意軒が印を結んで化物を正雪に示すもので（図ｂ・明治十二年頃東京大橋堂刊、画者不明）、宗意軒が正面座像で描かれるのが特徴である。この構図は宗意軒が妖術で大蛸を出すものが多く（図ｂ２・明治十九年東京豊栄堂刊、画者不明）、同じ構図で別人が描いている例が少なくない。また、正面像ではなく、岩に敷いた薦に座り、正雪と顔を合わせているだけのものもあり（明治二十年東京錦耕堂刊、画者不明）座っている姿はｂに拠っていると考えられる。ｃはｂに近い構図で、正面図（座像立像いずれもある）の宗意軒が龍を出している（図ｃ・明治十四年東京宮田孝助刊、孟斎芳虎画）。ｄはやはり妖術を示す宗意軒だが、鯉に乗る図である（図ｄ・明治十五年栄泉社刊、画者不明）。明治二十年東京正文堂刊のものや翌年東京大川屋刊のものは、この絵をそのまま利用している。バリエーションの中には鯉にまたがっている構図もある（図ｄ２・明治十九年大阪駸々堂刊、後藤芳景画）。

ｅは一風変わっていて、釣りをする宗意軒の図である（図ｅ・明治十八年東京日月堂刊、稲野年恒画）背後から深編み笠を被った正雪が様子をうかがっているのが構図の定型であり、この絵はそのまま後のものに利用されていることが多い。構図がほとん

図a

図b

図b2

図c

図d

図d2

図e

ど似ているが、宗意軒が顔を上げているもの（明治十九年東京伊随又七刊など、画者不明）もある。

このうち、ｂやｃの正面像の宗意軒については、一魁斎芳年「毛利宗意軒・天狗小僧霧太郎・楠胡摩姫」[*14]や、明治四年の歌川芳滝「術競浪花功・宇治常悦　中村宗十郎」[*15]（常悦の背後に宗意軒が描かれる）といった一枚刷り錦絵に類似を認めることができる。宗意軒の描き方のひとつと認識されていた可能性がある。ｄ、ｅについては、先述のように、琴高仙人や太公望の面影があり、これらの図を彷彿させる（240ページ参照）。すでに江戸時代にはこれらの絵の構図は定型化を見せており、それらが念頭にあったと思われる。ｅやｅ２（あるいはｂ）では宗意軒が草や薦に座っているが、太公望の絵にも同様のものがあり、それを踏まえているに相違ない。

つまり、明治期刊『慶安太平記』のこの場面の挿絵の多くは、画題として定着していた（きつつあった）先行の絵の構図を利用して描かれ、それらがまた定型化していった、ということになる。

おわりに

以上、『慶安太平記』における、由井正雪が海辺で森宗意軒と出会う場面を取りあげ、内容を分析するとともに、その拡がりを考えてみた。『慶安太平記』における行動や他の作品での姿を見ると、森宗意軒は、決して主人公にはならないものの、近世文学における謀叛劇の名脇役であると言える。宗意軒が登場する文学作品は他にもあり、それらの整理は必要だが、今後に期したい。

注

（1）「山田右衛門佐口書」（国立公文書館内閣文庫蔵）
（2）近松全集刊行会編『近松全集』十一巻（岩波書店、一九八九年）所収。
（3）北海学園大学北駕文庫蔵（国文学研究資料館マイクロ資料参照）
（4）国立国会図書館蔵麦水自筆本による。
（5）『鹿児島県史料　旧記雑録拾遺伊地知季安著作史料集』一（鹿児島県、一九九七年）
（6）日野龍夫「近世文学に現れた異国像」（中央公論社『日本の近世』一所収、一九九一年）
（7）『浄瑠璃集』（小学館新編日本古典文学全集七七、二〇〇二年）所収。大橋正叔校注・訳。
（8）佐藤悟「『泉親衡物語』と『白縫譚』―七草四郎ものの系譜」（『読本研究』第十輯上套、一九九六年十一月）
（9）注（8）に同じ。
（10）高田衛監修・佐藤至子編・校訂『白縫譚』上（国書刊行会、二〇〇六年）
（11）注（8）に同じ。
（12）拙稿「敵討ち物実録「創作」の一方法―『荒川武勇伝』を例に―」、（『文学』第十六巻四号、二〇一五年七月）
（13）国立国会図書館蔵
（14）早稲田大学演劇博物館浮世絵閲覧システム参照。作品番号201-3384
（15）早稲田大学演劇博物館浮世絵閲覧システム参照。作品番号016-2032

※資料の閲覧・画像の掲載を許可してくださった各機関にお礼申しあげます。
※本稿は、ＪＳＰＳ科研費（課題番号16K02408）の成果の一部である。

歌川国貞が描く合巻の浜辺
——京伝黄表紙との比較から

津田　眞弓

はじめに

かつて、歌川国芳の合巻における猫図、山東京伝の黄表紙における馬図について報告した。[*1] その際に、草双紙にはジャンルの事情や嗜好で取り上げない事柄があったことを確認し、作中で扱う材料がある程度決まっていたのではないかという思いを強くした。

例えば、今日なお人気が高い国芳の猫。擬人化された猫は、草双紙では初期の赤本から黄表紙まで、嫁入りや化物で馴染みのキャラクターだった。国芳にはこの伝統に則り、かつ自身の新機軸として人気を博した曲鞠の猫図や役者似顔を加味したヒット作『朧月猫草紙《おぼろづきねこのそうし》』（山東京山作、天保十三年〈一八四二〉初編刊）がある。しかし、その余波で作られた僅かな作以外、国芳が絵を担当した百を越える合巻の中で猫を活用しようという形跡が見えない。十九世紀初頭に始まる合巻では、敵討ちやお家騒動の物語が人気を博し、擬人化した動物や化け物、また笑いを生んだ人気キャラクターは退場を余儀なくされていた。[*2] 浮世絵で国芳の猫が人気でも、ジャンルの嗜好が優先されたのである。

そして馬。京伝黄表紙には馬を題材にした作が少ないうえに、馬は日常の光景の中に描かれることはあっても、ほとんど擬人化されていない。赤本・黒本・黄表紙の時代を通じて、白鼠、狐、猫、犬、猿、鳥、魚、世帯道具などが擬人化されるのとは対象的である。先に述べた通り、このことは草双紙には扱うべき画題とそうでないものがあったということを想像させる。

この項に課せられた合巻における浜辺について、右に連なる作業を行いたい。二千五百を超える合巻のすべてに触れるのは今後に期し、その端緒として、時々の最も注目される作者と組んだ人気絵師、初代歌川国貞が絵をつけた作を見る。国貞は合巻の創生期にデビューし、文政期以後（一八一八〜）は師の豊国の後を受けて、浮世絵や合巻の中心にいた。文字通り彼が国貞を名乗った天保改革以前の作からは、合巻が花開く中で形成された読者の嗜好が追えよう。

一　浜辺が描かれた国貞合巻

初代歌川国貞が生涯に絵をつけた合巻の数は、国文学研究資料館の古典籍総合目録データベースの上で三六二ある。[*3]これから天保十四年以後のものを引くと、二七九になる。長編合巻の各一編を一資料として数え（例えば、その資料が全五編あれば5とする）、諸般の事情で調査ができなかったものや、合巻に分類しかねるものを除き、今回は三五九の資料を対象にした。[*4]

このうち、効果的に浜辺が使われていた『敵討富士之白酒《かたきうちふじのしろざけ》』を例として示そう。文化五年（一八〇八）刊、山東京山の作である。[*5]梗概は以下の通り。

【上巻】建久の頃、東海道の原・吉原間の松原で白酒を売る久作の店に雷が落ちた。漢籍にある雷獣が天から降ってきたので、生け捕って樽に押し込め祀っていた。その噂を聞いた源頼朝配下の壇野桂之助家臣の清見関平《せき》太が、自分が生け捕ったことにして武功を立てようと久作に金を与えて引き取る。

主君家中へ雷をお披露目する時、その正体が小猿だとわかる。桂之助は怒って関平太を松原三保之進に打擲させ、阿呆払いとした。逆恨みから関平太は、三保之進が殿から預かる三日月丸を欲している近江の菊池家に奉公しようと、刀を強奪。三保之進は惨殺され、応戦した妻の羽衣が生き残った。

関平太は逃亡途中、恨みに思う久作を斬り殺す。孝行な娘の弥生・息子の雛二郎は敵討ちを決意。金も師もなくひたすら神に祈って練習していると、毎夜山伏が稽古をつけにくる。

一方、桂之助は刀が奪われたと聞き三保之進の家を閉門に処す。羽衣と息子の浜若だけになった家に侵入者が押し入ったので斬りつける。それは、勘当された弟の良助だった。兄一家の窮地に剣の在処を知らせにきた弟の思いをかなえ、その今際のきわに、勘当を許す。

伊勢の黒浜に故ある漁師鳥羽六が、妻のおかぢと息子の峰松と暮らしていた。鳥羽六は偶然関平太と意気投合し、菊池家に奉公する計画の片棒を担いで、関平太が出かける間、三日月丸を預かる。

鳥羽六は、羽衣親子が刀を追って伊勢へ向かう途中で悪人に絡まれているところに出くわし、二人を助けて家に保護する。

鳥羽六の家で、羽衣はかつての侍女に出会う。おかぢは、鳥羽六と密通して身ごもった時に、駆け落ちさせてくれた羽衣に恩義を感じていた。おかぢは羽衣の話を聞いて驚き、夫に関平太の悪巧みに手を貸さないように説得する。

【下巻】夫婦の会話を盗み聞きする羽衣は、鳥羽六の改心にほっとするが、おかぢは、夫が縁の下に潜り込むのを目撃する。夫と主人の間に挟まれて苦悩するが、眠る子に別れの乳を含ませて、寝ている浜若と取り替える。

床下から飛び出す刀が子供を殺す。狂乱しかかる羽衣に、おかぢが浜若と三日月丸を渡して逃がす。鳥羽六が刀を持つおかぢの腕を切り落とすが、命がけで主人親子を逃がす。我が子を殺して動転する鳥羽六は、妻の罵倒に怒って胸を刀で突いて殺す。

切られたおかぢの腕は刀を握ったままだった。羽衣親子が供養するとおかぢの幽霊が出てきて見守ると約束する。親子は関平太を追いつつ武運を祈って伊勢参詣に足を向け、子供ががんぜなく山田で浜遊びをする。その後、曾根崎で鳥羽六に捕まり、羽衣は大きな碇に縛られ乱暴される。そこへ若者が助けに入り、鳥羽六を碇にくくりつけて海に投げ込む。

若者は関平太を敵とする雛二郎だった。雛二郎は鳥羽六の弟のふりをして、関平太を待つ。関平太は菊池家に奉公しようとするが、おかぢの霊によって挙動不審となり失敗、刀を売るために戻ってきた。敵討ちの好機に浜若が疱瘡にかかり危篤となる。医者が見放した子供の胸に良助の霊が入り、疱瘡神を追い出し回復させる。

羽衣親子、雛二郎姉弟は関平太を浜辺にて敵討ちをし、やってきた鳥羽六も討ち果たす。主君の桂之助に三日月丸を持参して報告をし、いずれも一家に取り立ててもらうことになった。

本作は書名からすると白酒売り一家の物語のようだが、物語の主眼はかつて主従関係だった二人のヒロインの受難にある。白酒にちなんだ名前の久作・弥生・雛二郎親子は、物語の首尾で枠組みを構成する役割で、悲劇の発端を作り、敵討ち成就の助けとなった。一方、松原三保之進・羽衣・浜若一家、鳥羽六・おかぢ夫婦と海に縁ある名前の登場人物を物語の中心に据えている。特に夫と家を失って幼子とともに敵討ちに出る気高い羽衣には、海辺で鳥羽六に救われる場面、大碇に縛り付けられて乱暴される場面に、またかつての主人を思い、恩人殺しを辞さない夫の本性を見抜けず長年肌を許していたことに悩むおかぢには、夫に腕を切られても主人親子を逃がす場面に浜辺図が用いられてお

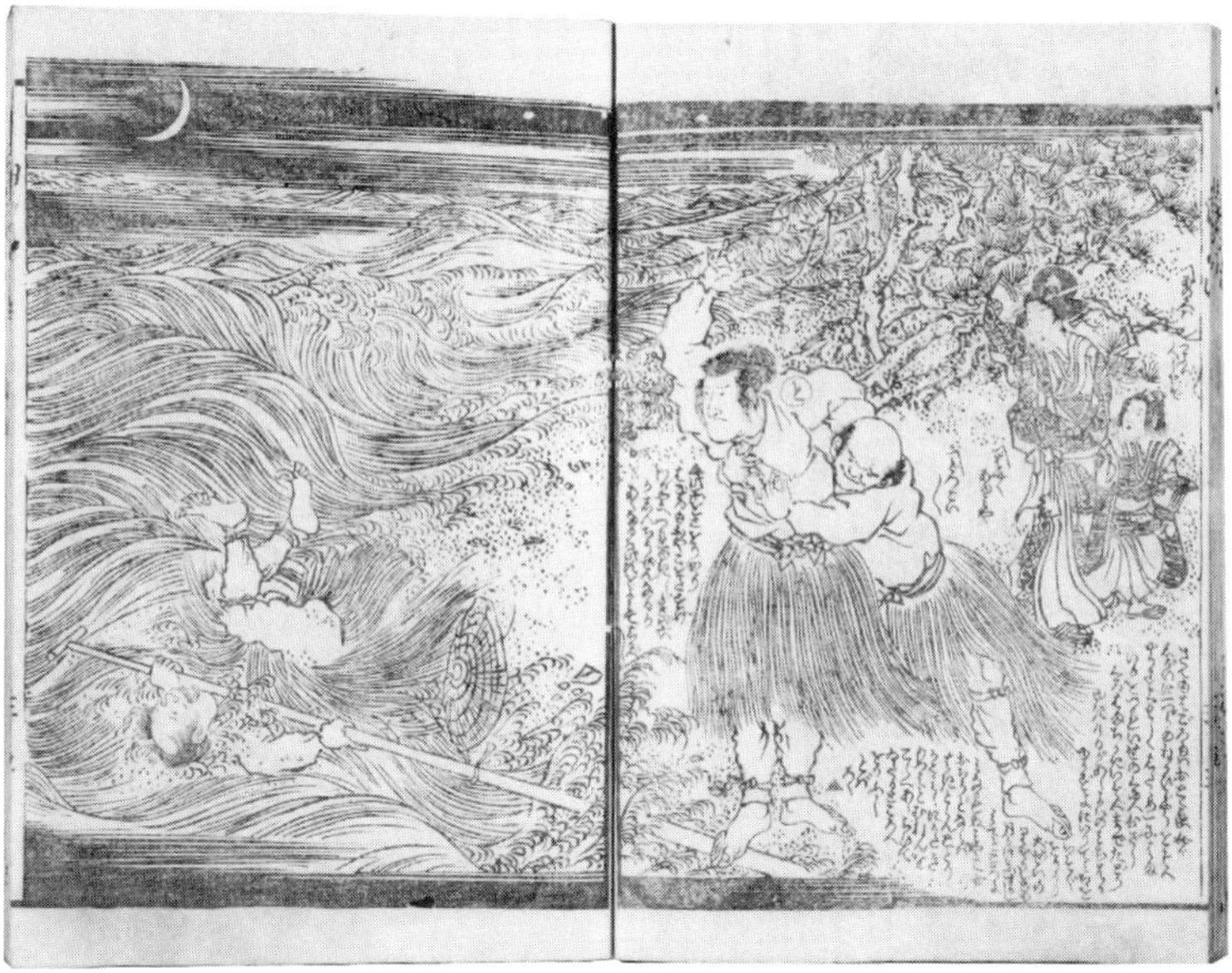

図１　『敵討冨士之白酒』十三丁裏・十四丁表（早稲田大学所蔵）

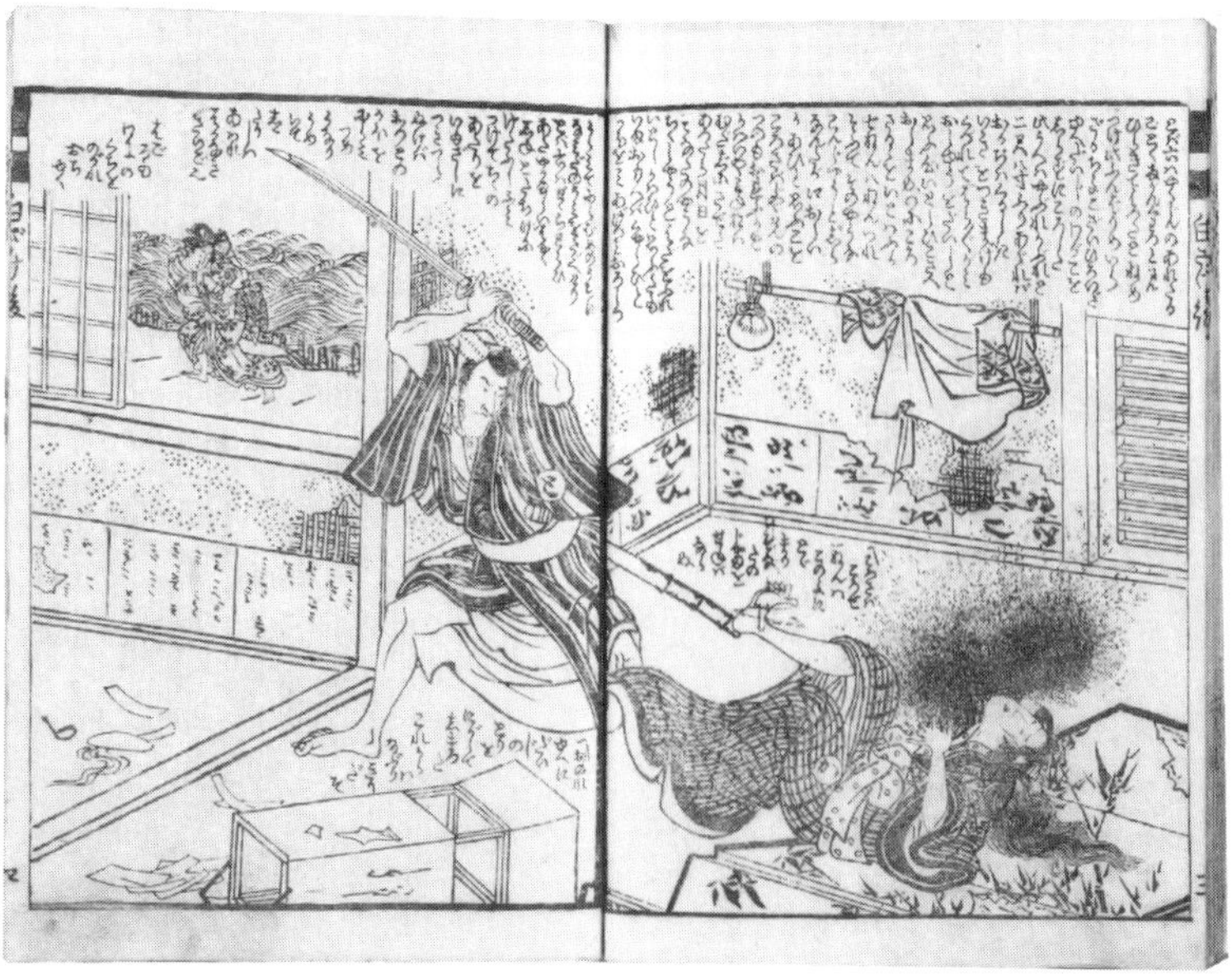

図２　同、十八丁裏・十九丁表

図３　同、二十一丁裏・二十二丁表

図４　同、二十二丁裏・二十三丁表

り、話と絵の見せ場になっている。

では、浜辺に関わる場面とその図を確認しよう。本作には口絵と最後の京山図を除いて、物語に関わる所は全部で三十二図ある。この中で浜辺が絵に描かれているのは、①鳥羽六が羽衣親子を助ける場面（十三丁裏・十四丁表）【図1】、②鳥羽六がおかぢを殺す家の窓から遠くに見える浜辺を逃げる羽衣親子（十八丁裏・十九丁表）【図2】、③鳥羽六が羽衣を大きな碇にくくりつけて折檻する場面（二十一丁裏・二十二丁表）【図3】、④雛二郎が鳥羽六と戦い羽衣親子を助ける場面（二十二丁裏・二十三丁表）【図4】の四図。このほか、文中では浜とあるが、人物だけを描いて浜を描いていない場面が二カ所ある。⑤浜遊びをする羽衣親子（二十二丁表）、⑥関平太と鳥羽六を討つ場面（二十八丁裏・二十九丁表）の二ヶ所である。

見せ場で海辺を効果的に使用しているとはいえ、場所も登場人物も海の縁でまとめているにしては、数が少ないように思われる。特に最大の山場であるはずの敵討ちで背景の海辺が描かれないのは興味深い。画中の人数が多いために絵の混雑を避けたのかもしれないが、砂子すら描かれていないのは、何故だろう。また、海辺の場面を描いた部分を見てみると、波の線を多用して迫力のある大海原を描いた図2、砂浜をクローズアップした図3、山や船など遠景を取り込んだ図4と、海の書き方は一様でなく単調にならない配慮がみてとれるが、室内や建物、山中の方が手慣れており、描き込みも多い。

以上が、浜辺を効果的に用いた合巻『敵討富士之白酒』である。この時期の合巻は殺戮場面が多用されるが、残酷な場面をそれほど用いず、女性の切々とした気持ちに紙幅を割いた京山らしい作であり、国貞も細部まで丁寧に絵をつけ、大碇にヒロインをくくりつけた浜辺での見せ場や、迫力がある海の絵を描いた。とはいえ本作は京山と国貞がデビューした翌年に刊行されたもので、まだ作者の兄（京伝）と絵師の師匠（豊国）が応援に名前を出している、いわば習作の類である。海にちなんだ名前の人物を揃えて海辺を舞台にするのは、むしろ習作だからこその試みと思えてならない。なぜならば、彼らの業績を鑑みても海を扱う作が思いの外少ないからだ。

二　海を描く国貞合巻

これから国貞合巻の全容を見るが、合巻では作者が絵組を指示するので、国貞が組んだ相手も確認しておこう。この時期の国貞が組んだ主要な相手は、山東京伝・曲亭馬琴・式亭三馬・十返舎一九・山東京山・柳亭種彦・墨川亭雪麿・式亭小三馬・美図垣笑顔など戯作者のほかに、市川團十郎・尾上菊五郎・瀬川路考・中村芝翫・鶴屋南北・二代目立川焉馬・林屋正蔵といった歌舞伎や落語など芸能関係の名前が目立つ。文政期は柳亭種彦の『正本製《しょうほんじたて》』シリーズに代表されるように、歌舞伎の舞台が意識される作が多く作られた。歌舞伎関係者名義の作はもちろん、小三馬などは人形使いも含めた舞台としての浄瑠璃の写しを作に取り込んでいる。

では、国貞が本文中に浜辺を描いた資料はどのくらいあるだろうか。試みに、次の三種に分類してみた。一に印象的な場面に使われているもの。二に、物語や場面の場所を説明しているもの。三に、意匠や雰囲気作りに使われているもの。以下に挙げてみよう（書名に重複あり）。

●見せ場　18作（27図）

『敵討富士之白酒』（ヒロイン救難2、同逃亡1、同折檻1）、『敵討賽八丈』（戦闘1、切腹1）、『復讐爰高砂』（決闘1）、『颪雲井物語』（拉致1）、『扇々爰書初』（遭難1、拉致1）、『国性爺倭談』（ヒロイン拉致1）、『松竹梾女水滸傳』後編（殺人1）、『昔模様戯場雛形』（拉致1）、『忍弾仇汐汲』（ヒロイン拉致1）、『燈籠踊秋之花園』（戦闘2）、『三

国白狐伝』(殺人1)、『帯屋於蝶三世談』(怪異1)、『後三年手煉義家』(殺人1)、『新編金瓶梅』五編(自刃制止1)、同八編(自害1)、『小町紅牡丹隈取』(戦闘2、ヒロイン拉致1、自害1)、『肱笠雨小春空癖』(決闘1)、『江戸紫手染色揚』初編(殺人未遂1)

●舞台設定・場面説明　37作(57図)

『松梅竹取談』(1)、『吾嬬織角觝大全』(1)、『昔語釜箇淵』(1)、『千葉館世継雑談』(1)、『児ケ淵桜之振袖』(1)、『松竹梾女水滸傳』後編(1)、『正本製』四編(1)、『忍弾仇汐汲』(2)、『三国白狐伝』(1)、『帯屋於蝶三世談』(1)、『後三年手煉義家』(1)、『児桜法華房』(1)、『姫万両長者鉢木』(1)、『契情身持扇』(1)、『雁金紺屋作早染』(2)、『絵図自慢歌妓容気』(1)、『菊寿童霞盃』初編(1)、『雲竜九郎偸盗伝』(1)、『伊呂波引寺入節用』(1)、『偐紫田舎源氏』三編(1)、同十七編(2)、同十八編(6)、同十九編(3)、二十編(5)、同二十一編(1)、同二十二編(1)、同二十三編(1)、同二十四編(4)、同二十六編(2)、同三十一編(1)、『新編金瓶梅』四編(1)、同五編(1)、同八編(1)、『小町紅牡丹隈取』(1)、『肱笠雨小春空癖』(3)、『昔語尾花振袖』(1)、『花楼閣高峯太鼓』(1)

●意匠　2作(2図)

『復讐妥高砂』(1)、『偐紫田舎源氏』十八編(意匠1)

以上、八十六図となった。一見少なくない数だが、見所に用いている作はわずかに十八作にすぎない。どれも教信上人、お駒才三、国姓爺、汐汲、古今彦惣、松浦佐用姫、小町、助六など演劇的世界を使った作である。さらに言えば、作品や場面を特定するため一度だけ浜辺を描く場合が少なくなく、磯の様子は印象的には描かれているとは言い難い。前述の『敵討富士之白酒』のように、背景の浜辺が消されていることすらある。日本がこれだけ海岸に囲まれ、海道の往還が多かったことを思うと、意外な結果だった。

参考までに、浜辺はなくとも海に関わる図を含む作を数えてみた。数は二十四。しかし座敷から見える風景などが多く、積極的に海を描く作は、僅かに以下の十二作しかない。

●海上――京伝『松梅竹取談』（文化六年）、岡山鳥『菅原流梅花形』（文化七年）、京山『偖其後稲妻物語』（文化八年）、三馬『女水滸伝』後編（文政四年）、種彦『鯨帯博多合三国』（文政五年）、団十郎／五柳亭徳升代作『児ケ淵紫両人若衆』（文政八年）、種彦『偐紫田舎源氏』十七編（文政十二年）、中村芝翫／花笠文京代作『昔語尾花振袖』（天保五年）、馬琴『新編金瓶梅』六編（天保十年）、同八編（天保十二年）

●竜宮――式亭三馬『玉藻前竜宮物語』（文化五年）

●海の怪異――十返舎一九『復讐西海硯』（文化六年）

合巻の創生期には草双紙で古来馴染みのある竜宮や化け物を例外的に扱ったものが多く見える。特に『復讐西海硯《かたきうちさいかいすずり》』は化け物が得意の十返舎一九の作で、いつもと違う西洋風にみえる怪異が珍しい。ロシアやイギリスなどの脅威が視野に入っているのだろうか。これらの作は浜辺を描く場合より海を印象的に描いてはいるとはいえ、荒海に見まごう川や、情趣ある船上や水辺の図は川の方が多い。合巻の物語の舞台としては海より川が好まれたと言えそうだ。

因みに、海上図を含む作は右に示した通り、文化期や文政前期の短編合巻が多い。天保期（一八三〇～一八四四）に入って増えてくる古典的世界を用いた長編合巻では、浜辺以外の海図の出番が減じている。周知の通り浮世絵では、天保初期に葛飾北斎の『冨嶽三十六景《ふがくさんじゅうろっけい》』、歌川広重の『東海道五拾三次《とうかいどうごじゅうさんつぎ》』以来、「神奈川沖浪裏」図に代表される名所絵が大きな脚光を浴びた。けれど、市場でどれほど人気を得ても合巻への影響が少なかったことがわかる。この点は、前述の猫図と同じ現象である。

一方、天保後期でも海図が用いられるのは長編合巻の『偐紫田舎源氏《にせむらさきいなかげんじ》』で、『源氏物語』の「須磨」・「明石」に相当する箇所である。元の世界に従っているからだが、古典の世界に従うという点では、次のような例もある。例えば草双紙に頻出してきた源平合戦の海戦。歌川国芳の義経伝を描いた『花櫓詠義経《はなやぐらながめのよしつね》』(美図垣笑顔作、天保十一年刊)では、武者絵で人気を博した国芳らしく大物浦の荒れる海を印象的に描く。けれど、『花櫓詠義経』は、読者に国芳の武者絵を堪能させているにもかかわらず、表紙は国芳ではなく、萬歳に扮する若い男女を中心にした絵を国貞に描かせている。既に拙稿(前出注1)でも指摘したが、『軍要武者硯《ぐんようむしゃすずり》』(天保十三年刊)など序文に国芳の武者絵を見せると書いて売り物にしても、人気の上回る国貞が表紙を描く合巻が散見する。十九世紀前半のこのジャンルの嗜好として、世話物を中心とした芝居がかりの世界や、古典文学に由来する優雅な世界が中心にあり、風景画や武者絵が人気を博そうとも、制作者は前面に推さなかったということではないだろうか。

以上、初代国貞合巻における浜辺図を概観した。海や海辺の地域に縁がある世界に由来した作例を見出したが、数の上では浜辺ばかりか海も重用した作が少なかった。図1の『敵討富士之白酒』の印象的な磯辺の図は例外的ですらあり、海へと目を転じても、効果的に用いる例は少ない。背景としては『源氏物語』の須磨・明石の世界で、積極的に浜辺や海を描く意識が見られたが、長編合巻の紙幅の余裕が数を多くしているのかもしれない。ともあれ海図の多くは、世界という認知された物語の枠組を、趣向という種々の工夫によって新鮮に提供する娯楽的近世文芸の作法に従って用いられているが、世界を趣向によって逆転させるのも手法の一つなので、京伝の『女俊寛雪花道《おんなしゅんかんゆきのはなみち》』(文化八年)のように、俊寛物にも関わらず浜辺や海をほとんど出さないという作もある。海にちなんだ武者絵や風景画といった浮世絵の流行は反映しなかったことを考え合わせても、多くの読者がこのジャンルに求めたのは、海とは縁遠い世界だった。

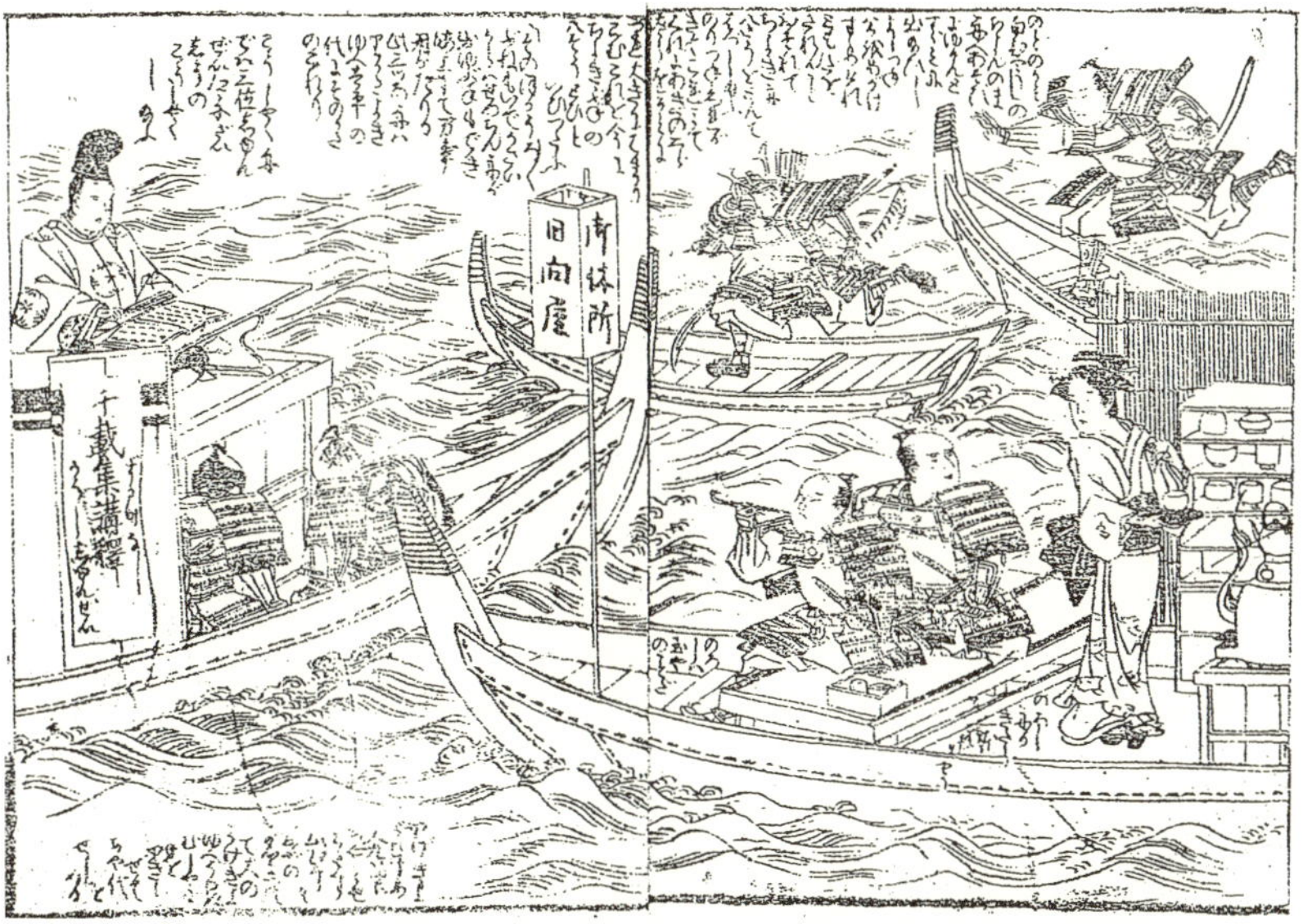

図５　『冷哉汲立清水記』十二丁裏・十三丁表（慶應義塾大学所蔵）

三　京伝黄表紙が描く海

合巻の主流をなした作に海図が少ないことを考えるため、時代を少し遡り、山東京伝の黄表紙を概観する。周知の通り、京伝は寛政改革の前後を通じて活躍した唯一に近い存在である。ジャンルの流れを見るには適した人物といえよう。『山東京傳全集』の黄表紙を扱う五巻分に入る一一六点[6]を対象とすると、浜辺図を積極的に使用している作は、源平合戦をやつした『冷哉汲立清水記《ひゃっこいくみたてせいすいき》』（寛政二年）、竜宮が出てくる『名産梅枝伝譜《めいぶつうめがえでんぶ》』（天明八年）、『箱入娘面屋人魚《はこいりむすめめんやにんぎょう》』（寛政三年）、『竜宮羶鉢木《たつのみやこなまぐさはちのき》』（寛政五年）の四作しかなかった。これらは隅田川三叉付近にあった九六七七坪余の中洲を話柄としている。この埋めたて地は安永期から天明期に茶屋や湯屋が林立して人々を集めたが、寛政元年に川の修復で取り払われ、同二年に水面に戻った。[7]故に、『冷哉汲立清水記』に「八嶋の海は、両国・中洲のごとくなり」（十二丁表）とあるように、描かれる海はあくまで隅田川の仮託に過ぎない【図5】。

古来親しまれてきた文学的世界を使って江戸の今を描く黄表紙の作法が確認されるが、浜辺はおろか海に関しては中洲の埋め戻しくらいの大事件がない限り使用しないのではないかという疑念もわく。そもそも、竜宮とは言っても『名産梅枝伝譜』で海と川の事柄が語られ、『箱入娘面屋人魚』で龍王の娘乙姫の男妾の浦島太郎が利根川の鯉と相惚れして人魚が生まれるように、京伝作中の龍王は海だけでなく淡水をも治める存在で、竜宮は海を描くためだけの題材ではない。また『俠中俠悪言鮫骨《きゃんちゅうのきゃんあくたいのきょうこつ》』(天明五年)や『荏土自慢名産杖《えどじまんめいさんづえ》』(文化二年)のように擬人化された海の生物が人間と同じような空間に暮らし、海そのものが描かれていないという作も散見される。

ここから視点を少し広げて、浜辺に限らず、一図でも海を描く作を数えてみる。比較のために川図と並べると、当代の人々の川に対する親しみの深さが見て取れる。なお、冒頭の馬を扱った黄表紙同様、海図の出現は時期によって多寡があるので、試みに年号で区切って、作数を一覧するとこの通りになる。

●安永期(一七七八~一七八〇)5——海0、川1(0%:100%)
●天明期(一七八四~一七八八)27——海3、川16(16%:84%)
●寛政期(一七八九~一七九九)68——海24、川29(45%:55%)
●享和期(一八〇一~一八〇三)14——海3、川6(33%:67%)
●文化期(一八〇四~一八〇六)12——海2、川6(25%:75%)
全期合計——海32、川58(36%:64%)

右の通り、寛政改革後の一時期に海図が増えている。改革の影響が大きかった寛政・享和期の黄表紙の詳細を見てみよう。

●異国〈8〉——『早道節用守』（不思議な力で海外へ飛行する）、『女将門七人化粧』（異国の島）、『霞之偶春朝日名』（朝比奈異国渡り）、『桃太郎発端話説』（浜辺の雀、流れてくる葛籠）、『福徳家宝兵衛伝』（羽衣、異国）、『小人国毂桜』（小人国）、『諺下司話説』（屁臭国）、『和荘兵衛後日話』（異国）

●竜宮〈3〉——『竜宮羶鉢木』（竜宮、浦島太郎）、『正月故事談』（竜宮）、『人間万事吹矢的』（竜宮）

●古典〈3〉——『玉磨青砥銭』（大磯傾城・汐汲）、『冷哉汲立清水記』（源平合戦）、『化物和本草』（源平合戦）

●旅、近郊〈9〉——『箱入娘面屋人魚』（品川沖）、『人間一生胸算用』（江ノ島が見える浜辺）、『八百万両金神花』（東海道沿いの風景）、『新板替道中助六』（東海道・品川）、『貧福両道注之記』（旅行）、『凸凹話』（親不知子不知の難所、東海道の海渡り）、『一刻価万両回春』（旅路の芭蕉）、『悟衢迷所独案内』（親不知）、『分解道胸中双六』（絵の中）

●釣り〈2〉——『児訓影絵喩』（沖釣り）、『仮名手本胸之鏡』（神の釣り）

●想像図〈2〉——、『虚生実草紙』（海上の船）、『三歳図会稚講釈』（鹿島の神と鯰）

他の時期と違うのは以下の二点である。第一に、異国を扱う作が八つあること。第二に近郊の海辺として画題にしばしば取り上げられる品川や江ノ島、また旅路を扱った作が九つあること。いずれも、寛政元年から十年の間に集中している。この寛政期に海図が増えるという現象は、冒頭に述べた馬図が同時期に増える結果とも通底していて興味深い。

異国に関して、寛政期は諸外国船の接近、寛政四年の林子平の著作の絶版、同年のロシアのラクスマンが根室に来航など、その関わりを想起させる社会的事項がいくつか指摘できるが、寛政改革で処罰を受けた京伝が、改革以前のおおらかさで恋川春町が蝦夷《えぞ》と江戸《えど》をかけて田沼意次の所行や彼の蝦夷地への関心をからかった『悦贔負蝦夷押領《よろこんぶひいきのえぞおし》』（天明八年刊）と同様のことを行ったかと言えば、否であろう。例えば、『諺下司話説《ことわざげすのはなし》』は放屁を巡る楽しい話であり、同じ放屁の見世物を題材にした平賀源内の『放屁論《ほうひろん》』の学者批判のような姿勢はない。むしろ、『小人国毂桜《こびとじまこごめざくら》』で小人の視点で日常世界を見直したり、『和荘兵衛後日話《わそうびょうえごじつばなし》』で言葉の珍解釈を示したりと、日常の何気ないものを穿つために奇想天外な世界を利用したように思われる。

そして東海道などの海図は、ほとんどが舞台となる旅路の背景で、これらは人間の一生を旅路に見立てる『新板《しんぱんかわり》替道中助六《ましたどうちゅうすけろく》』、『貧福両道中之記《ひんぷくりょうどうちゅうのき》』、『凸凹話《たかひくはなし》』に用いられている。京伝は寛政期に「赤本先生」という講釈師に扮して人生訓を見せる作を書くが、こうした教訓的黄表紙が展開された時代ならではの結果である。

以上のことから、京伝の黄表紙における海図は、寛政期に中洲の消失や、改革の影響で主題を変化させざるをえない中で一時的に多く出現したが、基本的には重んじられていないことが確認できた。その理由は悩ましいが、例えば、海の生き物を擬人化した話で浜辺も海も描かなかったり、源平合戦のパロディで海が隅田川の見立てになっていていたりするところをみると、どんな世界を展開しても、根幹には江戸の日常を描く意識が強いことが傾向として考えられよう。さらに加えると、合巻同様に海より川により親近感があったことが指摘できる。水辺、水上図の多くが川図であり、印象的に描く場合が多い。例えば海と川の両方の絵が出る『諺下司話説』では、海は領主の部屋から見える帆掛け船が小さく見える遠景の海であるのに対し、川は大海原に見まごうばかりの波の中、船を浮かべて旅立つ主人公の勇壮な姿を描く。

四　黄表紙と合巻が描く水場

国貞合巻の浜辺図を起点に、京伝黄表紙に遡って、描かれる海の諸相を追った。京伝黄表紙では、寛政・享和期に異国、竜宮、道中記の世界が例外として多く扱われたが、全体としては、羽衣、汐汲、源平合戦が主たる典拠である。

国貞合巻では右の古典の世界を含めた演劇由来の世界や、「源氏物語」（須磨明石）の使用が目立った。とはいえ、海を扱う作は全体的に少なく、かつ海そのものを描こうとする姿勢が両者とも低い。水辺も水上も印象的に描かれるのは常に川である。

その点は、黄表紙は江戸という都市を描くものだと理解すると、水辺図の多くが川である説明がつく。けれど、合巻はどうか。文化三年刊の京伝黄表紙が全三作とも奥州に関わるように、登場人物の諸国行脚が伴う敵討ち物の流行によって草双紙は地方色が強くなり、それは合巻に引き継がれていく。前述の『敵討富士之白酒』はそうした傾向を反映したものと思われるが、しかしながら黄表紙時代ほど江戸を強く打ち出さずとも、大磯を吉原に擬すような江戸の写しは変わらずに続けられたし、黄表紙時代同様に水辺の見せ場には、海よりも山中や街道の難所の川が用いられた。その理由を川を移動するということが日常的に必要で、かつ行く手を阻む障害物としても存在したからと、今は仮にしておく。恐らく、この答えを見つけるには、草双紙の黒本、赤本、さらに室町以前の絵本や絵巻にさかのぼる調査が必要になる。文芸的な背景については後考を俟ちたい。

この稿では一七八〇年代から一八四二年までのおよそ六十年間の草双紙を扱った。十八世紀末期からのロシアとの接触や軋轢、また捕鯨船で日本各地に現れるイギリスなど海外船舶の脅威を意識せざるを得ない時期も含むが、草双紙の主流というべき作では、ほとんど影響をみなかったと言っていいだろう。

この後、初代国貞が天保改革を経て、二代豊国（今日言う三代豊国）と改名した後には、海賊を主人公とする『白縫譚《しらぬいものがたり》』（初編～九十編。柳下亭種員ほか作、三代歌川豊国ほか画、嘉永二年～明治十八年）が人気を博す。また安政期には『西国奇談』（初編～二十編。二代為永春水作、二代歌川国貞画、安政三年～明治八年）も制作された。それまでの主要な読者の好みで制作された草双紙が海から縁遠かったことを思うと、前者の冒頭から展開する海の図は、注目すべきものと言えるかもしれない。

注

（1）津田眞弓「歌川国芳画『朧月猫草紙』と猫図」（『浮世絵芸術』一五二、二〇〇六年八月）、「山東京伝の黄表紙に見る馬と『仮多手綱忠臣鞍』」（『文学』十五‐一、二〇一四年一月）

（2）山東京山が、黄表紙時代の楽しいキャラクター（艶二郎・悪魂・擬人化した猫や魚、ろくろ首）を板元が了承しないから書けないと記している（『二人若衆対紫色』文化十四年。津田眞弓『江戸絵本の匠 山東京山』新典社、二〇〇五年）。

（3）二〇一六年四月末現在。著者名を「歌川国貞一世」、分類を「合巻」とした。

（4）国貞合巻の全容については、同データベースの外、諸機関のデータベース、大沢まこと『合巻本板元年表』（郁芸社、二〇〇〇年）、山東京山の作に関しては拙著『山東京山年譜稿』（ぺりかん社、二〇〇四年）を参考にした。合巻の数を確定するには至らず、また全部を調査できたわけではないが、合巻の傾向を見る今回の調査には十分と考えた。故にあくまで概数である。

（5）図版掲載資料は、早稲田大学蔵本、へ-13-2378。同大学の「古典籍総合データベース」では「冨」の字を用いて登録されている。諸本を含めた書誌詳細は、拙著『山東京山年譜稿』に譲る。

（6）黄表紙一～五（水野稔ほか編、ぺりかん社、一九九二～二〇〇九年）

（7）「中洲」（『日本歴史地名大系』、JapanKnowledge、二〇一六年五月二十日閲覧）

参考文献

・水野稔編集代表『山東京傳全集』黄表紙一～五（ぺりかん社、一九九二～二〇〇九年）

・佐藤至子編・校訂『白縫譚』上・中・下（国書刊行会、二〇〇六年）

・津田眞弓「歌川国芳画『朧月猫草紙』と猫図」（浮世絵芸術、二〇〇六年八月）

・津田眞弓「山東京伝の黄表紙に見る馬と『仮多手綱忠臣鞍』」（文学、二〇一四年一月）

・国文学研究資料館　古典籍総合目録データベース

浜辺のイメージ
――浮世絵に見る景観と伝承――

藤澤　茜

江戸時代の浜辺と聞いて、どういう風景を思い浮かべるであろうか。島国である日本には、数多くの浜辺が存在するが、「風光明媚な」という形容詞がつけば、三保の松原などの景勝地であろうし、実際の生活に即したものといえば、汐汲みの様子や漁のにぎわいを考える向きもあるだろう。浮世絵作品において、浜辺を描いた作品は枚挙に暇ないが、それらを通覧すると、実際の景色に限定されず、古典文学や伝承などをふまえた表現も多く、詞書などの文章が添えられる場合は、どのようにその物語が流布したかを知ることもできる。何かしらの連想から複数のものを結びつける「見立」の手法が用いられる場合は、それを読み解く楽しさも付加される。さらには、当時の社会情勢を反映した図まで確認できるのも興味深い。本稿では、いくつかの作例を挙げながら、多様な表現で楽しまれる浜辺の魅力にせまりたい。

一　名所絵に見る浜辺

浮世絵版画は江戸で誕生した。そのため名所絵には江戸の人気スポットが多く描かれるが、日本全国の景勝地を描いた作例にも多くの秀品がある。その代表作ともいえる初代歌川広重の「六十余州名所図会」（嘉永六年～安政三年〈一

【参考図】　セルヴィス・ランベール作　平皿「浜松図」

図１　初代歌川広重画
「雙筆五十三次　浜松」（安政元年〈1854〉）
（国立国会図書館所蔵）

八五三〜五六〉刊行、五畿七道の六八の地域に江戸を加えた六九図、目録一図）は、優れた構図や美麗な彫摺を堪能できる揃物である。個々の風景を広重自身が実見しているのではなく、先行する名所絵本などを参照した上での作画であることが指摘されているが、[*1]「摂津　住よし　出見のはま」「播磨　舞子の浜」「敦賀　気比ノ松原」「安房　小湊　内浦」など海や浜辺を描く例は全図の半数近く確認でき、美しい景観がその土地の名所として取り上げられる傾向がうかがえる。

　名所絵の主題には東海道の宿場も多く選ばれており、葛飾北斎、初代歌川広重などによる揃物が人気を集めた。東海道の宿場で特筆される浜辺といえば、颯々《ざざんざ》の松や音羽の松で名高い浜松であろう。

　「雙筆五十三次」（安政元年〜四年〈一八五四〜五七〉）は、風景画の名手である初代歌川広重がこま絵（画中画）を担当し、美人画や役者絵を得意とした三代歌川豊国がその情景から連想される人物を描く揃物である。「浜松」の図（図1）に描かれる女性は菅笠に合羽という旅姿で、街道筋でよく行われた乗掛（馬に二十貫（約七五kg）の荷物をつけ、さらに人を一人乗せて運ぶ）の様子で描かれている。馬の腹掛けには、道中の安全を願う「仕合吉《しあわせよし》」の文字が見える。当時の旅の様子が生き生きと伝わるだけでなく、上部のこま絵に描かれる浜辺の景も美しい。天慶元年（九三八）浜松八幡宮を遷座した折、松の苗を持った白狐が現れて八幡宮の宮辺にそれらを植えたといい、八幡宮のほうを颯々の松、浜松宿の西方に位置する小沢渡のほうを音羽の松と称した。本図に描かれるのは音羽の松と考えられ、[*2]画面の右脇ぎりぎりに配される松の様子もまた印象的である。なお、このこま絵をもとにフランスのセルヴィス・ランベールが平皿を作成した例が指摘されており（参考図）、[*3]海外の芸術家にも影響を与えている点は興味深い。

同じ東海道の浜松の図でも、趣をまったく異にする例がある。慶応元年（一八六五）、第二次長州征伐のため江戸を発った幕府軍の行軍の様を描いた「末廣五十三次」である。浮世絵では時事問題をそのまま描くことは禁じられており、別の逸話に擬えてカモフラージュすることが多かったが、この図に先立ち、文久三年（一八六三）に十四代家茂が将軍として二二九年ぶりに上洛した折に、行列を当て込んだ東海道の揃物が描かれるなど、規制が緩んできたと考えることができる。「末廣五十三次　浜松」（図2）は、美しい浜辺と海岸沿いを行く兵との対比が目を引く構図となっており、規則正しく整列して進む姿は、十五万といわれる兵を派遣した第二次長州征伐の実態を、大きなインパクトとともに伝えている。こうした表現は、歌舞伎や遊廓など庶民の楽しみを描いて発展してきた浮世絵

図2　二代歌川広重画「末廣五十三次　浜松」（慶応元年〈1865〉）（国立国会図書館所蔵）

図３　初代歌川豊国「三十六ばんつゞき役者十二つき　五月江のしま開帳の図」
（文化 6 年〈1809〉）（国立国会図書館所蔵）

には元来見られなかったもので、穏やかな浜辺の風景が動乱の世にはその印象を変えていくことは興味深い。世相を反映しながら変貌を遂げていく浮世絵の実態が浮き彫りになる。

「末廣五十三次」は極端な例というべきだが、浜辺の図の中には漁師や海女などその土地の人を描き込み、街中の図とは異なる印象を与えている例も少なくない。一例を挙げてみよう。

江ノ島を描いた「三十六ばんつゞき役者十二つき　五月江のしま開帳の図」（初代歌川豊国画、文化六年〈一八〇九〉）（図３）は、はるかに広がる海の描写に加え、波の音やはしゃぐ子供の大きな声まで聞こえてきそうな解放感にあふれた図である。左図の娘たちにまとわりつく子供たちは着物を身につけておらず、肌の色が赤みを帯びているのも、いかにも健康的な印象を与える。後述するように、こうした子供だけでなく胸もあらわな姿でくつろぐ海女などの開放的な人物描写は、浜辺ならではの雰囲気を醸し出している。この娘たちの視線の先に描かれる人物にも注目したい。中央図、右図に描かれるのは、実は人気の歌舞伎役者という趣向なのである。一見女性のような人物も含まれるが、似顔絵で表現されており判別が可能となる。一番右の駕籠から降りようとする役者は、愛らしい目元で人気のあった女形の五代目岩井半四郎。続いて三代目坂東三津五郎、五代目松本幸四郎、遠くをふりあおぐ尾上栄三郎（後の三代目尾上菊五郎）、四代目沢村宗十郎、女形の四代目瀬川路考である。実際にこれらの役者が参詣したのではないだろうが、右図の提灯に「開帳」と記されるように、本図が描かれた文化六年の四月から七月まで岩屋弁財天の開帳が行なわれていた。人気役者が勢ぞろいするこの図は、江ノ島への参詣をうながす宣伝の役割も果たしたのであろう。江ノ島は江戸からも比較的近く、東海道の藤沢の宿から分岐する江ノ島道を通り様々な人が集まった。本図の背後に描かれる弁財天に参詣するのが目的であるが、神仏を拝むという行為には行楽を伴うことも多く、江ノ島は観光地としても人気を得た。歌舞伎役者の江ノ島参詣という空想の世界を表現するのも、浮世絵の自由な発想力のなせる業であるが、本図のように「その場に行ってみたい」と鑑賞者に思わせる工夫が、名所を紹介する際に必要だったのではないだろうか。

二　実景の描写と伝承のイメージ

多くの時を経て語り継がれる伝承の中には、その土地を示す代名詞のように語られるものも少なくない。ここで、その土地が持つ逸話や伝承がもたらすイメージについて考えてみたい。

日本三大松原と称され、古くから景勝地として知られる三保の松原が、二〇一三年六月、富士山とともに世界文化遺産（富士山―信仰の対象と芸術の源泉）に登録されたのは記憶に新しい。富士山から約四五㎞離れた三保の松原は除外勧告を受けたが、外国の委員も強く推薦する形で登録が決まった。その際に大きく後押しをしたのが、三保の松原が『万葉集』など古くから和歌に詠まれること、そしてこの地から望む美しい富士の姿が富士山参詣に関する「富士曼

図4　初代歌川広重画「東海道五十三対　江尻」（弘化2年〈1845〉頃）（国立国会図書館所蔵）

茶羅図」や広重らの作品に描かれてきたことであった。浮世絵の持つ力を、現代でも実感するエピソードである。

三保の松原は東海道の江尻の宿に近く、東海道の宿場をテーマにした浮世絵作品にもよく描かれる。東海道の宿場を、その土地にまつわる逸話とともに紹介する「東海道五十三対」シリーズ（三代歌川豊国、初代歌川広重、歌川国芳画、弘化二年〈一八四六〉頃）の「江尻」を見てみよう（図4）。景観の描写もさることながら、天へと舞い上がる天女の姿が目を引く一図である。この地に伝わる天の羽衣伝承をも含めて紹介する趣向である。羽衣の伝承は日本各地に残るが、三保の松原は能「羽衣」の舞台であり、羽衣の松も残されることから、この伝承としてよく知られている。図の上部に示される詞書は、次の通りである。

三保の浦羽衣松の由来
江尻の東清水の湊《みなと》より海濱《かいひん》／を廻りて壱里余三保の洲崎《すさき》へ／至る駿海《しゅんかい》一の名所にして風景世に／知る所なり　羽衣松は同所にあり／里言にいふ　むかし天人降《くだ》りて松に／羽衣をぬき置しを漁夫《れふし》ひろひ／取て返さず天女かりに漁夫が／妻《つま》となり辛労《くらう》して羽衣を取／かへし天に帰りしと言傳ふ　羽衣／の松今猶存《なほそん》せり

この伝承についての、当時の認識がよく分かる説明である。文中には「羽衣を取り返し」とあるが、天女の描写に注目すると、羽衣は描かれず、手ぬぐいをたなびかせているように描かれるのは興味深い。

図５　三代歌川豊国・初代歌川広重画「雙筆五十三次　江尻」（安政元年〈1854〉）（国立国会図書館所蔵）

図６　三代歌川豊国「古今名婦伝　須磨松風」（文久３年〈1863〉）（国立国会図書館所蔵）

広重が風景を担当し、三代豊国が人物を描いた「雙筆五十三次」にも、同趣向の図がある。このシリーズは、先に挙げた（図1）のように風景のこま絵を上部に配する形式で統一されているが、本図のみ上下を逆転させ、美しい三保の松原と日本一高い富士山を眼下に、天高く天女が飛翔する構図となっている（図5）。天女の装いは広重よりも華麗になっているが、この図に先行して豊国が作画した美人画「能狂言の内　羽衣の松」（嘉永前期、伊勢屋鉄次郎板）とも似通った表現となっており、[*4]絵師による表現の違いも興味深い。東海道の宿場を紹介するというコンセプトの揃物であるが、この二図のように伝承をも描き込む手法に注目すると、目に見える実景だけでなく、文学的要素を含んだ形で名所を楽しむという当時の感覚が伝わってくる。

能「松風」をはじめ、江戸時代には歌舞伎や小説にも取り上げられた、須磨に流された在原行平と海女の松風、村雨姉妹との恋愛譚もまた、浜辺の印象が強い。

様々な女性の逸話を紹介する「古今名婦伝」シリーズ

図７　歌川芳幾画「今様擬源氏　二十一　乙女　浦島太郎」（元治元年〈1864〉）（早稲田大学図書館所蔵）

に、「須磨松風《すまのまつかぜ》」と題した図がある（図6）。砂浜や海は描かれないものの、腰蓑をつけ汐汲桶を両方に担うという、典型的な海女姿で描かれる松風や、浜辺の松の下でたたずむ行平の姿など、この逸話が巧みに表現されている。詞書には、次のように示されている。

在原行平卿《ありはらのゆきひらきやう》津国《つのくに》須磨《すま》に左遷《うつされ》／給ひし時潮汲蜑《ときしほくむあま》の子《こ》の中《うち》に／容優《すがたいう》に艶《やさ》しく志量《こゝろざし》も卑《いや》し／からぬを見《み》つけ給ひしかば傍《かたはら》に呼《よび》／使《つか》ひ姉《あね》を松風妹《いもと》を村雨《むらさめ》と称《よば》せ／配処《はいしょ》の徒然《つれ〲》を慰《なぐさ》め給ふの由謡曲《よしうたひ》にて誰々《たれ〲》も知《し》らぬもの／なし此《この》二人は元讃岐國塩飽某《もとさぬきのくにしあくなにがし》の娘《むすめ》なりしが継母《まゝはゝ》に憎《にく》まれ／此国《このくに》にさまよひ来《きた》り矢田辺《やたべ》郡《ごほり》田井《たゐ》の畑《はた》といふ里《さと》の邑《むら》／長《をさ》に使《つか》はれたりしなりと須磨人《すまびと》の云傳《いひつた》へたり今水鏡池《いまみづかゞみのいけ》二人の／蜑《あま》の墳《つか》も残《のこ》れり／支考《しかう》の句《く》に　松風《まつかぜ》に新酒《しんしゅ》を／さます夜寒《よさむ》かな／需應　柳亭種彦記」

松風、村雨の姉妹は須磨の田井畑の庄屋の娘とも、讃岐（現香川県）の塩飽《しわく》の秦良式の娘で継母にいじめられて須磨に逃れたとも伝えられる。本図では後者の説に拠っており、こうした詞書により江戸時代に広まっていた伝承の内容を推測できるのは興味深い。なお最後に記載される各務支考の句は、『笈日記《おいにっき》』に見えるもので、「松風に新酒を澄ます山路かな」と詠んだのを、芭蕉が「夜寒かな」が良いと助言した逸話が残る。松風姉妹の伝承とは無関係だが、「松風」という名を連想の拠り所として結び付けるのは、江戸時代らしい遊びの感覚といえよう。

浜辺と伝承といえば、（図7）に描かれるように浦島太郎が玉手箱を開ける場面も思い起こされる。本図の詞書を確認してみよう。

浦島《うらしま》は雄畧《いうりやく》天皇《てんわう》の御宇《おんとき》丹後《たんご》／の國水江里人《くにみのえのさとひと》にてしばらく龍《りう》／宮城《ぐうでう》にいたり古郷《こけう》へ帰《かへ》りけるとき／乙姫《おとひめ》より贈《おく》り
し手箱《てばこ》を開《ひら》き見るに／白氣立《はくきたち》のぼりて忽《たちまち》老《おひ》の姿《すがた》と成《なり》ぬとかや

文中に「丹後國水江里人」とあるように、浦島太郎の伝承は水江浦の日下部氏の始祖伝承としてよく知られている。本図には寄せ来る波を背景に、玉手箱を開けた瞬間の浦島太郎の様子が描かれているが、その描写には趣向が凝らされている。左下の箱から立ちのぼる白気に注目すると、白気ごしに描かれる太郎の手や顔の一部が皺をおび、部分的に白髪になるなど、老人の様に変化しているのである。龍宮は深い海の底にあり、江戸時代には海だけでなく、湖、滝、淵と多岐に渡る場所が龍宮に至る場所と認識されるようになったと指摘されるが、[*5] 本図は浦島太郎の逸話が海辺の物語として親しまれ続けたことを示す例といえるだろう。ところで、この図には上部に「今様擬源氏」とあるように、世界最古の長編物語とされる『源氏物語』を見立てたシリーズ物の一図で、[*6] 各巻名と、その巻に関連する和歌を記載する形式をとる。本図は「乙女」の巻からの着想で描かれている。新嘗祭で五節の舞姫が舞う描写から「少女」と名付けられたこの巻と、何故、浦島太郎が結び付けられるのだろうか。単純な連想であるが、「乙女」と「乙姫」をかけたということに加え、上部記載の和歌（かつての舞姫や自分が年を重ねたことを詠んだ源氏の歌）が玉手箱を開けた浦島の心情に通じるとの指摘がある。[*7] こうした『源氏物語』をもとにアレンジした図は浮世絵版画では数多く作成されている。『源氏物語』に関する浜辺の図を他にも挙げてみよう。

三　『源氏物語』の世界と浮世絵

『源氏物語』のあらすじをまとめた、絵入りの梗概本が多数刊行された江戸時代には、多くの庶民がその世界を楽しむようになった。井原西鶴の浮世草子『好色一代男』や柳亭種彦の合巻『偐紫田舎源氏』などのパロディ作品が登場し、浮世絵版画の主題としても人気を得た。

図８　三代歌川豊国「源氏香の図　明石」（弘化元年〈1844〉頃）（国立国会図書館所蔵）

主人公、光源氏の華やかな女性遍歴が描きだされる『源氏物語』において、朧月夜内侍との密会が露見し蟄居生活を送る「須磨」、「明石」は異彩を放つ巻であろう。梗概本の挿絵を確認すると、「須磨」は粗末な小屋から海をのぞむ姿、「明石」は数名の供をつれた馬上の光源氏が海越しに月を眺める様を描くことが多い。（図８）の「源氏香の図　明石」も梗概本『十帖源氏』の趣をほぼ踏襲した構図であり、光源氏の心境を映すかのようにさびしく、静かな印象を受ける。一方で、「源氏物語　明石の巻」と銘打った三代歌川豊国の（図９）は、馬上で月を眺める様は共通するものの、異なった印象を受ける。馬上の人物の装いに注目すると、歌舞伎で武将役が着用する小忌衣《おみごろも》に茶筅髷《ちゃせんまげ》という姿は、平安時代の光源氏ではなく、『源氏物語』を江戸時代風に書き換えた『偐紫田舎源氏』の主人公、足利光氏を彷彿とさせる表現である。『偐紫田舎源氏』（柳亭種彦作、初代歌川国貞画）は、本図刊行前の天保の改革（天保十三年〈一八四二〉）において、大奥を描いたとして咎めを受け絶版となった。その世界を再現するかのような本図は、挿絵を担

図９　三代歌川豊国画「源氏物語　明石の巻」（弘化期〈1844～47〉）（早稲田大学図書館所蔵）

当した国貞が三代豊国襲名後に描いたもので、『偐紫田舎源氏』のファンにとっても嬉しい図だったのではないだろうか。光氏と思しき人物が馬上で山を仰ぎ見るポーズには、さらに『伊勢物語』のイメージが重ね合わせられている。在原業平がモデルとされる「昔男」が供の者数人を連れて東国へ下る「東下り」の章段で、富士山を仰ぎ見る場面がある。浮世絵では、馬上で片袖を振り上げる様子が描かれることが多く、[*8]本図もその様を意識して描かれている。光源氏と業平、そして光氏と、時代を超えた色男の姿を凝縮した図ととらえることもできそうな図である。一行を迎えるように描かれるのは、この地の女性であろうか。肌もあらわな様子は浜辺の人々の暮らしぶりを実感させるものであり、雅やかな世界を一転させる効果をもたらしている。原拠から離れた自由な表現がなされると同時に、先述のように浜辺の持つ解放感をも味わうことができる一図といえよう。

『偐紫田舎源氏』の世界を描く「源氏絵」と呼ばれる浮世絵は幕末に多数刊行されているが、本図以外でも「明石」の巻に見立てられた興味深い例がある。三代歌川豊国画「明石浦汐干狩図」（安政二年〈一八五五〉、山口屋藤兵衛板）では、奥女中もまじえて多くの人が潮干狩りをする様が描かれており、「明石」と明記するものの江戸の様を彷彿とさせる内容

図10　歌川房種画「今様源氏　紀伊和哥乃浦風景」（元治元年〈1864〉）（早稲田大学図書館所蔵）

となっている。また『源氏物語』の「明石」巻における、光源氏が赦されて都に戻る際この地で契りを交わした明石の君の懐妊がわかるという場面を反映してか、二代歌川国貞に「緑子の御宮参り　源氏明石」（慶応三年〈一八六七〉、辻岡屋文助板）という作品があり、海を背景に宮参りをする光氏一行が描かれている。光氏は足利将軍家の生まれという設定であるため、江戸幕府の将軍を暗示するように描かれることもあり、例えば文久元年（一八六一）の皇女和宮の降嫁や文久三年の上洛などを描く際に、光氏を十四代将軍徳川家茂に見立てている例が確認できる。慶応三年には将軍家での慶事はなかったようであるが、何かしらの情報をもとに源氏絵に擬えて描いた可能性も考えられるのではないだろうか。[*9]

　最後に取り上げる「今様源氏　紀伊和哥乃浦風景」（図10）も、源氏絵である。和歌の浦は紀伊国（現和歌山県）の景勝地で、和歌川河口に突出した砂洲の片男波《かたおなみ》の東側にあたる。本図でも砂洲の様子に加え、左図には蓬莱岩と思われる丸い穴の開いた奇妙な形の岩を配し、独特な名勝が余すところなく表現されている。中央の光氏、源氏香の模様も鮮やかな駕籠に寄りかかる美しい姫君、お付きの奥女中の姿も華麗である。源氏絵は幕末に大量に出版され、この図のように江戸から離れた日本各地の名所を描く作品に光氏が登場する例も数多く確認できる。光氏は、現在でいうレポーターのように、当時の観光地から人気のスポットまで、様々な場所を紹介する案内人の役割も担っていたのではないだろうか。

限られた例ではあるが、浜辺を描いた浮世絵について考えてきた。美しい景観を紹介することが一番の目的であり、先行作をもとにした作例も多いが、いかにその場所の雰囲気を伝えるかという表現の面においては様々な工夫が凝らされている。三保の松原のように、その土地に伝わる羽衣伝承をも描き込むことで古くからの景勝地であることを印象付ける手法もあれば、『源氏物語』をはじめとする文学作品の筋立てを想起させ、物語世界と現実の風景のダブルイメージを表現する方法もある。またそこに暮らす人々にも目を向け、海女や子ども達といった浜辺らしい雰囲気を伝える例も興味深い。多くのイメージを重ねていく手法は、江戸時代の文学や絵画において常套的に行なわれるが、浜辺を描いた浮世絵においてもその方法が巧みに用いられている。身近に慣れ親しんだ光景だからこそ、その地に根付いた表現を試みることに、浮世絵師たちの関心も向けられたのではないだろうか。

謝辞　本稿を成すにあたり、図版の掲載をご許可いただきました早稲田大学図書館、国立国会図書館に心よりお礼申し上げます。

注

(1)　鈴木重三『広重』(日本経済新聞社、一九七〇年)参照。『広重の諸国六十余州旅景色―大日本国細図・名所図会で巡る』(古地図ライブラリー、人文社、二〇〇五年)、『原安三郎コレクション　広重ビビッド』(サントリー美術館、二〇一六年)などでも具体的な例が示される。

(2)　町田市立国際版画美術館監修・渡邉晃解説『謎解き浮世絵

叢書　三代豊国・初代広重　双筆五十三次』（二玄社、二〇一一年）。音羽の松が広重の「隷書東海道」や「行書東海道」に描かれることも指摘されている。

（3）『フランスが夢見た日本―陶器に写した北斎、広重』展カタログ（東京国立博物館、二〇〇八年。L―5図）より転載。同書には「双筆五十三次　藤沢」のこま絵をもとにしたランベールの平皿も紹介されている。

（4）拙著『藤間家所蔵浮世絵全覧』（公孫樹舎、二〇一三年）に（図8）として掲載。なお前掲（2）文献には（図5）の表現に関する歌舞伎からの影響が指摘されている。なお（図4）（図5）の表現に関しては、ともに天女の鳥化（世界的に見られる「白鳥処女型」伝承を反映）が見られるなど興味深い指摘がある（立命館大学アート・リサーチセンター ArtWiki 012-0501）。

（5）関原彩「竜宮城はどこにある?」（鈴木健一編『海の文学史』三弥井書店、二〇一六年）参照。

（6）本シリーズについては、学習院大学日本語日本文学科所蔵の図について紹介したことがある（学習院大学史料館『ミュージアムレター』三二号、二〇一六年十月）。

（7）図の上部には、「乙女」巻で光源氏が筑紫に贈った和歌「をとめ子か神さひぬらし天津袖ふるきよのともよはひ経ぬれは」が記載される。本歌と図の解釈についての指摘は、ArtWiki 201-4236 による。

（8）拙著『浮世絵が創った江戸文化』（笠間書院、二〇一三年）

（9）同年に、光氏の子の誕生を描くと思われる「御誕生　田舎源氏須磨図」（二代歌川国貞画、辻岡屋文助板）も確認できる。

伊豆半島と文学

杉下　元明

一　源実朝と司馬遼太郎――韮山と流人

箱根路をわれこえくれば伊豆のうみや
　沖の小島に波の寄る見ゆ
源実朝（『金槐《きんかい》和歌集』[*1]）

現在の静岡県の東部にある伊豆半島は、東京都の大島などとあわせ、もと伊豆国であった。行政地名としては、熱海《あたみ》市・伊東市・伊豆市・伊豆の国市その他が伊豆半島にふくまれる（沼津市も一部がふくまれる）。明治九年に静岡県に統合される前は、いまの神奈川県の一部とともに足柄県とされた。

実朝の歌を本歌とする蕪村《ぶそん》の句がある。安永六年（一七七七）作。

稲妻や浪のよる〳〵伊豆相模《さがみ》
（『夜半叟《やはんそう》句集』）

伊豆半島の東の海が相模灘。一方、西の海は駿河湾である。

唐突だが、昭和五十四年に書かれた清水義範《よしのり》の短篇小説「蕎麦《そば》ときしめん」に、次のような一節がある。

日本における名古屋の位置、それは世界における日本の位置と全く同質のものである。名古屋人にとって東京と

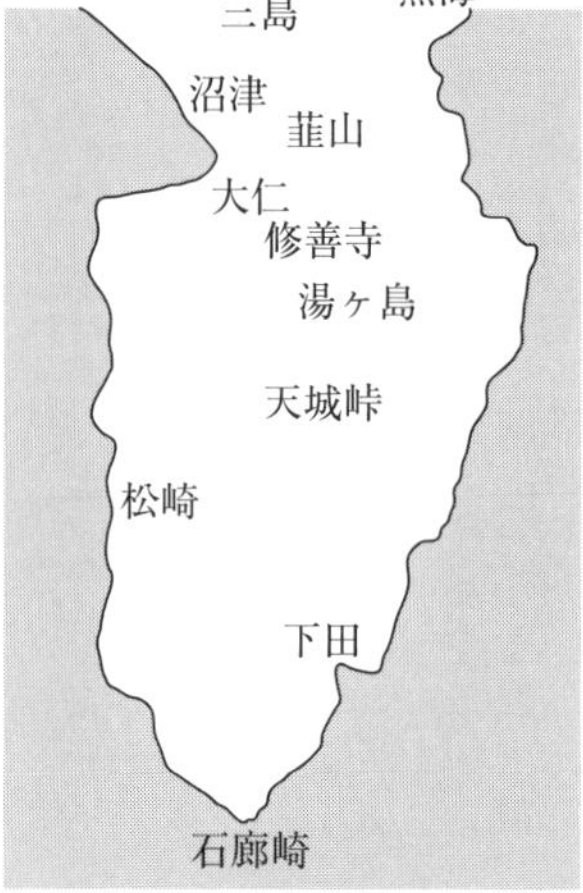

作品の舞台

は、日本人が漠然とアメリカを思うのに非常に近い。大阪はソ連である。千葉はメキシコで、埼玉はカナダである。（略）名古屋人にとって、伊豆半島はインドのようなものである。茨城と群馬はどこでもない。正常な名古屋人はそんな県があることを知らないからである。東北地方は北ヨーロッパで下北半島をスカンジナビア半島だと思っている。

この一節は鈴木雄一郎なる人物の書いた論文を紹介するという体裁をとった冗談なのだが、実は伊豆半島とインドには共通点がある。インドが数千万年前、ユーラシアとはなれた大陸であったとされることは知られていよう（両者が衝突したときに隆起したのがヒマラヤ山脈である）。それと同じように、伊豆も数百万年前、本州とはなれた海上にあったのだ。両者が衝突したときに隆起したのが丹沢《たんざわ》山地である。

その意味で伊豆半島は文字どおり、半ばは島というべき存在であった。本稿で取りあげる作品は、必ずしも浜辺の場面だけではないけれども、いわば大きな島（ちなみに伊豆地方の面積は約一四〇〇平方キロ。沖縄本島よりひとまわり大きい）をえがいた文学として、広い意味での海浜の文学としてもゆるされようか。もし「沖縄本島と文学」や「佐渡島と文学」ならば、直接に浜辺をえがかずとも海浜の文学としてもゆるされるであろうように。

話を実朝の和歌にもどす。この歌には「箱根の山をうち出でてみれば、波の寄る小島あり。『供のもの、このうみの名は知るや』とたづねしかば、『伊豆のうみとなむ申す』とこたへ侍りしをききて」と詞書《ことばがき》がある。『新編日本古典文学全集49』は「詞書からして、初めての二所詣《にしょもうで》の途次、承元元年（一二〇七）正月下旬（十六歳）か」と推定する。[*2]

伊豆半島の北東部、熱海市にある伊豆山《いずさん》神社は、源頼朝が源氏再興を祈願したとして知られ、のちに頼朝は箱根権現

（箱根神社）とともに「二所」として、多くの社領を寄進したのである。

実朝の代表作として知られるこの歌については多くの論が書かれてきたけれども、浜辺の文学を主題とする本稿としては、多くの字数をついやすゆとりがない。とりあえず橋本治『これで古典がよくわかる』[*3]に次の指摘があることを確認するにとどめよう。

私は東京の出身ですが、中学生くらいの頃、学校で伊豆の方にバス旅行なんかに行ったりして海が見えると、バスのガイドさんが、実朝のこの歌をマイクで紹介することになってました。「沖の小島に波の寄る見ゆ〜」と言われて窓の外を見ると、ちゃんと沖の小島に波が寄せてくるわけで、こんなに伊豆箱根地方の観光旅行にマッチした歌はありません。首都東京に住むものにとって、実際の景色と古典文学の情景が一致するなんていうのは、源実朝以前にはないのです。源実朝の歌の親しみやすさには、そんな理由もあるのです。

伊豆半島と源氏の因縁は深い。修善寺《しゅぜんじ》は岡本綺堂《きどう》『修禅寺《しゅぜんじ》物語』（明治四十四年初演）の舞台。鎌倉幕府二代将軍頼家の横死を背景に、頼家の寵愛を受けた娘の数奇な人生と、その父親をえがいた戯曲である。修禅寺は源頼家のみならず源範頼が落命した地でもあった。また熱海市の伊豆山神社が箱根権現（箱根神社）とともに「二所」として尊崇されたことは前述した。

そもそも平治の乱のあと源頼朝がながされたとされるのが、伊豆の蛭《ひる》ヶ《が》小島《こじま》であった（『平治物語』には「蛭島」と書かれている）。井沢元彦の言葉を借りれば、頼朝が蛭ヶ小島に流されたと報告された平清盛は「伊豆七島や小笠原諸島の離れ小島かなんかに流されたと思ったはずです」[*4]ということになるけれども、海上の島ではない。江戸時代後期、現在の伊豆の国市（平成十七年までは韮山町《にらやま》）にあったと比定され、碑が建てられた。

『街道をゆく42　三浦半島記』は司馬遼太郎が亡くなる前年、平成七年に「週刊朝日」に連載されているが、何箇所か伊豆半島に言及したところがある。そのひとつ「血と看経《かんきん》」の章では次のように書いている。

頼朝の流人屋敷があった伊豆半島（静岡県）の蛭ヶ小島は、狩野《かの》川がつくりあげた小さな平野にある。いまは、韮山町の町域になる。

当時は、川の中洲だったともいう。

もし中洲なら、堤から小屋敷を望めば、流人が何をしているかが、わかったはずである。

ちなみに司馬遼太郎はこのあと、頼朝の時代には伊豆半島と三浦半島・房総半島がたがいに海上交通でむすばれていて、ときに政治的にはひとつのように連動したという事情を説く。それぞれの半島の浦々に水軍が発達し、合戦となれば兵員をはこんだのである。頼朝も田方郡の山木で山木判官こと平兼隆を血祭りにあげたあと、石橋山（神奈川県）で戦い、一度は房総半島に退いている。海上交通が重視されたという点でも、伊豆半島は「半ばは島」であった。

さて、このように平安時代、伊豆は流刑地とされた。たとえば『後撰《ごせん》和歌集』におさめる女流歌人伊勢《いせ》の歌には、「善祐法師の伊豆の国に流され侍《はべり》けるに」という詞書《ことばがき》がある「別《わかれ》ては何時《いつ》逢ひ見むと思らん限《かぎり》ある世の命ともなし」という作がある。*5 善祐は寛平八年（八九六）、二条后《にじょうのきさき》の密通事件により配流された。

伊豆が流刑地とされたのは、伊豆諸島が遠流の地であったためであろうが、伊豆半島が「半ばは島」の性質を持っていたことも関係するのではなかろうか。南にはずれて位置するために、海のかなたにある土地のごとく感じられたはずだからである。

二　井上靖――湯ヶ島と生活

伊豆半島と古典文学については、中田祝夫《なかだのりお》『江戸時代の伊豆紀行文集』（長倉書店、昭和六十三年）が必見である。この本には『伊豆めぐり』『磐游《ばんゆう》餘録』『豆州修行記』『甲申旅日記』『伊豆紀行』『伊豆の国懐《ふところ》紀行』『雁《かり》がね日記』『雲見《くもみ》神社参詣《さんけい》記』の八篇を収録する。

『伊豆めぐり』は俳諧師山村月巣《げっそう》の著で、天明三年（一七八三）六月、沼津から石廊崎《いろうざき》を経て熱海にいたる伊豆一周の旅である。伊豆西海岸では

妻浦《めら》・子浦《こうら》は海上向かひ合ひて、言《こと》通ふばかりなり。棚なし小舟浮かべたる中に、何事と、えも聞き分かぬ歌唄《うた》ひつつ漕ぎ来る響き、浪の音に紛れて、かき乱したる糸筋、京都の声は知らず、かの楽天を泣かしむる潯陽《じんやう》江の昔も思ひ出づるに、江都へ通ふ舟人の寄る瀬定めぬ遊びなるべし。

と白楽天の「琵琶行」を引き合いに出しつつ、「浮き草や妻浦にくねれば子浦へ吹」と発句を詠んでいる。「妻浦」は南伊豆町妻良であろう。

『磐游餘録』は幕臣吉田桃樹《ももき》の寛政四年（一七九二）の旅。三津《みと》（沼津市）を根拠にして漫遊している。海浜の観察も少なくないが、とりわけ三月二十五日（新暦の五月十五日）ごろ、内浦に鮪《しび》すなわちマグロの漁を見たときの記録が勇壮である。

かくしつつ網の中《うち》へ魚を取り籠めて逃げ出でぬ方をたちきりて汀へ引き寄すれば、いよよ押し凝《こ》りつつ、波をあげ、潮をとばし辺りへ寄り難し。浦人らは犢鼻褌《たふさぎ》ばかりになり、打ち鉤といひて、木の先へ横ざまに釘を出した

るものを持ち、網の中へいり、かれがかしら背腹とはいはず鉤を打ち立てて舟へかつぎあぐ。丈《たけ》も太さも四五尺ばかりの鮪《しび》ども舟の中にてはねめぐらひ、血の煙立ち海の面《おもて》も紅の波あがり、うち曇るさまいはんかたなし。

『豆州修行記』は、富士講をひろめたことで有名な小谷三志《こたにさんし》（名字はオタニとも）の、文化五年（一八〇八）六月の旅。熱海から稲取（東伊豆町）まで南下し、そこから北に向きを変えて三島に向かっている。

『甲申旅日記』は浦賀奉行小笠原長保《ながやす》の文政七年（一八二四）の旅。熱海から下田まで南下し、そこから向きを変えて三島に向かう。

『伊豆紀行』は、浜御殿の奉行職にあった木村喜繁《よししげ》が、河内村（沼津市）にある樟木《くすのき》林を検分するために旅行した天保三年（一八三二）の旅。これにも鮪漁の記事があるので、『槃游餘録』[*6]と比較するのも一興であろう。

『伊豆の国懐紀行』は箕川墨江《みのかわぼくこう》の天保五年（一八三四）十・十一月の旅。主家酒井家の領地である伊豆国田方郡を検分した記録である。

『雁がね日記』は寺本永《ひさし》による天保六年の旅。熱海から湯ヶ島を経て、修善寺、沼津へ向かう。

『雲見神社参詣記』は、神道家山本金木《かなぎ》による慶応二年（一八六六）三・四月の旅。[*7]沼津から海路で松崎へ南下し、そこから吉奈《よしな》を経て三島へ向かっている。伊豆の西海岸を舟で旅した記事は珍しいので、次に引こう。

二十七日　沼津より伊豆国の松崎港まで船にて渡らむと朝早《と》く狩野《かの》川を乗り出すに、川風の寒さに堪へわびぬ。

家の妹が名に通ひたる狩野《かの》川の朝風寒し衣《きぬ》は着せずて

「今日はことさらに寒けし」と言へば、乗り合へるもののいふに、「この三月十七日には富士はさらなり、愛《あし》鷹《たか》・箱根・天城などの高山は、皆雪白う降りつもれり。またその次の日の朝明けには、その麓《ふもと》の里わたりは、霜いみじう置きて、草木の若芽は尽く凋《しぼ》み枯れて、養蚕なす者どもは、業《なりは》ひを失ふほどなり」とぞ。

御瀬《おせ》の浦回《うらみ》を渡るほどに、山下風烈しう吹き来にければ、

御瀬の浦や戸田《へた》の港の海松布《みるめ》刈るいとまもなみの立ち騒ぎつつ[*8]

これらのほかに江戸時代に伊豆を旅した記録として、『日本紀行文集成2』（日本図書センター、昭和五十四年。底本は明治三十三年刊）には、貞享三年（一六八六）の大淀三千風《みちかぜ》の紀行文『日本行脚《あんぎゃ》文集』（巻六）や、寛政七年（一七九五）の序がある橘南谿《なんけい》の『東遊記』などをおさめる。前者の巻六では「五月廿三日下田を立《たち》。長津呂綺《いろう》の権現。景題無双の地。神主小沢氏所望に一軸す」として、三千風は「浮藻咲て松を綺の入江哉」と詠んでいる。「綺の権現」は、石廊崎にある石室神社であろう。また後者の「巻之五末」には、手石浦という所にあった「三尊窟」が紹介されている。あるいは『紀行日本漢詩3』（汲古書院）には、林檉宇《はやしていう》が天保五年（一八三四）・六年に熱海に出かけたときの紀行『澡《そう》泉《せん》前後録』、天保五年の旅を安積艮斎《あさかごんさい》がしるした『遊豆《ゆうとう》記勝』など、漢文の紀行を収録する。[*9]

しかしこれらはみな旅人の紀行文であって、伊豆の地で暮らした人の文章ではない。伊豆半島で生活した有名な文学者は、近代を待たねばならない。

明治四十年生まれの井上靖は、湯ヶ島で少年時代をおくった。『幼き日のこと』には伊豆での生活が詳細にえがかれる。とはいえ、海辺の場面は多くない。

ただし『幼き日のこと』には、「一つだけ、夢とも現実ともつかぬ、奇妙な情景の中に身を置いた記憶」が出てくる。

私は小高い丘のようなところに坐っている。正確に言えば坐っているのではなくて、立っていたのかも知れない。丘の裾には小さい巾着型の入江が置かれてあり、そこに何艘かの船が浮かんでいる。船はどれも幟を立てたり、旗を立てたりしていて、満艦飾とでも言いたいように飾り立てた漁船が、小さい入江に浮かんでいるのである。人声も聞えなければ、何の物音も聞えない。誰からも忘れられた入江に、誰からも忘れられた漁船が置かれ

ているような、そんなひっそりした感じである。

（中略）この一枚の絵は、夢であるか、現実であるか、甚だはっきりしないが、おかのお婆さんが下田附近の出なので、私は彼女に連れられて、彼女の郷里を訪ねたことがあるのかも知れないと思う。下田附近なら海岸線は入りくんでいて、たくさん入江を作っているし、私の記憶の中のような場所があってもふしぎではない。[*10]

ちなみに昭和三十七年に刊行された自伝的小説『しろばんば』にもこのできごとがえがかれる。そこでは小学校二年生の十月のこととされている。

このように稀に下田港に足を伸ばすとはいえ、大正時代の湯ヶ島で暮らした少年にとって、海浜を意識する機会は少なかったようだ。個人的な話になるが、『幼き日のこと』が毎日新聞に連載されたのは、昭和四十七年から四十八年にかけてであった。当時、私は神戸市に住む小学生であったが、漠然と山村を舞台にした作品という印象を受けつつ読んでいた記憶がある。三方を海にかこまれているとはいえ、伊豆半島ほど大きな半島になると、必ずしも海辺を意識しないということであろうか。

『しろばんば』にはこれとは別に、沼津で海を見た場面が出てくる。主人公の洪作は「うわっ、海だ！」と何回もさけび、「まぁ、驚いた！　海を初めて見たの？　そう」「可哀そうね。あんまり人に言わない方がいいわ。みんなに笑われるわ」と、「感嘆と軽蔑の入り混った眼で」見られる。大きな半島では必ずしも海辺を意識しないという仮説の傍証になるものであろう。なお『しろばんば』と伊豆については、涌田佑『現代文学名作探訪事典』（昭和五十九年、有峰書店新社）が参考になることを附言しておく。

右は、現在の熱海（武部好伸氏撮影）。熱海城が建つなど、「東京物語」の時代とは景色が一変している

三　尾崎紅葉——熱海と旅人

本稿の冒頭に引いた源実朝の歌は、二所詣、すなわち熱海市の伊豆山神社と神奈川県の箱根権現にもうでた折に、詠まれていた。この熱海の地は江戸時代すでに湯治場として知られていたが、特に発展するのは明治以降である。[*11]

とりわけこの地を愛した成島柳北《りゅうほく》には、明治十七年に刊行された『熱海文藪』がある。『明治文学全集4／成島柳北　服部撫松《ぶしょう》　栗本鋤雲《じょうん》集』（昭和四十四年）に収録し、その「解題」で塩田良平は「これらの游記が『花月新誌』や『朝野新聞』に載せられて大いに熱海温泉の宣伝になったことも事実である。尾崎紅葉《こうよう》より寧ろ柳北にこそ現在の熱海市は恩恵を享けているはずである」と書く。[*12]

とはいえ今日の読者に成島柳北の名が親しいものであるとはおもえない。尾崎紅葉の名こそ熱海の海岸からは連想されよう。明治三十年から読売新聞に連載された『金色夜叉《こんじきやしゃ》』である。

打霞《うちかす》みたる空ながら、月の色の匂滴《こぼ》るゝやうにて、微白《ほのじろ》き海は縹渺として限《かぎり》を知らず、譬へば無邪気なる夢を敷けるに似たり。寄せては返す波の音も眠げに怠りて、吹来る風は人を酔はしめんとす。打連れて此《この》浜辺を逍遥せるは貫一と宮となりけり。[*13]

東京住まいの鳴沢宮《しぎさわ》が熱海を訪れたのは、病の療養のため医者に湯治をすすめられたという名目であった。しかし実はこのときすでに許婚者の間貫一《はざま》とわかれ、裕福な富山唯継《とみやまただつぐ》の妻となることを決めていた。文字通り、宮は貫一と距離を置きたかったのである。彼女を追いかけてきた貫一によって、宮は姦婦とののしられ足蹴にされるのだが、恋の修羅場には海岸がよく似合う。これが街中であったり山村であったりしたら、違和感が先立つのではあるまいか。

熱海と東京といえば、昭和二十八年の小津安二郎監督の映画「東京物語」も思いだされる。老夫婦が東京の子供たちにすすめられて（半ば追いだされるように）訪れるのが熱海の海岸であった。明治から昭和にいたるまで、熱海は都心の人間にとって、近すぎもせず遠すぎもしない土地であった。

鉄道開通以前、徒歩の時代には、たとえば江戸の人士が熱海まで湯治に行きたいと希望しても、実現するのは困難であったに違いない。一章で、実朝の和歌は東京人にとって親しい存在であるという橋本治の説を述べたが、伊豆半島が関東の人間にとって身近な土地になるのも、こうして近代を待たねばならなかった。南信一『伊豆文学探歩』（社会思想社、昭和三十七年）が「古典の世界をいちおう見渡しても、伊豆とのつながりはまことに寥々たるものを感じる。伊豆が質量共に、みずからの文学を持つようになるのは近代からであることはいうまでもない」と書く所以である。

やがて大正年間、この半島を訪れた一人に川端康成がいた。

四　川端康成と松本清張──天城・大仁ほか

道がつづら折りになつて、いよいよ天城峠《あまぎとうげ》に近づいたと思ふ頃、雨脚が杉の密林を白く染めながら、すさまじい早さで麓から私を追つて来た。

私は二十歳、高等学校の制帽をかぶり、紺飛白の着物に袴をはき、学生カバンを肩にかけてゐた。一人伊豆の旅に出てから四日目のことだつた。修善寺《しゅぜんじ》温泉に一夜泊り、湯ヶ島《ゆがしま》温泉に二夜泊り、そして朴歯の高下駄で天城を登って来たのだつた。

（略）

「勿体なうございます。お粗末いたしました。お顔をよく覚えて居ります。今度お通りの時にお礼をいたします。この次もきつとお立ち寄り下さいまし。お忘れはいたしません。」

私は五十銭銅貨を一枚置いただけだつたので、痛く驚いて涙がこぼれさうに感じてゐるのだつたが、踊子に早く追ひつきたいものだから、婆さんのよろよろした足取りが迷惑でもあつた。たうとう峠のトンネルまで来てしまつた。[*14]

右に引いたのは、大正十五年に発表された川端康成「伊豆の踊子」の冒頭である。「伊豆の踊子」の旅は、修善寺から下田へと向かう。本稿の趣旨としては浜辺の場面を扱いたいものの、残念ながらその行程は海岸をとおるものではない。

「私」は峠の茶屋で老婆に五十銭のチップをわたし、峠のトンネル（旧天城トンネル）へ行く。このトンネルを抜けてまもなく「私」は踊子たちに追いつくのである。川端自身の回想によれば、この小説は大正七年の実体験をもとにしているという。権田萬治『松本清張　時代の闇を見つめた作家』（文藝春秋、平成二十一年）にも書かれているが、当時の物価水準は、コーヒー一杯が五銭、そばのもり・かけが五銭から六銭、牛肉百グラムが十四銭ぐらい。「五十銭」は今でいえば二千円乃至三千円ぐらいの価値であろうか。

同じトンネルを大正十五年にとおった少年がいる。松本清張《せいちょう》「天城越え」の主人公である。

昭和三十四年に発表されたこの短篇小説の主人公が「伊豆の踊子」の「私」と対照的であることは、一読して明らかである。「大正十五年」が「伊豆の踊子」の発表された年でもあることは、いうまでもない。「伊豆の踊子」の「私」が修善寺から下田に向かうのに対して、「天城越え」の少年は下田街道から修善寺へ向かう。「伊豆の踊子」の「私」が茶屋の老婆に「五十銭銅貨」をあたえるほどゆとりがあるのに対し、「天城越え」の少年は十六銭の所持金しか持っていない。[*15] 清張が、エリートの卵である「伊豆の踊子」の「私」に対して、或る種の反感をいだいていたであろうことが窺え興味深いが、「浜辺の文学」を主題とする本稿では多くを割く餘裕がない。

清張にはまた、『Dの複合』という長篇小説があり、この小説にはやはり伊豆半島の、大仁《おおひと》が登場する。

「たぶん、今夜の夕刊に出るかと思いますが、実は熱海で殺しがございました」

それを聞いただけで伊瀬はどきんとした。刑事が何を言い出すのか、もうわかっていた。

「二十七歳の女性ですが、所持品から坂口みま子という方だとわかりました。静岡県の大仁に住んでいる人ですが……先生はご存じでしょうか？」[*16]

『Dの複合』は、主人公の小説家伊瀬《いせ》忠隆《ただたか》が浦島伝説・羽衣伝説ゆかりの木津温泉（京都府）をたずねる場面からはじまる。伊瀬は雑誌連載のため、つづいて羽衣伝説ゆかりの明石市（兵庫県）・三保《みほ》ノ松原（静岡県）、和歌山市の淡島、白鳥伝説ゆかりの松尾神社（京都市）や館山（千葉県）などを訪れる。その連載に興味をいだいた坂口みま子が、伊瀬を訪問したことがあったのだ。

伊瀬はやがて不思議なことに気がつく。木津温泉・明石・淡島はどれも東経一三五度線上に位置する。一方、三保ノ松原や松尾神社・館山・大仁はみな北緯三五度線上に位置するのである。それだけでなくこの旅では、いたるところで35という数字に出会ったのだ。不思議がる伊瀬に、浜中という編集者が「先生、面白いのは、その北緯三五度線を太平洋へ延ばしてみると、アメリカの西海岸、サンフランシスコとロスアンゼルスの中間に当たります。そこにも白鳥伝説があるんです」と指摘する。

なお「Dの複合」という奇妙な題名については、伊瀬忠隆の空想として、作中で次のように書かれている。

北緯三五度、東経一三五度を、英語でフルに書くと、North Latitude 35 degrees, East Longitude 135 degreesだ。四つのDが重なり合っているから「Dの複合」だ。それに、緯度・経度は地球をタテとヨコにそれぞれ二つに割っているから、そのかたちからしてもD形の組合わせになっている。

将来、この題材で推理小説でも書くとすれば「Dの複合事件」とすることができるな、と伊瀬は思った。

このように、伊豆半島との関係は希薄ではあるものの、『Dの複合』は海浜の伝説に言及し、「浜辺の文学史」を考える上で興味深い作品といえよう。

ちなみに「伊豆の踊子」の校正をおこなったのは、梶井基次郎《もとじろう》である。

川端の「『伊豆の踊子』の装幀その他」(『川端康成全集33』)によれば、たまたま梶井は病のため昭和元年の大晦日から湯ヶ島で療養していたのだ。昭和三年に梶井が発表した「蒼穹」や「筧《かけひ》の話」「冬の蠅」などの短篇小説は、伊豆半島とおぼしい温泉が舞台になっている。

「冬の蠅」には次のように、港の描写がある。モデルは下田港か。

その夜晩く私は半島の南端、港の船着場を前にして疲れ切つた私の身体を立たせてゐた。私は酒を飲んでゐた。しかし心は沈んだままますこしも酔つてゐなかつた。

強い潮の香に混つて、瀝青や油の匂が濃くそのあたりを立て罩《こ》めてゐた。もやひ綱が船の寝息のやうにきしり、それを眠りつかせるやうに、静かな波のぽちやぽちやと舷側を叩く音が、暗い水面にきこえてゐた。[*17]

さらに鈴木邦彦『文士たちの伊豆漂泊』（静岡新聞社、平成十年）によれば、梶井の「桜の樹の下には」や「交尾」も湯ヶ島を舞台にしているとされる。なお鈴木氏には『伊豆文学紀行ハンドブック』（静岡新聞社、平成十二年）という著書もあり、ともに伊豆半島と文学を研究するために必読の文献である。本稿で扱った以外にも、熱海で書かれた太宰治の長篇小説『斜陽』、同じく太宰の、湯ヶ野で書かれた『東京八景』[*18]、川端康成の『掌《たなごころ》の小説』におさめる「港」「有難う」、河津町を舞台にした井伏鱒二の随筆「南京荘の将棋盤」、「伊豆半島のA海岸」を舞台にした三島由紀夫の短篇小説「真夏の死」、同じく三島の、黄金崎を舞台にした長篇小説『獣の戯れ』、井上靖の『あすなろ物語』『夏草冬濤《なつぐさふゆなみ》』、沼津を愛し晩年をこの地で過ごした若山牧水の短歌などが紹介されているが、もはや規定の枚数になんなんとする。割愛することにしたい。

注

（1）『新編日本古典文学全集49／中世和歌集』（小学館、平成十二年）収録。

（2）ただし鎌田五郎「実朝作『箱根路を』の一首の成立」（「国語と国文学」昭和五十二年五月号）は、十国峠から遠望した建暦三年（一二一三）の制作とする（実朝はそれ以前にも二所詣をしているものの、それまでは「熱海峠から初島を見た筈であるが、その島は、この時は、眼下指呼の間にあって、『沖の小島に波の寄る見ゆ』という印象からは遠かったのである」という）。

（3）ちくま文庫。単行本は平成九年に、ごま書房から刊行された。

（4）『日本史 汚名返上』（光文社、平成二十六年）

（5）歌意は「別れてしまうと、今度はいつ会えるだろうと思っていらっしゃるのでしょうか。限りあるこの世のすべてを生きる命というわけでもありませんのに」（『新日本古典文学大系6』岩波書店、平成二年）。

（6）『江戸時代の伊豆紀行文集』目次による。同書の四一三ページには「天保三年（一八三五）十月〜十一月の伊豆旅行記である」と書くが、天保三年なら一八三二年である。

（7）『江戸時代の伊豆紀行文集』目次は「慶長二年（一八六六）」と誤植する。

（8）「なみ」は「波」と「無み（無いので）」の掛詞。ちなみに三月二十七日は、新暦の五月十一日である。

(9) 後述する鈴木邦彦『伊豆文学紀行ハンドブック』にもわずか二ページであるが、「1古典文学への旅」として、『東関紀行』や『十六夜日記』、宗祇『独吟三島千句』、近松門左衛門『頼朝伊豆日記』などが紹介されている。

(10) 『井上靖全集22』(新潮社、平成九年)。ただし振り仮名を適宜補い、漢字を通行のものに改めるなどした(他の作品についても同様)。

(11) 東京からは東海道本線の国府津《こうづ》駅で乗りかえ、小田原電気鉄道という路面電車で小田原駅へ行く。そこからさらに人車軌道や軽便鉄道をつかって熱海へ向かった。熱海駅まで鉄道路線が開業するのは、大正十四年である。

(12) たとえばこの文集におさめる「なくもがな」は、明治十五年に熱海を訪れたときの紀行文。一月十二日に新橋から汽車に乗り、神奈川で人力車に乗りかえ、夕方に小田原泊。翌十三日未明に小田原を発ち、午後三時五十分に熱海に着いている。

(13) 『紅葉全集7』(岩波書店、平成五年)

(14) 『川端康成全集2』(新潮社、平成十一年)

(15) 「天城越え」の冒頭は次のごとし。「私が、はじめて天城を越えたのは三十数年昔になる。／『私は二十歳、高等学校の制帽をかぶり、紺飛白の着物に袴をはき、学生カバンを肩にかけていた。一人伊豆の旅に出てから四日目のことだった。修善寺温泉に一夜泊り、湯ヶ島温泉に二夜泊り、そして朴歯の高下駄で天城を登って来たのだった』というのは川端康成氏の名作『伊豆の踊子』の一節だが、これは大正十五年に書かれたそうで、ちょうど、このころに私も天城を越えた。／違うのは、私が高等学校の学生でなく、十六歳の鍛冶屋の倅であり、この小説とは逆に下田街道から天城峠を歩いて、湯ヶ島、修善寺に出たのであった。そして朴歯の高下駄ではなく、裸足であった。なぜ、裸足で歩いたか、というのはあとで説明する。むろん、袴はつけていないが、私も紺飛白を着ていた」。「伊豆の踊子」との対照については藤井淑禎《ひでただ》『清張 闘う作家』(ミネルヴァ書房、平成十九年)にも考察がある。

(16) 『松本清張全集3』(文藝春秋、昭和四十六年)

(17) 『梶井基次郎全集1』(筑摩書房、平成十一年)

(18) 必ずしも「伊豆半島の文学」とは言いがたいが、『文士たちの伊豆漂泊』は太宰の「走れメロス」にも言及する。檀一雄『小説太宰治』によれば、熱海の旅館で散財してしまった太宰が、檀一雄を宿の人質にして、金を借りるために東京へ行ってしまった体験が踏まえられているという。大岡玲《あきら》『本に訊け!』(光文社、平成二十三年)にもこれに触れた章がある。

小説に描かれた風景

――安岡章太郎『海辺の光景』論

中村ともえ

近代の文学は、描写と呼ばれる叙述の方法を表現の基盤とする。「今日の我国に特異なリアリズムの技法の骨格」[*1]を形成したのは、明治四十年（一九〇七）前後にはじまる自然主義の運動だとされる。自然主義の作家たちは、「描写」を旗印に掲げ、説明と対置することでそれを規定しようとした。たとえば田山花袋は「描写論」（「早稲田文学」明治四十四年〈一九一一〉四月）で、描写を「眼から頭脳に入つて生々として居る光景をそのままに文の面に再現させて見せようとする」ことと定義し、描写と説明（記述）の違いを次のような例文によって示した。

梅が咲いて居る。これでは記述であつて描写ではない。白く梅が見える。かうなると、いくらか描写の気が出て来る。吾々の前に咲いて居る梅の状態が分明と眼の前に見えるやうになつて顕はれて来るやうに心懸けるのが描写の本旨である。

かれは雨戸を閉めた。

雨戸を閉める音が聞えた。

波の音がした。

波の音が聞えた。

何れも後の方が描写の気分に近い。
対をなす例文のうち、「見える」「聞える」という知覚動詞を含むほうが描写に割り振られている。たとえば「白く梅が見える」という一文で、梅を見ているのが誰かは不明である。だがこう表現することで、梅はそのときそこにいる誰かにそのように——たとえば白く——見えているものになる。つまりある表現が描写であるためには、誰かしらの知覚の痕跡が必要なのだと考えられる。[*2]
本稿では、花袋に倣って、描写を「光景」を人物によって知覚されたものとしてあらわす方法と規定する。描写とは、つまり風景をそれを見る人物との関係において把捉することを意味する。この定義のもと、以下では一つの小説を取り上げ、その風景描写を分析する。
取り上げるのは、安岡章太郎の中篇小説『海辺《かいへん》の光景』である。作者の母の死に取材した本作は、「自然主義的なる一つの伝統[*3]」に連なる「純文学私小説の見本[*4]」とその文学的な正統性を高く評価され、芸術選奨と野間文芸賞を受賞した。本稿では、表題にもなっている結末部の海辺の光景を中心に、小説において海がどのように描かれているか、風景とそれを見る人物の関係に着目して考察する。

一　風景と心理

『海辺の光景』は、主人公・信太郎が危篤の母を見舞うべく、父の郷里である高知の海を臨む精神病院に向かうところからはじまる。病院で対面した母の意識は既にない。信太郎は、終戦の翌年南方から帰還した父を迎えて家族三人で暮らした鵠沼海岸の家での日々を想い起こし、過去の中に母の狂気の兆しを探りつつ、母の死までの九日間を過ごす。母の死の直後、信太郎はひとり病室を出て、足の向くまま外を歩く。小説は、「いつか海辺を石垣ぞいに歩いていた」彼が「眼の前にひろがる光景にある衝撃をうけて足を止め」るところで終わる。

……一瞬、すべての風物は動きを止めた。頭上に照りかがやいていた日は黄色いまだらなシミを、あちこちになすりつけているだけだった。風は落ちて、潮の香りは消え失せ、あらゆるものが、いま海底から浮び上った異様な光景のまえに、一挙に干上って見えた。歯を立てた櫛のような、墓標のような、杙の列をながめながら彼は、たしかに一つの〝死〟が自分の手の中に捉えられたのをみた。

この結末部の「光景」の意味は、主人公の母の死と結びつけてさまざまに解釈されてきた。解釈の方向を決定したと思われるのが、名高い江藤淳の長篇批評『成熟と喪失――〝母〟の崩壊――』（河出書房新社、昭和四十二年〈一九六七〉）である。江藤は、主人公の「内部にいる「母」」が崩壊したあとにひろがる「喪失感」と「罪悪感」すなわち「「成熟」というものの感覚」を語ったものとしてこの光景を解釈した。江藤が「心象風景」と呼ぶように、こうした議論は、小説に描かれた風景を、人物の心理をあらわすものとして捉える発想を前提にしている。そこでは人物にそう見えているところの風景が、心理へと変換され解体されてしまう。結末部で主人公が何を見たのか、その風景描写は分析されないのである。

作者によれば、本作は「先ず題名と最後の場面が、筆を執る前まえから念頭にあった」[*5]という。安岡は母の死の直後に見た光景をもとに本作を執筆したことを繰り返し語っているが[*6]、その一つで結末部の表現について以下のように解説している。

『海辺の光景』の直接の舞台は、高知湾にのぞむ桂浜の裏手の入江に立っている精神科療養所である。しかし小説には、かならずしもそういう地理的な環境を正確にうつしていない。それよりも私は、登場人物の意識が、そのような地形と照合して、心理的な内面風景をかたどるように描くことにつとめた。とくに終章――主人公の母親が死ぬと同時に、干上った海の底から黒い杙があらわれ、櫛の貌のように突っ立って見えるところ――では、外界の風景は主人公の内部を鋳型でとったように、あらわしたいものだと思った。[*7]

高知湾に臨む桂浜――作中では「K浜」と表記されている――の入江に立つ病院が舞台だと説明しつつ、安岡は、小説にはその「地理的な環境」を正確にはうつしていないと断る。小説の作者である彼が重視したのは、実際の地理との対応より、登場人物の意識との対応である。とりわけ結末部では、「外界の風景」が「主人公の内部」と「照合」するように表現することを考えたという。結末部の海辺の光景は、それを見る主人公の内部に照応する外部として描かれているのである。

ところで、先に引用した結末部の一節は、単行本収録に際し書き改められたものである。本作は「群像」の昭和三十四年(一九五九)十一月号と十二月号に分載され、同年十二月、講談社より単行本化された。単行本でも発表形態に応じて前半と後半の間には空白が設けられ、頁も改められている。本稿ではこれを前篇、後篇と呼ぶこととする。初収単行本以降も含め、目立った改稿は後篇の結末部以外には見られない。[*8] 雑誌発表時の末尾は以下の通りである。

人が死ぬのは干潮のときだ、といふ変哲もない言ひ伝へを想ひうかべながら、信太郎はいま海底から浮び出た異様な光景に、眼をひかれたまま動くこともできなかつた。

信太郎は前夜、患者の男が言った「人間が死ぬるときは必ず干潮じゃ」という言葉を「憶い出し」ながら、夜が明けるまでの何時間かを、病室で弱っていく母の呼吸音を聞いて過ごしていた。雑誌発表時の結末部では、信太郎は杙の列を前に、その患者の話を再び「想ひうかべ」ている。海を見る主人公の心理は、そのように前夜を振り返るものとして表現されている。改稿はこの内容を削るように行われた、とひとまず言っていいだろう。[*9]

主人公の眼前にひろがる光景自体は変わらない。いま海底から浮び上がった異様な光景、という文言もほぼ同じである（傍線部）。改稿において問題になったのは、光景の内実ではなくそれを見るそのときの主人公の心理であり、さらに言えば、外界の風景と人物の心理の照応をいかに作り出すかであったと考えられる。では現行の結末部で、海とそれを見る主人公の心理はどのように表現されているか。

以下ではまず、本作において風景がどのように描かれているか、前篇の海の描写を中心に分析する。そののちに再び後篇の結末部に戻り、表題にもなっている海辺の光景の描写を読み解きたい。

二　窓と日除け

小説は窓から見える海を描写する一文をもってはじまる。

片側の窓に、高知湾の海がナマリ色に光っている。

次の段落の「信太郎は、となりの席の父親、信吉の顔を窺った」という箇所で主人公が登場し、冒頭の「ナマリ色」に光る海が信太郎が病院に向かうタクシーの車中から見たものだったとわかる。車中は「蒸し風呂の暑さ」であった。このように人物が密閉された空間から窓を通して光る外界を眺めるという構図は、本作で反復されるものである。病院に到着した日の「翌朝」、信太郎は窓からの光で目をさます。

翌朝、信太郎は海から上ってくる太陽の光で目をさました。病棟玄関の真上にあるその部屋は、海に向って大きく窓をひらいている。高知湾の入江の一隅に小さな岬と島にかこまれた、湖水よりもしずかな海は、窓の直ぐ下の石垣を、黒ずんで重そうな水でひたひたと濡らしていた。空は一面に赤く、岬や島を欝蒼と覆いつくした樹木は、緑の濃さをとおりこして黒ぐろと見える。

窓の景色をながめたあとで、信太郎はもう一度寝床に入った。

信太郎が泊まった部屋は「海に向って大きく窓をひらいて」おり、彼はそこから岬と島に囲まれた「湖水よりもしずかな海」を眺める。海は黒ずみ、空は赤く、岬や島を覆う樹木は緑を通り越して黒々と「見える」。本作において風景は、それを見る人物にそう見えている色によって描かれるのである。「窓の景色」を眺めたのち、信太郎は寝床に戻る。「となりの寝台を見ると、父親がまるめた背をこちらに向けて眠入っていた」。

信太郎は「次の日も、また前日と同様、部屋いっぱいに射しこむ赤い朝日で目をさました」。「翌朝」、そして「前日と同様」の「次の日」と、時間は信太郎が病院に到着した日を起点に数えられている。この日、父は朝食を配膳する女に興味をもち話しかけるが、女は「眼を窓の外の海にはなった」。父が「女の顔をながめ」続けるのに対し、女は「窓を見ながら」気のない返事をする。「母親の言葉から、父のような男は人には好かれるようなことはまず絶対にない、ということ」を教え込まれてきた信太郎は、「いま父の言葉に返辞をそらせて、眼を窓の外に向けて立っているこの髪油の臭いのする女にも、母の言葉を憶い出す」。母の言葉によって父のような男は女から好かれないという認識を植えつけられていた信太郎が、女の父への応対によってそのことを想い出し再確認するこの小さな挿話においても、人物は窓の外の海に視線をやっている。

このとき女は父ではなく窓の外の海を見ている。本作の冒頭部で、信太郎はタクシーの「片側の窓」から海を見たあと「となりの席の父親、信吉の顔を窺っ」ていた。翌朝も、部屋の窓から海を眺めたあと「となりの寝台を見ると」父が寝ていた。このように本作において海は、人物が窓から見る景色として描かれ、そして密閉された空間から窓を通して海に視線を向けることは、同じ空間にいる人物を見ないことを意味する。信太郎が窓の外の海を見るのは、父を見る代わりにそうするのである。

この父への嫌悪は、母の父に対する嫌悪が「息子の心にのりうつった」ものと説明されるが、それはほかならぬ母によって唐突に解消される。病院に到着した信太郎は、「危篤の母を見舞いにきた息子」らしくふるまう自分を「ひどく芝居じみたもの」に感じながら、意識を失った母と対面する。案内の看護人は「息子さんが来たぞね。あんたが、びっしり（しょっちゅう）云いよった息子さんぞね」、「息子さんぞね……。わからんかね、息子が来ちょるぞね」と耳もとでどなるが、母に反応はない。翌々日の朝も、看護人は信太郎に母の手を握るよう促し、「息子さんぞね。おまさんの手を息子さんが握っちょるぞね」、「息子さんぞね、息子さん……」と「最初の夜のように」声をかける。「息子」として母の手を握らされた信太郎は、自分の「掌の中」に母の「小さく柔らかな掌があるのを感じ」る。しかし、母の反応は意外なものであった。

> 部屋の外に足音が聞えて父親があらわれると枕もとに坐った。そのときだった、「イタイ……、イタイ……」と次第に間遠に、眠りに誘いこまれるようにつぶやいていた母が、かすれかかる声で低く云った。
>
> 「おとうさん……」
>
> 信太郎は思わず、母の手を握った掌の中で何か落し物でもしたような気がした。父はいつものうすら笑いを頬にうかべたまま、安らかな寝息をたてはじめる妻の顔に眼をおとした。

意識のない母が息子ではなく嫌悪していたはずの父を呼ぶこの場面で、前篇は締めくくられる。信太郎は父と同じ空間で過ごす中で、母が繰り返し父への嫌悪を語っていたことを想い起こしていた。しかし母の言葉を根拠にした父への嫌悪は、その母が発した「おとうさん」という言葉によって根拠を失い、彼は「母の手を握った掌の中で何か落し物でもしたような気がした」。このとき信太郎は、自分がその息子であるところの母を見失ったのだと考えられる。

末尾の一文で、母が「母」ではなく「妻」と、信太郎ではなく父との関係にもとづく呼称で指呼されていることは見逃せない。息子として母の手を握るその「掌の中」で、信太郎は自分と母をつなぐ糸が切れ、母が遠退くのを感取するのである。

母の言葉に由来する父への嫌悪のモチーフはここで立ち消え、病院到着の日を起点に進んでいた時間も分断される。後篇は、信太郎が暑い病室の中で、母が「おとうさん」と言った場面を「あのとき」、「あれ以来」と振り返るところからはじまる。「もう、この病室へ来てから半年以上もたった気がする」が「つい昨日やって来たばかりのようでもある」というように、この間何日経ったのかはあいまいである。ただ、病室の窓にかける日除けを買いに出掛けた日が「昨日」だということは「ハッキリ憶えている」。つまり後篇は、病室の窓に日除けがかかった状態から再開されるのであり、そのために「甘酸っぱい臭いが気のせいか、窓をふさがれた部屋いっぱいにこもりはじめた」。そしてこの日除けに象徴されるように、後篇では一転して、人物が窓から外界を眺める場面がなくなる。

窓は日除けによって「イビツ」に「歪んでみえ」、病室には「糜爛した母の躯」が発する甘酸っぱい臭いがこもった。「要するに、今日も昨日も一昨日も、その前の日もずっと、この病室ではすべてのものがまったく同じだと云える」と概括される閉ざされた空間での単調な日々が終わりを迎えるのは、母の死によってでしかありえない。

三　海辺の光景

母が亡くなると、伯母は嗚咽し、父は頭をかかえた。彼らの反応に「何ともシラジラしい心持」になった信太郎は、「泣いている老婆と頭をかかえこんだ老人」を残してひとり病室を出る。戸外を歩きまわる彼は、やがてくだんの「光景」に対面する。信太郎だけが母の死に対して反応することができていない。結末部の海辺の光景は、その信太郎の眼前にひろがるものなのである。では結末部で、海とそれを見る主人公の心理はどのように表現されているか。四つの段落からなる結末部の、彼が海を見るまでの三段落を引こう。

戸外の土を踏んだ瞬間、信太郎はふらふらとメマイの起りそうな気がした。（略）ここ一週間以上、八日か、九日の間に、一度日除けを買いに出掛けたことをのけると、日中こんなふうに外へ出たことはまったくなかったせいでもあるだろう。（略）

――九日間、そのあいだ一体、自分は何をしていたのだろう。あの甘酸っぱい臭いのする部屋に一体、何のつもりで閉じこもっていたのだろう。たとい九日間でも、そのあいだ母親と同じ場所に住んでみることで、せめてもの償いにするつもりだったのだろうか？（略）

信太郎は、ぼんやりそんな考えにふけりながら運動場を、足の向く方へ歩いていた。――要するに、すべてのことは終ってしまった――という気持から、いまはこうやって誰にも遠慮も気兼ねもなく、病室の分厚い壁をくりぬいた窓から眺めた〝風景〟の中を自由に歩きまわれることが、たとえようもなく愉しかった。（略）着衣の一枚一枚、体のすみずみまで染みついた陰気な臭いを太陽の熱で焼きはらいたい。海の風で吹きとばしたい……。そのとき、いつか海辺を石垣ぞいに歩いていた信太郎は、眼の前にひろがる光景にある衝撃をうけて足を止めた。

主人公が戸外を歩くこの場面で、風景は描かれない。信太郎は外界の景色に目を向けず内省している。二つ目の段落は、その主人公の心理を内的独白の形であらわしている。[*10] 信太郎は、「あの甘酸っぱい臭いのする部屋」すなわち母の病室に「閉じこもって」過ごした数日間を振り返って総括するように、「母親と同じ場所に住んでみること」による「償い」だったのだろうかと、その時間の意味を自問している。「ぼんやりそんな考えにふけりながら」運動場を歩く彼は「いつか」海辺を歩いていたのであり、海に行き着くまで、彼には風景が見えていない。

なるほどこの場面で、信太郎は自分が病室の「窓から眺めた〝風景〟の中」を歩いていることを快く感じている。だがこの「〝風景〟」は、いま彼の眼前にあるそれではない。本作において彼が病室の窓からこの場所を眺める場面は一度きり、病院に到着した翌日にしかない。そのとき信太郎は、母の顔に舞い降りる蠅を追いつつ、「窓枠で四角く区切られた」運動場の「チカチカ光」る「光景」を「一個の別天地の場面として眺め」ていた。彼は母を見、窓の外の景色を眺めて、また母に視線を戻していた。「窓から眺めた〝風景〟」とは、つまり彼が同じ空間にいる母から目をそらして見たものだったのである。その後、窓には日除けがかかり、外の風景を見ることができなくなった彼は、病室で衰弱し糜爛する母だけを見て過ごした。その母の姿は、結末部の信太郎の心理には浮んでいない。彼が歩いている場所が、彼がかつて病室で母から目をそらして見た「〝風景〟の中」であることに象徴されるように、母と過ごした時間を振り返る結末部の信太郎の心理からは、彼が見ていたはずの母が抜け落ちている。彼の心理はいわば母を見ないのである。

その信太郎が否応なく見るのが、末尾の海辺の光景である。太陽と風によって病室の、つまりは母の臭いを拭い去りたいと考えて歩いていた彼は、「そのとき」眼前にひろがる光景に衝撃を受けて足を止める。では彼はそこに何を見たのか。

岬に抱かれ、ポッカリと童話風の島を浮べたその風景は、すでに見慣れたものだった。が、いま彼が足をとめたのは、波もない湖水よりもなだらかな海面に、幾百本ともしれぬ杙が黒ぐろと、見わたすかぎり眼の前いっぱいに突き立っていたからだ。……一瞬、すべての風物は動きを止めた。頭上に照りかがやいていた日は黄色いまだらなシミを、あちこちになすりつけているだけだった。風は落ちて、潮の香りは消え失せ、あらゆるものが、いま海底から浮び上った異様な光景のまえに、一挙に干上って見えた。歯を立てた櫛のような、墓標のような、杙の列をながめながら彼は、たしかに一つの〝死〟が自分の手の中に捉えられたのをみた。

岬と島に囲まれた「湖水よりも」静かな海という「風景」は、「すでに見慣れたもの」であった。だが干潮で杙の列が浮び上がった「光景」は、彼にとってはじめて目にするものであった。信太郎が衝撃を受けたのは、見慣れた「風景」の中に異様な「光景」が混入していたためである、とまずは理解される。とすれば、彼が見たのは杙の列なのか。

最後の段落は、この一瞬間に生起していることを引き延ばし拡大するように細叙している。信太郎が足を止めるのと同調するように、一瞬、太陽と風は動きを止め、海だけでなくあらゆるものが杙の列の「光景のまえに」干上がって「見えた」。そして「墓標のような」杙の列を「ながめながら」、彼は「一つの〝死〟が自分の手の中に捉えられたのをみた」。信太郎が見るのは杙の列のみではない。彼はこのとき、杙の列以上のものを、その「光景」に上塗りするように見ているのである。

むろんこの場合の見るとは、そのように感じられた、というほどの意味である。たとえば前篇の末尾の「母の手を握った掌の中で何か落し物でもしたような気がした」と揃えて、「一つの〝死〟を自分の手の中に捉えたような気がした」と言い換えても意味は変わらないだろう。母の手を握る「掌の中」で何かを落とした、その代わりのように、彼の「手の中」には「一つの〝死〟」が入り込む。信太郎が手中にするのは、彼にとって固有であるところの母の死ではない。信太郎はこのとき、自分の母が「一つの〝死〟」に変質したのを感受するのだと思われる。

本作の結末部は、その主人公の内的な体験を、彼が思ったのではなく見たとして表現する。顧みれば、雑誌発表時の「変哲もない言い伝へを想ひうかべながら、信太郎はいま海底から浮び出た異様な光景に、眼をひかれたまま動くこともできなかった」という一文では、このとき彼が想い浮べているものすなわち心理と、彼が見ているものすなわち光景とが、「ながら」という接続助詞の前と後に分配され、思いながら見ることが、可能な形で表現されていた。信太郎は前夜を振り返りながら杙の列を見るのであり、彼の心理は母の死以前に遡行していた。現行の結末部では、信太郎は「墓標のような」杙の列を「ながめながら」、自分の内部の「二つの〝死〟」を見る。彼は見ながら見るのであり、「ながら」の前後の「墓標」と「死」は同じ時間に属している。端的に言って、杙の列が「墓標のよう」に見え、母が「二つの〝死〟」に変質するのを感受するのは、母の死後である現在の彼においてしか生じえない。ここでは外界の光景と人物の心理とが同期している。

『海辺の光景』において、海は人物が同じ空間にいる人物から目をそらしたときに見える風景として描かれていた。小説に描かれる風景は、それを見る人物をいわばその手前に必要とする。風景はそのときその人物に見えているように描かれるのであり、人物が同時に二つの景色を見ることはない。しかし本作の結末部で、母を亡くした主人公は、外界を見ながら同時に自分の内部を見る。彼は外界の光景とともに、外化された自分の内部をそこに重ね見るのである。結末部の光景は、人物の心理を風景に託してあらわしているのではない。海辺の光景は、それを見る人物にとって外部であるとともに内部であるような、つまりはすべてが同時にそこにあらわれているように見えるものとして描かれているのである。

注

（1）　中村光夫『風俗小説論―近代リアリズム批判―』（河出書房、昭和二十五年〈一九五〇〉）

（2）　近代の「描写」をめぐる議論については、久保昭博・中村ともえ「描写論」（大浦康介編『日本の文学理論―アンソロジー（ベータ版）』（京都大学人文科学研究所、平成二十七年〈二〇一五〉）参照。

（3） 阿部知二・平林たい子・亀井勝一郎「創作合評」（「群像」、昭和三十五年〈一九六〇〉）。合評では、島崎藤村の『家』を連想したという平林の発言を受けて、「日本の文学に流れている自然主義的なる一つの伝統」に連なると阿部がコメントし、「戦後の青年の一種の虚無的な気持」を見て取る亀井が反論している。

（4） 川口松太郎「銓衡委員のことば」（「群像」、昭和三十六年〈一九六一〉）。同じ野間文芸賞の選評で舟橋聖一も「わが国純文学の定石を継承」するとして本作の正統性を評価している。

（5） 安岡章太郎「後書」（『安岡章太郎集』五　岩波書店、昭和六十一年〈一九八六〉）

（6） たとえば『僕の昭和史』（全三巻、講談社、昭和五十九年〈一九八四〉～昭和六十三年〈一九八八〉）では、「僕はただ、母が息を引きとったあと、その病棟の直ぐそばの海岸で、潮が引いて底から何やら黒いものの絡った棒杙が列になって突き出していたことだけを憶えており、そのときうけた衝撃が何であるかが、これから自分の書くものの主題になるということ、それだけしか僕の頭の中にはなかった」と本作の執筆が顧みられている。『僕の昭和史』については、拙稿「安岡章太郎『僕の昭和史』と終わらない〝戦後〟」（「都留文科大学研究紀要」、平成二十一年〈二〇〇九〉十月）参照。

（7） 安岡章太郎「「海辺の光景」舞台再訪（私の小説から）」（「朝日新聞」昭和四十二年〈一九六七〉十月二十七日）。

（8） 病院の名前が「清澄園」から「永楽園」に改められるなど、初収単行本では他にも若干の異同が見られる。異同については、中村三春「反エディプスの回路―安岡章太郎『海辺の光景』―」（「日本文芸論叢」平成六年〈一九九四〉十月→『〈変異する〉日本現代小説』ひつじ書房、平成二十五年〈二〇一三〉）に指摘がある。

（9） 雑誌発表直後の「創作合評」（前掲）で亀井勝一郎は「ぼくはこれはやっぱり最後の三行は余計だと思う。「人が死ぬのは干潮のときだ」という言葉は要らないと思う」、患者が「その話をするのは差しつかえない」が末尾の光景を「無理に干潮に結びつけたのは失敗だと思う」と批判している。

（10） 小説家の坂上弘は、本作の結末部を「謎に満ちたもの」と捉え、この段落について、「母親の死に対する主人公の内面が描写されている唯一の箇所」だが「結局、母親の死も一種の謎におわっている」と述べている（「謎に満ちたもの」『現代の文学　一七　安岡章太郎』、講談社、昭和四十七年〈一九七二〉）。

※安岡章太郎『海辺の光景』の本文は、『安岡章太郎集』五（岩波書店、昭和六十一年〈一九八六〉）に拠った。

あとがき

三弥井書店より、二〇一一年から一六年にかけて、『鳥獣虫魚の文学史』全四巻、『天空の文学史』全二巻、『海の文学史』全二巻（第二巻目は本巻『浜辺の文学史』）を刊行することができた。全八巻のシリーズとして、ついに完結したことについて、いささかの感慨を禁じえない。

『鳥獣虫魚の文学史』では、犬・猫・牛・馬などいわゆる獣類を第一巻で扱った後、鳥類・虫類・魚類を後続の各巻に配して、〈動物〉について考えた。『天空の文学史』では、日（太陽）・月・星と雲・雪・風・雨をそれぞれ一巻ずつに配して、〈天象〉について考えた。『海の文学史』では、海と浜辺を各一巻として、〈海〉について考えた。

そのようにして、大きな分野ごとの切り口を用いながら、〈自然と人間の共生〉を日本文学の表現を素材として探究するというのが、本シリーズの主要な目的である。今日の科学技術の進歩はめざましい。ただ、人工知能の発達や遺伝子操作における倫理観などについては、人間が長い間かけて培ってきた英知に照らし合わせて適切に判断することも必要であろう。本シリーズは、そういったことにも対処しうるはずである。と同時に、この試みによって、旧来の日本文学史の枠組みに一石を投じたという自負もある。作者や作品をただ成立順に並べるだけではない視座によって、新しい研究の地平が見えてくることを期待したい。

執筆していただいた、たくさんの方々に心よりお礼申し上げる。

そして、日本文学の研究書があまり売れなくなっている状況の中で、本シリーズは比較的部数を伸ばすことができた。購入して下さった数多くの読者の方々にも深謝申し上げる。

最後に、編集作業に対して常に熱意をもって取り組み、滞ることなくシリーズの刊行を全うして下さった三弥井書店の吉田智恵氏に心より感謝の意を表したい。本当にありがとうございました。

二〇一六年十一月

鈴木　健一

藤澤　茜（ふじさわ あかね）

1971年生まれ。学習院大学、東京外国語大学ほか非常勤講師。博士（日本語日本文学）。

『浮世絵が創った江戸文化』（笠間書院、2013年）、『藤間家所蔵浮世絵全覧』（公孫樹舎、2013年）、『歌川派の浮世絵と江戸出版界』（改訂版、勉誠出版、2001年）。

杉下元明（すぎした　もとあき）

1962年生まれ。海陽中等教育学校教諭。博士（文学）。

『新日本古典文学大系明治編　第二巻　漢詩文集』（共著、岩波書店、2004年）、『男はつらいよ　推敲の謎』（新典社、2009年）。

中村ともえ（なかむら　ともえ）

1979年生まれ。静岡大学准教授。博士（文学）。

「正岡子規「瓶にさす」歌の鑑賞」（『国語と国文学』92巻11号、2015年11月）、『翻訳文学の視界―近現代日本文化の変容と翻訳』（共著、思文閣出版、2012年）。

森田貴之（もりた　たかゆき）
1979年生まれ。南山大学准教授。博士（文学）。
「今川家本『太平記』の性格と補配本文—戦国期『太平記』書写活動の一例—」（『いくさと物語の中世』汲古書院、2015年）、「『太平記』の兵法談義—その位置づけをめぐって—」（『『太平記』をとらえる　第三巻』笠間書院、2016年）。

五月女　肇志（そうとめ　ただし）
1969年生まれ。二松學舍大学教授。博士（文学）。
『藤原定家論』（笠間書院、2011年）、「『宮河歌合』本文再考」（『西行学』第６号、2015年８月）

田代一葉（たしろ　かづは）
1978年生まれ。静岡県文化・観光部文化局主任研究員。博士（文学）。
『近世和歌画賛の研究』（汲古書院、2013年）、「烏丸光広の画賛」（『形成される教養　十七世紀日本の〈知〉』勉誠出版、2015年）。

東　聖子（あずま　しょうこ）
1951年生まれ。十文字学園女子大学名誉教授。博士（人文科学）。
『国際歳時記における比較研究—浮遊する四季のことば』（共編、笠間書院、2012年）、『蕉風俳諧における<季語・季題>の研究』（明治書院、2003年）。

宮本祐規子（みやもと　ゆきこ）
日本女子大学非常勤講師。『時代物浮世草子論—江島其磧とその周縁』（笠間書院、2016年）、「江島其磧の「続編」—時代物浮世草子長編化への試み」（『日本文学』2016年10月）

日置貴之（ひおき　たかゆき）
1987年生まれ。白百合女子大学講師。博士（文学）。
『変貌する時代のなかの歌舞伎　幕末・明治期歌舞伎史』（笠間書院、2016年）、「時代と世話の朝鮮事変—河竹黙阿弥は壬午事変をどう描いたか」（『近世日本の歴史叙述と対外意識』勉誠出版、2016年）。

菊池庸介（きくち　ようすけ）
1971年生まれ。福岡教育大学教授。博士（日本語日本文学）。
『近世実録の研究—成長と展開—』（汲古書院、2008年）、「幽霊や怨霊に伴う風—近世実録や読本の風」（『天空の文学史　雲・雪・風・雨』三弥井書店、2015年）。

津田眞弓（つだ　まゆみ）
1965年生まれ。慶應義塾大学教授。博士（文学）。
「『北越雪譜』は雪をいかに描いたか」（鈴木健一編『天空の文学史』雲・雪・風・雨、三弥井書店、2015年）、『江戸絵本の匠山東京山』（新典社、2005年）、『山東京山年譜稿』（ぺりかん社、2004年）。

執筆者紹介

根来麻子（ねごろ　あさこ）
1980年生まれ。川崎医療福祉大学専任講師。博士（文学）。
「正倉院文書における督促の表現―「怠延」を中心に―」（『正倉院文書の歴史学・国語学的研究―解移牒案を読み解く』和泉書院、2016年）、「『古事記』における「登岐士玖能迦玖能木実」の位置づけ」（『文学史研究』第56号、2016年3月）。

岩田芳子（いわた　よしこ）
1982年生まれ。日本女子大学助教。博士（文学）。
「針考―三輪山伝説をめぐって―」（『萬葉』第209号、2011年６月）、「『播磨国風土記』異剣伝説をめぐって」（『風土記研究』第37号、2015年1月）

松本真奈美（まつもと　まなみ）
1964年生まれ。尚絅学院大学教授。博士（文学）。
「源氏物語の歌ことばと引歌―秋好中宮をめぐって―」（『新時代への源氏学５構築される社会・ゆらぐ言葉』竹林舎、2015年）、「雅子内親王と敦忠、師輔の恋」（『王朝の歌人たちを考える』武蔵野書院、2013年）。

林　悠子（はやし　ゆうこ）
1982年生まれ。東京大学助教。博士（文学）。
「浮舟物語の時間試論」（『文学』隔月刊第16巻第１号、2015年１,２月号）、「大君物語の服喪と哀傷」（『国語国文』第85巻第２号、2016年２月）。

湯淺幸代（ゆあさ　ゆきよ）
1975年生まれ。明治大学専任講師。博士（文学）。
「玉鬘の筑紫流離―「后がね」への道筋」（『文芸研究』（明治大学）126号、2015年３月）、「物語を切り開く磁場―予言・夢・密通―」（『新時代への源氏学１源氏物語の生成と再構築』、竹林舎、2014年）。

西山　秀人（にしやま　ひでと）
1963年生まれ。上田女子短期大学教授。
『和歌文学大系52　三十六歌仙集（二）』（共著、明治書院、2012年）、「『源氏物語』からみる儀礼歌の表現史」（『源氏物語と儀礼』、武蔵野書院、2012年）。

北村昌幸（きたむら　まさゆき）
1970年生まれ。関西学院大学教授。博士（文学）。
『太平記世界の形象』（塙書房、2010年）、「『源平盛衰記』における京童部―弱者を嗤う「ヲカシ」―」（『文化現象としての源平盛衰記』笠間書院、2015年）。

■編者

鈴木　健一（すずき　けんいち）

1960年生まれ。学習院大学文学部教授。博士（文学）。

著書

『江戸古典学の論』（汲古書院、2011年）
『古典注釈入門　歴史と技法』（岩波現代全書、2014年）
『江戸諸國四十七景　名所絵を歩く』（講談社選書メチエ、2016年）ほか。

編著

『源氏物語の変奏曲—江戸の調べ』（三弥井書店、2003年）
『鳥獣虫魚の文学史』全四巻（三弥井書店、2011〜2012年）
『天空の文学史』全二巻（三弥井書店、2014〜15年）
『海の文学史』（三弥井書店、2016年）ほか。

浜辺の文学史

平成29年２月17日　初版発行

定価はカバーに表示してあります。

発行者　　吉田栄治

発行所　　株式会社 三弥井書店

〒108−0073東京都港区三田3−2−39
電話03−3452−8069
振替00190−8−21125

ISBN978-4-8382-3315-1　C0093　　整版･印刷エーヴィスシステムズ